人生の
喜怒哀楽は
旅人なり

来るを拒まず
去るを追わず

佐村信哉

はじめに

2018 年 2 月に自身の**ボケ防止**と友人知人への**安否確認**のため始めたブログが、いつの間にか約 7 年が過ぎ、回数も 250 回を数えるまでになりました。(10 日に 1 回のペースで更新)

その間の約 2500 日は、ごく普通の人間が、当たり前に生活しているだけで、決して劇的でも波乱万丈でもありません。でも、そんな平凡な生活の中にも、時には喜び、時には悲しみ、またある時は怒りながら、楽しいこともたくさんありました。それらに加えて、この年になって初めて知ったこと、新たに感動したことなど、その時その時に書きたいことを勝手に書いていたものを集めて、今回、一冊の本にしました。

考えてみたら、ブログを書き始めた 7 年前の朝と今日の朝は、何も変わってないように感じますが、いろんなことがありました。全く予期しなかったコロナによる不自由な社会、それから、毎年のように起こる自然災害は、人間の無力さと同時に**何事もない普段の生活が、いかに幸せなのか**、を再認識させてくれました。

また、個人的には家族との別れも経験しました。いつかは来るものと、覚悟はしていましたが、いざ別れとなると、**こんなにも悲しいものか**と改めて痛感させられました。

当たり前のことですが、どんなに辛くても悲しくても、朝になると、また新たな一日が始まります。これから先もいろんなことが起こると思いますが、新しい朝が来る幸せを感じながら、今までと同じように生きて行こうと思います。

さて、題名の**「人生の喜怒哀楽は旅人なり、来るを拒まず、去るを追わず」**は、孟子が、弟子に対する姿勢として言った言葉「来る者は拒まず、去る者は追わず。」を参考にしています。目の前に現れたものは基本的にすべて受け入れるが、無理強いはしない。風や雲の流れのように自然のままに生きたい、そんな気持ちで書き続けた 250 回余りの中から今回、**140 回分**を選んでいます。内容は、平凡な人間の勝手な言い分ですので、そんなに面白いものではないかもしれません。まあ、暇で仕方ない時にでも読んでいただければ、幸いです。

本書をお読みいただくにあたり

　本書は、まだコロナが世の中になかった 2018 年から、月日の経過にそって順番に掲載しています。

　はじめは、一年も続いたらいいだろうと思って書き出したので、内容も今読み返すと稚拙で皆さんにお見せするのも憚られる代物です。

　まあ、内容はともあれ、その時その時に感じたことを自分なりに一生懸命に書いたつもりなので、気長に読んでもらえば幸いです。

　中には、「**そうだ、その通り。**」と言いたくなる納得感。「**へえ〜、そうだったのか。**」と驚く情報。「**なるほど！**」と感心するアドバイス。「**よ〜し、明日から頑張ろう。**」と思う生きる勇気等々、ところどころにキラリと光るものがあると思ってます。

　また本書は、どのページからでも気楽に読んでいただける内容になっていますが、いったいどんなことが書いてあるのか、つかんでおきたいという方のために、私が代表的なものをいくつか選んでみました。初めにこれらにさっと目を通していただき、あらためて第一話から読んでもらっても良いかと思います。

　また、ブログ No. が連番になっておりませんが、その理由は、抜けている No. 分は紙面の関係で残念ながら掲載できなかったものです。もしご興味があれば、ホームページには、残っておりますので、いつでも見ることができます。

　それでは、ぜひ最後まで目を通してみてください。

【代表的な 7 話の読みどころ】

1話　［日本で一番大切にしたい会社］　2019 年 9 月 10 日　No.56（P.66）

　　弱きを助け……を実践している会社。しかも、単に助けるというのではなく、障害を持った方に寄り添って、立派な戦士として活躍させる。そんな会社の話です。

2話　［上を向いて歩こう！］　2020 年 4 月 29 日　No.79（P.88）

　　前年の 12 月に日本で初めて見つかったコロナは、年が明けて外国船での集団発症を契機に一挙に日本中に広がり、志村けん、岡江久美子と言った有名人の死が、この感染症の怖さを否が応でも人々の心に刻み付けていました。そんな時にYouTube から流れていた「上を向いて歩こう」を聞いて書いたものです。

3話　[ノブレスオブリージュ]　2020年10月29日　No.97（P.108）

　　日本の武士道の考えは、日本人の精神的バックボーンとして今でも生きている
と感じているのですが、そう言えば、西洋にも同じように騎士道と言うものがあ
り、その代表的な考えが、このノブレスオブリージュです。コロナで世界が大変
な時にこそ、こんな考えが必要なんじゃないかと思い書きました。

4話　[死刑は死刑でも……]　2022年1月20日　No.141（P.172）

　　ちょうど、そのころ、自分が不幸だから他人を傷つけて「自分を死刑にしてく
れ。」などと言う身勝手な犯罪が、連続して起こりました。そんな彼らには、この
くらいのことをしてもいいんじゃないかと本気で思っています。

5話　[色褪せぬゲージツ]　2022年8月9日　No.161（P.208）

　　50年以上も前に岡本太郎氏が発した言葉「下手は個性だ。」を知った時に心が
熱くなりました。もっと早く、この言葉を聞いていたら、自分の子や後輩、仕事
の上での部下たちの才能をもっと伸ばしてやれたのでは！　と残念無念です。

6話　[幸か不幸かを決めるのは？]　2023年12月10日　No.213（P.274）

　　結局、幸せか不幸かの違いは、誰と比べるか、何と比べるか、いつと比べるか
です。だけど、本当に幸せなのは、今生きていること、何があろうが今生きてる、
それが一番大事なことのように思いますね。
　　生きてるだけで丸もうけ（by明石家さんま）

7話　[命もいらず、名もいらず……]　2024年6月10日　No.231（P.304）

　　私が好きな歴史上の人物、山岡鉄舟を取り上げて
います。生き様が武士道そのもので、強く、優しく、
そして義を通し、相手が誰であっても正しいものは
正しいと直言する。本当に魅力的な人物です。ぜひ
目を通してみてください。

　　では本編スタート！

ニッセン社長時の著者

もくじ

はじめに …………………………………………………………… iii

本書をお読みいただくにあたり ……………………………… iv

2018年 （ちょうど平昌冬季五輪で盛り上がっていた時にブログ開始）

最後まであきらめない！ ………………………………………… 2

山の中の桜の木 …………………………………………………… 3

アイラモルトのいい話 …………………………………………… 4

価値観の違う人と付き合う in NY …………………………… 6

親の意見となすびの花 …………………………………………… 8

月光仮面になる！ ………………………………………………… 10

なぜか、ブロークンウインドウ理論 ………………………… 12

マズローの欲求5段階説 ………………………………………… 14

未来の大先生 ……………………………………………………… 16

負けに無駄なし …………………………………………………… 18

人の迷惑かえりみず ……………………………………………… 20

どちらが表でどちらが裏か？ ………………………………… 22

得意技の功罪 ……………………………………………………… 24

言葉は生きている ………………………………………………… 26

勘違い野郎 ………………………………………………………… 28

集団規範 …………………………………………………………… 32

忠臣蔵を考える …………………………………………………… 34

2019年 （まだまだ、コロナのコの字もなく、平成から令和に思いを馳せていたとき）

1.17に思う。 ……………………………………………………… 38

引退と功績 ………………………………………………………… 40

一周年に提案です。 ……………………………………………… 42

本当は怖いひな祭り ……………………………………………… 44

国際化？ …………………………………………………………… 46

いよいよ令和に……………………………………………………	48
人の資質…………………………………………………………	50
民主主義の限界…………………………………………………	52
人生をやり直せたら？…………………………………………	54
M資金……………………………………………………………	56
三日坊主…………………………………………………………	58
歯医者の先生様…………………………………………………	60
司馬遼太郎と乃木希典…………………………………………	62
1964 東京オリンピックの思い出……………………………	64
日本で一番大切にしたい会社…………………………………	66
言語道断…………………………………………………………	68
5フィート・ジャイアント……………………………………	70
勤労感謝の日……………………………………………………	72
三角大福中………………………………………………………	74
8人対36億人……………………………………………………	76

2020年 (いよいよ、コロナが始まり、人類が経験したことのない暗い時代に突入)

正月は冥途の旅の一里塚………………………………………	80
大輪の月見草……………………………………………………	82
石の上にも三年…………………………………………………	84

ハチドリのひとしずく	86
上を向いて歩こう！	88
人間万事サム翁が馬	90
古きをたずねて…	92
変わったことないか？	94
可もなく不可もなく	96
数十年に一度の…	98
We are the world 再び	100
アジアの巨人	102
備えあれば患いなし	104
朝礼暮改	106
ノブレスオブリージュ	108
憧れの香港	110
祝 100 回達成！	112
郷土の英雄	114
新たな成長期	116

2021 年（コロナの猛威続くが、少しずつワクチン接種も始まり、光が見えてき。た）

10 年ひと昔	120
ホタルイカに人生を学ぶ	122
4 月 10 日の思い出	124
天晴れ、松山！	126
思えば遠く来たもんだ。	128
人類の知恵	130
朗報入る！	132
猪木、ボン・バイ・エ	134
ハーフタイムデー	136
臨機応変	138
五輪と子守唄	140
祭りの後の寂しさ	142
遠い昔の他人事	144
感動の初体験	146

遠い異国？	148
指針を示せ！	150
医は算術なり	152
30年間据え置き	154
粋な計らい	156
理不尽な仕組み	158
高いか安いか100万円	160
いつか来た道	162
チューリップのアップリケ	164
ジャネーの法則	166

2022年 （まだまだコロナは続くが徐々に日常を取り戻しつつあった。）

強運の持ち主	170
死刑は死刑でも……	172
恥を知れ！	174
大物	176
最悪のシナリオ	178
野望の終焉	180
民主政治の危機	184
チャレンジすること	186
お花の好きな女の子	188
私は今日まで生きてみました。	192
安全神話崩壊	194
令和のお騒がせ男	196
時代は変わったが、進歩は？	198
さらば香港の顔	200
未来への贈り物	202
残念、無念！	204
才能均等の法則	206
色褪せぬゲージツ	208
「反社教団対策法」	210
日中国交正常化50周年	212

本当の国辱 ‥‥‥‥‥‥‥‥‥‥‥‥‥‥‥‥‥‥‥‥‥‥‥‥ 214

常識の非常識 ‥‥‥‥‥‥‥‥‥‥‥‥‥‥‥‥‥‥‥‥‥‥‥ 216

覚悟 ‥‥‥‥‥‥‥‥‥‥‥‥‥‥‥‥‥‥‥‥‥‥‥‥‥‥‥‥‥ 218

勝てば官軍 ‥‥‥‥‥‥‥‥‥‥‥‥‥‥‥‥‥‥‥‥‥‥‥‥‥ 220

勝ち組、負け組 ‥‥‥‥‥‥‥‥‥‥‥‥‥‥‥‥‥‥‥‥‥‥ 222

伝家の宝刀 ‥‥‥‥‥‥‥‥‥‥‥‥‥‥‥‥‥‥‥‥‥‥‥‥‥ 224

2023年（世界を襲ったコロナもようやく落ち着く。）

世界が変わる AI（Part 1）‥‥‥‥‥‥‥‥‥‥‥‥‥‥‥ 228

世界が変わる AI（Part 2）‥‥‥‥‥‥‥‥‥‥‥‥‥‥‥ 230

長い一年 ‥‥‥‥‥‥‥‥‥‥‥‥‥‥‥‥‥‥‥‥‥‥‥‥‥‥ 232

スポーツの力 ‥‥‥‥‥‥‥‥‥‥‥‥‥‥‥‥‥‥‥‥‥‥‥ 234

意外な数値 ‥‥‥‥‥‥‥‥‥‥‥‥‥‥‥‥‥‥‥‥‥‥‥‥ 236

世界の‥‥‥‥ ‥‥‥‥‥‥‥‥‥‥‥‥‥‥‥‥‥‥‥‥‥‥ 238

最強最弱、紙一重 ‥‥‥‥‥‥‥‥‥‥‥‥‥‥‥‥‥‥‥‥ 240

新説？アラジン ‥‥‥‥‥‥‥‥‥‥‥‥‥‥‥‥‥‥‥‥‥ 242

黄金世代 ‥‥‥‥‥‥‥‥‥‥‥‥‥‥‥‥‥‥‥‥‥‥‥‥‥ 246

謀（はかりごと）多きは勝ち ‥‥‥‥‥‥‥‥‥‥‥‥‥‥ 248

真の侍、樋口季一郎 ‥‥‥‥‥‥‥‥‥‥‥‥‥‥‥‥‥‥ 250

見方変われば ‥‥‥‥‥‥‥‥‥‥‥‥‥‥‥‥‥‥‥‥‥‥ 252

方言を使おう！ ‥‥‥‥‥‥‥‥‥‥‥‥‥‥‥‥‥‥‥‥‥ 254

トップの責任 ‥‥‥‥‥‥‥‥‥‥‥‥‥‥‥‥‥‥‥‥‥‥ 256

2000回目の朝 ‥‥‥‥‥‥‥‥‥‥‥‥‥‥‥‥‥‥‥‥‥ 258

災害は忘れたころに‥‥‥‥ ‥‥‥‥‥‥‥‥‥‥‥‥‥‥ 260

強きを助け、弱きをくじく ‥‥‥‥‥‥‥‥‥‥‥‥‥‥‥ 262

良い機会！ ‥‥‥‥‥‥‥‥‥‥‥‥‥‥‥‥‥‥‥‥‥‥‥ 264

第二次世界大戦の亡霊 ‥‥‥‥‥‥‥‥‥‥‥‥‥‥‥‥‥ 266

「42」 ‥‥‥‥‥‥‥‥‥‥‥‥‥‥‥‥‥‥‥‥‥‥‥‥‥‥ 268

38年ぶりのアレのアレ ‥‥‥‥‥‥‥‥‥‥‥‥‥‥‥‥ 270

"新"お笑い三人組 ‥‥‥‥‥‥‥‥‥‥‥‥‥‥‥‥‥‥‥ 272

幸か不幸かを決めるのは？ ‥‥‥‥‥‥‥‥‥‥‥‥‥‥‥ 274

歴史は真実か？ ‥‥‥‥‥‥‥‥‥‥‥‥‥‥‥‥‥‥‥‥‥ 276

2024年（コロナもほとんど収まり、さあこれから、と言うときに元旦から能登半島沖地震や日航機と自衛隊機の衝突など、何やら波乱の幕開け）

- 今そこにある"幸せ"・・・ 280
- 時代遅れの男・・・ 282
- 「建国記念"の"日」を祝う・・・・・・・・・・・・・・・・・・・・・・・・・・・・・・・・・・・・・ 286
- 言論の自由とは？・・・ 288
- 名誉回復・・ 290
- オッペンハイマーは悪魔か？・・・・・・・・・・・・・・・・・・・・・・・・・・・・・・・・・・・ 292
- 企業倫理とは？・・・ 294
- 常在道場？・・・ 296
- 遠い南の武士の道・・ 298
- 痩せ我慢のすすめ・・ 300
- 60歳からは、7・5・3・・・ 302
- 命もいらず、名もいらず・・・・・・・・・・・・・・・・・・・・・・・・・・・・・・・・・・・・・・・ 304

- あとがき・・ 307

50代前半の著者

xi

サムラの直言
「仕事はうまく行かないのが普通」

> 仕事はうまく行かないのが普通。
> うまくいかないからこそ
> 皆さんが必要なのです。
> そして逆境の時にこそ、
> リーダーの本当の価値がわかります。
> 部下の士気を奮い立たせて
> 敢然と向かって行くのがリーダーです。

「みんな負けるな！」

2018 年

2月　平昌冬季五輪で高木姉妹やカーリング女子大活躍「そだねー」が流行語になる。／3月　森友学園問題／11月　日産ゴーン会長逮捕

ちょうど平昌冬季五輪で盛り上がっていた時にブログ開始

▶2018.2.27 No.1

最後まであきらめない！

　平昌オリンピックは良かったですねえ。選手たちの最後まであきらめない姿に感動しました。

　「最後まであきらめない」と言うと、昔の話ですが、強烈に私の印象に残っていることがあります。中学生の時でした。

　クラス対抗のソフトボール大会があり、私はそこそこ得意な競技でとても楽しみにしており、リーダーシップをとってみんなの打順や守備を決めていました。私から見ると、我がチームは、１番から５番バッターまでは期待できるが、６番以降はほとんど期待できないチームでした。

　さあ、試合も進み決勝戦でライバルの組と対戦、７回制ですでに７回表を終わり１対３（だったと思う。）最終回の裏、３番が出塁、さあ私がホームランで何とか同点と意気込み、バッターボックスに入ったが、あえなく三振、続く５番もアウト、ツーアウトランナー１塁で、ほとんど期待できない６番からの４人、完全に負けたと思い、バッターボックスの方を見ようともせずに、**「あ〜あ、負けた！」と大きな声でぼやく私。**バッターボックスの子は、おとなしく申し訳なさそうな顔で、すでに２ストライク、ところが、３球目にバットにボールが当たり、内野の間を抜けて３試合目で初めてのヒット、続く７番も何とかボールに当たると相手内野がエラーで満塁、でもあとの二人は、さらに期待できず、ヒットを打ったのを見たこともない子でした。その８番もふらふらと上がったボールが野手の間に落ちて１点が入り、９番はさすがに無理かなと思ってたら、この子も初ヒットでサードランナーが帰って同点、さらに相手が連携でエラーをした間にセカンドランナーも帰って逆転サヨナラ。

　何ということ、自分で選んでおいて、その仲間に期待もせずに、おのれが三振したら腹を立てて試合をあきらめ、まだ終わってないのに大きな声でボヤくなんて**本当に最低だなあ**、と恥ずかしく感じたことを今でも覚えています。自分の中では奇跡が起こったとしか思えませんでした。

　それ以来、「最後まで何が起こるか、わからんぞ！」と、思えるようになった気がします。事実、その後、えっと思うような逆転劇を人生の中で多数経験しました。今、不幸だとか、うまく行かないと嘆いている人たちは、最後まであきらめずに、ほんの少しの可能性でも、それを信じて頑張ってみたらどうでしょうか？

　スポーツは、そのことを見事に教えてくれますね。人生、最後まで**ネバーギブアップ**ですね。

▶ 2018.4.29　　　　　　　　　　　　　　　　　　　　　No.7

価値観の違う人と付き合う in NY

　まず最初に、**ここは通天閣の前ではありません。**先日、ニューヨークに23年ぶりに行く機会があり、この写真をメールしたところ、「通天閣の前？」と言って返事をくれた人がいました。アジアの人が多いのでニューヨークと思えないそうですが、ここは間違いなくタイムズスクエアです。観光スポットだけあって、世界中の人たちが集まって、多民族国家のアメリカを現す言葉どおり、まさしく「人種の坩堝（るつぼ）」です。前回は、ちょうど阪神大震災真最中で、遠い地から日本のことを心配し、ゆっくりできませんでしたが、今回は少し観光もできて、良い思い出になりました。

　ここでは、たくさんの人がパフォーマンスをしたり、ド派手ないでたちをしたり、まあ人を見るだけでも面白い場所です。

　そのたくさんの人の中にプラカードを掲げて立っている若い人がいます。何だろうと近づくと「9.11 LIE」と書かれていました。ボストンマラソンの爆破事件を扱った映画「パトリオット・デイ」にも犯人のイスラム教徒が、人質を取って車で移動するときに人質に対して「9.11は嘘なの知ってるか。」と言うシーンがあります。まあ、どういう気持ちで「嘘だ。」と言ってるのかは知りませんが、アメリカのムスリム（イスラム教徒）の中には結構いるらしいです。ただ、9.11の博物館に行って、大きな鉄骨がくにゃりと折れ曲がった展示物や3000人の亡くなった方たちの写真を掲示しているスペースなどを見ていると広島や長崎の原爆記念館に行った時の重苦しい気持ちを思い出し、到底ウソなどとは思えません。

　考えてみれば、9・11もそうですが、宗教の違い、人種の違い、民族の違いなど異なる考えや主義主張は、異なる価値観から生まれます。そして、それがもとで衝突が起こる訳ですが、厄介なことに相手と価値観が違うので、それぞれが**自分のやっていることが正しいと信じているのです。**戦争やテロと言う大きな話だけでなく、通常の生活の中でも少なからず価値観の違う人がいます。「何でそんなことす

ようにして聞いてきます。「そういえば、何年か前に来たかなあ？」と答えると、にっこり笑って「ありがとうございます。」と言うので、「えっ何？」と聞き返すと、「**実は私……、あの時、先輩に連絡してアイラを教えてもらったのが縁でその先輩と結婚したんです。**」とのこと。満面の笑顔で「アイラモルトもたくさん仕入れました。どれになさいますか？」

と、注文を聞く**左手の薬指には、キラリと指輪**が光っていました。なるほど、私が「愛のキューピット」だったのか、と嬉しくなってその日は結構飲みました。人の人生って、どこで何が起こるかわからないですね。今でもアイラを飲むと、その時のことが思い出されます。

酒飲みも、まんざら捨てたもんじゃないでしょう！

こんなことを書いてるとアイラが飲みたくなったので、昼間っから軽く一杯やろうと思います。「いただきます！」

アードベッグ蒸溜所

アイラ島の街並み

▶ 2018.4.11　　No.5

アイラモルトのいい話

　大体において酒飲み、特に私のような大酒飲みは酒で人様のお役に立つことなどほとんどありませんが、アイラウイスキーにまつわるちょっといい話を書きたいと思います。

　アイラモルトウイスキーとは、スコットランドのアイラ島と言う小さな島で作られているウイスキーで、島特有の海草が堆積されてできたピート（泥炭）で香り付けをするので独特の香りがします。**平たく言えば、"ヨードチンキ"みたいな匂いです。**最近でこそ、結構ファンも増えてどこのバーにも置いてありますが、20年以上前はまだマイナーな存在で、"知る人ぞ知る"と言う感じでした。

　そのころ、たまたま、大阪の高槻あたりで飲む機会があり、二次会で近くのバーに入りました。店には、まだ若いキリっとした女性のバーテンダーが一人できりもりをしてて、なかなか良い店と言う印象です。早速、「アイラモルトありますか？」と聞くと、「えっ、すみません．それは何でしょうか？」と申し訳なさそうな返事。知ってることを並べて説明する私、大体の説明が終わると手にボールペンで"アイラ"と大きく書きながら、「ちょっと待ってください。」と言って電話を始めました。近くで先輩がバーをやっているらしく、アイラが店にあるかどうか尋ねている感じで、その店にアイラモルトがあることを確認すると、おもむろに、「すぐ近くですから案内します。」そこまでしなくてもと言ったものの、店には常連さんが隅で飲んでるだけで、「大丈夫ですから、どうぞ。」そこまで言われたらついていこうと思い、歩いて数分の店に着くとこちらはスッとした男性がやっている店で、さすがにアイラの銘柄もボウモア、ラフロイグ、ラガブーリンとそこそこ揃っており、その日は2～3杯飲んで帰宅しました。

　話はこれからで、その後2年くらいして、また高槻で飲む機会があり、何気なく入ったバーは例の女性バーテンダーの店、私は行ったことも忘れていた感じですが、向こうから**「アイラを教えてくれた方ですよねえ？」**と私の顔を覗き込む

▶ 2018.3.30　　　　　　　　　　　　　　　　　　　　　　　　　　　No.4

山の中の桜の木

　平成30年3月30日、午後3時にブログを書いてます。今年は桜が一斉に咲き乱れ、あちこちで美しい姿を見せてくれています。京都では円山公園や嵐山、鴨川沿いやたくさんの神社仏閣などそれは奇麗ですし、たくさんの人が見に来ています。
　そんな素晴らしい桜たちと対照的に、近くの山の中にも桜がポツンと咲いてました。よく見ると、あっちの山にもこっちの山にも雑木に紛れながら、誰に見せるわけでもなく、また誰も手入れしなくても毎年春になると必ず花を咲かせます。**人が見ていようが見ていまいが、褒められようが褒められまいが、山の桜は、手を抜くことなく、春が来れば自分の仕事を一生懸命に全うするのですねえ。**
　人の世界に例えて言うと、有名な桜の名所が映画の主役なら、山の桜はセリフもないただの通行人かもしれません。また、常にスポットライトを浴びながら仕事をしてる人に対して、誰も気づかない地味な仕事のようでもあります。しかし、地味な仕事、裏方の仕事でも、それがないと世の中、回らなくなります。どんな仕事、どんな存在でも大事だということでしょう。そして、どんな仕事でも一生懸命にやっている人は、美しいものです。もし、「目立たない地味な仕事は嫌。」とか「誰も褒めてくれない！」とくさっている人がいれば、山の桜に笑われます。武者小路実篤の言葉に**「人見るもよし、人見ざるもよし、我は咲くなり。」**というものがあります。どんな時でも影日向なく全力を尽くす。まさに山桜、そして人間もそうでないといけません。人が見ようが見まいが山桜に負けないようにがんばりましょう！

〔もう一言〕
　山の桜と言うと、私の高校時代、いかにも実直そうな先生が剣道部におられ、その先生が誰もいない道場で一人素振りを黙々と何百回もこなしているのを隣の柔道場から見てました。（私は中学～大学まで柔道部でした。）その先生が定年後、**雨の日も風の日も毎日朝早く誰もいない公園で、**子供たちが楽しく遊べて怪我をしないよう、小石を拾ったり草をむしったりと一人掃除を続けていたことを、亡くなった後に聞きました。いかにもその先生らしいエピソードです。山の桜も一目置くような、素晴らしい生き方でした。合掌

るの?」「あんな考えの人とは、合わない。」等、人付き合いで悩むことになります。それは、相手が自分と同じように考えると思うからです。自分とは価値観が違うのに、同じように考えるはずがありません。そんな人たちに無理やり合わせようとしたり、好きになろうと**頑張ればストレスで心を病む原因**にもなります。また、その人のことが気になって無駄な時間を使ったり、仕事がおろそかになっては、人生にとって大きなマイナスです。

　そんな時は、「あの人は、そんな人。」つまり、**自分とは考えも価値観も違う人、まるで宇宙人やなと思うことです**。人類に危害を加えない宇宙人と思って付き合えば、宇宙人が何を言おうが、何をしようが、「さすが宇宙人、やっぱり違うねえ。そんな考えするんだ。」と少し距離を置いて考えることができます。これ、案外気が楽になるものですよ。もし、あなたのそばに嫌でたまらない人がいたら、早速心の中で「宇宙人や、宇宙人なんや。」とつぶやいてみてください。宇宙人と意見が合わないのは当たり前ですから、**同じ結論にならなくても腹は立たないし、気にすることもありません。**

　ぜひお試しを!

　せっかくニューヨークに行ったのに、変な話になりましたが、ニューヨークだけでなく、東京も大阪も、また都会だけでなく、どこにでも宇宙人は、たくさん居そうな気がしますね。

　周りを気にせず、マイペースで行きましょう!

小学校の思い出①

とにかく、規格外の大きさで小6の時には身長が169cmありました。
自分だけ特別視されるのが、いやでしたねえ。でも、どうしても目立つので鼓笛隊の隊長とか学芸会の主役とか、人ができないこともやらせてもらいました。

▶ 2018.5.22　　　　　　　　　　　　　　　　　　　　No.9

親の意見となすびの花

「親の意見となすびの花は、千に一つも仇(あだ)はない。」こんな言葉聞いたことないですか？　なすびは花が咲けば、必ず実になるそうです。つまり、なすびの花が千本咲いたら、全てが実になり無駄なものはひとつもない、親の意見も千の内、無駄なものは一つも無いのでよく聞いときなさい。と言った意味です。

　話は変わりますが、西城秀樹さんが亡くなりました。千代の富士が亡くなった時も年が同じなので驚きましたが、今回も私と同じ年の63歳、早いなあと思いながらも自分もそんな年になったのかと複雑です。2003年に西城秀樹が最初の脳梗塞で倒れたとき（まだ47歳のころ）に、私の母親が何回も「酒を飲みすぎるな！」「酒を飲んでサウナに入るな。」「食べるものに注意しなさい。」「太りすぎは万病のもと。」「西城秀樹と同じ年なんやから注意しなさい。」と言ってました。

　その当時は、「何をそんなこと、大丈夫！大丈夫！」と気にもしてませんでしたが、今思うと体を気遣う言葉だけでなく、親の意見は人生の中で役に立っていることが多々あるようです。

　小さいころ、宿題等やらなければならないことを私がぐずぐずしてやらないでいると、「どうせ、いつかはやらないといけんのやろ。それなら、早くやってしまった方が後が楽しいよ。なんでも"楽あれば苦あり、苦あれば楽あり"ですよ。」などと言われていましたが、おっしゃる通りですね。今でも耳に残っています。

　本来、親や先生や上司その他、目上の人の意見は、千に一つの無駄もない、はずですが、最近はそうでもないようです。つい、今しがたも日大のアメフト部の選手がテレビで会見していましたが(注)、堂々として立派でした。それに比べ、指導する大人の卑劣で情けないこと。コーチが、「相手をケガさせたら次の試合で得になるからやれ！」などと信じられないことを言ってるようで、これが真実ならば、全く何を指導しているのか、**指導者失格**ですね。スポーツはもちろんですが、ビジネスに

おいても同じようなことがありそうです。「勝てば手段を選ばない。」と言う考えは一見正しいようですが、**ほとんどが短期志向**で行き当たりばったりの施策です。たまたま、ビジネスにおいて良い結果になったとしても長い目で見たら良い方向には進みません。相撲で、はたき込みや引き技がありますが、大体この技を多用するようになったら成長は止まります。苦しくても堂々と前に出る、そんな人が大関・横綱になっています。仕事で苦しいときに「や〜めた。」とあきらめたり、簡単に儲かるからと、何か法に触れるようなこと、法に触れないまでも相手をだますようなことをしては、結果的に**「天に向かって唾を吐く」**ことになり、最後は良い結果は生みません。

　物事は、どちらの選択肢を取ろうかと**迷ったら、難しい方（危険な方）を選択**すれば、ほとんどが正しい選択である。と言う言葉があります。何もしなかったり、安易な方に流れることの方が、もっと状況を悪くします。たぶん、私のこの意見も「なすびの花」と同じで必ず実になることと思います。（そう願っています。）

〔もう一言〕

　反対に、花は咲いても実がならないのが金木犀らしいです。金木犀の花は咲いてもほとんど実にならないそうなので、もし、嫌な上司やうっとうしい目上の人がいたら、こう言ってみましょう。「いや〜、まるで金木犀のような素晴らしい意見ですね。」→実にならない

　と、ここまで書いたところで、「俺の意見となすびの花は、千に一つの仇もない。」などと思って意見の押し売りをしてると、その内、**「お前の意見と金木犀は、千に一つも実にならない。」**と言われそうなので、今日はこの辺にしときます。

（注）このころは、日大アメフト部の不祥事や理事長の言動など、連日テレビをにぎわしていました。
　　それ以来、日大にはいろいろ風当たりが強くなったみたいですね。

▶ 2018.6.11 　　　　　　　　　　　　　　　　　　　No.11

月光仮面になる！

　小学生に、将来何になりたいか、と聞くと男の子の1位は学者・博士、女の子はパン屋・ケーキ屋等の食べ物屋さんらしいです。私は、小学校低学年の時は「**月光仮面になりたい。**」と言ってました。

　♪どこの誰かは知らないけれど、誰もがみんな知っている♪　ご存知？　のテーマソングで始まる昭和30年代のヒーローです。私が小さかった時は、ようやくテレビが一般家庭に普及し始めた時代ですので、各家庭に一台ではなく、近所のちょっとお金持ちの家にだけテレビがありました。近くの子供たちは、夜の6時くらいからお楽しみの番組があるので、急いでご飯をかきこみ、三々五々集まっては、ドキドキしながら番組の始まりを待っていました。

　そんな時代の男の子たちの圧倒的ヒーローが今回のタイトル「月光仮面」です。そのころ、大体の子は小学校低学年の頃は月光仮面になりたい、小学校高学年では野球選手、その後、伝記本などを少し読み始めると医者や学者等、それぞれ、いろんな憧れはあるのですが、総じて言うと、**だんだん現実が見えてきて憧れの大きさがしぼんでくる。**そんな気がします。月光仮面になりたい！……無理。野球選手になりたい！……無理。　○○になりたい！……無理。こんな感じで何回か夢と現実を天秤にかけることを繰り返して大学を卒業するころには、ほとんど現実に近い、夢ではなく、なったらいいけど、くらいになっていきました。そうして社会に出ると、ますます現実が見えてきて、月光仮面になりたかったことなど、頭の中からすっかり消えていました。

　そうしてニッセンに入って中年になったある時、「**いや、待てよ。月光仮面になれるかもしれんな。**」と思うことがありました。それは、自分一人の力は大したことないが、会社と言う組織を通すことで弱きを助けることは可能だなと思い、そのころから会社の究極の目的は「**世のため人のため**」にある、と公言するようになりました。その当時、よく社員の方には話しましたが、母子家庭の方から「ニッセンの子供服は安くて種類も豊富なので毎シーズン子供に服を買ってやることができます。**ありがとう。**」とか、大きなものを運ぶことができなかったが家まで運んでくれて**本当に助かる**、自分に合うサイズがあってうれしい等々、その他多くの感謝のお言葉をいただいたことは、今でも誇りに思っています。それから、天災等で被害に遭われた

方々に対しての支援も、充分だったかどうかは分かりませんが、できる限りのこと
をやれて当時の社員の方には感謝しています。

　今は大きな組織を動かす立場ではありませんが、顧問や取締役をしているいくつ
かの企業には、「世のため人のため」にと言う話もさせてもらってます。また、個
人的には九州で 100 円パンの店を経営していますが、お年寄りの方や小さなお子様
のいる家庭の方などからは、大変好評をいただいて喜ばれています。仕事を通じて、
そしてプライベートでも、生きている間は小さい事でもいいので「世のため人のた
めに」自分もできることをやって行けたらいいなと思っています。

　そう言うと、「偽善だ。」とか「本気で考えてないくせに。」とか、「相手の気持ち
がわからないのに」とかいろいろ言う人もいますが、私は偽善だろうが本気ではな
かろうが、**やらないよりやった方がずいぶん価値がある**ように思います。俳優の杉
良太郎さんは 80 人以上の養子を育て、昔から福祉や支援に大変積極的に取り組ん
でいるのですが、その杉良太郎さんが、あるインタビューに答えて言った言葉があ
ります。ある記者が、「あなたのやっていることは、偽善や売名行為ではないか？」
と言う質問に**「そうです、偽善で売名ですよ。」**「偽善で今まで数十億を自腹で出し
てきました。私のことをそうおっしゃる方々も、ぜひ自腹で数十億出して、名前を売
ったらいい。」と遠山の金さんよろしく啖呵を切ると、質問した記者や会場はしーん
としたそうです。そして、寄付をするお金がないと言う人には、諭すように「確か
にお金がないと見栄えのよい支援はできません。ただ、お金がない人は時間を寄付
すればいい、お金も時間もない人は、福祉に理解を示し、実際にやっている人に拍
手を送るだけでも充分でしょう。福祉とはそんなものです。」

　いや〜、かっこいいですねえ。

　冒頭の月光仮面のテーマソングの続きは、♪月光仮面のおじさんは、正義の味方
よ、良い人よ。♪です。まあ、正義の味方にも良い人にもまだまだですが、確実に
「おじさん」には、なってますね。「えっ、おじさんじゃなく、おじいさん？」「う
るせい！」

11

▶ 2018.6.18　　　　　　　　　　　　　　　　　　　　No.12

なぜか、ブロークンウインドウ理論

　6月16日に2店舗目のパン屋さんが、福岡県糟屋郡志免町というところにオープンしました。おかげさまで大盛況でオープンを飾ることができました。お花もこの写真の後に倍くらいの数が来て、華やかな開店になりました。その際にお客様から、「花を持って帰っていいですか？」と聞かれるので、「すみません、明日も朝からグランドオープンですので、できましたら、今日明日はそのままにしていただくとありがたいです。」と答えていました。その後、大体朝の7時から昼1時くらいまでは、まだまだ豪華な花が店を飾っていたのですが、2時くらいに見たときに「抜けているなあ。」と感じ、さらに、その30分後くらいに見てみると、たった30分ですが見るも無残にガンガン抜けて、何人かのお客様が、ごっそり最後の花を持って帰るところでした。別に持って帰ってもらっても全然いいのですが、それを見てると、誰かが1本2本抜くと、一挙にみんな抜いていく、まさに**ブロークンウインドウ理論（割れ窓理論）**だな、と感じた次第です。

　さて、ブロークンウインドウ理論とはアメリカで出てきた理論ですが、二台の車を放置しておき、一台の方は普通に駐車し、もう一台はその横に窓を割って置いておく、数日経つと、何もしてない車はそのままなのに対し、**窓を割った方の車は、**タイヤからシートから何から何まで勝手に持って行かれボロボロになっていました。つまり、窓を割って放っている車に対しては罪悪感を感じにくく、みんながしているのだからいいだろうと、勝手に判断して犯罪を犯すのです。犯罪と言えないようなちょっとしたことでもそのままにしておけば、エスカレートしてあっという間に犯罪が広がるそうです。例えば、どこかに勝手にゴミを捨ててると、なぜか、そのあとみんな、同じ場所に捨てて、あっという間にゴミ捨て場になります。でも最初のゴミを片付けると、そこはきれいなままです。つまり、小さなことでも放っておかず、きっちり処理をしないといけない、でないと大きな問題になるよ、と言う理

論です。

　その理論を実践した人がいます。ニューヨークのジュリアーニさんという市長が1990年代に行った施策ですが、何をしたかと言うと、まず、地下鉄や町の壁にある落書きを消して行き、違法駐車などの軽犯罪も徹底して取り締まりました。そうして5年間経つと、軽犯罪だけでなく殺人や強盗、婦女暴行等の重犯罪も大きく減ってニューヨークの治安が著しく回復し、観光客も増えてきたそうです。驚くのは、**殺人は何と5年間で67.5％も減った**との報告があります。確かに今年の4月にニューヨークに行った時も、前回（1995年）と比べると明らかに町はきれいで、安全だと感じました。

　ビジネスにおいても同じようなことがたくさんあります。凡事徹底、小さなこともおろそかにしない、それをやったのが、松下幸之助でした。整理、整頓、清潔、清掃、躾の5Sを始め、道を歩くときはポケットに手を突っ込まない、靴をそろえる……。この何でもないことができないと大事はできない。そうやって、天下の松下電器を作ったのです。ただ、それらは当たり前のことですが、ひとつずつ徹底させるのは難しいことです。でも、その小さなことをやり続けないと、**ブロークンウインドウの車**のようになってしまいます。

　会社の中だけではなく、人間関係においても同じで、お礼とか、相手に対する気遣いとか、小さなことでも、はっきりと相手に伝えて、コミュニケーションを円滑にすることで理解も進み信頼関係にもつながります。**知らん顔とか、放っておくことが一番ダメなことだと思います。**

　あなたの身近に、ひょっとしたら窓の割れた車と同じように**周りからほっとかれている人**がいるかも知れません。そんな人を見つけたら、積極的に声をかけて割れた窓を修復していきましょう。

▶ 2018.6.30　　　　　　　　　　　　　　　　　　No.13

マズローの欲求5段階説

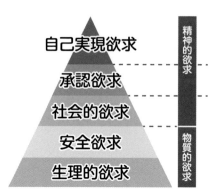

「マズローの欲求5段階説」は、アメリカの心理学者アブラハム・マズローが提唱した理論で、人間は、低次元の欲求が満たされて初めて次の段階の欲求に移る、と言うものです。この理論が提唱されたのは、1900年代の半ばですが、東洋には2000年ほど前から「衣食足りて礼節を知る」と言う言葉が管子と言う書物にありました。

　　　　　　　　西洋人よ、今頃気づいたか！と、自分が書いたように偉そうにするのは横に置いといて、このマズローの欲求説は人間だけでなく企業にも当てはまると思っています。企業も創業時から数年や苦境の時は、生き残れるかどうか、その時その時、何とかつぶれないようにがんばり、その後ようやく、少し先のことを見据えた安定経営を考えることができます。さらに社会の中で自分たちの立ち位置を考え、孤立しないように周りと歩調を合わせ、**世のため人のためになる企業へと成長する**、そして最後に他に真似のできない独自のビジネススタイルを築きたい、と変わって行くものだと思います。

　例えば、生きるか死ぬかの状態の時に悠長に社会貢献だと寄附をして、それが原因でつぶれては何もなりません。逆に、生きるか死ぬかはとうに通り越し、ある程度安定もしている会社が、いつまでも自分さえ良ければ、社会貢献や周りのための施策はする必要がない、と言うのも企業の存在価値を下げることになります。私が助言やサポートをするときには、今置かれている状況はどの段階で何が一番重要かを考えるようにしています。

　"企業が生きるか死ぬか"と言うと、こんなエピソードを思い出します。1990年代の半ば、極端な成長のひずみからニッセンは、一時苦境に立たされたことがありました。赤字で社員のボーナスも出せないと言う中、やむを得ず大人のおもちゃやアダルトビデオの販売と言う禁じ手を提案したことがありました。これは絶対に儲かるけれど社会的な評価は一時的に落ちるものです。その時の役員会では、ほとんどの方が

大反対、口々に「君は何を考えてるのか。」「上場企業としてやるべきことか。」……しばらく反対意見や私の認識についての批判があり、「ああ、やっぱりな、難しいなあ。」と思いながら聞いていました。その時、それまでずっと、黙って聞いてた川島社長（創業者で当時の社長）が、一言「**君らは他に代替え案があるのか！**」と、場を制する毅然とした声で発言されました。場はシーンと静まり返り、そのあとに「代わりの案がないなら文句を言うな、佐村君やれ！」それで会議は終わり、やることが決定しました。

ところが、会議が終わった数時間後に川島社長から社長室に来い、と電話があり、急いで行ってみると当時のメインバンクの役員の方が数人同席していました。その銀行出身の役員の方がニッセンにおられたので、電話で聞いてすぐに飛んでこられたようです。役員会と同じように数人の方から、「上場企業ともあろう会社が……」「こんな恥ずかしいものをよく平気で……」「メインバンクとしては、賛成できまへん。……」とさんざん批判されていたのを聞きながら「やっぱり無理やった。」と観念していた時に川島社長がボソッと一言、「言うことはそれだけか？」さらに銀行の役員の方に語気を強めて一言「**あんたら、エッチしたことないのか！**」相手が、ウッと返答に困っていると「人間の本能を手助けして何が悪い！」「あんたらもエッチくらい、したことあるやろ。」その言葉に「いや……」「あの……」「まあ……」と要領の得ない返答に終始し、結局、いそいそと帰られました。

結果的にこの企画は成功し、年末の社員のボーナス分くらいを稼ぐことができました。それにしても、その時の川島社長の**生きるためなら泥水をすすっても生きて行く、**という執念には、すごい人やなあと感動しました。生きるか死ぬかの時に、恥も外聞もない、ただ純粋に生きることのみに専念する。企業は、まずそこから始まるのでしょうね。

これには後日談があります。その後１～２年で業績も上向き、利益も出るようになった時に川島社長からよばれて一言、「佐村君、もういいやろ。」もちろんアダルト関連の企画だと分かったので、「わかりました。次回からやめるようにします。」「うん、それでいい。」その後、私がいる間、ニッセンではその企画は封じてきました。

さて、川島社長が亡くなられて早いもので18年。今でも時々夢の中でお会いしていますが、ほとんどが叱られている場面です。このまま向こうの世界に行くと、また叱られそうなので、

しばらくは行くのを控えておこうと思います……。

15

▶ 2018.7.30　　　　　　　　　　　　　　　　　　　　No.16

未来の大先生

　いや〜、驚きました。そして、感動し、反省もしました。2018年松本清張賞の「天地に燦たり」素晴らしい本です。書いたのは、現ニッセン社員の川越宗一君と言う人です（写真左）。今回のブログのタイトル「未来の大先生」は決して揶揄してるわけでも、また嫌味を言ってるわけでもありません。そうなる可能性がある、そうなってほしいと言う気持ちで、このタイトルにしました。

　川越君は私がニッセンの社長時代に確か初めは**パートで入ってきました。**コミックバンドをやりたいと言う変わり種で、はっきり言って**「仕事には向かないなあ。」**と言う印象でした。また、風貌からも人を笑わす感じではなく、黙っていれば「古武士」のような趣きで、また、人前では少しあがり症のところもあり、これはお笑いにも向かないんじゃないか、と勝手に思っていました。本人はまだコミックバンドの夢が捨てきれないようで、しばらくの間は腰掛程度で仕事を考えていたようにも思います。その後、コミックバンドは無理だと自覚したのでしょうか、少し仕事にも打ち込むようになったようです。

　それでも仕事がデキルと言う印象は全くなく、社員には難しいかな、と思っていましたが、人間の才能は、見えているものは氷山の一角と同じで**全体の10％程**度でしょうか、大半は表に見えないところにあるようで、ある時、"**ニッセンのスミス**"という名前でEコマースのキャラクターを演じ、いろんな情報発信をする担当になりました。そうすると今まで隠れていた才能の一つが現れたのでしょう、内容が面白いし、取り上げる物事もユニークでお客様の中からは、スミスファンが急増し、とても驚きました。そのような活躍があったので、彼のことは大いに見直して、社員登用試験（面接）を経て社員になってもらいました。私はその後ニッセンを去ってしまったので社員になってからの彼の活躍は知りません。

　それが、今年の4月に"**あの川越君**"が**松本清張賞**を取ったと聞き、それは驚きました。しかし、本当の驚きはその後で、コミックバンド志望の彼のことですから、現

16

代の笑いのある推理小説かな、と思っていたら本格的な歴史小説、しかも誰もが知っている人が主人公ではなく、薩摩の大野七郎久高と言う戦国末期の侍大将とその時代に翻弄された人たちの話、とのこと。

そして、実際に読み始めると、またまたびっくり、論語、孟子、大学、中庸、儒学等々の文献から、さらに克明に調べたその時代背景のち密さ、そして、単なる歴史小説にとどまらない**「人とは何か？」「どう生きるべきか？」**と言った壮大なテーマで、読んだ後は……すがすがしい清涼感、そして、**素晴しい！**の一言でした。

人の才能は、90％が普段隠れていると言いましたが、本当にそう思います。今回、川越君にはいろいろ教えられました。世の中見渡すと、才能の一部しか見えていない中で、その見えている部分だけをとらえて、大したことないとか、つまらん奴だと思い、上から目線で接する人たちは、全くもって**「愚の骨頂」**、自分の能力の無さを披露しているのと同じです。権威だけを振りかざす偉そうな上司、その上司に取り入って、おこぼれをもらう哀れな小心者、力もないのに自分が上だと思い他人を見下す勘違い野郎、川越君の周りにも多いのでしょうか、この小説にもそのような人たちが出てきます。本の中では次のような論語の句で批判しています。**「心根のまっすぐな人を上に置けば民は従うが、曲がった人が上になると民は離れる。」**まっすぐな人は、読んで字のごとく正直、まっとうな人、そして相手に礼をもって接することができる人のことだと思います。礼をもって接するとは、立場が上であろうが下であろうが、人と接するときには、相手は表で見えている以上に力があり才を持っている、だからこそ、礼をもって人に接しなくてはならない、そうすれば自ずと相手も、同様の気持ちで接してくれるでしょう。そのような関係から初めて、お互いの隠れた才能も見えるようになり、豊かな人間関係が築けるものだと思います。**人を認めて、礼を尽くして人と接する**、それができれば気持ちは通じ合い、争いはなくなり、延いては人の世の平和と幸せが来る。川越君のメッセージは、そんなところにあるような気がします。今回は、60を過ぎて、また新たなことを教えてもらったようで川越君には感謝しています。（その後、川越君は、2020年に「熱源」で直木賞を受賞しました。）

みなさん、改めて周りの人をもう一度見直してみましょう。その人たちは才能の10％しか見せていないのです。残りの90％がこれから出てくると思えば、興味がわきますね。

最後に川越君、社員に向いてないとか、いろいろ書きましたが、ごめんな。

他にも今まで（今現在も）大変、礼を失した接し方をしていた方々に、この場を借りて謝りたいと思います。結構な人数でしょうね。すみません。

▶ 2018.8.8　　　　　　　　　　　　　　　　　　　　No.17

負けに無駄なし

　いよいよ、第100回記念の高校野球が始まりました。

　ここでクイズです。今年の参加校は全国で3781校だそうです。さて、地方予選から始まり、甲子園での優勝が決まるまでの試合数は、すべて合わせると何試合でしょうか？

　「さあ、電卓だ！」とか、「そんなん無理！」とあきらめている人は、頭が固いかもしれません。答えは、3780試合です。なぜなら、トーナメント形式と言うのは、1試合で1チームが負けて落ちて行きます。勝ったところは、また勝った同士が戦って、1試合で1チームが落ちて行く。そうすると、優勝と言うのは最後の1チームが残った状態ですので、3781チームが出て3780試合で1チームずつが落ちて行き、最後の1チームが残る、と言う訳です。つまり、参加数－1がトーナメントの試合数なのです。だから、もし10チームなら9試合、100万チームが出たら、999,999試合となります。

　従って、今年の高校野球では、3781チームが出て、負けを経験しないチームは1チームだけ、他の3780チームは、どこかで負けを経験するわけで、しかも全て最後の試合が負け試合、**負けて終わるのが3780チーム、勝って終わるのは1チームだけ**。そう考えると、意外と残酷ですよねえ。

　今日は、その"負け"について勝手に一言。負けについては、印象に残っている場面があります。三国志の物語の中ですが、魏の曹操（ソウソウ）の配下で戦に強い許褚（キョチョ）と言う武将が、たまたま大敗を喫して、「自分は部下を大勢死なせた。責任を取って死なせてくれ！」と泣き叫んでいると、曹操が**「許褚よ、勝った負けたは兵家の常。」**（武将として戦に臨むからには勝つことも負けることもあるものだ。）「たくさん人を殺した医者が一番良い医者と知ってるか。」と続けます。（たくさんの経験を積んだ医者は、手をつくしても患者を救えなかったこともあるだろう、ただし、それだけの経験を積んでいる医者は次にはその経験が活きるので普通の医者より、間違いなく良い医者と言える。）「今、大事なのは、**この負け戦の経験を次の戦に活かして勝ちにつなげることだ**。今、お前が自害したら戦死した部下たちは犬死だ。生きて弔え。」と言うようなシーンでした。曹操と言うと鬼のように非情なイメージがありますが、たまたま、この三国志の編者は捉え方が違うようですね。曹操は立派なリ

ーダーとして描かれていました。

　さて、負けることから学ぶと言う意味では、仕事や人生においても言えますね。ただし、負けが役に立つのは、一生懸命に、持てる力を充分に発揮して負けた時だけかも知れません。**自分の力を出して負けるから、自分の力の無さを感じるし、一**生懸命にやったからこそ、負けた要因が見えてきて、どこをどう直せば勝てるか、と前を向くことができますが、中途半端にやって負けても、何が悪いのか、どうしたら勝てるのか、さっぱりわかりません。だから、何事も「しっかり戦って、ちゃんと負ける。」ことができれば、その負けには価値があり、必ず次につながるものだと思います。

　人生は勝ちと負けの繰り返しです。勝ち負けにこだわりすぎて、先に進めなくなるのではなく、負けたとしても**価値ある負けと割り切って、前を向いて進みましょう。**

　負けに無駄なし、人生、負けもまた楽し！　多少負けても気にすることはありません。いくらでも逆転のチャンスはあると思っています。

　と言ったものの、同じ勝ち負けでもその経験が全く役に立たないものもあります。それはギャンブルでの勝負です。ギャンブルでの負けだけは、何の役にも立ちません。それでもギャンブルをすると言う人や私のようによく負ける人には、次のようなエピソードを紹介したいと思います。

　昔、マカオは一人の経営者が全カジノを所有していました。名前は、スタンレー・ホーと言う実業家です。ある時、マスコミに「あなたは、ギャンブル王と呼ばれて多くのカジノを経営しているが、カジノで勝つ方法はありますか？」と質問されました。スタンレー・ホーは、「**1つだけある。**」と答えました。「それは、どんな方法ですか？」とインタビュアーが続けると、一言、

「カジノを経営することです！」

（と言うことは、カジノの経営者以外は基本的に勝てない、ということなんですねえ。）

　いやあ、おっしゃる通り！　恐れ入りました。

▶ 2018.8.30　　　　　　　　　　　　　　　　　　　No.19

人の迷惑かえりみず

　今から40年以上前のテレビで伊東四朗扮する"電線マン"が、♪電線にぃ、スズメが三羽止まってる、それを猟師が鉄砲で撃ってさ……ちゅちゅんがちゅん……。♪と歌って踊ってたのを覚えていますか？

　その冒頭に電線マンのベンジャミン伊東が「**人の迷惑かえりみず、やってきました電線マン**」と大声で口上を述べるのですが、これが流行ったのは私が大学生の頃で、よく同僚や後輩のアパートに行き、やってましたねえ。「人の迷惑かえりみず、……！」と入り口の前で大声をあげながら、夜中にたたき起こすのですが、まあ、相手はおちおち寝てもいられず、文句を言いながらも仕方なく起きてきます。それからまた、一緒に酒を飲み、歌い、踊り、飽きたら朝まで麻雀するという生活でした。ひどい迷惑ですよね。

　迷惑と言えば、最近、自分が人に迷惑をかけていると全然思わずに平気でいる人が多いように思います。例えば、この間、お盆に九州に行って何人かでうどん屋に行ったのですが、満員で待ち時間が30分から45分とのこと、せっかく来たので仕方なく待っていると、ちょっと気になる**二人ずれのオバサン**がいました。（女性の人には失礼。）その店は100人くらい入る大きな店ですが、店の内外には50人くらいが並んでます。そんな中、2人は食べ終わっているにもかかわらず、15分くらい、**ずっとしゃべり続けています。**その後、ようやく店員さんを呼んだので、帰ると思いきや、「コーヒーば2つ。」と平気で注文してます。「この忙しいうどん屋で、ようコーヒーが頼めるな！　何を考えてるんや。」と言いたいところを、ぐっと我慢して、さらに15分くらいたって、ようやく順番が来ました。案内された場所は、その二人のオバサンの前です。私たちは、ササっと注文しましたが、茹で上がるのに10分くらいはかかります。その間も、まだ帰らず、**しゃべり続けています。**別に話の内容を聞くつもりは全くないのですが、耳に入ってきた内容は、「この間食べた○○の饅頭がおいしかったあ。ガハハハ。」「テレビのあれ、あれたい、あの韓国の俳優。」「あ〜ん、あれね。」「そうそう、あれ、よかねえ。ガハハハ」「日大の理事長の田中とボクシング協会会長の山根が、"新アンガールズ"ば結成したてたい。」「そりゃあ、おかしかねえ。ガハハハハハハ〜。」いい加減にせいよ！　この忙しいうどん屋で、今話さなあかんことか！　結局、私がささっと食べ終わって帰るときに、わ

ざと大きめの声で一緒に行ってた者たちに「人が待ってるので、食べたらさっさと帰ろうか！」と言うと、それが聞こえたのか知りませんが、急に「あっ、ごめん、私、忙しかけん、帰るね。」「ごめん、私も！」嘘つけ〜！うどん屋で1時間以上もしゃべり続けて、何が忙しい！

　他にも、高速道路で、追い越し車線をゆっくり走っている車。追い越し車線なのに80Kmくらいで走り、しかも通常車線にも同じくらいのスピードの車があるときは、最悪ですね。その後ろは、長い車列になってしまいます。また、そういう人に限って、**我関せずで、何キロも並走しています。**他にも、駅で、あと1分で発車という時に、走ってエスカレーターに乗ったら、目の前で大きな荷物と大きな体の西洋人旅行者が2〜3人で道をふさいでいたり、さらに、新幹線に乗ると、大声で叫びまわっている子供に何の注意もしない中国人の親。街中で、スマホを見ながら前を一切見ず、歩いてくる人たち。まあ、たわいもないことかもしれませんが、普通に生きてるだけでも「人の迷惑をかえりみない輩が増えてるように感じます。昔の漫才師（人生幸朗＝古い人は知っている。）ではありませんが、**「責任者出てこい！」**と思わず言いたくなるようなことが多いですね。

　「人のふり見て我がふり直せ！」昔の人はいいことを言ってます。人のやっていることを見て、恥ずかしいなあ、とか、迷惑かけられたなあ、と感じたら、自分もそんなことをやっていないか振り返って反省しなさいよ、と言う教えですが、往々にして、いつも迷惑をかけてる人は、それが迷惑だと思っていないので分からないみたいです。たちが悪いですね。

　さて、電線音頭で日々迷惑をかけていた後輩や同僚も、いい年になって還暦も過ぎ、たたき起こされていた人も電線マンだった人も何人かで集まって飲みました。その際、あれ（電線音頭）は面白かったなあ、と言うと、たたき起こされていた側が、**「まあ、あれから何があっても、大概のことは、あれよりましやったわ。」**とボソッと言ってたのが印象的でした。「そうか、今になってみれば、迷惑じゃなく、良いことをしたんかもしれんなあ。」と、うれしくなって、その日は、たたき起こされた側も電線音頭をくらわしていた同級生も、吐くまで飲ませました。今ごろ、還暦過ぎて、吐くまで飲めたことに感謝してくれてることでしょう。

　「うん？待てよ。」たちが悪いのは俺の事か……？

21

▶ 2018.9.10　　　　　　　　　　　　　　　　　　　　No.20

どちらが表でどちらが裏か？

写真は、前東京都知事の舛添要一さんです。先日、九州で舛添さんを励まそうという会があり、高校の先輩でもあることから参加してきました。昨年、都知事をやめてから電話では何回かお話しする機会がありましたが、お会いするのは久しぶりでした。都知事を辞めた時の印象が良くないのですが、皆さんがどう思おうが、われわれが知る舛添さんは、そんなに悪いことができる悪党ではなく、細かいことに無頓着な気のいいおっちゃん（舛添さん、すみません。）という感じです。それが我々にとっての舛添さんの表の顔です。写真の舛添さんは、急にこちらを向いてください、と言われて少し驚いたような愛想のない顔ですが、議員時代、厚労相時代、新党改革党首時代、東京都知事時代とそれぞれお会いしてきて、今回は、**あくが抜けて一番良い顔をしていた**ように思いました。元々国際政治学者でフランス等で勉強もしていた関係で、「しばらく時間があったので勉強もできた。」と、国際政治について、面白い話もしていました。

舛添さんについては、マスコミ等でいろんな報道がされていましたが、確かに公私混同のところは見られ、細かい言い訳もまずかったし、わきが甘いと言われれば仕方ないなと思います。ただ、すべてがマスコミの言うように悪いことばかりかというと、そうではないところもありそうです。まず、都知事になってすぐに会ったときに、「前都知事のｉ瀬氏や元都知事のｉ原氏は、週に一度くらいしか都庁に来ずに、あとは頼むぞ、と職員に任せているが、**俺は違う、当たり前だが毎日来て、ガンガン職員とやりあっている。**」それから都知事時代に防災について力を入れて、例えば、いつ地震等が起こっても対処できるようにと、防災ガイドブックを都民に配ったり、東京オリンピックの会場等を見直すことで、**2000億円くらい費用の圧縮**をすでに図っていたそうですが、そのような事実はあまり報道されていません。「大体、職員の数が多すぎる。不要な部門や人は減らさないといかん。」と厳しい顔で言われてましたが、ある人に言わせれば、それをやりすぎたから、職員からいろんな情報が流

れて、マスコミの格好の餌食になった、とのこと。(まあ、細かいところのケジメを
つけておれば、問題にはならなかったかもしれません。)i原さんらと比べ、海外出
張費が高いとの指摘も円相場を考えれば、そんなに変わらないようです。また、ス
イートルームが悪いとマスコミは言うが、「ほとんどの人が"sweet"と間違ってい
る。俺が泊っているのは"suite"でミーティング用に複数の部屋がある部屋にして
いるだけだ。」「別の部屋でミーティングルームをとったときの方が圧倒的に高かっ
た。」また、「通訳をつけると金がかかるとマスコミが書いたことがあるが、通訳を
つけずに海外の人と会うと、同行していたマスコミから、相手は何を言ってるので
すか? と聞かれるから通訳をつけたのに、マスコミのためにやったことを今さら金
がかかっている、とは何事だ。」(舛添さんは6か国語を話せるそうです。)「**マスコ
ミは、自分たちの主張に沿わない事実は書かない!**」などと、よほどマスコミに腹
が立つのでしょう、いろんなマスコミが書かなかった事実を酒を飲みながら話して
気炎をあげていました。

　だからと言って、舛添さんが悪くないというつもりはありませんが、今のマスコ
ミの一本調子の報道は、如何なものかと思うときはありますね。一回悪いと決めたら、
とことん追い詰めて世の中から消え去るまで叩く、物事には表と裏がありますから、
両方を知りたいのが我々一般人です。ところが、新聞やテレビを見ると表(裏?)
だけしか、報道せずに多くの人を間違った認識にするケースがあります。しかも、
それが間違いだとわかっても、ほんの数行で「間違いがありました。」で終わる。さ
んざん誤った報道をして悪いレッテルが張られた側は、たまったものではありません。

　マスコミが取り扱う大きな事故や事件だけでなく、われわれの日常でも、人と人
のもめごとや、会社であれば部署間のいざこざ等、周りにはいろんな場面で立場の
違い、見方の違いで生じる**表と裏**をいやというほど見せられます。結果的に、両方
の話を聞かずに失敗したこともたくさんあります。役員に成りたてのころ、年上の
部長から、部下を異動させてほしいと要望がありました。聞いていると、仕方ない
な、と思い他部署に異動させたのですが、後から聞くと部下の言い分の方が正しく、
その部長に対する周りの評価も上と下とでは対応が全然違うとのこと。それからは、
ちゃんと表裏両方の話を聞いて判断するようしたつもりですが、本当に公平に判断
できたか、自信がありません。これからも単純に一方の面だけで物事を信じずに、
表裏両面見れるようにしたいですね。

▶ 2018.10.19　　　　　　　　　　　　　　　　　　　　No.24

得意技の功罪

　まず、この写真は、もちろん私ではありません。適当に柔道の写真を持ってきただけです。ただ、私も昔柔道をやっていて、**弐段の免状を講道館からいただいてます。**柔道は、中学から大学までやっていたのですが、その成績にはずいぶん差があります。**中学時代はかなり強く、**北九州市の市内大会では優勝の常連校で、そこの大将でしたから、とても強く、他校からは一目も二目も置かれる存在で、メダルやトロフィーもたくさんもらってます。**高校時代は、ちょっと強い**くらいで、目立った賞は取れなくなり、**大学になると、ごく普通**の勝ったり負けたりの成績で、それも国公立の大学相手で、そんな感じで私立のちょっと強い大学には、歯が立ちませんでした。

　理由は簡単で、中学時代の私は他の中学生よりも体が大きく身長も175cm以上あり（中学3年の最後には179cm）、相手を上から掴むようにして、力任せに技をかけると、面白いように勝っていました。ところが、高校生になると相手もそれなりに大きくなって、なかなか技が通用しなくなり、大学になると相手の方が大きいケースが増え、反対に上から掴まれたりするともう駄目でした。相手の体に合わせて、いろんな技を練習すればよかったのでしょうが、下手に一度、**得意な技を身につけると、それに頼ってばかり**で、その得意技が通用しなくなった時には、時すでに遅し、にっちもさっちも行かないようになっていました。私にとっては、それが自分の実力の限界だったのでしょうね。でも勝ったり負けたりしましたが、今でも柔道をやっててよかったと思います。

　そして、柔道をやっていた時の一番の思い出は、高校3年の時に金鷲旗柔道大会という、全国から何百校も参加する大きな柔道の大会が地元福岡県であるのですが、たまたま試合前に横に並んで入場するときに、どこかで見た体の大きな人がいました。それが当時高校1年生の**山下泰裕さん**でした。山下泰裕さんは、日本選手権9連覇やロサンゼル五輪で見事に金メダルを取った稀代の柔道家ですが、高校生のころから有名で、私も顔を知っていました。

"ああ、こいつが有名な山下か。"と思い、こちらは３年生、そっちは１年生という単に年が上というだけで、偉そうに「君が山下君か？」と声をかけると、律儀にも「はい、そうです。」と答えてくれました。それ以来、私は山下選手をずっと応援していました。山下選手は、もちろん体も大きかったのですが、私なんかとは大違いで、将来は**自分よりももっと大きい外国の選手と戦う**ことを頭に入れて、自分の得意技を磨いていました。つまり相手が小さかろうが、自分の体が大きい事のみで勝つような強引な技はあまり使わず、相手との組み手も基本に忠実に行っていたようです。初めから目指すところが違うので、今この場で勝てば良いと言うのではなく、将来を見据えて今どうあるべきか、そんなことを考えていたような気がします。

　だから、私のように今だけでも簡単に勝てるならそれで良いと言うのではなく、この技で大きな外国選手に勝てるのか、もっと強い選手に勝つにはどうしたらよいか、何を鍛えたらよいか、と努力し続けた結果があの栄光になっているのだと思います。

　山下選手と私を比べるのは、月とスッポンみたいなもので申し訳ないのですが、山下選手のこのやり方は、スポーツだけでなく、ビジネスにおいてもとても参考になります。ビジネス上の得意技、すなわちビジネスで成功している方法、成功している商品（サービス）、成功している市場、その他、今成功していることを得意技とすると、強い得意技があればあるほど、また、その技で上手く行けば行くほど、環境が変わってそれが通用しなくなった時に、対応が遅れたり、下手をすると取り返しのつかないことになる可能性があります。柔道で相手の体が大きくなることは、**ビジネスで環境が変わるのと同じ**ことです。考えてみれば、175cmの中学生は、そうそういませんが、180cmの高校生、それ以上に大きい大学生は、たくさんいることは容易に想像できます。そうであれば、そのための備えをしておくべきだったのでしょうが**勝っているときは、何にも疑問に思わない**ものです。今、ビジネスで上手く行っていても、よくよく考えればこれから先の変化は当たり前に来るかも知れません。でも、今が上手く行ってれば、そんな来るかどうかわからない先のことは、なかなか考えづらいし、考えたくないものです。私自身もいくつか経験しましたが、例えば、ネットの普及があまりにも急で、それまでのカタログでのビジネスが一挙にしぼんでしまうことなど、全く考えられませんでした。と言うより、考えたくなかったように思います。結局、縮小を余儀なくされましたが、その他にも、あっという間に状況が変わった事例は、山ほどあります。「山高ければ谷深し」今、成功してうまく行ってる会社であればあるほど、通用しなくなった時のマイナスは大きくなるものです。少しだけでもそのような時が来ることを頭の中に入れておくべきですね。

▶ 2018.10.30　　　　　　　　　　　　　　　　　　　　No.25

言葉は生きている

　日本には古来より、「言霊(ことだま)」と言って、**自分の発した言葉に霊力が宿る。**と、信じられてきました。霊力とまで大げさに考えなくても、**「言葉は生きている。」**と思います。例えば、自分の発した言葉で周囲が大いにやる気になったり、逆に傷ついたりするのは、よくあることです。もし、言葉が生きていると思えば、言えない言葉は山ほどあります。「あいつなんか、消えてしまえばいい。いっそのこと、死んでしまえ。」などと極端なことを口に出して、本当に死んでしまったらどうしますか？　**悪い言葉を相手に対して言うと、それは自分に返ってきます。**それでも良ければ、相手に悪口雑言を浴びせたらいいでしょうが、自分が言われるのが嫌なら、やめた方がいいですね。

　例えば、あなたがいつも、何かやりづらいし、嫌いだと思っているＡさんがいるとして、ある日、あなたの友達から、「実は、Ａさんは、あなたのこと、すごく評価しているらしいよ。」とか、「あなたのこと、いつも褒めてるよ。」と言われたら、どうですか？　まんざらでもないし、ちょっとＡさんを見る目が変わると思いませんか？　でも、いつも言葉でＡさんの悪口を言ってたら、Ａさんは、せっかく、あなたのことが好きだったのにあなたの言葉で、嫌いになるかもしれません。

　また、言葉の力は大きくて、自分自身に対しても同じように「言葉は生きている。」と思うことがあります。例えば、自分が発した言葉で**勇気が湧いたり**、逆に自分の言葉のせいで、**置かれた状況がどんどん悪くなる**、そんなことは、今までの人生でよくありました。つまり、悪い状況に追い込まれた時、「もうダメだ。」と口に出したら、その途端に、それまでギリギリ頑張ってきた心が、音を立てて折れるような気がします。だから、心ではもうダメと思っていても「まだ、わからん。」「これからや。」と言ってると何となく勇気が湧いてきたものです。

　自分の言葉は、言わば「**最後の砦**」みたいなもので、男はつらいよの寅さんじゃないですが、「それを言っちゃ、おしまいよ。」という感じですね。「私には無理、できない。」「会社に行きたくない、辞めたい。」「生きてるのがつらい。」いろいろ大変

なことはありますが、口に出してはいけません。今までの事は前哨戦で、「まだまだ、これからが本番」です。つらいときは、**大きな声で「まだまだ！」と言うだけで言葉が自分を救ってくれます。**嘘だと思うなら、辛いときには腹に力を入れて「まだまだ！」と言ってみてください。気持ちが少し楽になります。

　昔、「泣いてたまるか！」と言う渥美清が出てたテレビドラマがありました。毎回、一生懸命に生きている人を題材にした物語で、いろんな辛いことがあっても主人公が「泣いてたまるか！」と頑張る話だったように思います。

　その主題歌の３番は、こんな歌詞です。

　「♪上を向いたらきりがない、下を向いたら後がない、サジを投げるにゃまだまだ早い、五分の魂……泣いて泣いてたまるかよ〜。夢がある。♪」底辺で生きてるような境遇でも、あきらめるのはまだまだ、一寸の虫にも五分の魂がある、

　こんなことで泣いてたまるか、俺には夢があるんだ。という意味ですね。「一寸の虫にも五分の魂」体長わずか一寸（3cm）の虫にも、その半分の５分の魂がある。つまり、弱いものや小さなものでも侮ってはいけない、意地があるんだということを示す言葉）**辛いときには、「まだまだ！」「泣いてたまるか！」と言葉にすれば、必ず勇気が湧いて自分に返ってきます。**

　さて、言葉は生きているという話で少し思い出すのは、ニッセン時代の部下で、多少やんちゃで、いろいろ会社や周りの人に迷惑をかけながらもみんなに好かれて、「お前みたいな得な奴、おらんわ。」と言われていたＴ君が、常々「今まで好き勝手に生きてきて、俺、いつ死んでもいいわ。」などと言ってたのですが、昨年の11月に交通事故で亡くなりました。まだ、50歳という若さで、人生これから、という時に残念です。**「いつ死んでもいいわ。」などと言わなければ、今でも元気に頑張っているような気がしてなりません。**坂本龍馬を尊敬していた彼に送った弔電が出てきたので、ご冥福を祈りながら、それを紹介して、今回のブログの締めにします。

　一緒に酒を飲みに行きたいと聞き、近々連れて行こうと思ってた矢先にこんな形で叶わなくなりました。

　さみしいねえ。

　仕方ないので、君が尊敬していた坂本龍馬とでも先に飲んどいてくれ。

　いつかはわからないが、後で合流するから。　　　合掌

▶ 2018.11.10　　　　　　　　　　　　　　　　　　　　No.26

勘違い野郎

　前々回のブログで、私が柔道弐段だと書きました。そうすると、「柔道弐段なんですね。黒帯ってすごいですよね。」と言われましたが、確かにそうなのですが、実際には少し違います。正確には、「柔道弐段だった。」そして、**すごいのは黒帯じゃなくて、黒帯を締めることができる力**があったことです。

　何が言いたいかと言うと、柔道弐段という肩書とか、黒帯と言う"印"がすごいのではなく、あくまでもその力がすごいわけで、その力を表すのに黒帯を締めたり、弐段と言う免状があるのです。

　世の中には、肩書や見た目だけですごいと勘違いする人も多いのですが、**一番たちが悪いのは、自分のことを勘違いしている人**ですね。

　例えば、**肩書ができた途端に態度が変わる人**。最たるものが、選挙の時は腰が低いのに、当選した途端に偉そうになる政治家でしょうか、選挙に選ばれたことが偉いのではなく、選んだ人が納得するような施策を実行する力があって初めて尊敬を集めるわけです。選挙が終わったばかりなら、まだその価値はわからないので、議員になったからすぐに偉いと思うのは大間違いですね。**もっとひどいのは、会社の肩書を振りかざして威張る人**、社長、役員、部長、課長、係長等々、会社の肩書はたくさんあります。肩書があると言うことは会社から認められたわけですから、それなりに一目置かれた存在として見られます。ただ、肩書をもらうと、それだけを自慢する人が出てくるのも事実です。「俺は課長だ！」「私は部長なのよ。」「俺は社長だ。」と肩書だけで自分がすごいと勘違いして、俺は部長だから偉いんだ、だから部下は言うことを聞くのは当たり前だ、みたいなことを本気で思っている人。そんな人が結構皆さんの周りにもいるのではないでしょうか。

　では、肩書のある上司の何がすごいのでしょうか？それは、課長なら、その課の人たちを会社の求める方向に導き、やる気にさせて力を引き出し、創意工夫しながら、目標を達成させる。**そんな力があるから会社はその人を評価し、課長という職**

位を与えて、報酬もそれなりに差をつけているのです。だから期待されて課長になったら、課長としての役割を全うしなければならないし、それができて部長になったら、さらに大きな組織をまとめて期待される成果を出さねばなりません。その力があるかどうかを皆が見ているのです。肩書ができたから偉いんだなどと考えている暇はないはずです。だから、部長になったからと言って、努力もせずに**「俺は部長だ。偉いんだ。」**などと考えている大バカ者は、全くもって**「勘違い野郎」**としか思えません。経験があるからとか、年が上だからとか、学歴があるからとか、そんなことは全く関係ありません。その人が本当にその組織の長としてふさわしいか、それは必ず結果に出てきます。肩書をもらって、うれしがって偉そうにしている人は、あっという間に大事な肩書が外れます。肩書だけで生きている人は、それが無くなると無力でみじめです。もし、今これを読んでいる人の中に肩書のある人がいれば、もう一度その肩書の意味を考えて、今自分が何をしなければならないか、考えるきっかけにしてください。肩書は、それだけで権利を生むのではなく、やらねばならない義務が大きくなるだけです。決して、"勘違い野郎"にならないでください。

〔もう一言〕

　私が若いころ、20代で部長になった時にハンコが8つくらい並んでいる業務依頼の書類で各部署の長が「見たよ。」という程度のハンコを付くという権威主義の代表みたいな書類がありました。ある時、その書類のハンコを押す欄をちょっと間違えて、50代の大先輩の部門長の欄に押してしまったことがありました。その時、突然呼び出しがあり、何だろうとその部門長のところに行ってみると、専用の部屋の大きなデスクにドンと腰を掛けて、両隣には部下の副部長、課長さん方が二人ずつくらい立って並んでおり、その机の真ん前に立たされました。そして、一言**「君はいつから俺の代わりをするようになったんだ。」**と激怒して言われるので、「すみません、何のことでしょうか？」と言うと、例の間違った欄にハンコをついた書類を椅子にふんぞり返ったまま、私の目の前にポンと投げてよこしました。「どう思うか、うん？」と両隣に並んでいる部下の方にあごで問いかけると、異口同音に「なってない。」とか「〇〇本部長に対して失礼だ。」とか「これから気を付けるように。」等、虎の威を借りる狐そのままの受け答えです。当時その方は、該当部門では〇〇天皇と言われるくらいに絶対的な権力を持っていました。じゃあ、それだけ仕事ができたかと言うと、はっきり言って全くできていません。**仕事で成果を出すことよりも自分の権威を守ることに力を入れていた**ように思います。まあ、勘違い野郎の最たるものでしょうか。

私はこのことを生涯忘れませんでしたが、それから3年くらいして、私も本部長で役員になっており、何かの会議で、これは言わないといけないと思って、例の〇〇天皇に「今の〇〇部門のやり方には、問題があるのではないでしょうか。」と発言すると、ハンコ事件はとっくに忘れているのか、「佐村本部長の言われることも良くわかるので検討させてください。」と終始低姿勢です。その時、人間って自分より弱い（肩書が下）相手にはあれだけ強く出るのに、強い（勢いがある）相手には、こんなにも弱いものなのかと寂しい感じを覚えた記憶があります。それ以来、権威主義にならないように、肩書だけで人を見ないように、そして上にも下にも分け隔てなく付き合うようにしたいと思うようになりました。私が社長の時、それがよい事かどうかはわかりませんが、「社長室」を作らずにいつでもだれとでも話ができるようにしましたが、それは、できるだけ権威や肩書というハードルを下げて、みんなとフラットに付き合いたいからでした。それが会社にとって、どれだけ効果があったかは分かりません。単なる自己満足だったかもしれません。ただ、会社を辞めた今でも、たくさんの方から飲み会等のお誘いがあるのは、個人としては、うれしい限りです。

　なお、〇〇天皇とその取り巻きの人たちは、ハンコ事件から10年もしないうちに全員いなくなりました。

　今思うと可哀そうな人たちだったなあ、と感じます。

（さらに一言）

　今回のような勘違い野郎が上司にいて、日々苦労している人、心配いりませんよ。**そんな上司は近々、降格になるでしょう。**もし、そのまま勘違い野郎がのさばっているとしたら、その上の上司も見る目がないね。

　えっ、勘違い野郎ばかり？

　もしそうなら、ここだけの話、……

　その会社は危ない！……かもしれません。

いろんな人、いますね。

▶ 2018.12.12　　　　　　　　　　　　　　　　No.29

集団規範

　トランプさんが、「アメリカンファースト！」と言って大統領に就任して、早くも2年が経とうとしています。その後、**世界中で自国第一**と言うような動きになりつつありますが、これが集団にどのような影響を及ぼし、これからの世界がどう変わるのか、一市民の私でさえ心配になってきます。「国際政治の事なんか、難しいし、わからない。」と思うかもしれませんが、意外に簡単な心理ではないかと思います。ある本で読んだのですが、人はグループ分けした途端にそれぞれのグループに帰属しようという心理が働き、周りのグループに対して敵対心を抱くものだそうです。これを「**集団規範**」と言って、良い方向に向けば、一致団結して事に当たり、良い結果を招くのですが、過激に暴走してくると、相手を傷つけたりと言った行動に出るそうです。

　例えば、学生時代に運動会でチーム分けした途端に敵と味方と言う感情が湧いてきたり、クラス分けすると、自分たちのクラスは学年で一番良いクラスで、他のクラスはもうひとつだと感じたり、その他でも自分がどの集団に属するかで、他人を仲間と感じたり、仲間じゃないと決めつけたりすることがあります。社会や職場でも、その最たるものは「派閥」と言われる集団で、派閥のトップが他の派閥の事をいつもボロカスに言い、「自分たちが正しいので、他の連中は自分らの言うことを聞いておけばいい！」と自分たちだけを正当化して、対立してしまえば、組織としては、うまく機能しません。

　さて、そんな派閥などで苦しんでいるリーダーはどうしたらよいか？　例えば、その**派閥を超える敵を見つけること**は解決方法の一つです。企業であれば、「今、内部でいがみ合っている場合か！」「ライバル企業との競争で負けてもいいのか？」「また、新たな社会構造の変化の中、今のままで企業が生き残れるのか？」と、各グループの目線を内同士ではなく、外に向けて、その上で、**みんなで協力しないと全員がマイナスになること**を理解させる。そうすれば必然的に自社と言う一つのグループが他社と言う敵に向かって共に戦う形になり、派閥を超えた一つの大きな集

団になります。

　ただ、企業等の場合は、これで良いのですが、国の場合は、何とも言えません。国内が不安定な場合にこのような策を用いることはよくありますが、例えば、韓国や中国の場合、外部の敵は常に日本でした。国の中で**不協和音が聞こえてくると反日感情を煽り、結果的に国をまとめる**というやり方は、過去に何度もありました。

　これは、韓国や中国だけでなく世界中であることのようで、米ロ、米中の対立や北朝鮮での反米思想等々、常套手段と言っても良いやり方です。国の中をまとめるために他国を標的にするのは、結果的に今度は国同士の対立になり、国が集まって宗教で一致団結したとしても、今度は宗教の対立が激化するだけで**争いから逃れることはできません。**

　典型的な例が、自分たちよりも劣る他の国や移民のせいで不当に苦しんでいる。」「なぜ自分たちだけが、こんなに苦労しなければならないのか？」「自分たちは、もっと良い生活ができるはずだし、自分達にはその資格がある。」と言う演説に「その通り！」パチパチパチと賛同し、国民の選挙で選ばれたのが、第一次大戦の後、戦争補償や国の荒廃で苦しんでいたドイツにおけるナチの台頭で、その総統がご存知の**ヒトラーです。**トランプからヒトラーに即結びつけるのは、極端ですが、自国ファーストの思想のずっと向こうには、そのような危険もあり得ると思います。しかも、それも民主主義の結果なのです。

　唯一、争いの相手を人類以外に想定できれば、全人類が一つになって相手と戦うのでしょうが、映画じゃないので宇宙人との戦い等は望めません。可能性があるとすれば、これは**あってはならないのですが**(注)、世界レベルの伝染病の発生や地球規模の自然災害、そのような状況になれば、国同士がいがみ合っている場合ではなくなり、必然的に世界中が協力するようになると思います。そのような大きな悲劇がなくても、人類の為に**世界が協力して当たるべきは、病気や貧困の根絶、地球環境の保全、人類の本当の敵は、そこにある**と思います。このようなことに対して国を挙げて、もっともっと大きな力を結集することができれば、人間同士、国同士の争いが減っていくのではないでしょうか。

（注）あってはならないと言ってたことが、このブログの数年後に本当に起こりました。
　　　しかし、世界は協力し合うどころか、コロナを乗り越えても各地で、ますます争いが拡大しています。ひょっとすると、コロナよりも大きな被害が人類を襲わないと、人々は平和へ向かわないのかもしれません。恐ろしいことですね。

▶ 2018.12.19　　　　　　　　　　　　　　　　　　　　　　　No.30

忠臣蔵を考える

　「時は元禄 15 年 12 月 14 日、江戸の夜風をふるわせて……」討ち入りを決行した赤穂の浪士たち、ご存知忠臣蔵の話しですが、毎年この季節になると、必ずと言っていいほどにテレビ等で忠臣蔵の映画などが放映されます。これほどまでに日本人に愛されている忠臣蔵ですが、今日は忠臣蔵について、勝手に一言かましてみたいと思います。

　そもそもこの話、**考えてみるとちょっとおかしい感じがします。**何かの本にも書いてありましたが、切りかかったのは浅野内匠頭の方で、吉良上野介の方は被害者なのに敵討ちされて、普通に考えると吉良の方は、とばっちりもいいとこで、**「何で俺が殺されないといけないのか。」**と思ったでことしょう。逆に、吉良の家臣が「殿中で、主人に切りかかって傷つけ、家名にも傷がついた。許せん！」と浅野家に切り込んで敵を討つ方が自然の流れではないでしょうか。

　次に、物語では、**喧嘩両成敗にもかかわらず、**浅野内匠頭のみ即刻切腹、吉良はお咎めなし、それが許せないのでご政道を正す目的で吉良を討つ！ となっているのですが、これも、かなりおかしな話で、吉良も刀を抜いて戦っていたらその通りでしょうが、一方的に傷つけられた吉良と、刀で相手を殺そうとした浅野とでは、喧嘩ではないので両成敗はおかしいですね。正確に言えば、可哀そうな被害者のお年寄り（吉良）とカッとなって刃物で老人を殺そうとした狂気の若者加害者の関係だと思いませんか。

　どう考えても切りつけた方が悪いのは明らかです。

　例えば、会社で若い部下が、年配の上司にいつも小言を言われているからと、ある日会社に、包丁を持ってきて切りかかり、裁判でその若者が悪いという結果になったら、後日その家族や友人が徒党を組んで上司の家に押し入って被害者を殺してしまう。そのような話と同じではないでしょうか。こんな理不尽なことが許されていいのか！ と思うのですが、**なぜか、赤穂浪士は称賛されるんですね。**

　三つ目に、百歩譲って、ご政道を正すと言うことを是とするならば、時の権力者で一部始終を見ていた（判断した。）**柳沢吉保あたりを襲う**方が理にかなっていると思います。忠臣蔵の本質は短気は損気の典型で、しかも怒りの矛先が違うように思うのですが……。ただ、最後には赤穂浪士が本懐を遂げて良かったなあ、と思って

しまう。

　そんなこんなで、おかしなことばかりの「忠臣蔵」ですが、多分に配役による先入観があるように思います。大体、浅野内匠頭はまじめなイケメンで少し線が細くて、母性本能をくすぐるタイプの役者で大石内蔵助は高倉健のようにどっしりとした信頼感があって、顔つきもりりしいのですが、吉良の方は、いかにも意地悪で嫌な年寄りの感じで描かれています。これを、浅野内匠頭は、木下ほうか、大石をくっきー、吉良を西田敏行[注]あたりががやれば、「吉良さん可哀そう。」となるのでしょうね。

　まあ、あまり固いことを言わなくても楽しめればいいんでしょうが……。何となく考えてみたら、おかしいぞ、と言うことがたくさんありますね。

　さて、これからも私なりに世の中、おかしいんじゃないか？と言うようなことを掘り出して、ブログに書いてみたいと思います。

（注）西田敏行さんが 2024 年 10 月に亡くなりました。人懐っこい、良い役者さんでした。
　　　ご冥福をお祈りします。

サムラの直言
「求められる人材とは」

変化をいとわない人

好奇心のある人

自ら変革・改善をして行ける人

そして変化の中心的存在になれる人

「よっしゃ、やるか！」

2019 年

5月　平成から令和へ／8月　渋
野日向子、全英 OP 優勝／9月
ラグビー W カップ、日本ベスト
8 ／ 10 月　消費税 10％に／ 10
月　台風 19 号東日本を襲い、死
者 90 人越え

まだまだ、コロナのコの字もなく、
平成から令和に思いを馳せていたとき

2019. 1.19　　　　　　　　　　　　　　No.33

1.17 に思う。

　24年前の1月17日、未曽有の大地震が関西を襲いました。死者6434人、46万世帯の家屋が全半壊、被害総額10兆円と言う大惨事を目のあたりにしてこれが現実の世界なのか、と呆然とした人も多かったと思います。

　このような想定外の事態が起こった時ほど、**リーダーの価値と言うか存在感が問われる**ものですが、まずは、当時の内閣総理大臣は社会党の村山富市、兵庫県知事は貝原俊民、この両リーダーについてはそれぞれの**初期対応の遅れが被害を大きくした**と批判されることになりました。当時、自衛隊に対する出動要請は各都道府県知事でないとできないことになっていましたが、貝原知事が要請したのは、発生から4時間後でした。これが1時間でも2時間でも早く対応していたら、初期に圧死した人の多くが助けられたと言われています。村山首相も6時台にテレビでニュースを見て発生を確認したものの、8時30分に首相官邸に歩いて行ったが、誰もいなかったので公邸にもどり、その後も開会まぢかの通常国会に対する対応や財界人との会食等をこなしながらの対応で、情報の把握が遅く、3日後の国会質問で「**何分初めてのことで、早朝でもあったから……**」と発言し、（誰でも初めてのことで経験者などいない。）さらに批判を浴びることになります。

　それに比べて経済界のトップの対応は素早く、涙が出るほど頼もしく感じたことを覚えています。ダイエーの中内社長は、兵庫県内のダイエーやローソン等の店舗を開けれるところ（半壊であっても）は、全て開けて、全国から物資を空輸して破格の値段（パンやおにぎりは1個10円）で販売し、店が開けれなくても電気が点くなら**明かりだけでもつけろ**、と指示をし、セブンイレブンも鈴木社長の号令の下、兵庫県内には店舗がなかったが、京都でお弁当などを作り、6機のヘリコプターをチャーターして、その日のうちに兵庫県内に運びました。その他、生協やお弁当屋、その他の民間企業の支援は国や自治体がモタモタしている間に素早く対応し、企業

としての存在感を示しました。また、宗教団体や特殊団体、例えば日本最大の暴力団組織山口組は備蓄してあった食料を地元住民に拠出し、その後も暖房器具や食料品をトラックで運びこみ多くの被災者に配っていたそうです。宗教団体もいち早く支援を実行し、その中には後に大きな問題を起こすオウム真理教もあったとのこと。それらの組織に対してテレビで批判する報道もありましたが、未曽有の大災害が起こって目の前で人が死にそうなときに、それを助けることのどこが悪いのか、**誰がどのような意図であろうが人を助けることは同じ**であり、遠くにいて批判だけをすることの方が、よっぽど批判されるべきでしょう。

　考えると、リーダーの力は、想定外の事態が起こり、いざという時にこそ、より発揮されるものだと思います。順風満帆の時は、極端に言えばリーダーがいなくても問題はありませんが、**いざという時こそ、リーダーの価値が分かる**ものだと思います。企業においてもしかり、業績に陰りが見えてきて、従業員の士気が下がった時にどう奮起させ、どう希望を持たせるか、そのことが一番大事なのではないでしょうか？「**災難は忘れたころにやってくる。**」24年の月日は、いろんなことを忘却の彼方に押しやってしまい、あの時の危機感が薄れてきています。地震だけでなく、その他の災害や企業としての不測の事態が起こったとしても、少なくとも、リーダーの判断ミスによる被害の拡大や、企業としてやるべきことを速やかに実施できず、被害を拡大させることにならないよう、何をすべきか、各リーダーの皆さんには、1.17を迎え、もう一度心の準備をしておいてもらいたいと思います。

〔もう一言〕

　実を言いますと、私は阪神大震災の時にアメリカに行っており、実際の地震を経験していません。東日本大震災の時は福井におり、この時も揺れを経験していません。つまり、**ジシンはジシンにジシンがない**（自身は地震に自信がない。）のです。なので、まずは逃げることのみ考えるようにします。すみません。

▶ 2019.1.29 　　　　　　　　　　　　　　　　　　　No.34

引退と功績

　平成最後の年の初場所で、第72代横綱稀勢の里が引退しました。唯一の、そして久しぶりに誕生した日本人横綱だっただけに残念でした。まあ、周りが「残念だ。」と言葉だけで言うのに比べると本人の無念さはいかばかりか、ケガに泣かされて、さぞかし悔しい思いだろうと思います。私たちが小さいときは、「**巨人、大鵬、卵焼き**」が子供の大好きなもの、と言ってた時代ですから、横綱大鵬の強さは、図抜けていて、負けたのをあまり見たことはありませんでした。私と同じ年の千代の富士もまた現役時代の強かったこと、その他、北の湖や貴乃花等、鬼のように強かった人たちも最後には力の衰えに勝てず、えっと驚くような負け方をしながら、引退していきました。現役時代が**凄ければ凄いほど、引退をしていくときの姿には哀愁が漂っていて**、「あの強かった○○が引退するんだ。」と、人間誰もが時の流れには勝てないことを改めて感じてしまいます。それは相撲だけではなく、他のスポーツでも華々しい引退やひっそりと誰にも知られない引退など形は様々ですが、現役に終止符を打たざるを得ない時が来るものです。この引退はスポーツ選手に限ったことではなく、企業に勤めている人たちにも同じように訪れます。

　ただ、企業人の引退は定年と言う年齢によるリミットが決められていて、力の衰えとは限らない引退ですから、まあ理不尽なこと限りないと思います。気力、体力、経験もあり、まだまだ活躍できる人であっても、**一定年齢になると同時に引退扱いに**されて、「働きたいなら給料は半分で、あと2年とか5年は働けますよ。」と会社から恩着せがましく言われる。

　これから定年を迎える皆さんも気力と体力がある限り、社会との交わりを持って働いたり、何かを通じて社会に貢献しましょう。次の人生をどう充実したものにするか、仕事で一つの区切りをつけることは、それで人生が終わりではなく、新しい人生が始まるスタートラインだと、気持ちを新たにすることが大事ですね。

　考えたら、稀勢の里も引退しましたが、年寄り荒磯として後進の指導に励み、将来は部屋を持って立派な弟子を育てたいと抱負を述べていましたが、現役の横綱は引退したけど、これから**新たな指導者として次の人生の始まり**を迎えたにすぎません。

　私も4年前にニッセンを引退するという苦渋の決断をしました。しかしながら人生はまだまだ引退していません。その後、いくつかの会社と縁があり、日々充実した人生を

送っています。ですから、「今が人生で一番幸せなんじゃないかな。」と思う時があります。

　話は変わりますが、スポーツや他の事でも活躍をした人であるほど、記憶の中には、その素晴らしい活躍が永遠に残っており、それは何年たっても色あせるものではありません。逆に年を経るごとに印象が強くなるケースさえあります。企業の中でも記憶に残る人は何人もいます。そして、そんな人たちのことを語り継ぐことで、その**企業の社風や厚みのようなものが形作られる**のだと思います。みなさん、周りの人の記憶に残る生き方をしていますか？

　人に言う前に、私の企業人としての生き方は、周りの人の記憶にどのように刻まれているか、それは、みんなに聞いてみないと何とも言えません。ただ、私がニッセンの社長時代にやった功績は？と言われると、**それは一つだけあります。**私がニッセンを引退する４、５年前だったと思いますが、広島のコールセンターで非常に優秀な方がおられて、年末に表彰をすることになりました。ところが、その方は**ガンに侵されており表彰式には出られない**とのこと、急遽、当時の役員と入院されていた病室に行き、病室で表彰状を読み上げ表彰をしました。点滴をうちながら、その人が「一年前に見つかったら早期だったんですけど……」とボソッと言われたのを覚えています。その方は、残念ながら、それから数カ月後に亡くなりましたが、「一年前に……」の言葉が耳から離れませんでした。そんなわけで次の年から、それまで役員だけが受けていた人間ドックを少し簡易版にして35歳以上の従業員全員に健康診断を実施するように人事に指示しました。年間数百万円くらいかかったでしょうか、反対はありましたが何とか実施にこぎつけました。そして、全員に健康診断を実施したその年に、一人の男性従業員が私の席に来て、「社長、ありがとうございました。」と顔を紅潮させて言いに来ました。何かな？　と聞いてみると、会社の健康診断（胃カメラ）で早期の胃がんであることが分かったそうです。医者には、「**一年後だったら手遅れだったが、今なら早期発見できたので手術で治る。**」と言われ、うれしくて報告しに来た、とのこと。（実際にその後手術でガンを取り除いて元気になりました。）そのことを聞いた時に広島の病院で一年前に亡くなった方の顔が浮かんできました。**たぶん、彼女が助けてくれたのでしょう。**

　私が社長をしていて誇れるのは、そのくらいです。あとは、……何とも言えないなあ。皆さんも健康診断に行ってくださいね。

► 2019.2.20   No.36

一周年に提案です。

おかげさまで 一周年

　早いもので、このブログもごくごく少数の方に支えられて**一年を迎えることができました。**これもひとえに、ほんの一握りの物好き（失礼！）、変り者（もっと失礼！）の皆様のおかげと感謝する次第です。さて、一年前はと言うと、ちょうど平昌オリンピックの最中で小平選手や高木姉妹、そしてカーリングの女子選手の活躍に沸いていました。

　そのオリンピックで最近の新聞やテレビをにぎわしているのが、**池江璃花子選手の白血病のニュース**です。　血液のがんと言われる白血病は、芸能人も何人か発病し、本田美奈子さんなどは自分に合うドナーが現れず、悲しい結果になりました。私の周りにもなった方がいますが、幸いに骨髄ドナーが見つかって、回復されています。ただ、そんな白血病で現在も骨髄の合う人がいなくて、命の危険にさらされている方が全国で1000人以上いるそうですが、ご本人や家族の方は、自分に合うドナーが現れることを天にも祈る気持ちで待っているだろうと思います。

　そこで、勝手に一言ですが、例えば、「**白血病の患者さんに合うドナーの方には、500万円の謝礼を出す！**」と呼びかかて骨髄バンクの登録者を増やせばどうでしょうか？　そうすれば、宝くじに当たるよりも確率は高く、しかも合えば、患者さんの命を救うことになり、社会的な意義も大きいので、大勢の方が登録するのではないでしょうか？　食べ物屋のアルバイトで、しょうもない動画を撮影している学生や、釜ヶ崎や山谷のドヤ街のおっちゃんたち、不法就労している外国人、もちろん普通のサラリーマンや主婦たち、いろんな方々がドナー登録しようという気になり、一挙に多数の命が救われることだと思います。その費用ですが、国が予算化して賄えば、毎年20億円で400人の命が助かる計算になります。国がダメなら賛同する企業から寄付を集める、もしくはテレビ局とタイアップしてキャンペーンを行う。金で善意を買うようなことは嫌だと言う反論も出ると思いますが、一人でも多くの命を救えるなら、**そのどこが問題か**、と言いたいですね。もちろん、善意でやって

いることなので金を受け取らないという方には、その500万円をいくつかのパターンで世のため人のために使うという選択肢は用意したらいいと思います。それをどのように広めるかですが、このような、ある意味センセーショナルな話題を提供すれば、テレビやネットで賛否両論含めて拡散され、ほとんど広告宣伝費を使わなくても周知されるのではないでしょうか。

　もちろん、反対意見も多いでしょうが、日本の国民の90％が反対しても残り10％が賛成してドナー登録すれば、圧倒的に多くの命を救えます。かりに1％であっても100万人以上が登録するわけで、現在のドナー登録者約50万人が、150万人と3倍になります。「そんなことを言う前に、おまえがドナー登録しろ！」と言う声が、聞こえてくるようですが、調べたら、ドナー登録は54歳までだそうです。残念！　ちょっと年が超えていた。

　こんなことを言いながら、ブログも二年目になりました。**100回を目指して、**これからも勝手なことを言って行こうと思います。総勢約100人の読者の皆さん、これからもよろしくお願いします。

〔もう一言〕
　半ば、冗談のように書きましたが、これ、結構いい案ではないかと思っているので、どこかの企業でアイデアを取り上げてくれないかなあ、と真剣に思っています。みなさん、どう思われますか？

なかなか良い案だにゃ〜

▶ 2019.2.26　　　　　　　　　　　　　　　　　No.37

本当は怖いひな祭り

　3月3日は、桃の節句、ひな祭りです。正式には、上巳（じょうし）の節句と言われ、年に5回ある季節の節目（節句）のひとつで女の子の成長を祝うお祭りとして定着しています。日本では、奈良時代に中国の唐から伝わって現在に至るという長い歴史があるのですが、**その形はずいぶん変わってきているようです。**最初は、紙などで作った人形（ひとがた）で体を撫でて穢れを移し、川などに流す。そうする事で災いや怖いものの厄払いをしたのだそうです。従って、**性別年齢に関係なく、**宮中などではみんながそのような事を行っていたのですが、年月が経つうちに、紙から人形に変わり、また、江戸時代に幕府が何故だか3月3日は女の子の節句、5月5日は男の子の節句と決めてから今に近い形になったみたいです。

　それで、何が怖いかと言うと、人形を飾って、その人形に穢れや災いを移して厄払いをするわけですから、古いひな人形には、それを使った人たちの**災いや穢れなど悪いものがたくさん凝縮されているわけです。**先祖代々伝わるひな人形などは、先祖代々の役病や悪いものを吸い取って一杯になったものもあるでしょうから、うかつに触るとそれらの穢れが逆流して生身の人間に移ってしまうのかもしれません。

　まあ、昔の人たちにとっては世の中怖いものだらけで、例えば、突然来る台風や豪雨、地面が揺れる地震、空から光が落ちてくる雷、そのほか竜が天に上るような竜巻等々、そんな自然災害だけでなく、現在の脳溢血やガンなどの病気なども含めて、自分たちにわからないものは、**全て恐怖の対象であり、**それらの多くは、この世に未練を残して死んだ人の恨みが形を変えて、襲ってきていると思っていました。だから、そのような非業の死を遂げた人たちは、神社を立てて神に祭り上げることで怒りを鎮めてもらおうと思ったのでしょうね。都から西の果ての太宰府に流されて非業の死を遂げた菅原道真などは、その代表です。そうしたとしても起こる災いが自分に来ないように、人形に災いの種を移して身代わりになってもらおうと始ま

ったひな人形ですので、やはり人のものをもらったりはしない方がいいんでしょうね。

　先ほども言いましたが、**恐怖の対象は未知のもの、底が知れないもの**、つまり、分からないから不安になって、恐ろしくなるものですが、それは現在でも同じで、昔、たまに行ってた古い神社の横にある池が、緑色がかって深くて、こんなとこ落ちたら助からんかもな、と思っていました。ところが、この間行ったら池の水が無くなっており、底が見えていたのですが、全然浅くて、**「何や、大したことないやんか。」**と思いました。分かってみたら、何と言うことはない、恐怖の心理はそんなものです。

　また、同じようなことは山ほどあります。人間関係でも嫌な人や自分とは合わない人がいれば、逆に相手の事をよく観察してみては、どうでしょうか。自分と同じだと思っているから、何でそんなこと言うの？　何でそんなことするの？　となりますが、以前のブログ（P.6）でも書きましたが、観察して、この人**自分と違うなあ**、ということが分かり、まるで**宇宙人みたいやな**、と思えば、腹は立ちません。その他、怖いこと、不安なこと、嫌なこと……もし、今そんなことがあれば、それを一度紙に書いてみて、それらをゆっくり眺めてみてください。そして、一つずつ何が不安か、何が怖いのか確認していくと、意外と何でもないことが多いはずです。もし、それでも怖いものや不安なものがあれば、それこそ、３月３日にそれらを紙に書いて、川に流すか、そっと燃やしてしまえば、**肩代わりしてくれる**かもしれません。

　ちなみに五つの節句は、１月１日、３月３日、５月５日、７月７日、９月９日とみんな奇数です。この同じ奇数の数字の組合わせが、幸運を招くと言われていますが、私の名前、佐村信哉の字画は、佐（７画）村（７画）そして、信（９画）哉（９画）と７×７、９×９、５節句の内の二つまで入っています。

　「何とラッキーな名前でしょう！」と勝手に思っています。親父は、そこまで考えてつけたわけではないと思いますが、今度会ったときに聞いてみようと思います。

　ひな祭りから自分の名前の自慢になりましたが、本当にラッキーかどうかは、**結局、自分はラッキーだと思ってるからこそ、そうなるような気がします。**そして、何かまずいことがあっても川に流してしまえば問題は解決です。

　みなさん、まずそう信じることが大事ですね。私のブログを読んでいる方は、必ずラッキーな人生になると信じて、がんばりましょう！

▶ 2019.3.20　　　　　　　　　　　　　　　　　　　　No.39

国際化？

　最近、街を歩いていると京都でも東京でも大阪でも、「**一体ここは日本か？**」と思ってしまうことが多々あります。それは、町の中に外人が多い、そして海外の言葉が活字や音声で溢れかえっている。特に京都の観光名所や花見小路あたりは、**90％以上が外人**で日本人らしき人は、ちらほら見かける程度。別に京都に限ったことではなく、今まで日光に行ったことがなかったので、昨年、東京に行ったついでに行きましたが、ここも90％以上が外国の人、日本人はたまに修学旅行の学生さんがいるくらい。まあ、どこもかしこも海外の人で、本当に驚くばかりです。

　我々が小さい頃は、外人を見ることはほとんどなかったので、町で白人の人が歩いていると、みんなで「外人や！」と指をさして、ずっと見ていたり、黒人の人などは、「くろんぼ（今は差別用語でしょうか？）がおる。」と大声で騒いでいました。まあ、小さいころから外国の人や言葉に慣れておくと、将来海外で活躍するときに気後れしなくて済むので**日本にとっては、良い事かなと思います。**また、観光客だけでなく海外の情報もインターネットで瞬時に入ってくるので、世界中の良い商品やサービス、また新しいビジネスも取り入れることができて、国際化は喜ばしい事ではあります。

　しかし……

　最近、**まさか日本でこんなことがあるのか？**と目を疑うような悪しき事例があります。昔、香港などのアジア諸国に行くと、日本語で案内が書いているのですが、まともな日本語が少なく、「ヨクコン、イラセマス」（ようこそ、いらっしゃいました。と言いたかった？）とか、「女にプレッソゼンが、最大だ。」（女性のプレゼントに最適）みたいな変な日本語が多く、

　何となく、「まだまだレベルが低いなあ。日本ならそんなことはないのに。」などと、勝手に思いこんでいましたが、ところがどっこい、日本でも外国語の表示で変

なものが多いそうです。

　「Please, Crap your hands!」（拍手をお願いします。）と大書きされた看板を見て、外人に大笑いされていたそうです。なぜならば、実際の拍手をお願いしますは、「Clap your hands！」で上記の「Crap your hands!」は、（あなたの手にクソをしてください。）と言う意味らしいです。最近は中国語でのメニュー表示や駅の案内などでも、「乗り場は向こうです。」が「単程不能再来」これは、（一方通行で戻ってはいけません。）と言う意味。焼肉の「豚ホルモン」は、「猪的荷爾蒙」（豚の内分泌物）、「菜の花の胡麻和え」は、「強姦花的芝麻」（少女を強姦する胡麻）その他、あちこちに散見されるそうです。

　これは、ひとつに外国人が増えることで外国語表記が必要な店や場所が急に増えて、細かな確認もせずに間違ったまま使ったり、グーグルあたりの自動翻訳で英語に直し、それをそのまま中国語にしたりと、もともとあった**日本人らしい神経の細やかな配慮**が、欠けてきた証拠だと思います。

　また、犯罪などを見ても電話をかけてお金があるかどうか確かめた上で堂々と強盗に入る事件や2、3日前も20代前半の日本人が、カンボジアでタクシー運転手を殺害した事件など、一昔前には、日本人がやるような事件ではありませんでした。言っては悪いですが、東南アジアの治安の悪い国と同じようなことが今の日本で起こっているように思います。良い国際化は大歓迎ですが、悪い国際化はしっかりと防がねばなりません。

　そのためには、この国際化が進んだ今こそ、我々は**日本人としての誇りと威厳**を持って行動しないといけません。しかしながら、今の日本では、そのような教育が全くなされていないのが、残念ですね。教育の根本は、算数や理科社会などの科目を教えることではなく、人の生きる道（道徳）にあると思います。まずは、日本人として恥じない生き方を子供のころから教えるようにするべきですね。

　一年の半分をゲゲゲの鬼太郎のように朝は寝床でグーグーグー、夜は墓場（盛り場）で運動会……みたいな生き方をしている私が言っても、「どの口が言うとんのか！」と言うお叱りの声が聞こえてきそうなので、この辺で今回の一言は終わります。

　「サシゴマセヨミマソデ、アリガタテゴジマソ」（最後まで読んでくれて、ありがとうございました。）

▶ 2019.4.30　　　　　　　　　　　　　　　　No.43

いよいよ令和に

　　　　　　　　　　　明日から、**いよいよ新時代、令和が始まります。**新時代と言っても何が変わるわけでもなく、今までと同じ日常が続くわけですが、同じように見えても日々の変化は起こっているわけで、長年経つと"えらい変わったな"と言うことがよくわかります。例えば、経済面で言うと、平成元年当時、世界の企業の時価総額ベスト50に日本の企業は、**なんと32社も入っていました。**その内のベスト5は、**NTTを筆頭にすべて日本企業が**占めると言う状況でしたが、30年経った平成30年の同じランキングを見ると、日本企業は**ベスト50に1社しか入っていません。**トヨタ自動車がようやく35位に顔を出すだけと言う変わりようです。

　では、どこの国が多くなったかと言うとGAFA（アルファベット＝グーグル、アマゾン、フェイスブック、アップル）などアメリカ企業が30年前の日本と同じ32社入っています。そして特筆すべきは、アリババやテンセントと言った**中国の企業が7社も入っている**ことです。30年前はと言うと、1社も入っていませんでした。

　なぜ、そうなったのでしょうか？　いろんな理由はあると思いますが、変化と言うのは、変化の中にいれば変わっていくことが分かるのですが、変化のない場所に身を置くと世の中が変わって行ってることもわからないことが多いように思います。私も以前、中国等に行く機会が多かったのですが、行くたびに町は変わるし、企業の人たちと話をしたら、すごく貪欲で成長しようと言う意欲も旺盛でした。例えば、今から15年から20年くらい前の中国ではNET関連の企業が次々と誕生し、そのうちの何社かの企業の方と話す機会がありましたが、彼らの事業に対するスピード感や成功への意欲は日本の企業のそれとは全く違って、「これは、**将来凄いことになるぞ。我々もこのままじゃダメだ。**」と感じたものでした。大いに刺激を受けて日本に帰ったのですが、帰国後どっぷり日本に浸ってしまうと、その刺激や危機感がどこかに飛んでしまい、**「まあ、このままでもいいか。」**と妙に落ち着いてしまう、そんな経験をしたことがあります。久しぶりに会った親せきの子がえらい大きくなって驚くことがありますが、その時に、「あ～あ、自分たちも、それだけ年を取ったん

だなあ。」と初めて分かるのと同じで、日本と言う国の中で、大きく変わらない世界しか見ていなければ、世界で大きな変化が起こっていても分からなくなります。

　本当は、日々大きく変わって行ってるのだけど、自分の周りがそんなに変化していなければ、その変わっていくことに気が付かないのは、ある意味当たり前ですが、時間が経って気が付いた時にはもう遅い、そんなに差がついたのか、と言うことになります。そう考えると、日本の企業はもっと従業員に世界を見せて、その変化を実感させることが大事ではないでしょうか。

　中国の企業と取引をしていなくても**交換留学社員**のような制度を作って定期的に派遣することなどは検討に値すると思います。15 年前、中国の企業は日本に学べと貪欲にいろんなことを聞いていましたが、今は反対に日本の企業が中国の企業に教えてもらうことの方が多いように思います。事業に対するスピード感だけでなく、新しいビジネスを起業する進取の気性や初めから世界を相手に戦うことを考えるグローバルな視野、それから何としても成功させようと言うハングリー精神などは、**今の日本の企業が少し忘れかけていることではないでしょうか？**

　さて、令和と言う新時代に日本は世界の中で、どのような位置を占める国になるのでしょうか。これから 30 年後、世界の変化についていけず、他の国々から忘れ去られることにならないよう、多くの人が世界の変化を経験し、変化することを恐れない国にしなくてはなりませんね。そして、経済だけでなく政治や文化、それから人としての道徳の面でも、日本と言う国は小さな島国ですが、**世界から尊敬を集めて一目置かれる、**そんな国になってほしいと思います。

▶ 2019.5.18　　　　　　　　　　　　　　　　　　No.45

人の資質

　最近、「言論の自由」と言う言葉がひょんなことから目に付くようになりました。維新の若手議員（丸山穂高議員ですが、写真とは関係ありません。）による「**北方領土は戦争をしないと取り返せない。**」と言った発言に対し、議員辞職を迫る他の議員団に「言論の自由が侵害される。」として当該本人が反論しています。そもそも言論の自由と言うからには、本人が言ったことに責任を持たないといけません。内容については別にして、自分の主張として言うことは勝手ですし、北朝鮮や中国のような専制国家ではないので、ある程度の発言（名誉棄損等の法律に触れない限り）は、保障されないといけません。

　しかしながら、この人は**自分の発言が正しいと主張しているのではなく**、失言である、と認めて謝罪もしているにもかかわらず、議員辞職と言われて"言論の自由"を持ち出しています。法律には触れないまでも今までの島民の方や返還のために苦労された方の努力を水の泡にする可能性がある失言に対して責任をどう表すかという時に、このままでは"言論の自由"が奪われるなどと言って**開き直るのは筋違いです。**

　"言論の自由"の前に、このような発言をする人が**国会議員としてふさわしいかどうか**、資質が問われているので「私は、このような発言をしましたが、これこれこういう理由で国会議員としては辞職するべきではないと思っています。」と論戦を張らなければ筋が通りません。「酒を飲んだ席の事だから……」と、たわ言をほざいているようですが、これも潔さがなく悪あがきとしかとれません。酒飲みの代表としては、悪いことがあると酒のせいにするなど、何をかいわんや、全くけしからん奴ですね。**ばか者！　酒の神様に申し訳ない。**

　大体、最近の政治家の発言は、それを言ったらどうとらえられるのか、と言った想像力がないケースが多いですね。「私、すぐ忖度するんですよ。」とか、よう言うなあ、と思います。自分の発言を聞いた相手がどう感じるか、そのような想像力が

ない人は、人の上に立つべきではありません。それに比べたら、桜田大臣の石巻（イシノマキ）市を「イシマキ市」と言ったり、1500億円を「1500円であります。」は、お笑いの延長のようで、まだましかなと思います。さすがに「復興より大事……」はどうかと思いますが、たぶん他意はないんでしょうね。

　まあ、政治家は大変だと言うことは、私の高校時代の同級生が福岡県で県会議員をやっていますが、一緒に飲みに行ってもよくわかります。その辺の人全部が選挙の時にはお願いをする有権者なので、どこに行っても頭を低くし、また地元のみんなが知っているので、どんな時も気を張っていて、いわゆる悪いことなど全くできません。

　そういえば、昔こんな話がありました。プロ野球界で盗塁の世界記録を作った阪急の福本選手に国民栄誉賞をと、言うことになりましたが、本人は、「**そんなんもろたら、立ちションもできなくなる。**」と言って辞退しました。おもしろいおっさんやなあ、と思っていましたが、案外、彼は**常識人でまっとうな人**ではないかと思います。後日、記者にそのことを聞かれると「立ちションの話は、本当に言いました。でも理由はそれだけではありません。私は野球では記録を作りましたが、酒も飲むしタバコも吸う、麻雀などのギャンブルもする。そんな僕は子供たちの手本にはなれません。また、そんなことで何やかんや言われたら、**国民栄誉賞をもらった他の皆さんに迷惑がかかります。だから辞退しました。**」と語っていました。東大を出たから、親が政治家だったからと言って安易に政治家になる前におのれの資質を冷静に振り返って、本当になる資質があるのかを考えることですね。そして、**資質がないと感じたら福本選手ではないですが、政治家になることを断念する。**その方が、その人にとっても国民にとってもいいことだと思います。また、他の人にも迷惑をかけずに済みます。逆に、正直に自分のことを分析できる福本選手ならばこそ、今さらながらですが、**国民栄誉賞をもらってほしかったですねえ。**

〔もう一言〕

　いろいろ言いましたが、もし私が政治家になっていたら……「風邪ひくのは気合が入ってない証拠や！」などと言って、あっという間に炎上、謝罪しなくてはならないでしょうね。政治家にならなくてよかった。（実は大学を卒業する前に地元の有力者から、ある議員の秘書にならないかと誘われたことがあります。もし、なっていたら案外政治家になっていたかもしれないなと、思うこともあります。40年以上も前の話しですけどね。）

▶ 2019.5.29　　　　　　　　　　　　　　　　　　　　No.46

民主主義の限界

　トランプさんの来日、そして **6 月には大阪で G20 が開催**されます。新聞も何か
お祭り騒ぎのような内容で賑わっていますが、このままで世界は本当によい方向に
行くのか？　と、今回は少し硬い話で勝手にひと言。

　次の数値は国別のある事の順位です。1 位ロシア（19 年 2 カ月）、2 位ドイツ
（13 年 8 カ月）、3 位北朝鮮（8 年 6 カ月）、4 位日本（7 年 6 カ月）、5 位中国（7
年 2 カ月）、6 位イギリス（2 年 10 カ月）、7 位アメリカ（2 年 5 カ月）、そして 8
位フランス（2 年 1 カ月）さて、何でしょうか？

　これは、2019 年 5 月現在の各国首脳の在位年月です。（プーチンは途中、首相
になったが実質的な指導者なので通算、安倍さんは第二期の安倍政権）そして、重
要なのは「今後この首脳たちが何年間、引き続き国のリーダーになれるか？」です。
短い順番で行くと、1 位英メイ首相（0 カ月、6 月には退任）、2 位独メルケル首相
（1 年 5 カ月、任期終了で退任）、3 位日本安倍首相（任期全うすれば 2 年 4 カ月）、
4 位米トランプ大統領（次回も再選できれば 5 年 7 カ月）5 位仏マクロン首相（次
回も再選できれば 7 年 11 カ月）、それら**民主主義国家の首脳は、いずれも数年で代
わることが確実ですが、**6 位から 8 位の**中国、ロシア、北朝鮮は、「ほぼ無限」**です。
よくわかりませんが、それぞれ死ぬまでやってもいいように法律を変えたり（中国）、
また任期はあるが、その後、首相になって、また大統領になることの繰り返しで結
局死ぬまでできるロシア、北朝鮮は、もちろん将軍様が死ぬまでですから、それぞ
れ何もなければ相当の期間、今の指導者体制が続きます。

　何が言いたいかと言うと、独裁、専制国家に比べ国民が主権のいわゆる民主主義
の国の指導者は**任期が来ると当然ですが、代わってしまうのです。**両方の陣営にど
んな差があるかと言うと、あと 1 年か 2 年で代わる指導者とこれからもずっとトッ
プを続ける指導者とでは、交渉をするのにも片方は期限があるが、片方はじっくり
構えられる、そうなれば、強い交渉相手であっても何年かしたら代わるのであれば、
今早急な答えを出さなくてもよい、トランプさんがタフネゴシエーターであっても
金正恩や習近平は自分たちの方が長く指導者の立場にいられるので「のらりくらり
していたら、その内、次の大統領が来るだろう。その時にこちらの有利に持ち込も
う。」くらいの気持ちでいるかも知れません。

52

それから国作りや政策なども長くやれば、じっくり時間をかけてやることができるわけで、トップが変わるたびにコロコロ政策が変わるようでは、**長期視点に立った国作りなんかできるはずがありません。**企業でも同様、3年ごとにトップが変わるようでは、長い目で企業を育てる施策は、なかなかできません。そういう意味では日本も創業家がトップもしくは、トップではなくても経営に目を光らせている企業は、強いところが多いと思います。小売業でもセブン＆ i やイオンと言ったトップ企業は、創業家もしくは中興の祖と言われる人が今の企業をけん引してきました。サントリーのビール事業など今では"プレモル"などのヒット商品で企業に大きく貢献していますが、2009年ころまで**45年間も赤字が続いていました。**ただ、創業者一族の佐治会長が「ビールは起爆剤、エネルギーを生み出す赤字だ。」と一度も撤退と言う議論にはならなかったそうです。これが数年で代わるようなトップであれば、すぐにでも「赤字部門撤退」となるでしょう。

　国と企業は違うかもしれませんが、中国の発展等を見ると、共産党主導でありながら、皮肉にも思想的には全く逆の資本主義の良いところを国が後押しをし、ダイナミックに取り入れて、大きく発展しています。それは個人よりも国家を大事にするやり方で、民主主義とは反対ですが、その発展を見ていると、**どこかで「民主主義の限界」**があるのかなと勝手に感じてしまう今日この頃です。

　一概にトップの任期が長いから良いとか、短いから悪いと言うつもりはありませんが、大臣のつまらん言動や細かいことで足の引っ張り合いをしているような国会議員たちでは、与野党協力しながら、国の本当の発展を時間をかけて成し遂げようとはならないでしょうし、目先の事や受けを狙った大衆迎合策ばかりが議論の対象になるようでは、「与（くみ）しやすし。」（恐れるに足りない。）と、**近くの長期政権の国からバカにされる**のではないでしょうか？　私自身は共産主義者でもないし、社会主義国家を作りたいなどとは思っていません。民主主義国家が永遠に続くことを願っています。だからこそ、日本においても、2年4カ月後に安倍政権が代わっても、単に前の政権の非を問うのではなく、良いものは引き継ぎ、以前にもまして強力な指導体制だと世界で認められるような交代を実現させて、やはり**民主主義は独裁や専制政権よりも強い**、と言わしめてほしいものですね。さあ、できるかな？

▶ 2019.6.10　　　　　　　　　　　　　　　　　　　　No.47

人生をやり直せたら？

写真は、1922年設立当時の**大分高等商業学校（現在の大分大学経済学部）**の写真です。HPのトピックスにも載せましたが、昨年に続き、先週6月5日、130名あまりの学生に寄付講義の講師として、熱弁？ をふるってきました。

3年後の2022年、**大分大学経済学部は100周年**を迎えると言うことで、講義の内容も「社会構造の変化と企業」と言うテーマで小売業の100年を振り返って、その移り変わりの激しさを共有してきました。

　講義の内容は、さておき、私が卒業して41年経ちましたので、大学周辺も大分の街も大きく変わっています。昔住んでた「旦の原ハイツ」と言ういわゆる新興住宅地（ニュータウン）も、そのころは新しい家と若い住人たちで溢れていましたが、今や年寄りばかりで空き地が目立ち、昔行ってた飲み屋も今はなく、逆に古くさかった大分駅が近代的に生まれ変わったりと、**やはり40年の歴史を感じます。**ただ、講義をした大講義室は昔と変わらず、私もそこでいろんな授業を受けました。(たいして学校に行ってなかったので、多分受けただろうと思います。←に訂正)

　そして、20歳前後の学生のキラキラした目を見ていると、ふと、「**もし、今、私がここにいる学生だったら？**」これからの40年、つまり今の私の年までに何をするだろうか、と考えてみました。当時のニッセンのような中小規模の会社に入るだろうか、自分で起業するのかな？ 政治家は？ 仕事以外にも、もっと高尚な趣味を持ち、語学も勉強して、もっと違う道があったかもしれない、と思いながら、違う人生を考えてみました。まず、学生時代には授業をしっかり受けて、加山雄三（可山優三＝優良可の成績で優は3つだけ、残りは可が山ほどある。）と言われることなく、香梨雄太（可無し優多＝そんな人いない。）と言われるくらいに良い成績を取り、グダグダ飲みにもいかず、もちろんパチンコや麻雀等のギャンブルで時間をつぶすこともなく、品行方正で石部金吉（真面目な人の代表）と言われる学生時代を過ご

し、その成績や身なり、面接での応対の良さから、大手銀行に入行、社会に出ても酒、たばこ、ギャンブルは一切せず、仕事上の友人は少ないが、家庭は人並みに持つ、家で飼っているミドリガメを愛し、インコとの会話が趣味、若いころから興味があった語学を駆使してインコと英語でしゃべれるのが自慢。仕事はほとんど失敗をせず、40代で小さな支店の支店長 50代になると関連会社へ出向し、60歳で定年を迎え、その後、定年再雇用で給料は半分になるが、無難に64歳まで過ごし、来年から年金をもらえることが、今一番の関心事、これからは、友達のミドリガメと好きな盆栽を眺めながら余生を送り、老いていく、「あ～あ、いい人生だったなあ。」……と。

　う～ん、そんなこと思えるかっ！ 多分、いくらやり直しても、そんな人生にはならないだろうと思います。（友人や先輩に大分大学から大手銀行に行った人が、たくさんいるので、もし見てたら、ゴメンナサイ。）やっぱり、**何回繰り返しても今と同じような素晴らしい人生だろうと思いますね。**

　まあ、勝手に自分の人生は素晴らしいなどと呑気なことを言ってますが、そう思えない人もたくさんいるかもしれません。ただ、人生やり直しても必ず同じ道をたどる、としたら、「人生やり直したい、……」と後悔している人は、同じ苦労をして、同じ辛さを経験し、もちろん同じ楽しみ、同じ喜びもついてきますが、今までの人生が苦しければ苦しかった人ほど、やり直して同じ苦しみを味わうだけで、嫌ですよね。それなら、やり直せたらなどと今さらそんな無理なことを言っても仕方ないので、これから楽しみましょう。「人間、幸せだから笑うのではなく、笑うから幸せになる。」そうです。生きてるだけで幸せ。**何かやって失敗しても、また頑張ればいいんじゃないですか。**

　「人生、今が一番幸せ」だと思えば、本当に幸せになるような気がします。だから、今、40年前に戻りたいか？ と問われると、私は「全く戻りたいと思わないですね。」と答えます。だって、**今の方が何倍も楽しいですから。**

55

▶ 2019.6.30　　　　　　　　　　　　　　　　　　　　No.49

M 資金

　みなさん、**「M 資金」**という言葉を聞いたことがないですか？今日は戦後の闇の一つその「M 資金」について、少し書いてみたいと思います。

　電話でお年寄りを騙す"振り込め詐欺"、企業取引でお金をだまし取る"取り込み詐欺"、自分のものでもないのに勝手に他人の土地を売る"地面師"、その他、結婚詐欺や原野商法等々、世の中、人を騙そうと言う輩がいまだに多く存在しています。通常の詐欺は、知識が乏しい人や老人などを騙す手口が多いのですが、上場しているような**一流企業を相手に**金をだまし取ったり、人事や取引を有利に進めるための材料として登場するのが、この「M 資金」です。実際に全日空や富士製鉄（後に八幡製鉄と合併して新日本製鉄になる。）中国地方の銀行等も、その被害にあっています。内容は、第二次大戦後、GHQ（連合国総司令部）が押収した軍需物資や他の財産をすべて使わずに隠し持っていて、それを委託された、ある機関が日本の発展のために有効に使うことを義務付けられている。その資金額は、**数千億円規模であり**、この金を使えるのは、まじめに事業をやっている"上場企業等の限られた人"だけ、である。今回その中から、500 億円（あるいは 1000 億円等）を無利子無担保で融資するので借りてくれないか？　と言う話からスタートします。

　M 資金の M は、GHQ のマーカットと言う少将が実際に調査、押収したので、その頭文字だそうです。もし、そこで借りたいと言ったとたんに、調達のための印紙代が額面の 1 ％必要（500 億円の 1 ％は 5 億円）とか、申し込みの際に書いた書類をネタに脅されるとかの事態に陥るのです。

　良く知ってるなあ？と思われるでしょうが、そうなんです。私が、ニッセン及びニッセン HD の社長をしていた時に、**その M 資金の話しを持ちかけられました。**幸いと言うか当たり前ですが、お断りをして、実際の詐欺には遭いませんでしたが、「何といまだにそんな話があるのか！」と驚いた記憶があります。話を持ってきたのは、長く取引をしていた取引先の社長と社外の税理士だったか弁理士だったか、どちらに

しろ、通常は先生と呼ばれる人でした。最初は、「何を言ってるのか？」と言う感じでしたが、それぞれ別に会いたいと言うことで来られて、同じような話をするのです。つまり、Ｍ資金が数千億円分あり、それを**500億円だけ無利子無担保でニッセンさんに借りてほしい。**「何を馬鹿な！」と一笑に付したのですが、相手はまじめに真顔で話を続けます。その後、電話でも何回か同じ話をし、お断りしているのに「何とかお願いできませんか？」と電話口で食い下がる始末、「いい加減にしてくれ。今後、電話もしないように。」と話をして、この件は終わったのですが、その間、こんなバカな話があるか、と思っていても何回も言われると、ほんの一瞬ですが、「無利子で500億円借りれたら、いいなあ。」と、思ってしまいました。　すぐに「そんないい話があるはずがない。」と正気に戻りましたが、後から思うと、「絶対に儲かるから。」と言う投資話や「副業で月に100万円稼ぐことも可能。」などと言うことを何回も、しかも複数の別の人から言われると信じてしまうのも頷けます。

　中国のことわざに「**三人、市虎をなす。**」と言う言葉があります。これは、全く違う三人から「街に虎が出た。」と聞いた人は、まさか虎が出るはずがない、と思いながらも、信じてしまう。と言う意味です。

　例えば、あなたの会社の友人が「SSコインと言う仮想通貨に100万円投資したら１カ月で100万円儲けた人がいるらしい。」次にあなたの古くからの友人が、「Ａさんは、SSコインで200万円儲けた。」　さらに親せきのおじさんが、「近所の人がSSコインにお金を預けたら、３カ月で３倍になって戻ってきた。次の締め切りは明日らしい。」と立て続けに言われると、関連性のない三人だからこそ、「私も早く投資して儲けないと乗り遅れる。」と思ってしまうらしいのです。

　しかし、よくよく考えると三人とも自分が儲けたのではなく、「そんな話を聞いた。」と言ってるだけで事実かどうかわかりません。でも信じるときは、そんなもんです。騙された人は、異口同音に「**自分は騙されないと思ってた。**」と騙されるのは他人事のように考えている人が多いのです。

　みなさん、簡単に儲ける話はありません。うまい儲け話は、何人か信頼のできる人に聞いてみてください。以前このブログで書いた友人の話、突然電話があり「月々5000円で全国の保養所が使えて、子会員を募ったら自分に2000円ずつ現金が入る……。」と言ってた友人Ｆ君にメールをしてるのですが返事がありません。**Ｆ君、これを見てたら、連絡をくれ！お前は騙されている。**

　みなさんも気を付けましょう！

　「ありそうでないのは、儲け話。なさそうであるのは、騙される自分。」

57

三日坊主

▶ 2019.7.14　　　　　　　　　　　　　　　　　No.50

　まずは、お詫びです。前回のブログで書いたＦ君の消息を掴もうとギリギリまで更新せずにいたのですが、出張と重なって、結局14日に更新が伸びました。このつたないブログでも**70人くらいの熱心な変り者（失礼）読者**が存在する限り、これからも頑張って書いていこうと思いますので、よろしくお願いします。さて、大学時代の友人Ｆ君は何とかネズミ講の誘惑と戦いながら、今のところ一応まともな仕事をしているようで、一安心です。ただ彼の場合、まともな仕事がどれだけ続くか非常に心配ではあります。三日坊主にならなければいいなと思いながら、Ｆ君からのメールを見てましたので、今回は「三日坊主」の話しをしたいと思います。

　この間、酒を飲んでいる時に、「ピアノでビートルズの弾きかたりができたら、カッコいいかもな。」などと、ど演歌を大声で歌うことしかできないオッサンらと話していたのを思い出し、早速、「１カ月でレットイットビーの弾きがたりができる本」をアマゾンで買いました。結果は、**一日だけで「無理！」と思い断念**。その他、今までに「聞くだけで自然に英会話が身につくＣＤ」→２日で返品、毎日３分で内臓脂肪が取れる「ブラブラダイエット」→５日で飽きて、10万円で買った「乗馬ダイエット」→３日で埃をかぶってしまい、孫のおもちゃに。

　その他、毎年お正月には「今年こそ……」などと決意を表明しては、何もできずにいるのですが、三日坊主にせずに**達成まで続けられる方法**があるのです。「あるなら、やればいいのにお前も、できてないじゃないか？」そんな声が聞こえてきそうですが、これには少し条件が必要なのです。まず、何人かでいっしょにやる、そして大事なのは続けられなければ自分に実害が出るようにすることです。

　例えば、４〜５人くらいで３カ月で5kgやせることをみんなで宣言する。ただし、やせられなければ、1kgあたり１万円を達成した人全員に払う。もし、自分だけ達成できず体重がそのままで、他の人が全員達成したら、４人×５万円＝20万円の実害が出る。これを毎週のように状況確認しながら、その達成度を見ていると、他の人が少しでも近づいていたら、いてもたってもいられず、結果的に自分もダイエットをしてしまうのです。ここだけの話にしといてほしいのですが、以前実際にやって全員がダイエットに成功しました。

　考えてみてください、ライザップで３〜40万円も払って、結局5kg程度のダイ

エットをするのなら、この、仮称「佐村式」ダイエットは、やった人全員が費用０もしくは達成しない人が出れば、５万円もらいながらダイエットできる、**いわば夢のような画期的ダイエット法**です。今回、この画期的方法をなんと、このブログを見ている人全員に無料で公開してしまいました。ダイエットだけでなく、何かの資格を取るときも何人かで「資格を取れなかった人が、取れた人に３万円払う！」、とか、何にでも使えます。

　人間、自分に実害が出ることになれば、何としても阻止しようと言う気になるものです。これは、成功したら５万円をあげる、と言う**ご褒美よりも強いモチベーション**のように思います。ご褒美なら、もらえなくてもプラスが０になるだけで今までと同じですが、相手に払わなければならないと言われると単にマイナスが出るという実害だけでなく、「なんであいつに払わないといけないのか！」と、いわゆる「ケタクソ悪い。」気持ちになるので余計に頑張るのではないでしょうか。

　まあ、できてもできなくても仮に三日坊主であっても、何かに挑戦すると言うことは、それ自体が刺激になって非常に良いことだと思います。三日坊主を恐れずに、これからも何か新しいことに挑戦していきたいですね。

　　最後に、**この間聞いた良い話を紹介しようと思います。**
「あなたの年齢に１０歳足してください。」……（私なら74歳）「その年齢と今とを比較してみてください。」……（74歳と64歳）「今は、その年齢（今より１０歳上）よりも確実に１０歳若いのです。だから、**その年齢ではできないことも今ならできるはずです。**」

　なるほど、私も64歳、まだまだ若い。できることは、たくさんありそうです。みなさんも、いっしょにがんばりましょう。

▶ 2019.7.20　　　　　　　　　　　　　　　　　　No.51

歯医者の先生様

　みなさん、こんにちは。
　今日は歯医者さんの話しです。歯医者と聞くと、ほとんどの人が"**嫌な**"**感じを抱くと思います**。私もそうですが、痛いし、口を開けたままでヨダレをたらす情けない姿を思い出しては、その腹いせに友人の歯医者をつかまえて「大体、歯医者なんてコンビニの数よりも多いくせに、予約しろ、などとけしからん。」とか、「お前でも歯医者になれたんやから、誰でもなれる。」などと悪態をついていました。同じ医師でも歯医者は普通のお医者さんに比べて、尊敬の念が薄い、と感じているのは私だけでしょうか。（歯医者さんすみません。）
　さて、私は昨日まで北海道に行ってたのですが、行く日の朝、北海道でうまいものを食べようと、張り切っていた矢先に何と歯の詰め物が取れてしまいました。しかもよく見たら、詰め物だけでなく歯も欠けて、冷たい水を飲むとキーンとしみる状態。その日は我慢して悪くない側の歯だけで食事をしましたが、片方だけで噛み続けると暖かい物なんかは食べれないですね。熱い物でも右で噛んで左に持ってきて、また右に移してかむので食べれますが、片方だけで噛むと、熱いものはずっと熱く、味わうどころではありませんでした。何とか次の日の昼から札幌駅の近くで歯医者さんを見つけて、直してもらいましたが、**たった１本の虫歯の詰め物がないだけで、不便を感じる**のですから、上下左右の虫歯の詰め物が全部取れたら、ほとんどのものが噛めずに前歯だけでリスのような生活をしなくてはならず、想像しただけでもぞっとします。
　しかしながら、考えたら、日本人（世界的にも）の寿命が延びた理由の中で歯医者さんの存在は大きいんじゃないかと思います。なぜなら、私が今までに行った**病院の回数では圧倒的に歯医者が多く、**（と言うか、他の病院にほとんど行かない。）もし、歯医者が無かったら、とうの昔にまともに噛めず、食べるものも限られ、栄養不足で衰えてしまっているなと思うからです。また、明治以降の**近代的な虫歯治**

療の発展と長寿化は同じような伸びのように思います。（他の医療の発展も同じかな。）もちろん、他のお医者さんにもかかっていますし、大変お世話になっているのですが、風邪や発熱等々の病気は、医者に行かなくても自然に治る可能性があるのに対して、歯だけは、自然に治ることはほとんどありません。歯医者さんに行って、多少痛くても我慢して、ちゃんと直してくれるから、今があるのかなと、だんだん歯全体が衰えてきた今ごろになって思えてきました。

　大げさに言えば、**歯医者さんは人類を救う神**のような存在です。（大げさすぎました。）そう考えると、友達の歯医者さんに向かって、さんざん悪態をついてきたことを反省します。そして、これからは、歯医者さんに行って、悪い歯だけでなく、やたらと他の歯も直そうとされたり、痛いのにお構いなくガリガリと削られたり、「これで終わりやろ。」と思っても、何とかかんとか言ってまた次の週にも来させようとしたりと、そんなひどい仕打ちをされても手を切ることができない、まるで**イジメのような歯医者**であっても「歯医者の先生様、ありがとうございます。」と心の中で手を合わせて生きていこうと思います。

　みなさんもよくご存じの通り、7月25日は**「知覚過敏の日」**です。えっ、知らない？その出来は、7月25□→7・2・5→なつこ→夏氷→かき氷→冷たい→知覚過敏と、誰が考えたのか、風が吹けば桶屋が儲かる、ような名前の付け方ですが、アホか！　と怒る前に良い機会ですので、みんなで、歯を大事にするきっかけ、そして歯医者さんを敬うきっかけにしていただきたいと思います。

　と言いながらも、やっぱり、私は、歯医者が、**大嫌い**です。

小学校の思い出②

昭和30年代は、巨人・大鵬・卵焼きで、ほとんどの子が野球選手をめざしていました。
私も「将来はプロ野球選手！」と毎日、野球をしていたように思います。向かって左、後列の頭一つ抜けているのが私。当時の身長は169cm、先生と変わりません。

▶ 2019.8.9 　　　　　　　　　　　　　　　　　　　　　No.53

司馬遼太郎と乃木希典

　まあ、毎日暑い日が続いていますが、みなさん熱中症は大丈夫ですか？　こんな時は、わざわざ炎天下でゴルフに行ったり、人でごった返す観光地や街の中などには行かずに、涼しい冷房の効いた部屋で読書でもするのが一番ではないでしょうか。ということで、少し本の話をしたいと思います。

　今日のタイトルは、「司馬遼太郎と乃木希典（のぎまれすけ）」、皆さんご存知の司馬遼太郎は、今から96年前の一昨日、つまり1923年**8月7日**に生まれました。1996年に72歳で亡くなるまで、国民に愛される偉大な作家として、本当に面白い本をたくさん世に出しています。私も「国盗り物語」や「新書太閤記」等々、食い入るように読んだ覚えがあります。ただ、この偉大な作家に対して申し訳ないですが、**次の2点だけは、ちょっと文句を言いたいですね。**

　まず、1点目、**坂本龍馬のことを「竜馬が行く」でヒーローとして書きすぎ**だと思います。坂本龍馬が西郷や大久保、その他の幕末から維新の偉人と同じように扱われていますが、薩長同盟に果たした役割も、そんなに大きくはなく単なる使い走り程度ではないかと言うことが、最近わかってきたそうで教科書からも名前がなくなるかもしれないと聞きました。また活動は、**自分の金もうけが一番で**、小さな藩（大洲藩）から船を借りて貿易をしていると、その船が紀州藩の船とぶつかり沈没、その際には、実際の積み荷の何倍もの賠償金を紀州藩に吹っ掛け、あらゆる手を使って分捕る。しかも、船を借りていた大洲藩には、保証も何もしない。こんな人間が、ヒーローのはずがないと思っているので、その竜馬を幕末のヒーローに仕立て上げたことは、？マークがいくつもつくような疑問です。

　2点目は、タイトルにある**乃木希典を司馬遼太郎は、無能なリーダーと決めつけている**ことです。乃木希典は、明治時代の軍人で日清、日露戦争で活躍しました。その乃木希典を有名にした日露戦争において、1904年、司馬遼太郎の誕生日と同じ**8月7日**、最大の激戦地、旅順において第一回目の総攻撃を開始しました。司馬遼太郎は、この時の乃木希典の取った作戦が無能だとして「坂の上の雲」や「殉死」などでは、どうしようもなくなって、同僚の児玉源太郎が出てきて事態を収拾したとし、**乃木はダメ、児玉はヒーロー**として扱っています。実際には司馬の見解には無理や誤解も多く、乃木希典は立派なリーダーであったと多くの人が立証しています。私は、

62

北九州の出身で子供のころ、乃木希典の故郷である山口県長府市にある「乃木神社」などにも何回か行ったことがありますし、日露戦争の英雄は海では日本海海戦の東郷平八郎、陸では旅順攻略の乃木希典と聞いていました。また、その戦争で息子を二人とも亡くし、明治天皇の死に際しその後を追って殉死するまで、戦死した人たちの責任は自分にあると言い続けてきた乃木に対する、司馬の批判は、あまり心地よくありません。

　乃木希典の評価を高めるエピソードは、戦い方のみならず、勝利を収めた後の敵将に対する態度や相手国の国民に対する接し方にあります。日露戦争では、勝利した後の敵兵との会談などでは、戦いはしたが**“敵国軍人個人に対しては、憎悪するのではなく礼を持って接し、相手の誇りも考慮する”**という振る舞いで世界から賞賛を受けました。それから、初代台湾総督であった時には、台湾国民に対する教育を推し進め、日本人の台湾人に対する凌辱や取引の不正は、厳にこれを戒め、現地の人を行政官に採用するなど、台湾にとって良い事を実践した人でもありました。私は、40年前に初めて台湾に行ったときに、現地の人からもそんな話を聞いたことがあります。台湾の人に親日家が多いのは、乃木希典のおかげもあるのかもしれません。また、乃木希典は、質素な生活を送り、自分の財産や入ってきたお金は、全て戦いで傷ついた人たちが入院している病院に寄付していました。子供をすべて戦地で亡くしたので、養子を進められても拒否し、これだけたくさんの人を死なせた乃木家は、自分だけで断絶させる。と言っていたそうです。そんな乃木希典は、当時大変な人気だったらしく、詩や講談にも取り上げられたり、いろんなところで名前が使われたりしたそうです。例えば、東京の乃木坂は乃木希典の名前を取って命名しました。

　「虎は死して皮を残し、人は死して名を残す。」

　人の価値とは、生きてる時だけでなく、後世に誰がどのような評価をするか、そして、それを聞いてどのように思い、どのような影響力を現在の人たちに与えるか、それらを総合したものが人の価値なのでしょうね。だから時代時代によって、人の価値は変わるのですね。（ちなみに坂本龍馬の評価は、1963年の「竜馬が行く」発行以前と以後とでは、大きく異なるそうです。）その変わっていく時代の中でも、いろんな意見を堂々と言える今の時代は、本当に良い時代だと思います。司馬遼太郎や坂本龍馬のファンの皆さん、勝手なことを言ってすみませんね。

　坂本龍馬は、志半ばで刺客に倒れ、乃木希典は割腹して、妻の静子は胸に短刀を突き立てて、明治天皇に殉死。それぞれ英雄や偉人と言っても悲劇の人に変わりはありません。**凡人で本当に良かったなあ**、とクーラーの効いた部屋の中で思う今日この頃です。

▶ 2019.8.28　　　　　　　　　　　　　　　　　　　　No.55

1964 東京オリンピックの思い出

　前回の聖火ランナーに続いて、オリンピックの話をします。今から55年前の東京オリンピックは、9歳の私にも強烈な感動を与えてくれました。もちろん、金メダルを取った種目のいくつかは今でも鮮明に覚えていますが、その金メダルに匹敵するくらいに強烈に覚えているのは、**男子マラソンです。写真の君原健二選手**が、郷里の北九州市の人で、当時の八幡製鉄（現在の新日鉄）の陸上部に所属していた関係で街をあげて応援していたように思います。日本人のマラソンランナーは3人。その中でもメダルに一番近いと言われていたのが君原選手でした。結果は、**残念ながら8位と惨敗**で、子供心にも「残念！」と言う気持ちで一杯でした。

　その代わり、と言っては失礼ですが、あまり期待されなかった**円谷幸吉選手が3位で銅メダル**。立派な結果でした。金メダルのアベベ選手は別格でしたが、円谷選手は最初2位で競技場に飛び込んできました。その後、3位で入ってきたイギリスのヒートリー選手に抜かれて3位。抜かれた理由の一つに、円谷選手は父親から、**「男は、後ろを振り返ってはいけない。」**と常々言われていたので、レースの間は、決して後ろを振り返ることがなかったことがあります。それを、当時のマスコミの一部は、競技場で抜かれたことに対して、批判っぽい論調で円谷選手を責めていました。

　それに対して、円谷選手は、次のメキシコでの金メダル奪取を宣言し、再起を期すのですが、その後は、不幸が円谷選手を襲います。結婚しようとしたときには、所属している自衛隊の幹部やコーチから、次のオリンピックの方が大事との理由で、破談にされ、健康面でも持病の腰痛が悪化し椎間板ヘルニアも患い、思ったような記録を出せずにいました。元来、責任感の強い円谷選手は、東京オリンピックで抜かれて3位になったこと、そして、メキシコで金メダルを取ることが、不可能にな

ったこと等々、心労を重ねメキシコオリンピックの年の1月にカミソリで頸動脈を切って、**自殺してしまいます**。両親に宛てた遺書には、「幸吉は、父上様母上様の側で暮らしとうございました。」「**幸吉は、すっかり疲れ切ってしまって、もう走れません。**」とあったそうです。

円谷選手が自殺した後のマスコミは、手のひらを返す様に円谷選手の功績を持ち上げていたように思います。さて、君原選手の話に戻りますが、メキシコでは雪辱を果たし銀メダルを獲得しました。その直後の君原選手の言葉が感動的です。「**私は今までにレース中、後ろを振り返ったことは、ほとんどありませんでした。しかし、今日は、円谷君の影の声が、そうさせたのかもしれません。**」何かと言うと、競技場に入ってきた君原に続いてニュージーランドの選手が3位で競技場に入ってきていました、まるで、東京の円谷選手と同じ状況です。

ところが、レース中は後ろを振り向かない君原選手が、突然後ろを振り向きました。そして、後ろから選手が追ってきていることを知ると、ペースを上げて、そのまま2位でテープを切ることができたのです。3位との差は14秒でした。まさに**円谷選手の執念が銀メダルをもたらせた**ように思います。オリンピックは、勝った負けたと言う結果だけでなく、そこに至る人間の感動的な「人生劇場」が、あるようですね。

君原選手と言えば、6年前くらいでしょうか、ニッセン時代に、取引先の方や社員を集めた懇親会に君原選手を呼んで講演をしてもらいました。みんなは、「なぜ、君原選手？」とか、「君原って誰？」と言う声も聞こえましたが、私にとっては、英雄の一人です。その時に君原選手が、言ったことが大変印象に残っています。それは、次のような言葉でした。「私は、今まで一度も途中棄権をしたことがありません。ただ、いつも苦しくて、いつやめようか、もうやめよう、と言う気持ちで走っていました。その時、ゴールの事を考えるとあまりにも遠すぎて、余計に苦しくなります。ですので、**次の曲がり角まで走ろう、次の信号機まで走ろう**と、目に見えるすぐそこにある目標を目指して走りました。そうして、出走したすべての競技で完走することができたのです。」

〔もう一言〕
みなさんも、ゴールが遠くて、気持ちが萎える時には、この言葉を思い出してみてください。千里の道も一歩を踏み出さないと完走はできません。一歩の次は二歩、二歩の次は三歩、その繰り返しでしか千里に到達することはできないのですね。

みんな、頑張りましょう！

65

▶ 2019.9.10　　　　　　　　　　　　　　　　　　　　No.56

日本で一番大切にしたい会社

　２〜３日前でしたか、いつものように、「おもしろくない。」とブツブツ言いながら昼間にテレビを見ていると、再放送の番組でしたが、日本で一番大切にしたい会社に選ばれたこともある「日本理化学工業株式会社」と言う、チョークを作る会社の事が、取り上げられていました。

　この会社の事は何回か他のテレビ番組にも取り上げられているので、知ってはいたのですが、改めて見ていると、**涙が出るくらいに「本当にいい会社だ。」**と感じました。従業員の70％以上が障害者で、しかも"お情けで雇って"何もさせていない大企業とは逆に、みんなが戦力になっているところが素晴らしい！ それぞれ違った障害を持つ人たちを健常者の中で勤務させることは、なかなか難しいものですが、この会社はそれをやってのけています。

　例えば、数字は全く理解しない人でも色を見分けて信号を渡っている、ならば、器具や秤に色を付けて、その色まで材料を入れさせる、とか長さや太さを計測するのは、メジャーではなく型を作って、それに入れれば、許容範囲がすぐにわかることなど、**相手の目線で考えた工夫**が数多くあるようで、感心させられました。

　また、人間の喜びは、① **人に愛されること**、② **人に褒められること**、③ **人の役に立つこと**、そして、④ **人に必要とされること**、の４つだと言っています。すぐに休む障害者の方には、自分の仕事をしなかった場合の周りの困る様子を見せて、いかに、その仕事が周りから必要とされているかを、自分の目で確かめさせる。そうすると、自分が役に立っている、自分が必要とされていると言うことが、はっきりと認識でき、休むことがなくなったそうです。

　健常者が自分たちの目線で障害を持った方の能力を図ろうとすると、どうしても、できないことが多く目につきますが、やり方を変えるだけで大きく変わる、**このことは私がニッセン時代にも物流部門で同じようなことを見ました。**当時、物流部門では障害者雇用を積極的に行っており、各作業工程の中で何人もの障害者の方が働

いていました。その中で一覧表をもとに商品をピックアップする作業があり、一覧表には上から下まで30～50行に渡って、商品名や品番、そして棚の置き場が書いてあります。その作業を障害のある方がやっていたのですが、一覧表の品名や棚番を間違えて、**全然仕事にならない**と周りからクレームが来ました。普通なら、そこで「やっぱり障害者はダメだ。」となるのですが、ある社員がその障害者の方の自宅に行き、親御さんと、その話をしていると、「家でも同じように横に並んだ行を間違うので、いつも定規のようなもので各行を押さえるようにしています。」と言われたそうです。それを聞いた、その社員は会社での一覧表を見るのに定規のようなものを作り、各行、それを当てながら仕事をさせてみました。　結果は、**一つも間違わず、健常者と同じように作業をこなす**ことができるようになったと、報告会で嬉しそうに発表していました。素晴らしい知恵だと感心しました。

　もう一つ、印象に残っていることは、最初は周りの健常者たちは、障害者の方の仕事が遅いとか、よく間違えるとか、文句が出るのですが、障害を持った方が仕事を覚え、周りから必要とされていることを理解すると、全くさぼらず、一生懸命にやるので、初め文句を言ってた人たちが、**これからも一緒にやりたい**と言い出すそうです。そう考えると、まだまだ工夫一つで、障害を持った方も社会進出ができるはずですし、企業は国で決められた障害者雇用の範囲を、法律だからと仕方なく雇って、掃除でもさせようと言うのではなく、知恵と工夫で立派な戦士に仕立て上げないといけないですね。

　昔、こんな話を聞いたことがあります。1頭の狼に率いられた100匹の羊と1匹の羊に率いられた100頭の狼が戦ったら、どっちが勝つか？　結果は、**1頭の狼率いる羊軍団の方が強い**のです。もちろん、それぞれがバラバラに行動したら狼が多い方が勝つでしょうが、リーダーが指示を出し、それに従って動くとしたら、優秀で勇敢なリーダーの元、一致団結した羊が強いのです。優秀なリーダーの資質は、何も勇敢なことだけでは、ありません。力が無い兵士でも知恵と工夫で優秀な戦士に仕立て上げる力、それがリーダーの役割です。日本理化学工業の経営者は、まさに優秀なリーダーと言えるでしょうね。

〔もう一言〕
　障害だけにあらず、"弱い"立場の人の目線で物事を考える、これは全ての人に言えることです。自分よりも弱い立場の人を「弱い。」「ダメだ。」と見下すのではなく、より添って、手を差し伸べることができるような人になりたいですね。

▶ 2019.10.20　　　　　　　　　　　　　　　　　　　　　No.60

言語道断

　今、ラグビーのW杯では、ゲームが終われば「ノーサイド」で相手をいたわり、お互いを尊敬すると言う、**素晴らしい光景を目の当たり**にすることができています。また、台風19号で被害を受けた方々を気遣う気持ちやボランティア等で協力し合う光景を見ることは、学校で何時間もかけて教えるよりも、世界の子供たち（大人も含めて）にとって、**素晴らしい教育になっていると思います。**

　そんな中、**全くもって言語道断！**　このブログに書くことも胸くそ悪い事件が起こりました。神戸の東須磨小学校の中で起こった、無理やり羽交い絞めして激辛カレーを食べさせたり、セクハラ、パワハラのし放題と言う先生同士の陰湿なイジメ事件。仮にも未来を背負う子供たちを教育する立場の人間が、一番やってはいけないことを、堂々とやり続ける。しかも、上の立場の校長や教育委員会は咎めることなく、今に至っている。こんなことが、あっていいのだろうか。

　激辛カレーを無理やり食べさせたり、目に入れたりしただけでなく、さらに陰湿な手段で弱いものをいじめる。あきれ果てて、信じられないとしか言いようがありません。そして、その連中ときたら、報道後の釈明では、「相手がそんな気持ちだと知らなかった。」とか言いながら、体調不良で保護者への説明も休む。自分がやったことに理があるなら堂々と人前で何をしたのか、なぜやったのか、はっきり言え！　理がないのなら、そんなことをするな！　ばか者。こんな輩は、刑事・民事だけでなく、**名前も顔も堂々と出して社会的に罪の制裁を受けるべきだろうと思います。**

　また、今回の加害者である4人の教師だけでなく、そうさせた原因である前校長の責任、それを正さなかった現校長や教育委員会の責任、さらに校長に大きな権限を与えていた神戸の教育の仕組み。まずは、その辺の内情をしっかりあぶり出し、他校での現状把握もし、**神戸だけでなく全国で再発防止**に取り組む必要があると思います。もっと言えば、日本の**教育に対する考え方が軽すぎる**ことが、今回の事件の根本原因ではないかとも思います。

　それは、**教育人材の育成がなってない**からだと思います。大学の教育学部を出たら先生になれる、つまり人を育てる力があるとみなしてしまう、この事に対して、何も変えられない現在の教育システムでは、いつまでたっても"しょうもない人間"が教師になれてしまいます。

以前も書きましたが、教育に力を入れない国に将来はありません。教育学部を出た、**"でも、しか"先生**（先生に"でも"なろうか、先生に"しか"なれない。）だけでなく、国がスーパー先生を作り出す、そのためにはスーパー先生の報酬は、周りが羨むくらいのスーパー高額にして、教育学部以外で社会に出て活躍している人や、大学に行ってなくても世のため人のために頑張っている人を先生にスカウトするのです。ただ、報酬が高いだけでなく、もちろん、その候補の人は、国のため、子供のためを思う人でないといけません。そういう志の高い人を高額で雇い、各地の学校に入れる。そうすれば、イワシの群れに入れた天敵マグロのようにイワシは緊張感で元気になり、また、良貨が悪貨を駆逐して、（本当は、悪貨は良貨を駆逐する。ですが、人間社会では逆もまた真なり。）**腐っていた教師の目が覚め**、健全な、教育現場に近づくと思います。

　大体、先生の評価がどうなっているのか、評価は特定の上司だけがするのではなく、子供や親や地域社会の人もするようにすればいいと思います。時間を持て余しているうるさ型の年寄り（人生の先輩）などから有識者を選び、子供たちと席を並べて、先生の教え方をチェックするようにすれば、雇用の促進にもなり、国にとっても税収アップにつながります。

　もう一つ、スーパー先生が増えれば、親も先生に対して、尊敬の念をもって接するようになると思います。今は親たちが、自分の方が難しい大学を出たから、"でもしか"先生の言うことなど聞かもなくてもいい、的な考えがあるようです。いい学校を出た人＝素晴らしい人間、などと思っていること自体が問題であることに気が付かない親も親ですね。

　まあ、長いことブツクサ文句ばかり並べましたが、**学校の先生の仕事は大変な重労働で精神的にも大変**だと思います。私も学生時代、尊敬する中学の先生に「お前は、先生が向いているから、先生になれ。」と言われましたが、「自分の力で自分の報酬や地位やヤリガイを決めれないので、いやです。」と言った覚えがあります。逆に言えば、スーパー先生みたいなものがあれば、やったかもしれません。

　もし、私が先生になっていれば……、道徳の時間を思い切り増やし「まずは武士道の勉強。」「弱きを助け、強きをくじく人間になれ。」「月光仮面を見習え。」「覚えるだけの勉強なんて、せんでもいい。」「うまいもん食うて、飲みたいもん飲んで何が悪い……。」なんてことばっかり言うでしょうから、やっぱり、先生は無理かなあ。今の先生に頑張ってもらいましょう。

▶ 2019.11.10　　　　　　　　　　　　　　　　No.62

５フィート・ジャイアント

緒方貞子さんと友人の中原君（P.132 参照）

先月 29 日に元国連難民高等弁務官の緒形貞子さんが亡くなりました。写真でもわかるように、わずか**５フィート（150cm）の小さな女性**が、世界の大国を相手に堂々と難民支援を訴えた姿は、世界中の人たちに強烈な印象を与えました。

私は、緒形さんに直接会ったことはないのですが、私の高校時代からの親友が JICA（国際青年協力隊事業団）に勤めており、緒方さんが JICA 理事長をしていた時には直属の上司として仕えていたので、時折、生の緒方貞子さん情報を聞くことがありました。緒方さんと言えば、やはり世界の難民のために現場に直接出向き、声を聞き、何が大事かを前例に捉われず判断し実行した功績が大きいと思います。国を追われた人しか難民と認めない前例の中、その国の中にいても死と直面している人たちは救うべきだと、イラクのクルド人難民の支援をしたり、サラエボでの難民支援、ルワンダでの支援等々、「**難民と言えども一人間である。**」と言って、世界の難民のために奔走しました。

その姿は、自分さえ良ければ、いいんだと言う自己中心主義に対して、自己は、社会全体の義務を負うために存在し、弱いものを助けるのが本来の人間の生き方であると説く、**日本の武士道精神を世界に広めた人**ではないかと思います。

そんな素晴らしい日本人の誇りのような緒方さんの活躍にも関わらず、**世界の難民は 7000 万人**と、過去最高の人数を更新し、政治や宗教、民族の対立、その他天災や飢餓など、いろんな理由で今も毎日３万７千人の新しい難民が生まれているそうです。しかし、それは自然に生まれるものではなく、紛争をしている国やそのリーダー、そして、それを支援したり、途中で勝手に手を引き、難民をさらに苦境に立たせて平気な大国のリーダー、**ほんの一握りの彼ら指導者が、7000 万人の難民を作り出しているのです。**

しかも、最近の世界の流れは「自国 No.1 主義」が蔓延り「移民等の規制」をし、

自分たちだけ良ければ、という自己中心の考えが堂々と主張されています。緒方さんたちが、頑張ってやってきたことが、なかなか根付かずに、ろくに食べ物もなく、満足な医療が受けられない人たちが、増え続けることは、心が痛むところです。

　それに比べて、**わが日本は、安全で平和で本当に素晴らしい国**だと感じます。本日、11月10日は天皇陛下ご即位の祝賀パレードがあります。国民みんなが力を合わせて、令和における国内外の平和を築く、そんな気持ちを持ちながら、今の平和に感謝し、ご即位をお祝いしたいと思いますが、それだけでなく、世界には難民として明日の命も危うい人たちがいることも少し思い出して、UNHCR（国連の難民支援機関）等への寄付も少しだけ増やそうかと考えているところです。

　緒方貞子さん死去のニュースを聞いて、再度、世界の難民の事を思い出した人も多いと思います。その人たちが、少しでも関心を持ち、何かの役に立とうと行動することは、緒方さんの供養にもなるように思います。

　ご冥福をお祈りします。

〔もう一言〕
　緒方さんは、80歳を超えても昼にはステーキをペロリと食べて、それはお元気でパワーがあったと、友人が言ってました。
　何か事をなす人は、老けてなんかいられないのでしょうね。

中学校の思い出

将来は野球選手と思っていたのに、進んだ中学校には野球部がなく、一年の担任が柔道の先生で、「お前は体が大きいから柔道部に入れ。」で野球選手をあっさり断念。でも、おかげで北九州の大会で優勝の常連になり、今思えば、良かったかな。

▶ 2019.11.19　　　　　　　　　　　　　　　　　　　No.63

勤労感謝の日

　今週23日は、勤労感謝の日です。昔からある休日ですが、なぜ勤労感謝の日になったかと言う理由を知ってる人は、意外に少ないようです。

　元々は、天皇陛下が、その年に取れた新しい五穀を天津神（高天原にいる神々）、国津神（天孫降臨以前からいる土着の神々）に供え、自らも食し、その年の五穀豊穣を祈る、"新嘗祭"が行われていたのが、11月23日でした。ところが、戦後GHQから、皇室につながる行事はダメだ、と言われ、勤労感謝の日と名前を変えて、国民の休日になったそうです。まあ、五穀豊穣と勤労感謝と少し違うような気もしますが、「休みなら何でもいいか？」と言う人が、多いのではないでしょうか。

　休みなら何でも……と言えば、実は、私が生まれた北九州の八幡と言うところには、**毎年11月18日「起業祭」**と言う休日がありました。その日は、八幡の小中学校は朝から休日になるので、ある程度の年までは、「起業祭」は国民の休日だと思っていました。後から気が付いたのですが、これは当時、八幡製鉄（今の日本製鉄）が明治時代に官営八幡製鉄所として、創業した日を祝う、いわば**一私企業の創業記念日**が、その地域のお祭りのような祝日になっていたのです（いかに八幡製鉄が地域にとって大事な企業だったかがわかりますね）。

　その起業祭は、サーカスやお化け屋敷などがあるメインの広い広場から、延々と何百もの夜店が出たり、のど自慢大会があったり、それはそれは一大イベントで、街中がお祭り気分に浮かれる日でしたので、本当に待ち遠しい限りでした。今は、11月の初めの土日にこじんまりした形で行われているようで、少し残念です。

　話は、勤労感謝の日に戻りますが、これからの勤労者はどうなるのでしょうか？AIに仕事を奪われ、少子化で生産は海外に移転、働き方改革で、上からは「時短、時短」と言われながら、なかなか仕事がはかどらない、それでも将来は70歳くらいまで働かないといけない。70歳過ぎて、ようやく仕事から解放されても年金が少なく、普通の生活をするだけでも精一杯。そんな未来を考えたら、若い20～30代の人たちは、人生を**夢と希望をもって前向きに生きられる**のでしょうか？　さらに、そんな不安ばかり考えてるとメンタルをやられて、仕事すらできなくなる。じゃあ、一体どうすればいいのか？

　はっきり言って……わかりません。でも、**昔、面白い漫画がありました。**ある南

の島で、昼間から何も仕事をせずに、海辺でボーっと寝ている現地の青年がいました。そこを通りかかった、スーツをシャキッと決めた西洋人の男が、

男　「そんな、仕事もせずに、ボーっと寝ていて、どうする？ そんなことだから、この島の者たちは、ろくな人間にならないんだ。」

「俺なんて、休みも取らずに必死で働いているぞ。」

青年「ふーん、それで働いてどうする？」

男　「必死で働いて、将来お金持ちになる。」

青年「お金持ちになってどうする？」

男　「お金持ちになったら、南の島に別荘を買う。」

青年「別荘を買ったら、どうする？」

男　「別荘を買ったらなあ、仕事もせずに一日中のんびりと海辺で寝そべって暮らすんだ。」

青年「そうか、じゃあ、今の俺と一緒だな。」

男　「……。」

まあ、こんな感じでしたが、結局、男が必死で求めていた幸せの形とは、何だったのだろう？ と、ちょっと考えさせられる内容でした。

これは、一生懸命に仕事しても意味ないよ、と言うことではなく、**目指すべき方向は一つではないし、幸せの形も千差万別**、ただ、この男のように、いろんなものを犠牲にして求めている目標が、どこまで価値があるのかは、時々考えてみてもいいのでしょうね。

そして、自分の幸せをつかむためなので、働くことは辛くて当たり前、と考えがちですが、決して辛い事ばかりではありません。働くことを通じて、達成感を得られたり、自分の知識や経験が深まって行くことを実感できたり、働くこと自身が、自分の喜びに感じることも多々あります。

そう考えると、まあ、勤労感謝の日にまず、やらねばならない**仕事があるだけでも幸せなことです**。勤労感謝の日は、働く人たちに感謝すると同時に、**自分が働けることに感謝する日**なんでしょうね。

みなさん、明日からも頑張って働きましょう。

▶ 2019.12.10　　　　　　　　　　　　　　　　No.65

三角大福中

　　先日、神戸山口組の幹部が山口組組員に射殺されたというニュースがありました。逮捕されたのが、京都の南区だそうで、昔勤めていたニッセンも南区にありました。何か、身近でこのようなことが起こると、より物騒だと感じます。
　そんな時に不謹慎かもしれませんが、私は**"やくざ映画"**が結構好きで、「仁義なき戦い」や「日本の首領（ドン）」北野武の「アウトレイジ」など、全部観ましたし、海外でも「ゴッドファーザー」などの名作が結構あります。何が面白いかと言うと、権力闘争に明け暮れて、若いチンピラみたいな下っ端がどんどんのし上がり、トップになったかと思えば、違う相手から潰されてしまったりと、何か人間の持っている欲望と**ギラギラした本能**みたいなものがよく表れており、ついつい見入ってしまいます。
　これは、やくざの世界だけでなく、企業の中でも同じようなことがあり、結局はライバルに勝たないと上に行けないところなどは同じ構図のようにも見えます。さらに政治の世界では、相手を殺しはしませんが、トップの座を引きづりおろしたり、取って代わるための工作をしたりと、自分の勢力拡大を図るなどと言うことは日常茶飯事だったように思います。
　タイトルの**「三角大福中」**は、ご存知のように**三**木武夫、田中**角**栄、**大**平正芳、**福**田赳夫、**中**曽根康弘、の歴代首相のことですが、当時は皆同じ自民党でしたが、それぞれが派閥の首領（ドン）として、常に次のトップ（首相）の座を狙って、派閥抗争を繰り返していました。
　派閥抗争自体は、功罪あると思いますが、一般国民も「次は誰かな？」と興味津々で、冒頭に書いた「やくざ映画」を観るような感覚で政治を見ていたような気がします。その最後の生き残りである中曽根さんも11月29日に103歳で亡くなりました。何か、昔気質の政治の終焉に合わせたような最後だと感じます。
　なぜなら、今の政治を見ると**安倍さんの次の人が全く見えてきません。**昔のように面と向かって堂々と「次は俺にやらせろ！」と言う人がいない、何か小さくまと

まって、表立っては次の首相を狙っていない様なフリをしながら、うまく行けば、自分に回ってくるかな、などと心の中で思っている人ばかりで、おもしろくないですね。

　まあ、政治はおもしろくなくてもいいのですが、「俺なら、日本をこう変える！」と言う主張があって、国民が期待できる政治家は、いないのでしょうか？　古くは、池田隼人の**「所得倍増計画」**、田中角栄の**「日本列島改造論」**など、国民がワクワクするようなスローガンを掲げ、結果的に日本と国民を豊かにしてくれました。

　田中角栄などは、稀代の名政治家だと思いますが、不明瞭な金の問題で、最後は残念な結果で亡くなりました。法律を犯すことや私腹を肥やすことは、もちろん良いはずはないですが、もし、すべてクリーンで何もしない政治家と多少は汚い面もあるが、国や国民のために偉業をなす政治家がいたら、**私は100％後者を選びます。**小さなことで大臣が変わったり、桜の宴会に誰を呼んだかなど、細かいことで現政権を倒そうとするようでは、日本の将来は、不安ですね。

　私は安倍さんの事、評価していますが、安倍政権が歴代最長を更新した理由は、安倍さんが良いと言うより、他に人がいないから続いているだけなので、ここらで、歴代の最長と言う代名詞だけではなく、歴代の最高の総理と言われるように、もう一働きをお願いしたいところですね。

　もし、安倍さんに会う機会があれば、みんなを代表して「喝」を入れておきます。と、単なる年金生活者が偉そうなことを書いてしまいました。すみません。

俺に任せろ！

75

▶ 2019.12.19　　　　　　　　　　　　　　　　　　　　No.66

8人対36億人

※国際NGOオックスファム調べ

　2019年も"師走"の真っただ中、みなさん忙しくしていることと思います。師＝先生たちも走るくらい忙しいのが師走といいますが、なぜ先生たちも忙しいかと言いますと、昔は物を買った支払いは月末払いが普通で、さらに月末払いを待ってもらったとしても年末には、きちんと払わないと信用を無くしてしまいます。信用を無くせば、正月からの生活にも事欠くので、普段偉そうにしている師と呼ばれる人たちも借金返済のお金の工面のため、走り回ってバタバタしている。そして、借金を返さないと「年が越せない。」ことになり、夜逃げをするか、一家心中でもしないといけない羽目になる。そんな状況から、"師走"と言う言葉が生まれたようです。（昔はお坊さんが年末に各家庭でお経をあげるので忙しかった、との説もあります。）

　言葉の意味はどうであれ、年末になると、「ボーナスがなんぼやった？」「年末調整の戻りは？」とか、「忘年会でお金が要る。」「お年玉の用意せなあかんなあ。」などと、何かとお金の話をする機会が増えます。

　そんな中、今年の統計などを眺めていたら、お金にまつわる信じられない話がありました。何と、世界のお金持ちトップの**8人が持っている資産と世界の貧しい人たちから36億人分の資産は同額である**、との発表数値がありました。たった8人の資産と、地球上の約半分の人間の資産が同じとは、暴動が起こっても不思議じゃないですよね。はっきり言って、なめてますね。

　その中でも、1位の**ビルゲイツは、78.9ビリオン＄（約8.6兆円）**の資産とのこと。私とビルゲイツは、同じ1955年生まれで、何でこうも差がついたのか、まあ、情けないやら、うらやましいやら、ちまちまと株を買っては値下がりし、売ったら

値が上がる、まあ、よくそんなに逆目が出るなあと思う自分と何が違うのでしょうか、などと恨み言を言ってても始まらないので、対抗するために？（何がどう対抗かわかりませんが……）歴史上のお金持ちも調べてみました。そしたら、いましたいました、アメリカの石油王ロックフェラーや鉄鋼王カーネギー、彼らの資産は現在価値で37～40兆円、「ビル、ざまあ見ろ！」他にいないかと探していると何と何と日本にいました。江戸時代の豪商、淀屋、そうです淀屋橋を自分で作って今でも地名に名を残しています。その淀屋の五代目、**淀屋辰五郎は1年半で1000億円を遊興費に使い**、その資産合計は、淀屋研究会によると**100兆円**もあったそうです。ますます、「ビルゲイツ、どんなもんじゃい！」「かかって来んかい！」と、……書きながら、なぜかむなしさだけが残るのは、なぜでしょうか？

　この話だけではなく、最近は、1000億円の預金があると通帳を見せびらかす猿みたいな顔をした輩などもいて、それをテレビが、ジャンジャン報道し、若い人はあこがれてヒーローのように扱っていますが、何か、下品で心が寒々しくなる感じがしませんか？

　持たないものの妬みかもしれませんが、「**起きて半畳、寝て一畳、天下取っても二合半**」（どんなにお金持ちになろうが、天下人になろうが、立ってるときは畳半畳分、寝てるときは畳一畳分のスペースしか要らない。また、一日に食べるご飯の量は天下を取っても二合半、茶碗5～6杯しか食べれない。）それ以上は、必要ないし、ビルゲイツも淀屋辰五郎も私も、このブログを見ている人も、生きるためには同じスペースしか必要ないし、そんなに食えるものでもありません。資産の大きさは違っていても良い人たちに囲まれて、楽しく生きれば、それが本当の幸せかな、と納得しつつ、今年も大きな病気もせずに過ごせたことに感謝しています。ちなみに淀屋辰五郎は、過度な遊興やあまりにも大きな財産が仇となり、幕府から財産没収になったそうです。

〔もう一言〕
　さて、お金の話で、ちょっと気の利いた言葉がありましたので、紹介したいと思います。フランスの小説家でノーベル文学賞も取ったアルベール・カミュと言う人の言葉、「貧困は僕にとって必ずしも憎むべきものではなかった。なぜなら、**太陽と海は決してお金では買えなかったから。**」そうですよね、太陽と海だけではなく、青い空も満天の星も誰もが同じように見ることができるのですから、金持ちかどうかの差は、大したことではないのかも知れませんね。

若い頃の思い出① フライドチキン騒動

　大学生のころのことです。

　当時、スリーディグリーズという、大変人気のあった、黒人女性３人のコーラスグループがありました。そのスリーディグリーズが、なぜか大分でコンサートを開くということで、街中が舞い上がっていた時の話です。

　私たち大分大学の柔道部は、体が大きいというだけで大きなコンサートなどでは、会場整理のアルバイトが当たり前のようになっており、その時も何も考えずに会場でスタンバイしていました。

　その時、スリーディグリーズの楽屋横でガードマンのように立っていた後輩が、顔を真っ赤にしてパニック状態で私のところに走りこんできました。額から汗をダラダラ流しながら、「佐村しぇんぱい！ケンタッキとかフライがどうしたとか、チキンかキチンとか、何のことか知らんね？」と訳の分からないことを言います。

　「お前、水でも飲んで落ち着いてはっきりしゃべれ。」と言うと水を一気に飲み言うことが、「スリーディグリーズが、ケンタッキーフライドチキン（以下KFC）を買うて来い。」と言ったらしいのですが、本人はもとより、周りの人もKFCが何のことやら分からなくて、パニックになっているようです。それもそのはず、当時ようやく大都市にでき始めたKFCも地方都市の大分には、まだ出店しておらず、周りにはそんな店ありません。熊本出身の後輩は、「ケンタッキーフライドチキンちゃ、なんね？ どげしたらよかろか？」と顔が青ざめています。そこで、たまたまKFCを知ってた私が「心配すんな。商店街の中に天ぷら屋があろうが、そこ行って、鶏のから揚げを山盛り買って持って行け。そしてなあ、スリーディグリーズのために特別に作ってもらった大分風フライドチキンです。ち言うて堂々と持って行け。」そう言うと、「ありがとうございます。」と走って商店街の方に消えていきました。

　現在、大分の鶏のから揚げは名物になっていますが、私は、この時にスリーディグリーズが食べた日本のから揚げがおいしくて、アメリカに帰って口伝えに広がって行き、今のような唐揚げ文化ができたのではないかと、ひそかに思っています。（多分、違うでしょう。）

あ～あ、疲れた。この本もようやく3合目くらいだワン。

78

2020 年

1月　コロナ始まる／3月8月
甲子園コロナで中止／3月　全小
中学校休校に／9月　安倍首相退
任、後任は管氏に

いよいよ、コロナが始まり、
人類が経験したことのない暗い時代に突入

2020. 1.10　　　　　　　　　　　　　　　No.68

正月は冥土の旅の一里塚

　さあ、令和初のお正月を迎え、うきうきとめでたい時に、このような縁起でもないタイトルですみません。「**正月は、冥土の旅の一里塚、めでたくもあり、めでたくもなし。**」これは、トンチで有名な一休さんこと、一休宗純禅師が、お正月にシャレコウベ（人の頭蓋骨）を竹に刺して京の街を練り歩いた時に詠んだ句だそうです。何と不気味なことをする変な奴。

　こんな変な奴に正月早々出会ったらたまらん、と言うので、正月三が日、京都の人は外に出なくなったという説もあります。

　まあ、それは置いといて、確かに昔は正月にみんな一つ年をとる、いわゆる「数え年」の考えでしたから、正月になる＝年をとる＝余命が短くなる＝冥土（死）に近づく、と考えると、めでたいとばかりは言っておられない。残りの人生が短くなって行くのだから、**ちゃんと生きてることを自覚して、無駄な時を過ごすなよ**、と言うメッセージだろうと思います。

　ここで、ふと考えると、一体無駄な時間とは何でしょうか？　目的もなく、ただ時の過ぎるのを待ってテレビを見たり、ゲームをしたりして何となく過ごす。これは、確かに無駄ですねえ。そんな誰でも想像できる事でなくても、無駄な時間は周りに多いように思います。例えば、毎日の仕事を、言われたから嫌々ながらやっている、朝来た途端に「早く5時30分にならないかなあ。」月曜になったら、「早く金曜にならないかなあ。」会議には出たものの何も話さず、「眠たいのに早く終わってくれよ。」などと、今の時間が早く過ぎてくれ、と願っている時間は、大いに無駄な時間でしょうね。**早く時が過ぎてくれと言うのは、冥土に向かって早く進んでくれ**、と言ってるのと同じで、せっかく授かった生きる時間を自ら「要らない！」と言ってるわけです。そんな時間は、本当に無駄ですよねえ。仕事に限らず、やりたくないことを嫌々ながらやる時間は、無くしたいですね。

　話は変わって、私ごとで申し訳ないですが、今年の新年早々（1月1日0時15

分頃）、酒を飲んでうつらうつらしている時に何を思い出したか、すごい勢いで急に立って、その瞬間に気を失い、床に顔からドーンと転倒、左ほほと左目が真っ黒に腫れ上がると言う災難に遭いました。幸い、意識がすぐ戻って事なきを得たのですが、その3日後くらいから、左の眼の中に糸くずのようなものが現れ、夜は時々光が走るので、あわてて医者に行くと一言、「それは加齢からくる"飛蚊症"と言うもので、年を取ったら誰でも出るものですよ。」などとぬかしやがる。人を年寄り扱いしやがって、と少しムッと来たものの、考えたら私もついこの間30を超えたと思っていたら、今年の5月で65歳。立派な年寄りだと思って納得しましたが、さらに言われたのが、「打ち所が悪かったら、大変なことになっていましたね。」確かにその通りで、もし床に何か固いものがあり後頭部から落ちたら、下手すると「正月は冥土の旅の一里塚」ならぬ、**「冥土の旅の終着点」**になっていたかもしれません。

　そう考えると、正月早々大変な目に遭ったけど、自分はツイてるし、まだまだ生かしてもらっていることに感謝です。皆さん、せっかく生かしてもらっているのだから無駄に時間を過ごさないようにして、毎日が楽しくて仕方ない、時間が過ぎなければいいのに、と思える時を意識して作っていきたいですね。

　みなさん、今年も頑張りましょう！

▶ 2020.2.17　　　　　　　　　　　　　　No72

大輪の月見草

　月見草は名前の通り、夜だけ咲く直径5cmくらいの優しい花で、大輪になど、なろうはずもありません。しかし、この月見草はまさしく大輪、昼間燦燦と輝く太陽の元に咲くひまわりと比べても何ら劣ることのない立派な花です。野村克也さんが亡くなりました。現役時代、大活躍しているにも関わらず、なかなか人気が出なかったことを皮肉って、自嘲気味に王や長嶋は「ひまわり」、**俺は陰に隠れて咲く「月見草」**だと言った裏の人が、逆にみんなから慕われ、尊敬される表の人になって人生を締めくくりました。

　若い方は、監督時代しか知らないでしょうが、王選手が出てくるまでは、日本球界のホームラン王は、野村でした。父親を3歳の時に亡くし、貧しい家庭で育った野村は、稼ぐために歌手になろうか、俳優になろうか、野球選手になろうか、と考えた挙句、野球選手になったとのことですが、「どう見ても野球選手やろ。」と思います。

　この人の素晴らしさは、いろいろ言われていますが、**生涯「不屈」の精神**を持っていたところではないでしょうか？　南海球団での最初の数年間は、目が出ずクビになりかけながらも努力して、チャンスをつかみ、その後は現役で偉大な記録を数々打ち立てて、選手のまま監督にもなりました。ところが晩年は、奥様のサッチーさんの出しゃばり等で南海をクビになることに。テスト生から苦労して大選手となり監督まで任されながら、野球以外の事で古巣を退場させられ、その後は、**「生涯一捕手」**として、ロッテや西武で45歳まで働きました。一般の社会人に例えるならば、高卒で会社に入り、大活躍したので若くして社長に抜擢され、これで人生安泰だと思ったら、奥さんが会社の人事等に口出しして、オーナーからクビにされてしまう。仕方なく、ライバルの会社に拾ってもらい、一社員として働いたが、定年まじかに戦力外を告げられ、さらに他の会社にパートとして雇ってもらって定年を迎えた。まあ、こんな感じでしょうか？

　その後は、細々と解説等の仕事をこなしていたら、当時は弱小だったヤクルト球

団から監督の声がかかり、思いっきり立て直して常勝軍団に変えてしまう。さらに阪神、楽天等の監督も務め、多くの選手を育てたことは有名です。過去の栄光がありながら、パートとして定年を迎え、細々とコンサル業務などをしていた人が、万年赤字の会社から経営を任されて、社長に就任して大活躍し、その後も社会的に人気のある大会社から声がかかり経営者として仕事をする。波乱万丈、**ジェットコースターのような人生です。**

　周りがそう言うのは簡単ですが、多分、ジェットコースターに乗っている本人は、幾度となく心が折れそうになったことでしょう。私もパン屋をやるときに一日だけ研修させてもらいましたが、相手は私の事を全く知らず、"どこかのオッサン"と思っているので、パートのおばさんやアルバイトのお姉ちゃんから、冷たく「それ、こっちに運んでもらえませんか？」「そんな並べ方じゃ、きれいじゃないでしょ。」などと言われ、**この間まで、何千人と言う部下がいて指示するだけで良かったのが、自分でやるとなると、まあ大変だなあ、**と感じたことがありました。私は、一日だけですが、これを自分の仕事として、これから先ずっとやっていくには、それ相当の覚悟がいると思います。野村さんは、それをやってチャンスをつかんだのですから、頭が下がります。

　晩年の野村さんの様子をテレビで放送していましたが、周りから見るとトラブルメーカーのサチヨ夫人のことを、野村さんが「一捕手としてやって来れたのも奥さんの支えがあったから。」だと述懐していました。自分だけでは、何もできないし心が折れそうになったが、そんな時いつもサチヨ夫人が、**「なるようにしかならないわよ。」**と励ましたそうです。だから、周りが悪妻とか悪女とか言うけど、「それを決めるのは夫である自分だ、**俺には最高の妻だ。」**と公言していました。

　亡くなって、改めて野村さんの事を振り返ると、教えられることも多いし、素晴らしい人生を送った人だなと思いますね。また、奥様のサッチーさんとも深い愛情で結ばれた本当に素晴らしい夫婦だったなと思います。心よりご冥福をお祈りします。

〔もう一言〕
　野村さんが野球選手になった時に、給料が7000円だったそうです。苦労して女手一つで育ててくれたお母さんに毎月1000円ずつを何年間も送り続けていたのですが、お母さんが亡くなった時に通帳が見つかり、その毎月送った1000円は「いつか、野球で生活ができなくなった時に使うように。」と、**一度もおろされずに貯金されていたそうです。**毒舌で有名な野村さんですが、**こんな優しいお母さんの血を引いているのですから、本当は、相手のことを思いやる優しい人だったのでしょうね。**

▶ 2020.3.1　　　　　　　　　　　　　　　　　No.73

石の上にも三年

　このブログも2018年2月27日を第一回目として、**丸二年が過ぎました。**自分のボケ防止と親しい人たちへまだ元気にやってるよ、と言う安否確認的なメッセージとして、ここまでやってきました。益々少なくなるごく一部の読者の皆さん、ありがとうございます。

　3年目に入るので「石の上にも三年」、もう一年頑張ろうかなと思っています。と言いながら、この言葉は、「石の上にも三年座っていたら石が温まる。」ので「何事も三年くらいやらないと上手く行かないよ。」逆に「三年頑張ったら何とかなる。」と言う意味で使いがちですが、実は三年の**本当の意味は、長い間**と言う意味が強く、期間としての三年頑張ろう、ではなく、「忍耐強く長い間頑張れば、その内うまく行く。」と言うような意味合いのようです。相撲でも「三番稽古」と言うのは、3回相撲を取るのではなく、ずっと長い間二人で相撲を取り続ける稽古をそう呼びます。

　では、長い間やればいいのかと言うと、そうも行かないようで、ダラダラと長くやっているだけでは、何事もなかなか上手く行きません。私のゴルフが典型で、タイガーウッズが生まれる前からやっているのですが、ダラダラとビールを飲みながら、何の向上心もないゴルフですから、40年前とほとんどスコアが変わりません。長くやって上手く行くのは、「**長い間、工夫をし、いろんな手を打ち続ける。**」だから上手く行くのでしょうね。

　長くやっているだけでは……？　この事を強烈に印象付けた出来事がありました。私が社会人を始めて3年くらい経った20代半ばのころ、当時のニッセンは創業10年と少し、まだまだ永年勤続表彰などと言う発想も行事もありませんでした。そのころ初めて"**勤続10年表彰**"をやると言うので、会社の大会議室に社員全員（と言っても本社全部でも40〜50人程度）が集まり、営業所や本社勤務の先輩方10人ほどの表彰対象者が、前にある急ごしらえの壇上に、緊張の中にも晴れやかな顔で並んでいました。見ていた私たちも「10年も働いてるんだ。」と、驚きと尊敬の念を抱きながら式を見ていましたし、まあ会場全体が永年勤続を祝福しようと楽しい雰囲気でした。

　最初に全員の名前が呼ばれ、会場全体から拍手をもらい、副賞の10万円と外国製腕時計をもらって得意満面。さあ、最後に川島社長から一言ご挨拶を、と言うこ

とになり、壇上に立った川島社長が話し始めると、会場全体が一瞬にして凍り付くような感じになりました。と言うのも、川島社長は開口一番。「う〜ん、（しばらく沈黙）（壇上を見まわして一言）**君たちなあ、長くやってたらいい言うもんと違うで。**」「要は、内容や。10年もおったら会社にそれなりの貢献をせなあかん。ダラダラと長くおるだけなら逆にマイナスや！」それまで和やかな表彰ムードだったのに、和やかどころか、前に立っている表彰対象の人たちは、悪いことをして前に立たされて、先生に説教をされているようなこわばった顔をしているし、主催した総務の役員の方も、どうすることもできずに右往左往するだけ。結局、ご挨拶は終始そのようなお言葉で、終わって壇上を降りる表彰者たちは、うつむき加減に下を向き、お通夜か葬式の帰りか？　と思わんばかりの静けさでした。

　今思えば、川島社長と言う方は、私の知っている限り、何でもストレートに言う方でしたので、会社全体が、"長くいることが良いことだ" "実力よりも年功が大事"と言う、いわば大企業によくある、**"ことなかれ主義"**みたいな社風になりかけていたことを察知し、強烈にメッセージを発したのだと思います。

　そんなことがあってから、私自身も、長くいることよりも成果を上げることが重要で、年齢、性別、国籍、宗教等々、**人を区別する何かの差は、ビジネスにおいてはあまり関係ないな**、と強く思うようになりました。石の上にも三年、だけど、単に長い間やればいいんじゃない！　工夫し手を打ちながら成長しないと長くやる意味はないですね。

　私も川島社長から、「う〜ん、佐村君、君のブログおもろないな。」「長くやればいい言うもんと違うぞ！」と言われないように、ブログも人生も頑張りたいと思います。みなさんも、仕事、趣味、遊び、人間関係その他……健康で長くやることはもちろん大事ですが、マンネリ化して工夫のない毎日を送ることだけは、避けたいですね。

▶ 2020.3.10　　　　　　　　　　　　　　　　　　　　No.74

ハチドリのひとしずく

　今回は少し手前みそになるかも知れませんが、写真は、9年前の東日本大震災の時にニッセンから被災地の小中学校に送った本です。右の本の題名"**ハチドリのひとしずく**"は、南米の原住民に伝わる話で、その内容は、「森が燃えていました。森の生き物は我先にと逃げて行きました。でも、クリキンディと言うハチドリだけは、行ったり来たり、くちばしで水のしずくを一滴ずつ運んでは、火の上に落としていきます。動物たちはそれを見て、そんなことをして一体何になるんだ、と言って笑ってます。それに対して、クリキンディはこう答えました。"私は、私にできることをしているだけです。"」全文でこれだけです。しかし、何とも**含蓄にとんだ考えさせられる内容**ではないでしょうか。

　9年前、当時私はニッセンの社長をしていました。東日本大震災が起こって被災され苦労されている方たち何かできないか、と考えた時にたまたまこの話を聞いたことがあったので、物語と同じハチドリのひとしずく程度かも知れませんが、商品1点につき10円を集めて、寄附をしようと思いつきました。結果は、比較的短期間に5000万円の寄付が集まり、それだけではなく、日本全国のお客様から被災された方に一言伝えてほしいとたくさんの激励も集まりました。それを本にしたものが、**"ハチドリが運ぶ1253のことば"**です。

　今読んでも、全国の名もない人たちの激励、やさしさ、一緒に悲しむ言葉等々、その間に集まった1253人のお客様からの心のこもった思いやりが詰まっていて、胸を打たれるものがあります。その時に、こういう**優しい"人の心"**がある限り、人間は困難にも必ず打ち勝って行くんだなあと感動したことが思い出されます。

　この物語、「ハチドリのひとしずく」は発行元に頼んで特別に増刷してもらい、「ハチドリが運ぶ1253のことば」と共に箱に入れて、**被災地の小中学校へ数千冊ほど配りました**。将来、それを読んだ子供たちが、被害は大変だったけど、多くの人たちが暖かく見守ってくれたことを知って、人のつながりの尊さのようなものを

86

感じてくれたら幸いです。

　災害や困難は起きてはならないことですが、つらい経験をするたびに人間の**結び
つきや優しさは、ますます強くなって行く**ようにも思います。今まさに新しい災害、
コロナウィルスが世界を混乱に陥れてます。日本が世界が一つになって、乗り越え
ねばなりません。非常事態ですから、イベントも中止になりますが、個人個人もや
りたいことも我慢をする。デマに踊らされて一部の商品を買い占めることなど無い
ように冷静に行動し、これから身の回りにも出てくる罹患者も被害者なのですから
嫌悪感で毛嫌いしてはいけません。

　こんなときだからこそ、**人として信頼され、尊敬されるように行動すること**を求
められていると思います。例えば、こんな時に発生源の中国を責めるのも情けない
ことです。こんな時だからこそ、逆に励まし、応援し、一緒になって立ち向かわね
ばなりません。また政府や自治体等が何かやるときも批判ばかりしている場合では
ありません。効果が薄いとか、今さら〜とか過ぎたことにケチをつけるだけでは何
もよくなりません。確かに、一人一人のできることは、ハチドリのひとしずくの様
に小さい事ではありますが、物語の中で、ハチドリの言う「**今、私にできることを
やるだけ。**」今はこの気持ちが何にも増して大事なのではないでしょうか？

〔もう一言〕
　「ハチドリのひとしずく」の話しには、続きがあると思っています。私の創作です
が、たぶんそれは、こんな話ではないでしょうか？
　「ハチのような小さな鳥がくちばしで水を含んでは、何回も行ったり来たりしなが
ら一生懸命に火の上で水をポトリポトリと落とす姿を見ると、他の動物たちも少し
ずつ森に戻ってきました。そして、象は火が広がらないように木を倒し、ワシや大
きな鳥たちは羽根で風を起こして火を消そうとします。また、ジャガーや豹は早い
足を活かして森に残された小さな動物たちを助けに行きました。他の動物たちも**自
分のできることで一生懸命に力を合わせ**、森の火事はそれ以上広がることなく消え
てしまいました。それ以来、生き残った動物たちは、末永く仲良く暮らしました。」
　2011年3月11日の東日本大震災以降も全国で、世界で災害や戦争など、毎年大
きな災いに遭遇しています。まだまだ、元の生活に戻れない人たちもたくさんいる
ことでしょう。一刻も早く、復興することを祈っています。これからも、私たちは、
ハチドリの様に自分のできることをやって行きたいですね。
　あらためて、震災で犠牲になった方のご冥福をお祈りして、「合掌」

▶ 2020.4.29　　　　　　　　　　　　　　　　　　No.79

上を向いて歩こう！

　先日、同じ内容ばかりで飽き飽きしながらも、つい、いつものようにテレビを見てると、演出家の宮本亜門氏が、こんな時だからと、**「上を向いて歩こう」**をみんなで歌おうとYouTubeで呼びかけ、数百人の人が参加しているとのこと。暇なので見てみたら、改めて、**「いい歌だなあ。胸にしみる。」**と思いました。
　この「上を向いて歩こう」は、1961年に発表され、日本で大人気になり、1963年にはアメリカのビルボード誌でも全米No.1になって、その後世界中で歌われている名曲です。（ちなみに、写真は1999年に発行された「上を向いて歩こう」切手です。）思い返すと、この歌には悲喜こもごも、いろんな思い出があります。一つは今から40年近く前に当時の川島ニッセン社長とヨーロッパの通販会社に視察に行かせてもらったことがあります。その時、イタリアの大衆酒場みたいなところで食事をしながら飲んでいると、ギターを持った流しのおじさんが近寄ってきて、「お前らはどこから来た？」「そうか、日本か。」と、何となく日本人とわかったようで、**おもむろに歌い始めたのが、「上を向いて歩こう」**でした。歌詞はイタリア語でしたが、しっかり歌ってくれ、周りもだんだん盛り上がってきました。
　その後、酔った勢いで私が、「♪スルッ、マエ、ルチア、ラストロ、ダ、ジェンド……サンタルチア〜サンタールチア♪」と原曲でサンタ・ルチアを歌うと店中が「ブラーボー、ブラーボー！」で割れんばかりの大歓声。話は逸れますが、なぜ、サンタルチアを原語で歌えたかと言うと、高校時代の音楽の時間に「サンタルチア」を歌うテストがありました。原語で、しかも人前で歌うのですが、もう嫌で嫌で（今は考えられませんが……）あまりにも嫌でずっと覚えていました。（本当に何が幸いするかわかりませんね。）
　もう一つの思い出は、少ししんみりとしますが、今から15年くらい前になります。そのころ、**ニッセンでは飛行船を飛ばして日本を縦断**しながら、「子供に夢と希望を！」と言うことで、小児がんの子供をサポートするイベントを年に一回やって

いました。社員も総出で南は鹿児島から北は北海道まで日本を縦断しながら、チャリティイベントなどを各地で開催すると言う、まあ、お祭りみたいな感じでやっていたのですが、協力してくれていた広告代理店のある部長さんと話をする機会があり、どうせならと、ちょっと時間を見つけて、古いバーに入りました。

　何気ない世間話をしながら、好きなアイラモルトを飲んでいると、おもむろに、「私は神戸のルミナリエとこの飛行船が大好きなんです。佐村さん、ニッセンさんは良いことやってますね。」と言い出しました。「なぜなら、**飛行船もルミナリエもそれを見る時はみんな上を見ますよね。**」「そうしたら、**涙がこぼれそうになっても我慢できるんですよ。**」

　私は、このおっさん、いい年して何言ってるんやと思いながら、話を聞いてると、「実は、数年前に一人息子を山で亡くしまして……」「その子がルミナリエが好きで、一緒に見に行ってました。」「もし、今生きてたら飛行船をどんなに喜んだだろうと思うと……」「人間、辛いときや悲しい時には上を向くに限ります。」

　そう静かに話す姿を見て、こちらもつい上を向いてしまいました。

　その時にも思わず「♪上を向いて歩こう、涙ががこぼれないようおおに……♪」という歌詞が浮かんできて、いい歌だよなあと思ったのですが、今また未曽有の危機にあって、**日本には本当にいい歌があって良かった**とあらためて思います。この歌で勇気をもらってる日本人は多いのではないでしょうか。

　人は苦しいとき、辛いとき、悲しいときに、たった１曲の歌や、たった一言の慰めの言葉で救われることが、ままあるものです。

　今は、そんなにギリギリの状態とは程遠い生活ですが、このコロナには、本当にうんざりですね。仕事ができず、収入も減って、また医療関係に従事している人、その他、どうしても働かないといけない人、本当に大変ですが、頑張りましょう。私ごとき力のない人間は、声だけでも「がんばろう。」と言うしかありません。みなさん、「上を向いて歩きましょう！」そして、「泣いてたまるか！」です。

〔もう一言〕
　日経ビジネスの旧知の記者から連絡があり、私のホームページやブログを見てるとのこと、その縁で、今度５月３日号の日経ビジネス巻頭で、今苦労している経営者やリーダーの皆さんに、何かアドバイスを、お願いされ、私ごときが偉そうに言えることは無いのですが、「頑張ってください。」とエールを送りました。
（写真と共に私のHPに掲載しています。参考に。）

▶ 2020.5.10　　　　　　　　　　　　　　　　　　　　　　　　No.80

人間万事サム翁が馬

　昨日、誕生日でした。ついこの間、30を超えたと思ったら、もう65！ 時の過ぎるのは早いですね。無事に65歳を迎えたところで、今までの人生を振り返ってみると、タイトル通り、中国故事の塞おじいちゃんと同じで「人間万事サム翁が馬」だったように思います。

　まず、大学は当然通ると思ってた本命の国立1期校に落ち、2期校の大分大学に進みました。（不運）本命ではなかったので、ガックリ来たのですが、入ったら良い先生や仲間に恵まれて、毎日好きなことをして楽しく暮らしていました。（幸運）ところが楽しすぎて学校にあまり行かず、成績が悪い！ 就職の時に大手の一流企業は、「学校の成績が物を言う。」と聞き、仕方なく探したのが、当時ほとんどの人が知らない通信販売の会社。周りからは、「何でそんな会社に行くの？」とか言われて、ちょっと落ち込み（不運）。入社した時は、できるだけ九州に近いところがいいと思い、福岡支社か広島支社を希望し、「広島支社勤務を命ず」と通知が来たので（幸運）、ちょっと喜んでいたら、入社式で広島勤務の辞令をもらった直後に階段で、川島社長に「君、本社になったからな。」と一言。ちょうど本社の商品部で空きが出たので急遽の指名だとのこと。「ゲッ、京都なんて九州から遠いし……」（不運）と思いましたが、それが幸いして、29歳で役員になりました。（幸運）ところが、若い上司の言うことを年上の部下たちはなかなか聞かない。（不幸）その後もなんだかんだとありながら、社長になりましたが、（幸運）退任するときは望んだ形ではなく、青天のへきれき（不幸）、やめた後どうしようかと思っていたら、いくつかの企業から声がかかり、充実した毎日を送る。（幸運）

　そう考えてみると、何が幸いするか本当にわかりません。国立1期に通って、大手の企業に就職して……ニッセンでも広島支社に行ってたら……あの時辞めてなかったら……いろいろ考えると、その時その時で「不幸だ。」と思っていても、**逆にそのおかげ**で素晴らしい人生に巡り合えたように思います。

　人間万事塞翁が馬、何が幸運で何が不幸かわかりません。「禍福は糾える縄のごと

し」災いと幸せはぐるぐる回りながら、私たちのところに降りてきます。
私もおかげさまで、良いことも悪いこともありながら、今は楽しい人生を送らせてもらっています。これからも、幸運におごらず、不幸を嘆かず、生きてることを楽しむようにしたいものですね。そして、このまま行けばどうなるんだろうと先の事ばかり考えず、今自分のできることを一生懸命にやって行きたいと思っています。

〔もう一言〕
　15～16世紀の宗教家、マルチン・ルターは。こう言ってます。「**例え、明日世界が滅びようとも、私は今日リンゴの木を植える。**」良い言葉ですね。先がどうあれ、今できることをやる。そして、何が起こるかわからない人生だからこそ、面白いし、望みを捨てたらいけないのでしょうね。みなさんも、あなたなりのリンゴの木を今日植えましたか？

禍福は糾える縄のごとし

▶ 2020.5.30　　　　　　　　　　　　　　　　　　No.82

古きをたずねて…

　唐突に旧5000円札が出ましたが、写真はご存知の新渡戸稲造氏です。この人が5000円札になった時には多くの人が、「新渡戸って誰？」と思ったくらいに認知度が低く、この人の功績なども思いつかなかったのではないでしょうか？

　私も"武士道"を書いた人、くらいしか思いつかず長年過ごしてきましたが、今、自分の浅薄な知識を恥じるとともに新渡戸稲造に**「大変申し訳ございません！」**と謝りたい気分です。きっかけは、先日大学の先輩から「若い頃に読んでおけば、自分の人生はもっと変わったと思う。」と言うコメントと共に一冊の本が送られてきました。今までの人生で、人から面白いと言われて読んだ本で**面白かったためしがない**し、題名は**「修養」**作者は**新渡戸稲造**、書かれたのは**100年以上も前**の1911年、もうその段階で「これは無理。」どうしようかと思ったのですが、せっかくのご好意ですから期待もせずに読み始めました。（先輩、すみません。）

　ところが、どっこい。まず最初に「希望に満ちた者はいつまでも青年である。」←（まあ、よく見る言葉やな。）「年齢を重ねても将来なすべき使命がどれだけあるかが大事」「過去の実績を言い出した時から老化が始まる。」←（これからの使命‥？ちょっと痛いところを突かれたなあ。）こんな内容で始まるのですが、読んでいくうちに「なるほど！」「そうだ、そうだ」「いいこと言うなあ。」と、ついつい100年以上も前に書かれた本と言うことを忘れて読み進んでしまいました。勇気を養うコツ、克己心をみがく、逆境にあるときの心得、等々を読んでいくうちに自分で経験してきて、今まさに後輩に言いたいこと、そして自分がまだまだできていないこと、そんな**現在にも活かせる内容が山積み**で、私にとっては久しぶりに良い本に出会えました。それから新渡戸稲造を少し調べると、新渡戸は、明治17年（136年前）には、アメリカに私費入学し、その後ドイツにも留学、大正9年（100年前）には国際連盟の事務次長にもなったくらいの国際派です。新渡戸を有名にした「武士道」は1908年にアメリカで英文により出版されました。日本語版ももちろん出ており、私も過去に読もうと思って買っていたことを思い出し、探してみると、何と同じも

のが2冊も出てきました。つまみ読みをして武士道を分かったつもりで、そのまま本棚で眠っていて、また何年かたって、それを忘れて買ったようです。

　結局、しっかり読んでなかったのですが、今回隅から隅まで読んでみると、これもまた**「なるほど、日本人の心の原点はこれだな。」**と大納得しました。時代は明治、海外から異なる文明や新しい考えが、怒涛の様に押し寄せ、このままでは、**本来持っている日本人の素晴らしい心まで流されてしまう**と言う危機感と、海外の人が日本人を正しく理解するようにと書かれた「武士道」ですが、**「義」**（不正や卑劣な行動を自ら禁じ、死をも恐れず正義を遂行する。）を中心の思想に置き**「仁」**（人を思いやる。）**「礼」**（相手を敬う。）**「智」**（道理を心得る。）**「信」**（誠実に生きる。）などを根拠に行動する日本人の事例を示しながら、また、それをギリシャ・ローマから中世、近世の欧州文学、キリスト教の教え等、世界中の文献と比較しながら説明する新渡戸の博識は、それだけでも驚きで、世界に誇れるものだと思います。

　「古きをたずねて、新しきを知る。」まさしく、この古い2冊の本は、これから生きるべき私たち現代人にとって、新鮮な知識となるものだと思います。武士道＝封建的＝前時代の遺物、と考えがちですが、人はどう生きるか、どうあらねばならないか、など、言わば、キリスト教の教えを基にした道徳観を持つ西洋の人たちに対して、八百万の神や仏教、キリスト教等をごちゃまぜに信仰する日本人が、なぜ勤勉で礼儀正しく、倫理観に優れた行動をとるのか、（海外の人から見ると不思議に見えるそうですが、）その根底には「武士道」の精神が息づいているから、つまり、どのような宗教を信仰しようが、**日本人の道徳観は「武士道」によって形作られている**、と、言うことを理解させてくれる本でした。本当に良い本でした。

〔もう一言〕

　武士道と聞くとやっぱり難しいと言う人がいると思います（特に女性はそうかもしれません）。そんな人のために、武士道のエッセンスとなり得る言葉を紹介します。**「厳しさ（義）と優しさ（仁）を同時に内包する者こそ"サムライ"である。」**つまり、**「男は強くなければ生きていけない、ただ、優しくなければ生きる資格がない。」**（米作家レイモンド・チャンドラーの言葉）と同じです。洋の東西を問わず、正しいものは正しい、良いものは良い。そうありたいと生きる人は、誰もが清々しく美しい。

　要は、誰もが正しいと思うことをやり抜く力が武士道の本質ではないかと思います。

▶ 2020.6.10　　　　　　　　　　　　　　　　　　　　No.83

変わったことないか？

　このブログにもたびたび出てくる、ニッセンの**川島元社長がお亡くなりになって、19年になります。**

　毎年、お墓参りに行ってるのですが、今年は本日6月10日に行ってきました。と言うことで、今日は川島社長の事を少し書きたいと思います。写真は、40年近く前に川島社長とヨーロッパ諸国の通販会社を訪問した時の写真です。（ヒゲの若造が26～27歳の私）ニッセンも200億円を超え、さらなる成長を目指していた時期で、ヨーロッパの先輩企業のノウハウを学んで来ようと言う趣旨でした。

　ところが、20社くらいの企業が2週間ほどかけて、ドイツ・フランス・ベルギーなどの会社を回るのですが、川島社長と私は、いつも別行動。興味のない会社に行く予定がある前の日には、「佐村君、明日はゴルフ行くから予約してくれ。」

　反対に興味のある会社に行くと、なかなか帰ろうとしません。挙句に他の参加者たちに「君ら先に帰っといてくれるか、我々は後で帰るから。」と居残って、熱心に通販における先輩企業のノウハウを吸収しようとします。時間もずいぶん遅くなり、先方の担当者も「そろそろ帰っていいか？」と聞くと、**「明日また来るので話を聞かせてくれ。」**と頼み込む始末。当時50歳を超えたくらいの年齢ですが、ここぞという時の集中力は凄かったですねえ。結局、その時に教えてもらったノウハウは、のちにニッセンが成長する際に大いに役立つことになります。

　その後、何年か経ったある時、仕事で失敗し、会社も大きな損を出すことになったので、降格くらいは仕方ないな、と落ちこんだ時がありました。覚悟して、社長室に行き、経過の説明といかに大きなマイナスが出たか、説明をして、「申し訳ございません。」と頭を下げると、たった一言、**「うん、わかった。次、頑張れ。」**もう涙が出そうでした。逆に、これは褒めてもらえるかなと、上手く行った報告をし、「次も簡単に行きます。」みたいなことを言ったとたん、褒められるどころか、**「馬鹿もん、ちょっとうまく行ったくらいで調子に乗るな！」**と雷を食らいました。確かにその通

りで、ちょっとうまく行ったからと同じことを繰り返して次もうまく行くはずがない、**「一つの成功は、次なる挑戦の切符を手にしたに過ぎない。有頂天になるな。」**この時言われたことは、今でも使わせてもらっています。

今日のタイトルの**「変わったことないか？」**は、亡くなる10年くらい前からでしょうか、私の机は、大部屋の真ん中にあり、その前に簡単なテーブルと折り畳みのイスを置いて、ちょっとしたミーティングができるようにしていたのですが、昼休みに食事をして席に帰ると、川島社長が折り畳み椅子に座っています。何か用かなと思って、「お疲れ様です。」と言うと、**「変わったことないか？」**その時は、最近の出来事や会議の内容、テストの結果等、30〜40分ほど聞いて帰られました。ところが、それから、週に2〜3回くらい来るようになり、そのうち、**ほぼ毎日のように食事から帰ると、椅子に座っています。そして、必ず「変わったことないか？」**毎日変わったことなど、そんなに起こるはずもないのですが、「何も変わったことありません。」とは言えず、新聞の記事やこれからの事業の可能性、やりたいと思っていること、などなど、話す内容を用意するのは、それは、結構大変でしたが仕事をするうえで、鍛えられたなあと思います。

こちらがしゃべっている時の川島社長は、ほとんど「はい、はい。」「は〜い、は〜い。」「うん、そうか。」と頷いてます。ある時、さすがに言う内容が尽きて、1カ月くらい前に話したことを言っても、分からないだろうと思って、話をしだすと、**ボソッと「うん、それ聞いた。」**（まずい、ちゃんと聞いていた。）と、それからは同じことは言わないように気をつけました。それにしても、「ああせい、こうせい。」とは一言も言わず、「変わったことないか？」のワンフレーズのみで人を必死にさせるとは、すごい人だなあと思います。

私は、今までの人との出会いで一番感謝する人をあげるとすれば、川島社長をあげます。**今の自分があるのは、川島社長のおかげですし、**本当に魅力のあるかたでした。19年前、69歳でお亡くなりになりましたが、今思えば早すぎますね。

私は、亡くなった方への一番の供養は、その人を思い出して話題にすることだと思っています。生前には、なかなか感謝の気持ちを伝える機会もありませんでしたので、今こうやって、川島社長の事を口にしたり、文章にしているのですが、みなさんにとって、一番感謝する出会いは、誰ですか？　もし、その人が生きていれば、すぐに感謝を伝えましょう。もし、お亡くなりになっていれば、思い出してあげましょう。それだけでも、感謝は伝わると思います。

95

▶ 2020.6.30　　　　　　　　　　　　　　　　　　　　　　　　　No.85

可もなく不可もなく

　先日、新聞を読んでると、写真のような個性のない建物をある建築史家の方が、「ビジネススーツ・ビル」と命名したと書いてありました。何の特徴もないどこにでもある……と言う意味だと思います。そして、最近はビジネススーツビルばかりで個性のある建物ができにくい、とのこと。例えば、オリンピックのメイン会場（新国立競技場）は、元々ザハ・ハディドと言うイラク出身の女性建築家が、おもしろいデザインを提案し、それに決まっていたのですが、後から「奇抜すぎる。」「建築が難しい。」「金がかかる。」といった批判が続出し、ネットなんかでも大炎上した結果、普通の何の変哲もない（個人的な意見ですが……）スタジアムになってしまいました。

　これなんかもそうですが、何か違うことや今までにないこと、普通の人とは違う考えなどが表に出ると、寄ってたかって批判し、結果的に丸く丸くしてしまうことが最近多いような気がしますね。1964年の東京オリンピックの時は、丹下健三氏による吊り橋のような**代々木体育館や日本武道館**のような、今でも残るランドマーク的な建物ができましたが、費用もそれなりに高く、技術的にも難しいので今なら、批判が殺到してできなかっただろうと思います。

　そうなると、その建物を見て、その時々の心に残った思い出が蘇ることもないでしょうし、建物に歴史や物語を感じることもない、どこにでもある"器"にしか過ぎない物ばかりになってしまいます。**奇抜だからこそやりがいがあり、難しいからこそ技術が進歩する**のだと思いますが、今回の新国立競技場は、日本建築の成長を放棄したようにも思えて残念な気持ちになります。

　建物に限らず、人のやることでも、やったことのないアイデアや奇抜な施策、常人と違う行動などには、すぐにマスコミやネットで反応し、袋叩きにすることがあります。例えば、政治家は大胆なことを敢行するよりも、ミスの少ない、誰でもやれることをやった方が生き残れる、経営者は、いくらチャンスとは言え、一か八か

の大勝負などせず、固い保守的な方が生き残れる、芸人は破天荒な生活は「けしからん。」と批判され、品行方正でないと生き残れない。と、まあ世の中全体が、"可もなく不可もなく"、周りと同じことをしていないと生活がしにくい、

芸人なんかは、とんでもないことをして「あいつ、アホやなあ。」と一般の人が笑いの種にするくらいがいいのに、品行方正な芸人なんか、あまり面白いとは思いませんね。そんな、"事なかれ"、"出る杭になりたくない"、と言う考えが、今の日本の政治・経済・文化等全てにおいて停滞している遠因ではないかとさえ、思えてきます。「一体、そんな日本に誰がした！」と言いたくなりますね。

「人に批判されたくない」➡「目立たないように可もなく不可もなく」➡「周りと同じことをしてたらいい」と言う考えでは、**正しいものも見えなくなります。**関電の経営陣の金品に対する鈍感な非常識さや、今騒がれている河井元法相夫妻による買収等、立派な大学を出て、立派な活躍をして、大会社の社長や会長に、また各市町村の首長や議員になった人が、「周りがもらっているから。」「自分だけ断るわけにいかなかったから。」などと"たわけたこと"を言いながら、**善悪の判断ができずに**お金をもらったり、配ったり。"周りと同じ"が時として悪であることは、結構あるように思います。

このようなことを書いてる私も、いざ同じ立場で同じグループの一員だとしたら、自分だけ違うことができるか、**正直言って自信がありません。**

ただ、"正しい事"について、おもしろい話がありました。昔、唐の詩人、白楽天が、えらい和尚さんに、「禅の神髄とは何か？」問うと、「**悪いことをするな、良いことをせよ。**」と言われ、馬鹿にするな、と怒ったところ、その和尚が、「その通り、三歳の子供でも分かっていることだが、**私は八十を過ぎて、いまだ行うことができん。**」と言われ、なるほど、と恥じ入ったそうです。

そのように何が正しいかは、できるかどうかより、「**そうありたい。**」と常々思うことが大事で、できないからこそ、「そうしましょう！」と口にしなくてはならないのではないでしょうか？　そして、一歩でも正しいことに近づくように努力することで間違いを犯すことが減るような気がします。みなさん、「可もなく不可もなく」「周りと一緒」「付和雷同」ではなく、不可もあるけど可もあり、周りが何と言おうと自分が正しいと思うことを貫く、そんな生き方がしたいですね。

▶ 2020.7.10　　　　　　　　　　　　　　　　No.86

数十年に一度の…

　コロナ、コロナで上期が終わり、さて後半は良い方向に行くかな、と淡い希望をもって7月に突入した途端、九州で大雨！

　被害に遭われた方には、心よりお見舞い申し上げます。私も九州出身ですので、関係のある所も多く、心配しています。

　それにしても、ここ数年、災害が起こるたびに決まって気象庁やマスコミが使う言葉、「**数十年に一度の……です。**」は、はっきり言って、使うべきではないと思います。なぜなら、**"数十年に一度"が毎年起こっている**のに、あたかも、「たまたま一生の間に一度しか経験しないような、稀な出来事が起こりました。」と言ってるように聞こえます。でも事実は、大雨特別警報（東日本大震災等の命に係わる最大級の危険を表す警報）は、制定された**2013年から毎年出ているそうです。**

　つまり毎年、命に係わる数十年に一度の災害が日本列島を襲っているわけで、そうなると、もちろん来年も来る可能性が高く、「どこが数十年に一度だ！」なのでしょうか。

　黒澤明の「七人の侍」は、山村の貧しい村に毎年のように野盗が現れ、収穫した物を奪ったり、女性を連れ去るのを見かねたお百姓さんたちが、その護衛を探しに街に行き侍を七人集めると言う話です。このように、**毎年来ると言うことが分かっていたら、対処の仕方もある**でしょうが、数十年に一度なら、「しばらく大丈夫。」と思ってしまうのが人情です。お百姓さんたちは、なけなしの米を集めて、侍を雇おうとするのですが、それはつまり、今ある全財産を使ってでも野盗から身を守ろうと試みてるわけです。

　そう考えると、来年も来る野盗（災害）のためには、最優先で金を使うべきで、借金しようが何しようが、来年もまた来るのですから、悠長に構えてはいられません。果たして、国や地方自治体は、この災害を「数十年に一度」と考えているのか、「毎年来る野盗」と考えているのか、大事なところです。

マスクに500億円近くかけるなら、たくさんある河川の護岸工事の一つでもできるでしょうし、危ない地域には、高台に避難所を作ったり、避難訓練をもっと実施する、等々、**必ず来ると思えば、行動が変わるように思います。**

　また、国や地方自治体に文句を言うだけでなく、私たちもできることはやらねばなりません。今朝もテレビでスーパーボランティアの尾畠春夫さんが大分で浸水の後片付けをしていましたが、本当に頭が下がります。現地までは、なかなか行けない私たちですので、まずは寄附をする、そして、もう一つ、この時こそ"ふるさと納税"を活用して、少しでもお役に立てればと思っています。ただ、今のふるさと納税のやり方には、多少文句があって、自分で税金の一部を収める自治体を決められることは、大変良いことなのですが、返礼品の制度に反対です。返礼品の良し悪しで納税先を決めるとなると、人気のある商品を抱えている自治体は、お金が集まりますが、無いところは集まりません。しかも、自分の自治体でできる商品しか売っちゃいかん、と制限された**不公平な制度**です。そして、1万円収めても返礼品の原価や送料、サイト運営者に払う費用などを引けば、実際に自治体に届く金額は、3～5千円くらいになるのではないでしょうか？ **ここが問題です。**政府の規制が入って以前よりマシになって、そのくらいだと思います。元々地元に入っていた税収が、どこか知らんところの返礼品に変わって、**税額合計は30～50％に目減り**してしまうのです。だから、今回などは、返礼品は不要、お金は復興や災害に備えるための工事等に使ってくれ、としたら良いと思います。それも"ふるさとなんちゃら"のサイトを通さず、直接できるようにする。政府や九州の自治体が**九州豪雨のための"ふるさと納税サイト"**を作れば、宣伝にもなって良いと思います。

〔もう一言〕

　数十年に一度、が本当にその通りであることを願いながら、いろいろ調べていると、面白い記事がありました。オランダは、国土自体が海面より低いところもあり、川の氾濫と海の高潮に悩まされていて、特に1916年の大洪水と1953年の高潮被害は甚大だったそうですが、その都度、治水に努めて、被害はそれこそ何十年に一度にとどまっているそうです。そして、今でも治水は進められており、治水の担当者はこう言ってるそうです。「私たちは、大洪水と記録的な高潮を経験しているので、今は、その二つが同時に来る可能性、**つまり1万年に一回の脅威に備えようとしている。**」

　すごいですね、日本もそのくらいの覚悟で治水を考えても良いのかもしれませんね。

We are the world 再び

▶ 2020.7.30　　　　　　　　　　　　　　No.88

　最近はコロナの影響で、ほとんどカラオケで歌ってないですが、10年くらい前までのカラオケに行くと、必ずと言って良いほど、「**We are the world**」を歌ってました。しかも、締めの曲で「みんなで歌うぞ！」と、私に無理やり歌わされた人も読者の中には、少なからずいるのではないでしょうか？

　この間、何気なくテレビを見ていると、その「We are the world」が流れてきました。1985年に「USAフォー、アフリカ」として、45人のアーティストが集まり、アフリカの飢餓を救おうと立ち上がった話の紹介でした。

　マイケル・ジャクソンとライオネル・リッチーが曲を作り、参加者は当時のトップスターばかり、そうそうたるメンバーがアフリカの飢餓を救う、と言うその一つの目的で集まり、レコードやテープの売上に対する印税をすべてアフリカの飢餓と貧困対策のために寄付しました。当時の売上が6000万ドル（約63億円）くらいですから、1曲の売上としては、すごいですね。

　金額がどうのこうのと言うより、世界で困っている人のためにならトップスターもスケジュールを調整してみんなで集まると言うのが素晴らしいですね。私は、2018年の12月12日のブログ「集団規範」（P.32）で、次のように書いています。「人間は集団ができるとその集団の中で連帯感が生まれるが、他の集団に対して排除したり攻撃したりすることがある。国と国もそうで、他国を仮想敵国として、批判することで内にまとまろうとする。それを防ぐためには、すべての国の敵があれば、それに対して一致団結せねばみんなが損をすると気づくので、そのような形にならないと世界は自国ファーストから抜け出せない。」そして、例えばとして、「あってはならないことだが、**"世界レベルでの伝染病や地球規模での災害など"**が起こった場合は、世界の国々が一致団結して協力し合い、**必然的に世界が一つになるだろう。**」と書いたのですが、今の状況を見ていると、アメリカは「コロナは中国が悪い。」と批判を繰り返し、中国はどさくさに紛れて他国への干渉を進める。挙句の果てにそれぞれの領事館を閉鎖すると言う戦争前夜のような行動に出ています。

　また、日韓と言う小さな国同士でもさらに冷え込んだ空気が漂い、世界中で協力どころか自国の権益を守るのにやっきになっている。本当の**人類の敵はコロナであり、各国で大きな被害が出た水害などの自然災害**であるはずなのに、以前より強く

自国を優先する考えが世界中で広がっています。ワクチンの開発一つとっても協力よりも自国が一番という姿勢しか見えません。ワクチンなんか、世界中の研究者が成果と情報を共有し、生産も世界中で割り振れば、ずいぶん早く行きわたるでしょう。今こそ、「We are the world」で**世界が一つになって"敵"と戦うべき時**です。今私たちが得ている情報は、先進国の情報が多いですが、それこそ世界で7000万人(注)を超える難民やアフリカなどの発展途上国では、実際には相当な数の感染者が手当ても受けられずにほったらかしにされているのではないかと思います。そんな人たちまで含めて、「We are the world」と呼び掛けて一日も早く、コロナや自然災害から人類を救う、そんな**機運**が世界中で高まらないかなと思いながらYouTubeで何回もビデオを見ていました。実際にはライオネル・リッチーが、コロナに打ち勝つためにまた集まって「We are the world」を録音しようと声をかけたらしいのですが、感染する可能性があるので集まれなかったらしいです。ぜひ近いうちに実現して、世界中に呼び掛け、できれば各国の首脳が参加する政治家編も作ってほしいですね。トランプやプーチン、習近平に金正恩、メルケルさんやマクロン、もちろん安倍さんも文在寅も世界の首脳が45人集まって、パートごとに歌う文字通りの we are the world は、**世紀の合唱**として歴史に残るでしょうね。考えただけで楽しくなりますが、まあ、無理だねえ。

(注) 2018年に7000万人強だった難民の数は近年急激に増加し、2024年には1億2000万人を超え、現在も増え続けている。

ちょっと一息　クイズコーナー①

歴史上の人物の身長や体重などを現役の整形外科医の篠田達明と言う人が、肖像や衣類、甲冑やそこから得られる上腕骨の長さなどから推測しています。さて、次の内、一番身長が高いのは誰でしょう？

A. 上杉謙信　B. 豊臣秀吉　C. 水戸光圀　D. 武田信玄　E. 徳川家康

(答えは297ページ)

▶ 2020.8.9　　　　　　　　　　　　　　　　　　　　No.89

アジアの巨人

ⓒ国史館

　アジアの巨人、李登輝氏が97歳で亡くなりました。台湾は私が20代の半ばに初めて行った外国で、とても親近感を持つ国の一つです。最初に行ったときの総統は、蒋介石の息子、蒋経国総統でした。台湾に着いたらすぐに「蒋経国と呼び捨てにしないでください、蒋総統と呼ぶようにしてください。」という注意を聞いたことを覚えています。
　そんな絶対君主のような総統から台湾出身の庶民の代表のような李登輝さんが総統を引き継いで、それ以来、台湾は民主的な国になりました。元々台湾の国名 **"中華民国"** は、中国本土全体の国名でしたが、蒋介石率いる国民党と毛沢東の共産党が仲間別れし、結局国民党が負けて、台湾に逃げてきたのですが、「中華民国は自分たちのものだ。」と譲りませんでした。したがって、不思議なことですが、しばらくの間（現在でもそう主張する人がいますが……）**台湾の首都は**台北ではなく**南京**だと言う人がいました。たまたま台湾に追いやられたが、あくまで中国本土全体を含めたものが中華民国であるので首都は南京だという理屈です。
　まあ、政治的なことをどうのこうの言うつもりはありませんが、最初に台湾に行った40年前から、とても親日家が多く、その時、街中で千昌夫が歌った「北国の春」が流れていました。また、年配の方は日本語を話す人も多く、どこに行っても我々には感じよく接してくれました。その時からフレンドリーな感じはありましたが、近年の様に国中で親日家が多いのはなぜかと言うと、終戦までの50年間にわたる日本統治時代に、道路や港湾を整備し、学校や多くの建物を建て、**国の基盤を作ったから**とか、初期の頃の台湾総督であった乃木希典や児玉源太郎と言った明治の元勲たちが、**非常に良い政治をした**とか、いろんな要素があると思います。中でも決定的な要因は、親日家の李登輝さんが1988年に蒋経国氏の死後に初めて国民選挙で総統になって、総統をやめるまでの約12年間、日本を悪者に仕立てて国をまとめようとする**愚策を用いなかった**からだと思います。中国での江沢民や韓国歴

代大統領などは、何かあると日本を仮想敵国として憎悪の対象に仕立てて、国民を
まとめようとしました。韓国でも国の基盤となる道路や港湾、学校、病院、駅など
様々な日本統治時代の跡が残っていますし、朝鮮総督がひどい政治を行ったとは聞
いたことがありません。にもかかわらず、台湾だけが親日になったのは、李登輝さ
んの力が大きいと思います。事実、李登輝さんは総統時代、当時の国民党が進めて
いた反日教育を是正するために1996年には教科書を変えて、中華至上主義や日本
統治を否定することをやめさせ、**正しい日本の姿を子供たちに教えました。**自分が
日本で生活した経験もあり、良い印象を持っていたのでしょう。その日本を貶めて、
自分たちを正当化するような卑劣なことは、できなかったのだと思います。そのよ
うな教育のおかげで台湾は親日家が多く、**東日本大震災の時には、250億円もの義
援金を世界で一番早く送ってくれました。**

　李登輝さんが総統をやめて、しばらくしてから、たまたま台湾に行ってた時に、
泊っていたホテルに戻ると、ロビーに人垣ができていました。何かなと中を見ると
講演会か何かの後に会場から出てくる李登輝さんでした。一緒に行ってた人がそれ
を見つけ、「李登輝さん」と日本語で声をかけると、こちらを見てにっこり笑い「日
本の方ですか？」と流ちょうな日本語で答えてくれました。私が「京都から来まし
た。」と言うとさらににっこり笑って、「私も京都に住んでましたよ。」と優しい顔で
言われました。"大人物"　その時に感じた李登輝さんのイメージです。

　そのような日本にとっても恩人のような人が亡くなったにもかかわらず、日本政
府は葬儀には出席しないと言います。

　中国に気を使っての事でしょうが、**情けないことです。**堂々と日本の恩人のため
に国の代表として葬儀に行く、と言ってほしかったですね。ただ、本日9日に森元
首相を代表とする訪問団が弔問のために台北に行きました。李登輝さんが亡くなっ
てから初めての海外からの弔問団とのこと、オリンピックの時にもたもたしていた
印象のある森さんですが、**ちょっと見直しました。**

　まさに"アジアの巨星落つ！"という感のある李登輝さんの死去、ご冥福をお祈
りします。そして、日本と台湾の関係がますます良い方向に行くことを祈ってます。

103

▶ 2020.9.20　　　　　　　　　　　　　　　　　　No.93

備えあれば患いなし

　先日の台風10号では、超大型ということで気象庁やマスコミでは事前に「極めて大型」「命に係わる危険」「すぐに非難してください。」「被害を最小にするための準備を」等々、大げさとも取れる警鐘を発していました。そのおかげで、亡くなった方や被害にあわれた方には申し訳ないですが、思ったよりも被害が少なかったように思います。実際に「テレビ中継などで事前に避難するように指示があったから初めて避難しました……」とか「テレビで危険だと聞いたので窓や壁に木や段ボールを貼っていて被害がなく良かった。」という声もあり、事前準備の効果があったことがわかります。**物事が起こる前の事前準備、それは災害だけではなく人が行うあらゆることにおいて重要**だと思います。

　名プレゼンで有名だったアップル創業者のスティーブ・ジョブズは、たった**5分のプレゼンでも事前に何十、何百という時間**を使って準備をして臨んだ、との逸話がありますが、このように“仕事が良くできる”人は、ほとんどが事前準備をしっかりしているように思います。

　そして、その事前の準備をしっかりするということの意味合いは何かというと**「想像力」**ではないかと思います。例えば、こんなことがあったらどうしよう、あんな場面ではどうしたらよいか、さらに万が一こうなったらどうする等々、多角的にあり得ることを想像して、それに対して準備しておくことが重要だと思います。何かのプレゼンをするときにパソコンが動かなかったら、とかマイクが使えなくなったら、こんな質問が来たら、声が出なくなったら、来場者が暴れたら……。ほかにもたくさんあると思いますが、**考えられることを全て出してみて、その対応を一応考えておく、そして練習しておく**、それだけでずいぶん上手く行きます。

　私もニッセン時代に新卒の会社説明会で東京へ行くことになり、道中の新幹線で何を話すか頭の中で整理していました。ところが、会場に着いたら学生さんが結構集まっているのに、担当の人たちが蒼い顔をしてうろたえています。どうしたのか聞くと、「パソコンの調子が悪くて資料を写せない。」と泣きそうな顔をして言うのです。まあ、新幹線の中で話す準備ができていたので、「大丈夫、ホワイトボードに書きながら話をする。」と言って始めました。幸い、途中で資料を写せるようになり何の問題もありませんでしたが、そんなことはよくある話です。万全の状態でなく

104

ても、多少の変化は問題にしないようにしておかねばなりません。スピーチなんかもそうです、一字一句間違えないようにと思っていると、**ちょっとつまずいたら次が出てきません。**言わんとすることを事前に頭の中でまとめておけば、少し違う言葉になっても意味が通じるので大丈夫です。さらに声を出して練習しておけば、もっと上手く行きます。

　また、何事もそうですが、最初は上手く行かなくても、何回か経験すると心に余裕も出てきて、さらにうまく行くようになります。そして、長い間経験を重ねると今度は**"過信"**という厄介なものが出てくるのです。「何回もやっているから大丈夫。」「今まで失敗したことないから、今度もうまく行く。」そんな考えが芽生え始めたら危険信号の点滅です。

　昔、柔道の先生に「初心者のケガは、まだまだ慎重に動いているので大したことはないが、ちょっと慣れたころのケガは大ケガになる。」と聞かされたことがあります。

　そう言えば、東日本大震災のあった2011年の3月、ちょうど発生数日前の日経ビジネスに福島第一原発の宣伝が出ていました。内容は、俳優が発電所を見学して責任者（東電の人？）から説明を受けるもので、まず「安全」を大きくうたっていました。「過去のいろんな災害にも耐えられる素晴らしいものである、原子力はこんなに安全だ、全く問題がない。」と、絶対的な自信を持った説明だったのを記憶しています。発電所の関係者（東電）すべての人が、自分たちの安全性を過信していたわけではないと思いますが、もし、**もう少し想像力のある人が責任ある立場にいれば、被害は防げた**かもしれません。

　仕事でも私生活でも、初めてや経験の少ない時の失敗は、まだ責任や影響の度合いも大したことはないでしょうが、経験を積んで責任や周りへの影響が大きくなればなるほど、失敗によるマイナスも大きくなるものです。経験を積んだ人、何回もやっているベテランの人こそ、**新たに想像力を働かせて、失敗をしないように気を付けないといけないのでしょうね。**

　まさに、「**備えあれば患いなし。**」です。人に言う前に、私も長いこと生きてますので、「大丈夫、大丈夫」と世の中をなめずに、想像力を高めて自分の生活を考えてみたいと思います。（特に全く過信している健康面など……）

▶ 2020.9.30   No.94

朝令暮改

朝令暮改

前漢の時代に干ばつや災害に加えて、役人の急な命令や変更などで、庶民はとても暮らしにくかったそうです。その時に生まれた言葉が "朝令暮改" だそうです。それ以来、今日まで、どちらかと言うと一貫性がない悪い事例の時に使われてきました。その事例を一つ紹介したいと思います。

　7月19日のこのブログで、「本末転倒だ。」「けしからん。」と、さんざん文句を言った "GO TO キャンペーン" ですが、実はこの間、それを使って北海道に行ってきました。まずは、ホテル代が安い！　平日で元々安いところにキャンペーンで３５％引き、さらに場所によっては、地域振興券なるクーポンが一人２０００円分出て、地元の飲食店で使える、飛行機代はマイレージを使って無料。本当にお得に行って来れました。何といっても平日に行きましたので観光地でも人が少ない！外国人がいないので平日は京都もそうですが、実に快適に回れます。「いや～、GO TO キャンペーン、いいですねえ。」この間言ったことは何やったのか？　と怒られそうですが、まさに「朝令暮改」ですみません。

　ただ、言い訳をするつもりはないですが、最近のスピード時代では、朝令暮改は当たり前、**朝令昼改**もあり得ますし、ひょっとすると、**朝令朝改**くらいあってもいいのではないかと思います。一度言ったからと頑なに前言を変えないのは、頑固一徹で良いように見えますが、柔軟性がないとも言えます。自分が間違ったと思ったら、すぐに認めて、新たな考えでまた走る、どうもその方が結果は良い方向に向くような気がします。特に自分が言い出したことであれば、なおさら前言を覆すことはやりづらいですね。でも考えたら、自分が間違ったことを言ったわけではなく、その時は正しかったが、状況が変わり条件が変化したなら、**変えることが正しい**わけで、何も躊躇する必要はありません。間違っていなくても環境の変化や条件の変化で変えなくてはならないわけですから、もし、本当に間違っていたとしたら、**改めるに遅きも早きもないですよね。分かった段階で速やかに変えるだけですね。**

　過去の事例や上司に言われたからと馬鹿の一つ覚えのように同じことを繰り返し

106

ていると、世の中が変わり、新たな状況になると通用しません。"言われたことをやる"のではなく、**自分で考えて**、常に良い方法を模索せねば、時代には勝てません。

さて、GO TO キャンペーンに続いて GO TO イートも明日から順次使えるようになるそうで、せっかくの特典ですから、また使って、日本経済の活性化に尽力したいと思います。それにしても、人間って、こんなにコロッと変わるものなんですね。

〔もう一言〕

激しく変える、と言う意味で「豹変」と言う言葉があります。この言葉は、どちらかと言うと「急に態度を変える。」「今までの主義主張をあっさり捨てる。」……など、と悪い意味で使う場合が多いですが、本来の意味は、「君子は豹変する。」→立派な人は、時間をかけずに自らを変革し、人々を改めさせて、速やかに良い方向に向かわすものである。それはあたかも、秋に豹の毛が抜け変わり、鮮やかな紋様に変わるのと同じように見事なものだ……。と、良い意味で使われていたそうです。皆さんも気兼ねなく、豹変しましょう。

たまには豹変もいいか。

▶ 2020.10.29　　　　　　　　　　　　　　　　　　　No.97

ノブレスオブリージュ

　最近、なぜか**ノブレスオブリージュ**と言う言葉が浮かんで口にすることがあります。
　ノブレスオブリージュとは、もともとフランスで貴族などの高い地位にある人は、社会に対して、それなりの義務を負わねばならない、という意味で使われ始めました。騎士道の精神を表す言葉で、日本でも**武士道の精神**にある「弱きを助け、強きをくじく」、仁の心をもって道理を貫くことに通ずる考えです。
　そして、これは何も貴族だけに使うのではなく、高い地位にある人（企業や自治体、政府機関等で高い地位を得た人）事業で成功し金銭的に余裕のある人など、今の自分があるのは、己の力だけではなく自分を取り巻く社会のおかげである、だから社会に対してお返しをする、という論理です。
　では、貴族に匹敵する高い地位の人や何かの成功者だけが、そう考えればいいのでしょうか？　**私は普通の人であっても**、このノブレスオブリージュと言う精神を持たなくてはいけないんじゃないかと思います。例えば、そんなにお金持ちでなくとも、自分より貧しくて困っている人には、できる範囲の援助をするとか、自分より経験が少ない人には、失敗しないようにアドバイスしてあげるとか、何か困っている人の話を聞いてあげる、泣きたいように辛い人には少し寄り添ってあげる等々。貴族や武士や、また高い地位や成功者でなく、普通の人が、できる事もたくさんあります。すべての人が、常にそのように考えて、多少お節介であっても周りを気にしてあげれば、世の中ずいぶん幸せが増えるなあと思います。
　でも、よくよく考えたら、これは、いわゆる「**人情**」と言う言葉そのもので、むかし、私が小さいころにはそこら中にあったように思います。忙しい時には近所の人が子供の世話をしてあげて、こんなものが手に入ったと食べ物のおすそ分けをしてくれる、近くのテレビがある家にはテレビのない家庭の子供たちが集まってみんなで見るなど、**それぞれが貧しいなりに助け合い、かばいあって生きていました。**

そして、**誰もが見返りを期待しない**、そこが大事なところだと思います。せっかく良いことをしても、後から「〇〇してやったのに……」とか、「あの時、おごってやったのに……」などと自分がしたことに対価を求めては、やった意味がなくなります。あくまでも**自分の義務として相手が喜ぶことをする**。対価は相手が喜んだ、そのことだけでも充分ですし、喜んだ人が、それを覚えていて、また周りの誰かに良いことをしてあげる、そうしてノブレスオブリージュの輪が広がれば、大いにうれしいことではないでしょうか。

　この間、テレビで比叡山延暦寺の話が放映されていました。その中で天台宗の開祖最澄が「**一隅を照らす**」と言って、日の当たらない誰もが見ていないようなところでも自分にできる〝世のため人のため〟をやることが大事だ。と説いてます。今、人情が薄くなり、昔の当り前が特別なことになってきた現在においては、小さく力もない本当にちっぽけな一市民であっても、心は高貴に〝ノブレスオブリージュ〟、そんな気持ちで生きいけば、自分自身も幸せになるように思います。情けは人の為ならず、と言いますが、人の為じゃなく、最後には回りまわって自分に返ってくる、でも**そんなこと**を期待せず、微力ではありますが、人の役に立つ人間になりたいですね。

▶ 2020.11.19　　　　　　　　　　　　　　　　　　No.99

憧れの香港

　♪星屑を地上に蒔いた、この街のどこかに〜♪　テレサテンの香港と言う歌の出だしです。私が最初に香港に行ったのは、今から **33年前の1987年** でした。その時の印象は、この歌の通り、とりあえず街がネオンでキラキラして、狭い土地には高いビルが林立しており、さらに街のあちこちでビルの建設ラッシュ、何とまあ活気のある街だなあと度肝を抜かれました。街を歩いている人々も欧米人やインド系、その他世界中の国々から人が集まり、欧米の高級ブランド店が軒を並べ、おしゃれな女の人が颯爽と肩で風を切って歩く、まさに **憧れの国際都市** でした。

　その二年後くらいから行き始めた中国大陸の各都市は香港とは全く逆で、街の色は無彩色、なぜなら女性は全員白いシャツと黒か灰色のパンツ姿、男性はみな人民服、夜になると電力が弱いせいか街中暗くて、色のない寂しい街並みでした。

　10年後の1997年には、そんな中国に香港が返還されるという予定でしたが、正直、**中国返還は無理だろう** と思っていました。当時の香港の国際金融都市としてのパワーは、全中国合わせても勝てないくらい確立されたもので、国民がまともに食べる食料もなく、まだまだ貧しい中国では、コントロールすることさえ難しいと思えたからです。

　あれから、たったの30年！ 　上海、深圳（シンセン）、北京、大連等々あっという間にミニ香港が出現したと思ったら驚異的な発展と国力の増強を成し遂げ、このコロナで世界中が苦労しているすきに、香港を飲み込んでしまいました。返還時に50年間はそれまでと同じ高度な自治を維持すると言ってたにもかかわらず、香港の人たちのデモや抗議もものともせず、強権発揮して、あれよあれよという間に他の中国都市と変わらないように法律でしばってしまいました。

　初訪問以来、香港には毎年のように旅行に行っていましたが、コロナで自粛している間に昔の自由で活気のある香港が単なる中国の一都市になってしまったと思う

ととても残念です。

　例えば、中国では制限が多かったインターネットの情報も香港では自由に見れました。また、香港では誰もが自由に中央政府の批判を新聞やテレビでやっていましたが、それらも自由ではなくなるでしょう。何といっても自分たちで為政者を選べないことは、**何をされても文句が言えない**ということになります。その内、空港で「中国共産党と習近平を支持する。」とサインしないと入国できないようになるかもしれません。

　今は香港ですが、来年あたりは台湾を武力で併合する可能性もあります。そうやって、どんどん赤い侵略者がアジアを席巻すると、尖閣どころか沖縄も元々自分たちの領土だったと言いかねません。日本としては、まず台湾をどう助けるか、欧米諸国と手を携えて今から戦略を練っておく必要がありそうです。

　今から41年前の1979年、私が初めて経験した外国は台湾でした。親日家が多いせいか、その時の印象がすごく良く、今でも好きな国です。その台湾の人たちが困ることになる前に**日本は腹をくくって対処してもらいたい**と思います。亡くなった李登輝さんが、晩年に「**日本は武士道と言う素晴らしい思想があるのに、最近はアメリカに完全服従、中国には平身低頭で日本の良きところがなくなった。**」と嘆いていたそうです。単なる蛮勇ではなく、義を見てせざるは勇なきなり、どこに義があるかを見極めて行動せよ、という事のようです。

　いつでも自由に話せて、自由に行き来ができる、そしてみんなが笑って暮らせる、香港も台湾もそんな友人としてこれからも永く付き合えることを願っています。

▶ 2020.11.29　　　　　　　　　　　　　　　　　　　　No.100

祝 100 回達成！

　「パンパカパーン、今週のハイライト」と言って始まる漫才を覚えていますか？
　横山ノック、上岡龍太郎、青芝フックの漫画トリオです。私たちの年代の人は、ファンファーレと言うとすぐに「パンパカパーン」と言ってしまいますが、なぜここでファンファーレかと言うと、何とこのブログ "**勝手に一言**" が 100 回になりました。

　記念すべき？ 第一回は、2018 年 2 月 27 日、中学の時のソフトボールの試合を思い出して「**最後まであきらめるな**」とメッセージしています。それから約 2 年と 9 カ月、何となく書いていましたが、月日の経つのは早いですねえ。これもひとえにほんの**一握りの物好きな？ 読者**の皆さんのおかげです。ありがとうございます。

　さて、この 3 年弱の時間は短いようですがいろんな変化がありました。平成から令和に変わり、コロナで世の中が激変し、首相もアメリカ大統領も新しくなりました。（トランプは、まだ負けを認めていませんが。）このまま行くと、次の 200 号目は、2023 年 10 月 10 日ですが、これからの 3 年で世界はどう変わるのでしょうか？ ひょっとすると**激変してるかもしれません。**

　そんなことを考えながら、**3 年後の自分に手紙を**書いてみたいと思います。
　拝啓、3 年後の私へ　今は 2023 年 10 月 10 日ころだと思いますが、元気にしていますか？ 酒の飲みすぎで肝臓がイカレテませんか？ その他日頃の不摂生で病気はしていませんか？ まさかコロナで入院とかはないでしょうね。相変わらず下手なゴルフをしていますか？ 仕事もまだしてるのでしょうか？ 髪の毛はまだありますか？ 株で損をしていませんか？ そうそう、オリンピックはどうなりましたか？ ジャイアンツはソフトバンクにまだ一回も勝てないのでしょうか？ それより心配は、コロナがどうなったかです。ワクチンの影響で普通の風邪と同じようになったのでしょうか？ それとも新たな変異が起こってパンデミックが進み、12 モンキーの映画のように人類が滅びかけていませんか？ そこまでいかないとして

も長引いて経済が大きく落ち込んでるかもしれませんね。また、米中の対立が激化し世界中に不穏な雲が覆いかぶさっていないでしょうか？　台湾はまだ独立しているのですか？　異常気象が世界中を襲って大きな被害が出ていなければ良いのですが。人類の飢餓や貧困に関して改善の兆しはどうですか？　たかだか3年先のことですが、**手紙に出てくる言葉は心配だらけです。**まあ、考えれば考えるほど不安が募りますが、一番大事なことは、まだブログを書いているかどうか、と言うより生きていますか？　そして、**あなたの家族や友達が元気に暮らしているのなら、それに越したことはありません。**少しは嫌なことや辛いこともあるでしょうが、ブログが書ける元気があれば、多分幸せなんでしょう。あなたがよく言ってた「**今が一番幸せ！」**、そう言ってるなら大丈夫ですね。

　そして、最後に、今の私はあなたより間違いなく若いのですから、あなたに追いつくまでの3年弱、精一杯頑張ろうと思います。でないと、あっという間に200号になってしまうかもしれません。この頃の時の流れは、ますます加速していて、バタバタしてる間にどんどん引きずられて行く感じです。**流れに抵抗しても時は止まってくれませんが、少なくとも流されるのではなく、流れに乗っていきたいですね。**

　それでは、3年後68歳になった自分と会うのが楽しみになるようにこれからも頑張ろうと思います。みなさんも3年後の自分に合うのが今から楽しみだと思えるように生き抜きましょう！　2023年10月10日、ブログ200号おめでとう。2020年11月19日──今の私より

　皆さんも200号まで元気にお付き合いください。

〔もう一言〕

　さて、このブログにとって一つ心配なのは、年末ジャンボです。何かと言うと、年初に予測した今年の重大ニュースですが、7つの内2つ当たっています。川越君の直木賞、トランプの落選、残る二つは今年の漢字に「幸」が選ばれる。（多分無いなあ。）そして、「佐村氏年末ジャンボが当たる。」です。年末ジャンボが当たったら、ブログどころではありませんので、このHPも閉鎖し、半年くらい南の温かいところで豪遊するかもしれません。したがって、12月末くらいからピタッとブログの更新が止まったら、ひょっとして……、と思ってください。

▶ 2020.12.9　　　　　　　　　　　　　　　　　　No.101

郷土の英雄

　私は、福岡県の北九州市で生まれました。その北九州市の西に遠賀川（おんががわ）と言う九州でも屈指の大きな川があります。その川の上流は、直方（のおがた）、飯塚、嘉穂など過去に炭鉱で栄えた町が連なっており、明治から昭和の前半にかけて、遠賀川を下って多くの石炭が運ばれ、若松港（現在の北九州市若松区）から全国各地に出荷されていました。

　そんな時代に"ごんぞう"と言う港湾労働者を率いて、利権に群がる輩（やから）と対決していたのが、写真の**「玉井金五郎」**です。この話は、実の息子で芥川賞作家、火野葦平（ひのあしへい）の代表作**「花と竜」**に実話として載っていますが、当時最下層の肉体労働者だった"ごんぞう"たちのために文字通り体を張って、弱いものを守る、昔の義理と人情を全うした人物で、同じ地域出身の高倉健など、多くの大スターが映画で玉井金五郎を演じました。

　さて郷土の英雄の話ですが、残念ながら玉井金五郎のことではなく、約一年前の2019年12月4日にアフガニスタンで**凶弾に倒れ亡くなった「中村哲」**さん、実はこの人は玉井金五郎の孫にあたります。中村哲さんの功績は、ここでくどくどという必要はないと思いますが、医師として1984年にパキスタンに渡り活動を始めます。その後アフガニスタンに移動してアフガン難民の治療等に従事したものの医者としての職務を全うさせるには、その前にやらないといけないことが山ほどある、特に灌漑で被害に合うと水がないので汚い水でも飲まないといけない、また田畑に作物ができないと結果的に土地を捨てていくので、さらに荒れ果てるし、またテロ組織などに入る人も増える、したがって、**根本の原因をつぶさないと医者が医師として患者を診るだけでは、何も解決しない**、と考えて、医者としての活動の合間を縫って、井戸を掘ったりもしてましたが、最終的に2003年に用水路の建設に取り掛かりました。

　始めはいろんな苦労や問題がありましたが、とうとう2010年にクナール川と言う大河から**全長25Kmもある用水路を作ってしまいました。**そうすると、それまで

荒れ果てた不毛の土地だったところが、**福岡市の半分の大きさの緑地に**生まれ変わり、作物を植え、人も戻り、多くの人の生活が変わりました。

　見知らぬ外国の見知らぬ人のために人生をかけて尽くす、こんな大きなことを成し遂げた中村さんですが、基本は「困っている人がいたら助ける。」だけであり、最澄の**"一隅を照らす"**心が基本だと話していたそうです。亡くなって一年経ちますが、本当に残念ですね。でも、亡くなったことがニュースになり、そこで初めて中村さんや彼が所属していた「ペシャワール会」のことを知った人も多く、その人たちがペシャワール会に入会したり寄付をしたり、またペシャワール会だけではなく、ユニセフや国境なき医師団等の救済活動に興味を持ち、応援しようという人が増えたそうです。**死してまた多くの影響を与える、まさに「郷土の英雄」**ですね。

　中村さんはキリスト教徒で内村鑑三の本などもたくさん海外に持って行って、若い人たちに薦めていたそうですが、その内村鑑三の言葉に、弱いものを助けるために**「誰も行きたがらないところへ行け。」**とあります。中村さんは、生涯かけて、そのことを実践していたようです。形は違いますが、気持ちは、祖父玉井金五郎と同じようにそこに弱い者がいるから助けていただけ、だろうと思います。そのことを示すかのように、自分は困っている人がいたら手を差し伸べるだけ、**今やっていることはただの"水やり"**、褒められてもくさされても、誰が去ってもだれが倒れても、邪魔されても協力されても、誰が何と言おうと**"ただの水やり"**をしている、と記者の質問に答えています。また鑑三は、後に続く人たちに何を残すか、という問いに対して、金でも事業でも思想でも良いが、最大の遺産は**「勇気ある生涯」**である、と言う言葉を残しています。中村さんはその通りに生涯かけて実践して見せてくれました。

　こんな人がいたというだけで、たまたま同じ出身地であることに誇りを持ってしまいます。世の中に英雄はたくさんいますが、本当の英雄と言うのは、一代で大きな富を築いた人やリーダーになって活躍した人、何かの組織の頂点を極めた人などではなく、**目立たなくても生涯かけて弱い人たちを助けた、この中村哲さんのような人**を言うのではないかと思います。本当に惜しい人を亡くしました。

　さて、話は変わりますが、今年の6月、中村さんの功績に感動した人が火星と木星の間にある直径6km くらいの小惑星に「nakamuratetsu」と命名しました。この小惑星は肉眼では見えないらしいですが、地球と同じ太陽を回る惑星です。中村さんの座右の銘は「一隅を照らす。」ですが、正に中村さん自身が**星になり一隅を照らす存在**になったのかな、と思います。

　改めてご冥福をお祈りします。

▶ 2020.12.30 No.103

新たな成長期

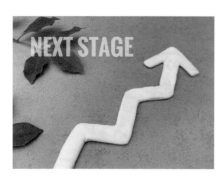

　今年も明日までとなりました。昨年末のこのブログで2020年の「今年の漢字」は、良いことばかり起こって"幸"が選ばれると書きましたが、世の中は全く逆でコロナに始まりコロナに終わるという**世界中が"耐"える**ばかりの年でした。

　そんな中、自分にとって何かこれまでの年と違うことがないか探してみると、①1月1日除夜の鐘と同時に立ち上がった途端、気を失い顔面から床に倒れ、死にそうになる。②3～5月、コロナで買っていた株が大幅に下がり**泣きたくなる**が我慢する。③4～5月、18歳で親元を離れて以来初めて2カ月もの間、外で一杯飲むことをせず家飲みの量が増え**コレステロールが異様に上がる**。④5月、つたないブログを読んだ日経ビジネスの記者から「有訓無訓」と言う巻頭のメッセージを頼まれるが、気合を入れすぎて写真の顔が怖すぎると周りから**ボロカス言われる**。⑤今年に入りコロナの影響で、経営している九州のパン屋の売り上げが大幅にダウンし、**頭を抱える**。⑥結局、パン屋は2軒とも売却し、**大損を出しながら経営から手を引く……**。と書いているうちにだんだんと寂しくなって来たので、この辺にしますが、これを聞いている人は、相変わらず大した事してないなあ、と思われることでしょう。

　その通り、大したことはしてないのですが、自分では今は**"新たな成長期"**かな、と思っています。身長などは、大体18歳くらいまでが成長期、脳は20歳くらいまで、筋肉は25～30歳がピーク、仕事盛りは40代、経営者としての集大成も60歳くらいまででしょうか？　では、65歳も過ぎた私にとって今は何の成長期かと言うと、おこがましいようですが**「人間としての成長期」**ではないかと思っています。20歳くらいまでに体や脳の成長期を終え、30代でいろいろ経験し、40代にはそれを活かして活躍する、50代はさらに大きな組織や多くの人を動かし、それが終わって初めて人間としてどうあるべきか、という事に本質的に考えが及ぶようになる

のではないでしょうか？　組織も部下も持たない一片の人間が、**どう生きていくか、どう優しくなれるか、**ブログにも書きましたが、武士道の義を貫く姿勢やノブレスオブリージュと言う社会的な責任、一隅を照らす生き方、弱いものにどう手を差し伸べるか、等々。人間力を磨くにはまだまだ足りないところが多く、私ごときが語るのは「百年早い」と言われそうですが、こうありたいと願い、それに向けて一歩でも半歩でも**近づくことができれば、それは成長と言える**のではないでしょうか？

　そうであれば、人間としての成長期は、死ぬまで続くことになります。来年もコロナや他の災難が山ほどあると思いますが、そんなものに負けず、また一年、ちょっとずつでいいので人として成長できるように頑張りたいですね。2020年は、いろいろありましたが、**こうしてブログが書けてることを考えると、結局良い年だったと言えるのでしょう。**では、皆さんよいお年をお迎えください。

〔もう一言〕
　さて、2019年12月30日に書いたブログ「明るい未来」で予測した最後の項目"佐村氏10億円ジャンボ当たる！"が近づいてきました。1月10日過ぎてもブログが更新されてなかったら、その時は……。

まだまだ成長！

サムラの直言
「ビジネスは永遠に続く」

夢ばかりで足元を顧みないのは
もちろんダメです
しかし目先のことにばかりとらわれていては
ビジネスの本質を見失います
目先損しても　お客様に満足していただく方が
長いで目で見たら必ず勝ちます
あなたが嫌だと思うことは
お客さまはもっと嫌なはずです

「しっかりがんばれ！」

2021 年

1月　米大統領にバイデン氏／7
月　1年遅れで東京オリンピック、
ただし無観客／7月　熱海で土石
流事故／9月　菅首相から岸田首
相に

コロナの猛威続くが、
少しずつワクチン接種も始まり、
光が見えてきた。

▶2021.3.9　　　　　　　　　　　　　　　　　　No.110

10年ひと昔……

　長い冬が明け、春の希望が満ち溢れるこの季節ですが、今年も3月11日がやってきます。あれから、ちょうど10年です。「10年ひと昔」と言って10年も経つと、もう昔のことだと忘れられてしまうことが多いですが、あの生々しい惨状はまだまだ記憶に新しく、また被災地も完全復興とはなっていません。今でも仮設住宅に住むことを余儀なくされている人、また、福島第一原発についても冷却のために使い続けなくてはならない処理水をどうするのか？　さらに、福島産というだけで敬遠されている魚介や農産物の風評被害など、10年経っても課題が山積みです。

　しかし、人間というのは非情なもので、3月11日が近づくと、あの惨事を思い出しますが、私も含めて、今苦労している人たちに対して支援をしようという気持ちは、**やはり10年でずいぶん薄れてきてる**のではないでしょうか？　そのことは、ある意味仕方なくて、震災後も毎年の台風や洪水の被害、他地域の地震被害、またコロナによる新たな被害など、支援をしなくてはならない事柄が次から次へと出てくるので、経済的にも感情的にも**一つの災害にだけ力を入れられないことは確かです**。

　ただ、それでもできる支援はたくさんあります。例えば福島産の農産物や魚介類などは韓国等の海外だけでなく、日本人の中でも根強い拒否感があって、未だに元の量まで販売額が戻ってないらしいです。売れたとしても価格は他の地域よりも安くしないと売れないとのこと。**放射性物質の含有量など、全く人体に被害がない水準なのに、なぜか拒否する人が多いそうです**。新たに寄付を財布から出してくれとなると、出せるキャパは決まっていますので、いつまでも東日本大震災にばかり支援はできないかもしれません。ただ、**積極的に福島や周辺地域の食べ物を日本中で使うことは、同じ食べ物に同じ金額（福島産は他より安いので、少し得）を使う**のですから、生活上は何も困らない訳です。また、流通各社もしっかり安全性を説明しながら、福島フェアなどを定期的にやって拡販の手助けをする。（関東の一部のイ

オンでは、やっているそうですが、総じて全国では、まだまだ力が入っていない。）
私は、放射能なんて全く気になりません。福島産の魚があればもちろん食べますし、
三陸のホヤ（マボヤ）の刺身に福島の大吟醸などいいですねえ。また、ふるさと納
税では必ず、福島の大吟醸を頼んでいます。（ふるさと納税に対しては、批判的では
ありますが、すみません、利用しています。）

　これをみんなで広めるために、毎年、**3月11日は日本中の量販店や百貨店、アマ
ゾンや楽天などのECも「東北フェア」と称して、福島等の産物を大々的に販売し
てはどうか**と思います。そこに政府も少し支援して、日本中が毎年普通に、しかも
無理をせずに支援を続ける。できれば、**3月11日を「東北の日」**として、休日にし
なくても、日本中でそのような支援をする日にしてはどうでしょうか？　そうする
と、「10年ひと昔」で昔のことだと忘れ去られるのではなく、毎年、記憶を呼び戻
しながら、支援を続ける。そして、何十年か経つと悲惨な記憶よりも毎年3月11
日には東北のものを食べる日、として人々に受け継がれ、子供たちからは「この日
って、どうして東北の日になったの？」と聞かれたら、「昔々、東北で大きな大きな
地震があって2万人近い人が亡くなったり、行方不明になったりしたんだよ。だけ
ど、その大きな被害に世界中から暖かい支援が届き、**今でも日本中の人たちが応援
をするためにこの日があるんだよ。**」と語り続けば、聞いた子供たちも助け合う人の
心の大事さが、わかるというものです。

　みなさん、東北の産物食べてますか？　関西に住んでるので、ネットで取り寄せ
るくらいしかできませんが、もし、福島を始めとした東北の食材を出している居酒
屋等あれば、教えてください。　ぜひ、一緒に行きましょう！

〔もう一言〕
　「10年ひと昔」「のど元過ぎれば熱さも忘れる。」「人の噂も75日」、いやなこと
辛いことを忘れることで、新たな未来へ立ち向かっていくこともできるので、記憶
から薄れることが悪い事ばかりではないと思います。でも惨事から得られた教訓や
人間として助け合う気持ちは絶対に忘れてはいけませんね。10年前を思い出して改
めて犠牲になった方へ、合掌。

▶ 2021.3.20　　　　　　　　　　　　　　　　　　　　　　No.111

ホタルイカに人生を学ぶ

　みなさん、生ホタルイカを食べたことがありますか？　私は大好きで、自分の中では朝堀タケノコや菜の花などと同じ、この季節ならではの食材です。この生ホタルイカをしゃぶしゃぶで出汁にくぐらせて色が変わってプリッとしたところを食べるのですが、何が美味しいかというと、身ももちろん旨いのですが、しゃぶしゃぶとしたときに出てくる**赤いホタルイカのワタ**、これが旨いんです。そのワタが**出汁と混ざって、何とも言えない味**が出てくるんですねえ。そのスープと一緒に湯でたてのホタルイカを肴に一杯、たまりませんなあ。身を食べた後のスープは、捨てずにうどんなどのスープとして使えば、これがまた美味い！　まあ、これを食べると、**普段スーパーで売っている湯がいたホタルイカは、美味しいところが出てしまった残りものと同じで価値が無い**なと感じてしまいます。

　そんなホタルイカで楽しんでいる時に、雑誌で今年の4月から企業は、**70歳までの継続雇用が努力義務**になり、定年を引き上げたり、再雇用の年齢を70歳までにしたり、と今まで以上に働ける、というか働かないといけない世の中になる。と書かれていました。人生100年時代を迎えて、働ける間は無理せず適度に働くべきだと思いますが、現在、65〜69歳の就業人数は50％未満らしく、働きたい人も働けないのが現実なので、門戸が開かれることは良いことだとも思います。

　ここでホタルイカですが、そこらで売ってる湯がきあがって冷たくなったホタルイカは、酢味噌か何かをつけないと食べられません。人間も総じて年を取ると体力や頭の回転などは衰えて、そこだけ見ると湯がきあがった冷たいホタルイカと同じで魅力は乏しいかもしれませんが、年を取る過程で得られた**貴重な"経験"**という出汁が備われば、これは大いに役に立つのではないでしょうか？　そんな出汁にあたる経験を捨ててしまって、若い人と同じ土俵で仕事をしようと思うとハンデがあるのは否定できません。（中には、まだまだ！という人もいるでしょうが。）また企

業側も、年取ったら「これくらいの仕事でも与えておけ。」と言った**中途半端な扱い
の雇用では"お荷物"にしかなりません。**

　私が若いころに、ある取引先の営業で70いくつのおじいちゃんがいて、何の役
職もなく普通の営業として頑張っていましたが、優しい笑顔を武器に商談し、成績
は結構上の方だと言ってました。また、今私が顧問をしているある会社には80歳
を超えた人がいて、「あそこの社長に会ってこい。あっちの専務に話しといたから
な。」などと過去の経験を充分に生かし20代、30代の若い営業マンにハッパをか
けています。

　ホタルイカも生を食べたことのない人は、湯がいたものがホタルイカだと思って
いますが、生を知っている人は、それは美味しいところが出た後に過ぎないことを
知っています。年取った人の今の姿だけを見れば、何となく頼りないかもしれませ
んが、そこに至る経験を知っていれば、**活用の仕方は大いにある**のではないでしょ
うか？　今や女性を使えない企業はダメだ、とかLGBTなどのマイノリティに優
しいことが企業の条件になりつつありますが、これから最も多く活用しなければな
らない高齢者をどのように戦力にするか、これが**上手な企業と下手な企業とでは業
績に大きく差が出る**のではないでしょうか？　そのカギを握るのは、経営者の姿勢
一つでしょうね。また、働く側も仕事をもらうという受け身ではなくて、自分の価
値をどう出したらよいか、価値を磨く努力も必要になると思います。どちらにしろ、
60歳の定年後は、短期の、しかも少ない収入を得るためだけの就業ではなく、第二
の仕事人生の始まりと捉えないと企業も労働者も幸せにはなれないでしょう。双方
の覚悟が試される時代ですね。

〔もう一言〕

　と書きながら、私の元会社であるニッセンで早期退職の募集があったと聞きまし
た。企業ですから、業績によっては致し方ないのかな、ニッセンも大変だな、頑張
ってほしいと思っていました。ところが、そのすぐあと（ほぼ同時に）若い人を求
人していることを知りました。という事は、40代、50代は不要だが、20代、30
代は必要という事でしょう。まあ、経験という美味しい出汁があることを知らんの
だろうな、と残念な気持ちになりました。それよりも、やめることを選択した人、
残ることを選択した人、それぞれにとって、そのことは、どう見えたでしょうか？
会社全体のモチベーションが下がらなければいいですが……。老兵の心配です。

▶ 2021.4.10　　　　　　　　　　　　　　　　　　　No.113

4月10日の思い出

　私が勤めていたニッセンの創立が1970年4月10日、と言うことで創立記念日が4月10日で、会社は休みでした。土日と合わせて大体3連休が取れたので、結構多くの社員が旅行などに有効活用していました。かくいう私もめったに取れない休みだったので、社員たちと韓国のソウル、プサン（写真はプサンの屋台街）、チェジュ等に行くことが毎年の楽しみになっていました。と言うことで今回は韓国の思い出と、アジア各国との関係について書いてみたいと思います。

　韓国については、仕事では1988年のソウルオリンピック前から韓国に行ってました。当時の韓国の人たちが見る日本は、過去に占領した**嫌な国**（屋台等で飲むと酔って日本人に文句を言う若い人もいた。）とアジアでいち早く世界に通用する国になった**あこがれ**、また不思議ですが旧日本の占領下を懐かしがり日本語で話しかけてくる老人もいたり、どこか**恐る恐る距離を置いている**感じでした。また、その当時は日本の本や雑誌、レコード等の発行が禁止され、日本への渡航もビジネス以外は自由ではなかったので、日本の文化や日本と言う国が正確に伝わっていなかったことも影響していたと思います。多分それは、力づくで占領されたというトラウマが国民よりも政府に大きく残っており、産業や文化で占領されるのではないかという危惧を感じていたのではないかと思います。

　その後、ソウルオリンピックを契機として海外からも多くの人が訪れるようになり、また1989年以降は韓国人の海外旅行も自由化され、**ようやく日本へ観光に来れるようになりました。**それからは、お互いの文化の交流や韓流ドラマの影響等で、毎年両国の訪問者は増え続け3、4年前には韓国の人口の6割に当たる人が訪日し、**2017年ころまでの20年強は両国の長い歴史の中でも比較的良好だったように思います。**創立記念日の4月10日に韓国に行くようになったのも2005年ころからですので、良い思い出ばかりです。そのころには日本に対する見方もずいぶん変わっ

てきて、恐る恐るから**普通にお隣の国の人と接している**ように見えました。料理は上手い、人は優しい、物価は安い、カジノもあれば、実弾も打てる（カジノや実弾は大したことではないですが……）と、いろいろ堪能させてもらいました。

そして、韓国事務所の元社員たちとはいまだに交流があり、私が会社を辞めてからも何回か訪問をするように親しい関係が続いています。その韓国にここ３年ほどは行けていません。もちろんコロナで行けないのはもとよりですが、その前の文政権になってからでしょうか、**反日感情がきつくなり**、行こうにも行きづらい状況になってしまいました。為政者が自己保身のため、自分に都合の悪いことから目をそらせようと国民感情を反日に持っていくやり方は他の国でも見れますが、そのために国民同士が**憎しみ合うというのは危険で悲しいこと**です。

冷静に考えると、時の為政者が日本を悪者にしてでも国民の求心力を保とうとするのは、ある意味日本の国力が相対的に弱まっている、という事だろうと思います。日本から学ぶことがまだまだ多く、日本の産業との関わりが無くてはならない、観光客も来てもらわないと困る。そんな状況であれば"反日""反日"で煽ることはできませんが、今や韓国にとって中国の方が輸出も産業も観光客の数も強い関係となり**日本の位置づけが韓国政府にとって低くなったという事でしょう。**また、それに伴って日本の韓国への見方も意識調査などでは悪くなってきてるようです。

ただ、国や政府やマスコミが何を言おうが、それだけで判断できない良いところは海外にたくさんあります。韓国人の年配者を敬う心は日本人以上だろうと思いますし、中国も3000年の歴史が培った孔子や孟子等々の思想や三国志などの偉大な物語、日本では少なくなった東南アジアのみなぎる活気と未来への希望など、アジア各国だけでも**学ぶべきところは山ほどあります。**また、日本の礼儀正しい気高い心なども、もっともっと知ってほしいですね。

まあ、学ぶとか言わなくてもあらゆる国々の人たちが、気軽にどこにでも行けて、普通の国民同士が交流して相手の文化を知る、それが世界平和の第一歩だと思います。来年の４月10日はぜひまた韓国に行って現地の友人たちと美味しいものでも食べたいものです。しかも何の気兼ねもなく、普通にできるようになりたいですね。

▶ 2021.4.20　　　　　　　　　　　　　　　　　　　　　No.114

天晴れ、松山！

　大偉業です。松山君がやりました。あのマスターズで優勝です。優勝が決まるまでの４日間、久しぶりにテレビにかじりついて朝まで見入ってました。またテレビ局も８時間ぶっ通しで放送したり、時間を延長したりと、普段テレビの内容がつまらないと文句を言うのに、この４日間ばかりは、「テレビ局（TBS）もなかなかやるわい！」と見直しました。

　それにしても日本人がマスターズ優勝なんて、誰が予想したでしょうか？　解説の中島プロや宮里プロも優勝の瞬間、嬉しさのあまり、解説を忘れて号泣でした。

　今回、英国の老舗ブックメーカー（賭け屋）で松山君に賭けたのは、たったの１％だったとのこと。また日本で展開している他のブックメーカーによると松山君は16番人気で倍率36倍。

　そんな中、松山君の優勝を予想していた人がいました。何を隠そう、**私です。**昨年、私からの年賀状が届いた人は覚えているかもしれませんが、「佐村信哉の大胆予測」として、４月に松山君マスターズ優勝する！　と明記しています。それは去年の年賀状じゃないかと、言う方もいるでしょうが、今年は喪中で年賀状を出しておらず、また去年は４月にマスターズは開催できなかったので、４月松山君マスターズ優勝の**予想は大当たり**という事にしておきます。

　さて、その松山君ですが、気が付いた方も多いと思いますが、体がずいぶん大きくなっています。テレビ中継の中でも10年前のアマチュア時代にマスターズに出場してローアマ（アマチュアで一番）になった時の映像がありましたが、何となく華奢な体つきでした。それが今は海外の選手と比べてもがっちりした体形で太ももの太さなんか並の選手じゃないですね。それは、やはり体が細いと距離が出ないので**鍛えて距離を出せるようにした**そうです。大体、距離が出ると正確性が落ちるのですが、松山君は正確性も高めています。松山君だけでなく、他の一流選手も、**"相反する二つのこと"を同時に成し遂げている**人だけがトップの地位を確保できるようです。私は、ある会社で経営幹部を集めて勉強会をしているのですが、その中でも良く言うのが、**「成長して行く会社は、結局"相反する二つのことを"同時に成し遂げている。」**例えば、量を追求すれば質が落ちる、とか、細かいことを徹底すると大胆に行動を起こせない、と言うのが普通ですが、それらを同時にできて初めて他

126

と差別化できることになります。

　そんな常人ができないことをやるために気の遠くなるような努力をするわけですが、今年になってスポーツ界では、**「努力は裏切らない！」**ことを何人ものアスリートが証明してくれています。3月の大相撲で優勝した照ノ富士、以前も言いましたが、大関から序二段に落ちるということは、役員クラスで自分の部屋もあり、秘書もいた人が、あっという間に中途の新入社員と同じ机に座らされ、給料も無し、付き人も無し、本場所で土俵に上がっても見ている人はわずか数人、もちろんテレビにも映らないところまで、**体を悪くして一挙に底まで落ちましたが、見事に復活して、また役員（大関）に返り咲きました。そればかりか、次の社長（横綱）候補No1にまで上り詰め（結局、横綱になる。）**、一挙に以前よりも上に躍り出たようです。また、白血病で苦しんだ水泳の池江璃花子選手。池江選手が退院後のガリガリの体で腕立て伏せをしている姿は、もうやめて！　と言いたくなるくらい痛々しいものでしたが、努力に努力を重ねて素晴らしい復活を遂げました。コロナで日本中が沈んだ空気の中、**各アスリートたちの快挙には頭が下がる**思いです。

　さて、そんな素晴らしい余韻を感じながら、そのままつけっぱなしにしていたテレビを見ていると、日曜の昼、マスターズの放送をしたTBSの「アッ〇におまかせ」で、いつもと変わらぬコロナの話題の中、専門家にコロナについて分からないことを聞く場面がありました。その際に、あるお笑い芸人（名前も知らない）が、「先生のファーストキスの年齢と場所は？」などと場違いな質問をしたり、それだけでなく「足のサイズは？」等、ひどい低レベルの内容を高い電波料を使って垂れ流し、またWアキコ自身も「このコロナで大変な時に菅さんはアメリカに行ってしまって日本にいない。」などと批判めいた発言をしていましたが、日米同盟を確固たるものにし、迫ってくる中国の脅威にどう対処するか、という重要な話し合いをしているのに、情けない発言だなあと感じます。芸能人は、バカでも非常識でもいいのか？　確かに非常識なくらいが面白いのではあるのですが、場違いな非常識は賛同できませんね。素晴らしい松山君の快挙等の話を聞いた後ですから、余計に腹立たしく感じました。別にどうでもいい事でしょうが、同じテレビから流れてくるものでも、片や必死に頑張って国民に勇気を与えてくれて、もう一方は足を引っ張るような言動、見る方がしっかり判断しないと受け身になっては、マス媒体に翻弄されてしまいますね。

▶ 2021.5.9　　　　　　　　　　　　　　　　　　　　No.116

思えば遠くへ来たもんだ。

昭和初期に活躍した天才詩人、中原中也の「頑是ない歌」と言う詩は、思えば遠く来たもんだ……で始まります。武田鉄矢の海援隊が、多分この詩を参考にアレンジして作ったのでしょう、**思えば遠く"へ"来たもんだ**と言う歌を出しているので、みなさんもこのフレーズは聞いたことがあると思います。

さて、本日、無事に？ **66歳を迎えました**。感想は、一言「**思えば遠くへ来たもんだ。**」10代の頃には、自分がこんな年になることなんか想像もできませんでしたが、言われなくてもちゃんと年は取るんだなあと変に感心したりしています。

この間も100年カレンダーと言うものを見ると、生まれた年から順番に1年分のマス目が100個並んで、一枚の大きな紙に書いてあります。**自分の年はどの辺かなあと眺めてみると、当たり前のことですが、半分より後ろ、全体のちょうど3分の2ほど経ったところにあります。**「ちょっと待てよ、という事はあと3分の1しか俺の人生はないのか？」と若干ショックを受け、よくよく考えてみると、「100歳まで生きるとして、あと3分の1、なので、寿命が80歳までだとしたら、すでに人生の82.5％が過ぎて残り17.5％しかない！」「70歳までなら、94.3％で、残りはわずか5.7％」そんな事実を突きつけられると、ますます自分は年取ったんだなあと否が応でも思わざるを得なくなります。

60歳になると普通の会社は、もう仕事は無理だから定年ね、と言われ、仕事を探しても60歳以上の職種は掃除や駐車場の整理等、極端に狭められます。逆に、映画が安く見れたり、その他シニア割引などの特典も出てきます。65歳になると年金がもらえて、美術館なども無料になったり、コロナも65歳以上は高齢者ですからワクチンを優先的に受けられます。（そう言えば、私が行ってる散髪屋も65歳からシニア割引を利用しています。）等々、ありがたい事ではありますが、周りから**年を取ってる人＝老人**として扱われると、自分自身が感じなくても客観的な事実が積み

重なったり、周りからの扱われ方で**無理やり年を自覚させられてしまう**ようです。

　冒頭の中原中也の詩は、若いころ汽笛の蒸気を見ながら、悲しくなっていた多感な自分は、今はどこに行ったのか。今では女房も子供もでき。この先まだまだ生きて行かないといけないが自信がない、と続きます。しかし、中原中也は30歳で死んでますから、この詩も20代後半の時の詩です。多感だった昔と言っても高々10数年しか経っていないのに何が"思えば遠く来たもんだ"じゃ！　こっちは、もう66歳やぞ、と訳の分からないことをぶつぶつ言いながら、自分の年を改めて考えていると、実家の**90歳の母から手紙が届きました。**中を見ると、「誕生日おめでとう、あなたをお産するときは大きな赤ちゃんだったから苦労した。」とか「体に気をつけろ。」とか、今でも子供の心配をしてくれて、現金が1万円入っており、「美味しいものでも食べなさい。」とありました。**思わず涙が出ました。**

　母だけでなく、自分よりもずいぶん上の年代の人が家族のため、社会のために気配りをして、何か役に立とうとしているのを見ると、勝手に年取ったつもりになって、残りの人生が〇〇％しかないなどと**終わりを気にして恥ずかしくなりました。**もしも周りが「65歳で年金をもらい、前期高齢者になったから老人だ。」と言うなら、それはそれで結構！　人生はまだまだ続きますし、逆に65歳を区切りとして新たな人生を歩みだしたとすれば、まだ1年しか経っていません。これから先の人生が何と楽しみなことか。今現在を言い換えれば、**これからの人生で一番若い時が今である！**　そう考えると勇気が湧いてきます。年齢がなんぼのもんじゃい！　まだまだ枯れる訳には行きませんね。

▶ 2021.5.28　　　　　　　　　　　　　　　　　　No.118

人類の知恵

　最近、ニュース等で流される海外の様子を見ると、コロナのせいで握手をする姿をほとんど見かけなくなりました。当たり前のように見ていた握手がないことに違和感を覚えながら、ふと「握手ってどうしてするようになったのか？」起源を調べてみると、基本は**武器を持っていませんよ**、と言う意思表示から始まったそうです。右手（利き手）を差し出し、お互いが握って、さらに手を振り合う事で袖にも武器がない事を証明する。日本のお辞儀も基本的には、握手と一緒で相手の前に**首を差し出して敵意がありません。**という事を示す意味で始まったようです。また、警察や消防、軍隊等で行われる挨拶に敬礼がありますが、その起源も同じような意味で、昔の騎士が鎧に身を包んでいると誰か分からないので、兜の面を上げて**自分が誰かを明確にし「敵意はありません。」**と示したのが始まりとされています。昔は今と違って、物騒だったでしょうから、いつ誰に襲われるかもしれない、だからまずは敵意がない事を示して初めて、話し合いなりが行われるわけですね。それは、食べるときの作法にも表れていて、特に中華料理は、大皿で出てきて、それをみんなで取り分けて食べるのが普通ですが、それは**毒が入ってないことを証明するために**生まれた食べ方で、そのくらい中国では相手を信用しない時代が長かったという事でしょうね。

　相手を信用しないという意味では、日本の正座も近いところがあります。時代劇で殿様の前で家臣たちが正座をしている風景がありますが、徳川三代将軍家光のころまでは、正座はほとんどしなかったそうです。胡坐を組んだりするのが普通でしたが、徳川幕府の初期にはまだまだ戦国の気風が残っており、一つの部屋に集まった中には自分（将軍）を殺そうとする輩がいないとも限らない、そこで将軍に対峙するときには、膝を曲げて座る、つまり今の正座で座ることを強要したらしいです。そうすると、座ってる方は足がしびれるし、窮屈な態勢なので自由に体を動かせず、殿様は安心できるわけですね。正座と言う言葉も明治時代につけられた言い方で、

それまでは今の正座は危座（きざ）と言って罪人などが座る座り方でした。さすがに危座では印象が悪いので正座と名前を変え、教育などにも取り入れていったので、正座＝正しい座り方＝きちんとしている。と定着しました。

　このように挨拶や礼儀と言うのは、単に儀礼としての形ができたのではなく、人と人が気軽に接することができない時代にそれでも人に会わないといけない、人と話さないといけない場面で、相手に示さないといけない最低限の誠意だったのだと思います。したがって、それをしなければ相手は自分の敵と思い攻撃を仕掛けられても仕方ないわけですね。したがって、長い歴史の中で培われた挨拶や礼儀は、それをするだけで相手の懐に飛び込む（面と向かって会える、話ができる。）ことができる、**"人類の知恵"** のようなものだと言えます。そんな長い歴史によって作られた知恵もコロナの影響で、人に会わなくなったので握手やお辞儀をする機会が減りました。また、大皿を囲んでの大人数での会食やお酒を注いで、その杯を飲み干して返杯、差しつ差されつ口角泡を飛ばすような議論もなし、コロナで変わった世の中においては、無理に握手をしようとすると、敵意がない事を示す握手が逆に敵意があるかのように取られ、相手から何らかの攻撃をされないとも限りません。嫌な世の中になったものです。

　昨年は 11 年ぶりに自殺者が増え、うつ病や失業による引きこもりが急増と、いい話はほとんど聞きませんが、コロナに負ける訳には行きません。コロナに負けない、とは何かというと、**希望を持つという事**だと思います。余ったワクチンは、すぐに代わりの人が接種できるように登録するソフトを作り効果を発揮している山梨県の話や県と医師会の協力のもとワクチン接種が素早く行われている和歌山県など、各地で知恵を出し合って未曽有の困難に立ち向かおうとしています。また、日本製ワクチンの開発や日本の学者によりコロナ特効薬の兆しが見えた、などなど、ちょとずつではありますが希望が見えてきたようです。あと半年もすれば、思い切り人に会って、握手して、語り合って、飲み食いし、やっぱり人と接することっていいなあ、と思えるようになりそうな気がします。挨拶や礼儀が平時における "人類の知恵" なら、「苦しい時でも未来への希望を持つことで頑張れる。」事は**非常時における "人類の知恵"** と言えるでしょう。ぜひとも科学だけでなく希望と言う知恵も活かして、乗り切っていきたいものですね。

▶ 2021.6.12　　　　　　　　　　　　　　　　　　　　　　　　　　No.119

朗報入る！

　さて、写真の**「交遊抄」**は日経新聞の裏面に毎日、各界の方々が自分の友人関係についてのエピソードを書き綴るコラムです。私もニッセン社長時代の2008年8月7日に、このコラムに登場しました。「高校を卒業して40年経った今、お酒と共に母校八幡高校が蘇ってきている。」という内容で、舛添要一厚生労働大臣（当時）とワインの話などを交え、メインで書いたのが同級生の**中原正孝**君（当時JICA南アジア部部長）とアイラウイスキー（スコットランドのアイラ島で作られるウイスキーのことでヨードの香りが強い独特の味）の話でした。（アイラにまつわるブログ「アイラモルトのいい話」はP.4にありますので、ぜひ読み返してみてください。）

　さて、そのアイラがまだ日本に広まっていなかったころですから、**30年以上前のことです。最初に私に教えてくれたのが、その中原君でした。**中原君とは高校を卒業すると同時に飲み始め、今でも年に数回東京や京都で飲む間柄ですが、彼は大学を卒業してすぐにJICA（昔の国際協力事業団）に入り主にパキスタンやアフガニスタンなどの地域における農業指導をしていました。治安も良いところとは言えず、2016年のバングラデシュでのテロや一昨年の中村哲さんのように非業の死をとげた人も複数おり、彼自身も防弾の車で宿舎と現地を往復したり、危ない目にあいそうになった話など、長い間平和に浸かっている日本人には考えられないような経験もしています。

　それでも相手の国から望まれれば、何回も現地に行き、長い時には半年や一年以上も現地で暮らす時もありました。中原君には失礼ですが、こんな**名もない日本人たちの活躍があればこそ、世界における日本の地位が保たれているのだと感じます。現役は卒業しましたが、**今でも嘱託のような形でアフガニスタンなどとの関係を保っており、相手国の発展のために力を尽くしています。また、元国連難民高等弁務官でJICAの理事長だった緒方貞子さんは彼の元上司で、先述のアフガニスタン

に水路を作った中村哲さんなどとも何回も会い、その人となりを教えてくれたので、私もこの二人のことはブログでも書くことができました。

　今年の5月、中原君の長年の活躍が認められて、アフガニスタンの政府がアフガニスタンで育つコメの新種を認定し、**そのコメの名前に中原君の名を冠し、「Nakahara21」と名付けたとのニュースが入ってきました。**一般の人の目に触れるような大々的なニュースではありませんが、アフガニスタンにとってはJICAによる新たなコメの品種改良や農業指導によって、収穫が1.5倍になるなどの大きな成果があり、国を挙げて感謝したい、そんな気持ちの表れが今回の快挙だろうと思います。コロナで行動が抑制されたり、気分も沈む話ばかりですが、私にとっては、**久しぶりの朗報で嬉しい限りです。**多分、中原君も今までの苦労がいっぺんに報われた気分ではないかと思いますが、本人は「事前に知らされてなかったので驚いた。」と淡々としています。しかし、素晴らしい出来事に違いはありません。コロナが明けたら、東京でも京都でもいいので美味しいアイラを中原君とゆっくり飲むのが今から楽しみです。さて、くだんの私の交遊抄のコメントは、このように結んでいます。**「酒も人も付き合えば付き合うほど、味が出てくるものらしい……。」**まだまだ味を出せる大人でいたいですね。

※文中に出てきた緒方貞子さんについては、2019年11月10日のNo.62「5フィートジャイアント」(P.70)を、また中村哲さんについては、2020年12月9日No.101「郷土の英雄」(P.114)を参照してください。今読み返してもすごい人だったなあと思います。

▶ 2021.6.20　　　　　　　　　　　　　　No.120

猪木、ボン・バイ・エ

♪**猪木、ボン・バイ・エ。猪木、ボン・バイ・エ！**の掛け声とともに颯爽と登場するアントニオ猪木！　格闘技を知らない人でも日本人ならほとんどの人が知っている有名人です。「ボン・バイ・エ」は**元々モハメドアリの入場曲でしたが、アリが猪木に友情のあかしとして使用を許可したそうです。**

　さて写真は、その猪木さんと15年くらい前に一緒に食事をした時の写真ですが、面白かったですねえ。その時のエピソードを一つ紹介すると、もちろん飲むのも豪快ですが、食事中に「プルルルルー、プルルルルー。」と電話がかかってくると、おもむろに電話を取り出して、開口一番大きな声で**「元気ですかっ！」**突然のことで周りの人は何が起こったんだろう？とあっけにとられています。猪木さんは、「もしもし」と言わないようで、またかかってきた時も同様に**「元気ですかっ！」**相手はびっくりするだろうと思いながら周りにいる我々も何か元気が出てしまう。そんな人でした。私も猪木さんにあやかって、たくさん人が集まって乾杯等の挨拶をするときは、必ず「踏み出せば、その一足が道となる。迷わず進め、行けば分かる。」とか何とか猪木さんが言いそうなことを言いながら、**「元気ですか！　元気があれば何でもできる。」**「いっち、にい、さん、ダーッ！」とみんなで大声を出して乾杯していました。

　そのようにいつも見ている人たちに元気を届けてくれる猪木さんが、異常タンパク質が内蔵に付着して機能障害を起こすアミロイドーシスと言う難病にかかり入院しました。そして、その姿がユーチューブで流され、画面に映った猪木さんを見て驚きました。げっそり痩せて別人のように変わり、往年の面影は全くありません。それでもユーチューブを時々更新しているようで、最新のものは冒頭で「元気ですかっ！」とできる限りの声を出しながら、現状を淡々と語っていました。そんな体になりながらもファンに発信し勇気を送り続ける姿に一部の人からは、「猪木、可哀そう。あんな姿見たくない。」などとコメントが上がっています。でも、私には、か

わいそうと言うよりも先に、素晴らしく立派な姿に見えます。「元気があれば何でもできる。」を自分自身で実践している感じで、思わず「頑張れ、猪木！」と声をかけたくなりました。

　実際、「元気があれば何でもできる。」とは確かに一理ある言葉で、先日もテレビで偽薬により本当に病気が治る実例を放送していました。プラセボ（偽薬）効果と言って、効果も何も無いただの粉を薬だと言って飲ませると一定の人たちには効果があり本当に病気が治る人もいるそうです。**まさに"病は気から"という事でしょう。**人間の精神力がどれほど大きいかを如実に示している事例ですね。ニッセンの創業者である川島元社長も口癖のように「気合が入ってないんちゃうか。」と言って我々を叱咤激励していましたが、人間、もうダメと思ったら良くはならないもので、まずは気力、やる気、元気が大事だと思います。元横綱の千代の富士が引退するときに、引退の理由は、体力の限界、気力もなくなり、引退を決意した。と言ってましたが、**最後は気力がものを言うように思います。**

　私たちくらいの年齢になると、これからの人生は残りもん、なんとか暮らして行ければいい、みたいに言う人もいますが、とんでもない。何事にも元気を出して全力で取り組み、少しでも誰かの役に立つように生きて行きたいものです。猪木さんもげっそりと痩せた姿になりながら"水プラズマ"と言う一瞬にして高温でゴミを消してしまう技術を世界に広めようと頑張っています。水プラズマの良し悪しやそれにどのような金が動いているかわかりませんが、世界のためになることにまだ力を注ごうとしていることは、評価できるのではないでしょうか。

　早く、病気を克服して、また大きな声で「元気ですかっ！」とたくさんの人に勇気を与えてほしいものです。ちなみに猪木、ボン・バイ・エのボン・バイ・エはアフリカのコンゴあたりで使われているリンガラ語で、**「相手をやっちまえ！ やっつけろ！」**と言う意味だそうです。猪木、病気なんかに負けず、戦って、病気をやっちまえ！　それこそ、「猪木・ボン・バイ・エ」「猪木、ボン・バイ・エ」ですね。皆さんも元気にしていますか？

　では最後に、大きな声で**「元気ですかっ！　元気があれば何でもできる。」**「1、2、3、ダーッ！」頑張りましょう。

（闘病むなしく、猪木さんは 2021 年 10 月に亡くなりました。合掌。）

135

▶ 2021.6.30　　　　　　　　　　　　　　　　　　No.121

ハーフタイムデー

　本日、6月30日は一年のちょうど半分で「ハーフタームデー」と言われ、正月に立てた今年一年の目標がどの程度達成されたかを確かめる機会になっているそうです。日本でも全国各地で半年間の心身の汚れや厄災を祓い清め、無病息災を祈願する「夏越(なごし)のはらえ」と言う神事が行われます。写真は「茅の輪(ちのわ)」と言って、その「夏越のはらえ」に使うものです。茅(かや)などで作られた輪を通るときに呪文を唱え神様にお願いするのですが、京都では結構多くの神社でこの茅の輪を飾ってるようです。(写真は大原野神社の茅の輪)

　さて、皆さんの今年前半はどうでしたか？　世の中は相変わらずコロナで騒々しく、茅の輪をくぐっただけでは、コロナの厄災はすぐには晴れそうにないですね。緊急事態宣言で減少してきた感染者も、最近は特に東京の新規感染者がジワジワと増加傾向に反転し、また爆発するのではないかと心配です。

　たまたま今月半ばに東京に行ったのですが、"東京は増えるぞ！"と実感して帰ってきたら、その通りになっています。何かと言うと、平日の夜9時過ぎ、仕事からホテルに帰るときに新橋の街の中を抜けて歩いていたところ、その時間に居酒屋が何軒か空いており、どこも若い人たちで一杯です。横目で見ながら中を確認すると、仕切りなど無いようでマスクをしている人も少ないようでした。たぶん、普通の時なら閑古鳥が鳴いているような何の変哲もない普通の居酒屋でしょうが、あふれんばかりに人が入っている店がほとんどです。「アルコールを出さないように！」との都や国の指導を無視して、アルコールは出すわ閉店時間は気にしないわ、やりたい放題の店が何軒もあるのです。これでは、何のための緊急事態か？これでは感染者が減るはずないと感じました。この状態を見る限り、みんなが我慢している中、**火事場泥棒**のような店が横行することで、**正直者がバカを見る**ような世の中に成り下がっています。

　私も酒は好きな方なので、ついついふらっと吸い込まれそうになりましたが、**火**

事場泥棒に手を貸すことはやめようと思いなおし、コンビニで缶ビールとつまみを買ってホテルでわびしく遅い夕食を摂りました。

　東日本大震災の時に整然と列に並んで食料品を受け取る姿、それだけでなく自分が困っていても他の人を優先してください、という**思いやり**の心など見ていると、とかく己さえ良ければ他はどうでも良いと言う風潮は日本では縁遠いものと思っていましたが、いつの間にか目の前にはびこっていました。

　己さえ良ければ、と言うと若い官僚の給付金詐欺事件も、とんでもないの一言です。せっかく東大も出て、キャリア官僚にまでなったのに、このようなことでは何のための学問か、また、そのようなことが起こるようでは日本の行く末も案じられます。

　ではなぜこんなことが起こるのか、その要因の一つは**道徳教育**にあると思います。新渡戸稲造は武士道について、義は武士の掟の中で最も厳格な項目であるとし、真木和泉守と言う幕末の武士の言葉を借りて、「**義とは人の体に例えれば骨である。骨が無ければ首も手足も動かない。だから人は才能や学問があったとしても義が無ければ武士（人）ではない。義さえあれば社交の才など取るに足りない。**」と義（正義）の重要さを説いています。この考えを小さなころから徹底して教え込み、日本国民の心の拠り所としての判断基準を養えば、**今さえ良ければ、自分さえ良ければ、と言うさもしい心は減るのではないでしょうか**。１＋１を教えるのももちろん大事ですが、もっと多くの時間を道徳に割いて、みんなが白いものは白と考え、黒いものは黒と判断する。**正しいことは正しい、間違ったことは間違い、**と普通の判断ができる人間を増やすことの方がどれだけ国のため、また人のためになるか、考えればわかりそうなものです。

　などと、偉そうなことを言ってる私ですが、実際目の前に赤い提灯が並んだ居酒屋が出現してみると、**思わず一、二歩、歩みを進め「入ろうかなあ、どうしようかなあ？」**と誘惑に負けそうになり、通り過ぎて、また戻って、と何回か行ったり来たりしながら何軒もの誘惑と闘ったのも事実で、開いてたら入る人の気持ちも分からんではありません。自分自身まだまだ大したことはないなあと、つくづく思う今日この頃です。まあ、そんなこんなで2021年半年の節目であるハーフタームデーに気持ちだけでも茅の輪をくぐり、もう一度、清く正しく生きるべく、自分自身も反省しなおしてみたいと思います。

▶ 2021.7.19   No.123

臨機応変

　先週、アメリカのオールスター戦を見ました。年に一度の催しで、アメリカ国民もめったに見れないものを見ているような特別感を感じながらの一日で、私たち日本人でも見ごたえがありました。

　もちろん、それは大谷翔平と言う飛びぬけて特別な存在があるからですが、今回のテーマ**「臨機応変」**で感心したのは、大谷を始めとするスーパースターのことではなく、**MLB機構の判断**についてです。我々ファンは、大谷の二刀流を両方とも見たいというのが心情ですが、ピッチャーとして投げるとピッチャーを交代したら打者としてもベンチに下がらなくてはならず、大谷君の打撃が見られなくなるのです。

　ところが、**今回90年以上やってきたルールをあっさりと変えて**、ピッチャーとして出ながらDH（指名打者）としても同時に出場できるようにして、ピッチャーを降りても打者として打席に立てるようにしてしまったのです。大谷が出場すると決まってから、**わずか数日でルールを変えてしまうなんて**、すごくないですか？日本だったら、そこまで迅速にルールを変えられたでしょうか？　こんな些細なことではありますが、このような対応を見ると**「アメリカって柔軟だなあ！」**と感じてしまいました。

　そもそもルールは何のためにあるのかと言うと、ある目的を達成するため、**それをスムースに進めるための手段の一つにすぎません。**安全に社会を生きていけるように法律が作られ、目的を果たすためにいろんなルールが作られます。会社の規則も学校の校則もスポーツのルールもみな同じように、"ある目的"のために作られているのですが、緊急の時にはルールを変える（破る）ことが当たり前のケースは山ほどあります。災害時に赤信号だからと車を止めて青になるのを待っている間に津波にさらわれる、また、近くの家の中で「助けて！」と言う声が聞こえても、不法侵入や器物損壊になるからと家の前でじっと待っている、そんな人はいないでしょう。そこまで極端でなくともコロナのワクチンを承認するスピードなどは、ルールを変えてとにかく早く承認すべきでしたし、**ワクチンの接種優先順位も東京、大阪等の大都市から優先させるのは当然です。**地方には申し訳ないですが、一日に一人とか二人しか出ていない県のしかも郡部で今まで誰も感染していない地域の若年層に何で都市部の50歳以上よりも早くワクチン接種が行われるのか？　そんなルー

ルは変えてしまえば良いだけです。

　もし、それを進めようとすれば、「**何事も平等にせねばいけない。**」とか「**国家権力が強引に地方を切り捨てて……**」とかいう人が出てきて、地方の国会議員たちも自分の票があるから、一緒になって反対するでしょう。今、日本が火事になっていて東京や神奈川、埼玉、大阪で燃え盛っているのに「**消火剤は全国に一律に配布します。燃えてないところでも念のため消火剤をまきましょう。**」などと言ってるのと同じことです。全然、「臨機応変」ではないですね。

　国の政策だけでなく、企業の規則、学校の校則も時代が変わり環境が変われば、見直せばいいだけです。常に何の目的でこのルールがあるのか、と本質を見る目を養えば、ルールに縛られて目的を逸することはなくなるでしょう。「**臨機応変**」何事も柔軟に対応せねばなりません。

　さて、オリンピックが無観客になり、せっかく当たっていた柔道73kg級、大野将平の決勝とソフトボールの決勝が見られなくなって、ムッとしながら予約したホテルにキャンセルの電話をしたら、キャンセルしてもお金は戻らない予約だったのです。さんざん言っても対応した女性が冷たく「**そのような予約ですので……、**」とバッサリ。「他のホテルは返金してるところもあるみたいですよ。」と言うと「よそはよそです。」とつれない言い方、頭に来て「そうかもしれんが、こっちは大損をしてるんやから言い方があるやろう。こんなホテル二度と利用せんからな。」と電話を切りました。ところが、その日の夕方になって落ち着いた紳士から電話があり、「〇〇ホテルです。」この野郎まだ何か用か。「先ほどは本部としての対応が決まっておらず失礼しました。オリンピックのキャンセルについては、**全てのご予約で返金をさせていただきます。**」とのこと。「そうですか。」と冷静に答えながら、「臨機応変でなかなか良い対応ですね。これからも利用させてもらいます。」と**手のひらを返したように褒めておきました。**

　結局、最後は自分に都合が良いようにルールを変えてくれれば"臨機応変"で立派な対応と言うことになるのでしょうね。

139

▶ 2021.7.27　　　　　　　　　　　　　　　　　　　No.124

五輪と子守唄

　さあ、待ちに待ったオリンピックが始まりましたが、そのオリンピック憲章の根本原則の中に書かれている目的に"**平和な社会の推進のため**"と"**人類の調和のとれた発展**"と言う言葉が出てきます。つまり、人種・肌の色・性別・性的志向・言語・宗教・政治・その他の意見・社会的出身・財産・出自・その他の身分、等々あると**あらゆる差別をなくし、スポーツに集う事**と書いています。今までもそのようなメッセージはあったのでしょうが、今回、奇しくも何人かの人の失言や過去の行動・言動が、女性蔑視、障害者いじめ、大量虐殺への冒とくなどをクローズアップさせ、それが許されないことだという判断を全世界で確認することになりました。結果的にテレビなどで、これだけ多くの機会と時間を使い何が正しいかの確認ができたのは、今後にとって役に立つのではないでしょうか？　それは、我々大人だけでなく、これから自分で判断をしていく子供たちにも、**何もなければ軽い気持ちで差別をしていたかもしれませんが、「やってはいけないことなんだ。」と理解するきっかけ**になれば、このオリンピックの意義は、さらにあるというものです。

　そんな差別のことがメディアで毎日流されていた時にたまたま YouTube で昔のフォークソングを聞いていたのですが、久しぶりに懐かしい曲が流れてきました。「**竹田の子守唄**」と言う 1970 年代初めの曲でとてもいい歌です。（写真は山形県新庄の子守たちの写真：大正時代）「いや～、いつ聞いてもいい歌だなあ。」と聞きほれながら見て行くと、歌詞の説明等が流れてきて驚きました。もともと竹田と言う地名はどこの竹田か知りませんし、高校生くらいの時でしたから詳しい歌の背景も知りませんでしたが、**竹田とは京都の竹田**のことで、しかも原曲に近い歌詞には、吉祥や久世と言った地名も出てきます。私が京都に来た 44 年前から 35 年間は吉祥
きっしょう　くぜ
院に会社の本社があり、途中 10 年くらいは竹田の事務所で仕事をしていたので吉祥院と竹田の行き来は久世を通ってました。つまり、**私が働いていた期間のほとん**

140

どは、竹田の子守唄と何らかの関係がある土地で生活していたのです。

　そして、さらにこの歌が、被差別部落の貧しい子どもたちが赤ん坊の子守りに出された際にうたった悲しい歌であるという事も知りました。♪盆が来たとて、なにうれしかろ、かたびらはなし、帯はなし♪{盆や正月が来ても何もうれしいことはない、新しい着物や帯が買えるわけでもないから。}♪久世の大根飯、吉祥の菜っ葉飯、またも竹田のもんば飯♪{久世では大根で量を増やす大根飯、吉祥では菜っ葉をたくさん入れた菜っ葉飯しか食べられない、でも竹田のもんば（おから）のご飯よりもマシ}♪早よも行きたや、この在所越えて、向こうに見えるは親の家♪{早く帰りたい、あの在所（部落）越えて、その向こうにはかすかに親の家が見えるのに、どうして帰れないの。}そして、**この"在所"と言う意味には被差別部落の意味もあるということでした。**なので、その部落を越えては家に帰れない、と一般的には解釈されているのですが、私は、ちょっと違う気がします。被差別部落の子たちが子守りに出されたら、逆に"在所"は普通の街で、差別されている子が家に帰るのに、そこで（在所で）いじめられるので通れない。だから家に帰れない。と解釈したほうが理にかなっていると思います。

　それにしても高校生の時から50年経って、**何で今頃分かったのか？**　それはYouTubeなどで情報収集力が付いたこともありますが、根本はこの「竹田の子守唄」がしばらく発売禁止、マスメディアでは放送禁止になっていたからなのです。禁止の理由は、**"在所"が被差別部落を表すから**だということです。全くバカな理由です。在所が被差別部落を指すものである、とか、ないとかの前に、もしそうであるなら、なおのこと、みんなでそのことについて意見を言い合い、何が悪いのかを明らかにすべきだと思います。

　例えば、私の解釈通りとすれば、「**昔、生まれとか職業とかでいわれのない差別を受けてた人たちがいて、家が貧しいので小学校の低学年で赤ちゃんの子守りに出された女の子たちもいました。その子たちは食べるものもちゃんと食べれず、親に会いたくても途中の街でいじめられるので帰れなかった。**」と話をして、多くの子供たちに、**どう思う？**　と考えさせれば、良い教育になると思います。「そんな可哀そうなことやめよう！」と言い出す子が出てくるでしょうし、そうなればいじめも減ります。何でもかんでも**臭いものには蓋**で、隠してしまえば良いというのは、自らの進歩を断ち切るようなものです。本来の教育とは、そういう逃げの姿勢では全うできないもののはずです。道徳の時間に堂々と「竹田の子守唄」の歌詞をみんなで考えてみてはどうでしょうか？

▶ 2021.8.9　　　　　　　　　　　　　　　　　　　No.125

祭りの後の寂しさ

　熱戦に次ぐ熱戦で大いに感動を与えてくれた東京オリンピックが終わりました。金メダルのスカッとした喜び、また金が取れずに銀や銅でも落ち込んで下を向く姿、逆に銀や銅を誇らしげに掲げる選手たち、さらにメダルが取れず表舞台から静かに去って行った有力選手など、悲喜こもごも、本当に見てる方は感動の波状攻撃で、**やってよかったなあ**とつくづく思いました。ただ、それだけオリンピックを心待ちにしていたので、いざ終わってしまうと心に穴があいたようで、まさに「**祭りの後の寂しさ**」を感じます。学生のころ、「あと何カ月で（修学旅行など）」「あと何日」「いよいよ明日から」と心待ちにしている行事が終わると、その期待感が大きければ大きいほど、**終わった後の空虚感は相当なもので、何日間かは何もしたくないほど、ガックリしたものです。**さすがに大人になると、そこまでの落ち込みはありませんが、閉会式が終わると「あ～あ。終わった。」と口に出してしまいました。

　ただ、終わった後に"東京2020"を冷静に振り返ってみると、"東京1964"の時の感動とは**また違う感動だった**なと思いました。今回の感動は、困難な状況下、アスリートたちの真剣勝負を素直に楽しみながら、当たり前ですが、スポーツとして感動しましたが、"東京1964"は、それだけでなく、日本と言う**"戦争に負けて焼け野原になった貧しい小さな国"**が、世界の一流国を集めて、国際大会をする、**「オリンピックが日本で開催できるんだ。」**そのことに**小学生ながらも誇りを感じたように思います。**昨年の10月10日のブログにも書きましたが、まず感動したのは、競技で金メダルを取った時ではなく、開会式で日本選手団が入場した時でした。何と凛々しい、何と誇らしい、**大国に一歩も引けを取っていないその姿に日本が世界の一流国の仲間入りをしたことをダブらせたのだと思います。**

　そのころに比べると今の日本はすでに世界のトップ国の一つですので、自国が世界に通用するようになった、と言う感動は当然ながらありません。そのことは気持ちの中では大きな差であるように思います。"東京2020"をやる前は、前回の感動を再びと思っていましたが、考えたら今述べた理由で同じ感動は最初から無理だったのかな、と思います。決して今回のオリンピックが感動的でないとは思っていませんが、**感動の種類が大きく違ったな、と終わって初めて感じているところです。**

　そう考えると、次回はフランス、その次はアメリカ、結局大国の持ち回りでしか

オリンピックができなくなっていることは、**大いに不満ですね。**私たちが子供のころ感じた"**自国が世界に通用することを誇れる**"と言う感情は今の開催国の人たちは全く感じないでしょうから。

　できれば、**オリンピックを機会にその国が世界にデビューし、それをきっかけに発展するようにできないものでしょうか。**例えば、東南アジアのタイ、マレーシア、インドネシア、ベトナム、また紛争中のミャンマーなども加えて、4〜5か国開催にし、競技を分ける。もちろんお金がかかる分はODAの一環としてG7の国々が中心となって半分ほど負担する。スポンサーも新たな市場として見れば人口は多いので先行投資の価値は出てきます。10年後にオリンピックをやるので、道路や鉄道、港湾、競技施設の建設等、隣国同士が手を携えて整備する。そうして開催されたオリンピックを見たそれらの国々の子供たちは、きっと私たちが子供のころ感じた感動と同じ感動を覚え、**自国と隣国を誇りに思い、世界の国々と手を携えて生きて行こう**と思うはずです。そして次はアフリカ大陸4〜5か国で、その次は南米で、さらに中近東、と開催を広めて行けば必然的に平和も広まるはずです。

　オリンピックはスポーツの祭典ですが、世界の平和と調和を実現させる役割があります。開催国をどこにするかは、それを実現するための最大の要素のように思います。ただ単にお金がかかるので大国でしかできない、では芸がないし、開催国と言う感動をできるだけ多くの人々に感じてもらう機会を減らしていると言えるのではないでしょうか。

　さあ、バッハ会長並びに大国のオリンピック委員のみなさん、いかがなものでしょうか？

▶ 2021.8.19　　　　　　　　　　　　　　　　　　　　No.126

遠い昔の他人事……

　8月15日、戦後76年目の終戦記念日でしたが、今年の新聞テレビ等のマスコミの扱いは、例年とちょっと違っていました。まず新聞の一面での扱いは、数紙が端っこに"今日、終戦記念日"と小さく、「一応載せてますよ。」と言わんばかりの扱いです。テレビ等の取り上げ方も例年より少なく、**「終戦記念日やったんや。」**と言う感じでさっと次の話題に行きました。確かにコロナや大雨等の自然災害の真最中ですから、今更終戦と言っても遠い昔のことだし、**実際に戦争に行った人の数も1万人を切ったと言われています。**戦争に行かなくても、戦前に生まれた人でさえ総人口の15％を切っているので、どこか昔のこと、どこか他人事のように扱われ、コロナや自然災害が無くてもマスコミの取り上げる量は少なかったかもしれません。

　あと10年もしたら、"海の日"とか"山の日"と同じように"終戦の日"と言う文字だけ記憶されて、その意味など、あまり考えようとしなくなるのかもしれません。と言うか海の日や山の日は休日ですが、終戦の日は休日でも何でもないので余計に忘れられていくように思います。

　先の大戦では、私の生まれた北九州の八幡でも大空襲がありましたが、広島や長崎、東京や沖縄だけでなく**日本中で大きな被害と犠牲者が出ました。**その時代だけでなく、現在でも中東やアフガンのことを考えると平和がいかにありがたいか、しみじみ考えさせられます。その平和を守るためには、国の武器も必要だとは思いますが、その武器をどう使うか、が重要になります。実際に武器を使った兵士の言葉で興味深いものがありました。太平洋戦争の発端となった真珠湾攻撃に参加したパイロットの方が100歳を越えてまだご健在です。その方の言葉に「私たちは敵の空母や戦艦を沈めることだけを考えて訓練していました。実戦で爆弾が命中し沈没すると、やった、と喜びました。ただ、**後から考えるとその空母や戦艦を動かすために何人もの人が乗っていて、その人たちも犠牲になったことを考えると胸が痛みます。**」と言ってました。戦争は敵艦や敵機に攻撃を加えることを第一の目的として始まりますが、**その中には人がいて、結果的に人の殺し合いで、どれだけ多くの人を殺したかが勝ち負けにつながる単純なゲームです。**果たして戦争を始めた人たちは、初めから人を殺すのが目的、また味方が殺されることも覚悟して戦争を始めたのでしょうか？

飛行機を落とす、敵艦を沈没させる、戦車を爆破する、敵の基地を破壊する、**それらは全て、そこにいる人間を殺す、味方も殺される、戦争を推進した人たちがみんな、そう考えていたとは思えません。**国の利益を考えてと言いますが、国＝民のはずですから、その民が多く犠牲になることが分かっていて進めるのは決して国益にはならないはずです。体裁、外聞、意地、思い込み、当事者意識の欠如、そんなものが戦争を抜き差しならないところまで追いつめたようにも思います。

そして、それはＡ級戦犯や時のリーダー等の戦争責任者だけでなく、**戦争を賛美し、うその報道をしながら多くの国民を死に追いやった大新聞等のマスコミも同じ責任**です。当時のマスコミ関係者などは、Ａ級、Ｂ級戦犯と同じくらい大きな責任があるはずです。しかしながら、自分たちの責任の大きさを真っ向から議論し、次につなげようという動きは今見られません。過去にはそのことを反省する番組があったかもしれませんが、責任はずっとついて回るはずです。一回や二回やりました、で終わってはなりません。誰が悪かったと責任を押し付けることが目的ではなく、無益な戦争を二度と起こさないためにはどうするか？　百歩譲って、やむにやまれぬ戦いがあったとしても、被害を最小限に食い止める策はなかったのか？　**終戦記念日ですから、年に一度くらい、そんなことをみんなで考えるきっかけにしてもいいのではないでしょうか？**

〔もう一言〕

私が10歳の時の8月15日の新聞を今でも覚えています。

陽の当たる広い野原で20歳の女性がただ座ってくつろいでいる。そして見出しは、「あの日に生まれた子供が二十歳になりました。」みたいな言葉です。

終戦から20年、日本にも本当に平和が来た。という雰囲気が紙面全体から感じられるものでした。私は、戦争が終わって、わずか10年後に生まれました。**戦争は決して、遠い昔の他人事ではないはずです。**

▶ 2021.8.29　　　　　　　　　　　　　　　　　　　No.127

感動の初体験

　いや〜、この年になって、しかもコロナで忙しい時にクラッシックのコンサートに行ってきました。音楽と言えば、せいぜいカラオケで昔の歌を歌うくらいしか能がない私ですが、なぜか、**ラヴェルのボレロ**だけは好きで時々思い出したようにYouTubeなどで見ていました。映画やテレビ番組等の中でもたまに演奏される曲ですので知っている方も多いと思います。それが、3カ月くらい前に「一度、生で聞いてみたい。」と急に思い立ちネットを調べると8月に可児市で新日本フィルによるボレロが演奏されるという情報が。まず、「カゴ市ってどこや？」「何、カゴ市じゃなくカニ市？」などと言いながらネットで予約し無事行ってきました。

　私は、**このボレロは人生そのものを表現しているよう**で、いつも聴きほれてしまいます。(ここから先は聞いたことが無い人は一度、YouTubeで聞いてから読んでください。)まずは、スネアドラムと言う小太鼓が小さな音でリズムを刻み始めます。**まるで心臓の鼓動のようにタンタタタ、タタタタタカタ……(さあ、人生が始まります。)**それからフルートの優しい音色でメロディが流れ、クラリネットがメロディを引き継ぎ、(生まれたばかりの**赤ん坊がお母さんのあふれる愛に包まれて、その腕に抱かれています。**その後、まだまだ小さな子が何の不安もなく穏やかに遊んでいる様子です。)ファゴットやオーボエの音色で少し旋律が変わり、音も低音になっていきます。(**少年期の不安や心の揺れ動きが出てきて**)さらに、いろんな木管楽器、そしてトランペットやトロンボーンの金管楽器も加わり、(**青年期の希望や将来に対する不安などをないまぜにした複雑な心境が続く。**)次にバイオリンなどの弦楽器もメロディを刻み、(社会に出て活動の幅を広げ、どんどん行動範囲も大きくなって、**広い世間が見えてきます。**)その後、全ての楽器がそれぞれの演奏をしばらく続ける。(社会人として成功もし、責任も生まれ、また失敗を経験するが、**周りに助けられ年月が過ぎる。**)すべての楽器の力強いリズムと旋律がさらに大きく響く。(**人生、**

山あり谷あり、成功と挫折を経験、いろんなことを乗り越えながら、生きて行く。）大きな音の打楽器も加わり、同じ旋律だが激動を感じる。（**人生のクライマックスを迎え生きてることに感動する。**）最後まで全力での演奏が続き、メロディが少し変わったところで最高潮の大音量とともにジャーンッ！と区切りの演奏により余韻を残さず終わりを迎える。（最後まで自分の人生を全うし、**感動の頂点で人生の終わりを迎える。**）簡単に言ってしまうと、そんな感じですね。いつ聴いても感動します。

　66歳になって初めて行ったクラッシックのコンサートでしたが、わざわざ可児市まで行った価値はありました。考えたら、行ったことのないところは山ほどありますし、食べたことのない料理、その他初体験はこれからまだまだあると思います。コロナで行動を制限されるのが辛いですが、じっとして新しいことを何もしなければ、人間の行動はドンドン狭まって脳が固まり、終いには新しいことを何もしたくなくなるそうです。これからも面倒くさがらずに新しい事に挑戦すれば、**新しい発見により、また新しい人生が見える**と思います。頑張りましょう！

〔もう一言〕
　今回は、単なるコンサートの感想に終始しましたが、みなさんもぜひ「ボレロ」を聞いて、コロナの閉そく感が漂う中、ちょっとだけですが小休止してみてください。また頑張ろうという気になると思います。

ちょっと一息　クイズコーナー②

滋賀県は他府県民から、滋賀作とかゲジゲジとか言われるので、一時近江県に変えようと県議会で検討したことがあるらしいです。その候補になった近江の語源は、奈良の都に近い淡水のうみ（琵琶湖）で701年に近江と制定されました。同時に遠いうみで遠江と　名付けられた地域は、次のどの湖がある地方でしょうか？

A：霞ヶ浦（茨城県）

B：浜名湖（静岡県）

C：宍道湖（島根県）

D：河口湖（山梨県）

E：八郎潟（秋田県）

（答えは297ページ）

147

▶ 2021.9.9　　　　　　　　　　　　　　　　　　　No.128

遠い異国？

　昔、テレビで堺正章が孫悟空、夏目雅子が三蔵法師を演じた「西遊記」と言う番組がありました。その中でゴダイゴが歌った**「ガンダーラ」**と言う美しい曲がありますが、そのガンダーラ（紀元前6世紀から11世紀まで存続）はパキスタン北西部からアフガニスタンの首都カブール辺りまでもその領土とした帝国です。そのガンダーラの中心がペシャワール渓谷と呼ばれる地で、会にその名をとってアフガニスタンに大きな貢献をしたのが、**一昨年凶弾に倒れた中村哲さんが主宰したペシャワール会です**。写真は、アフガニスタンの平和と復興のシンボルとして発行された中村さんの肖像切手です。

　2001年9月11日にアメリカで大規模テロがあり、その報復とテロを根絶するとの理由でアメリカはアフガニスタンのタリバン政権を倒し、20年間で200兆円を超える金額を使い秩序維持に努めてきました。ところが、撤退を決めた途端にタリバンが、いとも簡単に政権を奪取し、あっという間に20年前に戻ろうとしています。街中にあった中村さんの功績を称えて書かれていた肖像画の壁が、あっという間に消されたのを見ると、タリバン政権時、ガンダーラ美術の歴史的遺物である巨大な**バーミヤン摩崖仏が無残にも破壊された**ことを思い出します。結局は20年前に戻るのか？ もし戻れば、女性の地位や名誉ははく奪され、これまで実権を握っていた役人やアメリカなど諸外国に協力してきた民間人は、迫害され虐殺されるかもしれません。

　そのような危機の中、諸外国の自国民及び協力していたアフガニスタン人の救出が進みました。8月15日のカブール陥落からアメリカの撤退期限である8月31日までに、欧米諸国は**数千人から数万人規模**で自国民だけでなく**現地の協力者も国外に退避させました**。一方、日本政府の対応は8月17日に大使館職員10数名のみイギリスの軍用機に乗せてもらいドバイに脱出。残った日本人数名とアフガニスタン人約500名はそのままです。その後、23日になってようやく自衛隊の輸送機派遣

と26日から救出活動をするように決めましたが、あまりにも遅い決断です。さらに現地に着いてもアメリカ軍が制圧し安全を確保している条件下でしか活動ができないという法律の問題があり、空港で待機している間に空港までの道中が混乱し結果的には、1人の日本人のみ救出し**500人の現地スタッフや協力者は置き去りにして帰ってしまいました。**他のアジア諸国では、韓国なども25日には、自国民と協力スタッフ約400人の救出を済ませ26日に韓国に着いています。欧米諸国だけでなく世界中の国と比較しても日本の対応は、緊急事態の危機対応として、**あまりに遅い、しかも柔軟性が無い、世界に対して恥をさらしたとしか思えません。**

　今後、外国での活動をするのに「いざとなったら、**さっさと現地の人を捨てて行く国**」に誰が協力しようという気になるでしょうか？　邦人救出できたからよかった、などと国内のことばかり見ていると、日本が世界から取り残され、バカにされる国にならないか心配です。この件は、決して「**遠い国の知らない出来事**」ではないはずです。JICAの活動でアフガニスタンと深い関係がある友人の中原君（2021年6月12日 No.119「朗報入る！」P.132参照）に聞いたところ、彼の仕事を手伝ってもらって懇意にしていた現地の人は7～8人いるが、その内の一人は15年前にカナダの仕事を少ししたというだけで、カナダ政府に助けてもらって，すでに退避した、他は不明である、とのこと。また、カナダはさらに2万人に人道支援のビザを出すと発表しているそうです。ペシャワール会やJICAの活動など、素晴らしい活動で現地の人にも世界にも誇れることをしていながら、**今回の政府の対応の生ぬるさは、残念で仕方ありません。自分たちで何が大事かを決められないダメな国になったという事でしょう。**

　そんなことをメールでやり取りしていると、中原君が現地の動向と共に生前緒方貞子さんに聞いた言葉を教えてくれました。「**日本がダメになって落ちていくときには、必ずこの国を立て直す人が現れる。それが日本と言う国です。**」時まさに総裁選で次のリーダーを選ぶときに、候補者には是非この言葉を聞かせたいですね。世界の中の日本としてどのような役割を果たす覚悟があるのか？　コロナや経済だけでなく、各候補者には堂々とこのことを主張して国を立て直してもらいたいですね。

　　追記：「ガンダーラ」と言う歌の歌詞には、「そこに行けば、どんな夢もかなうというよ。……愛の
　　国ガンダーラ」とあります。まずは、アフガニスタンが緑あふれる平和な愛の国になってほしい。
　　それが一番です。文中の緒方貞子さんのことは、2019年11月10日 No.62「5フィート・ジャ
　　イアント」（P.70）で、中村哲さんのことは、2020年12月9日 No.101「郷土の英雄」（P.114）
　　に書いています。参考に。

▶ 2021.9.30　　　　　　　　　　　　　　　　No.130

指針を示せ！

　もう37年前になるでしょうか、29歳でニッセンの取締役本部長になった時、一番悩んだのが、「部門長として何をすべきか？」（リーダーとして部門をどのように運営したらよいのか、部下をどう扱えばよいのか？）という事でした。功成り名を遂げた人たちの本を何冊か読みましたが、はっきり言ってどれもピンと来ず、悶々としていた時に出会ったのが「3Mにおけるリーダーの条件」という6か条の指標でした。それはアメリカの3M社が自社のリーダーに対して、こうあるべきと言うことをわかりやすくまとめたものでした。その最初に出てくるのが、「**指針を示せ！（Chart the course）**」です。つまり、リーダーとして最初にやるべきは、部門を一つの方向に向かせ、ベクトルを一致させることが重要である。みんながバラバラに好き勝手なことをやっていれば、非効率な仕事や足を引っ張りあうような事態にもなり、力を結集することができません。また、将来のビジョンがないと自分たちはどうなるのだろうと不安が先行し、何か辛いことがあれば、我慢できないものですが、**ワクワクするような将来ビジョンが示されていれば、現状の不遇も何としてでも我慢ができます。**

　さて、日本の新しいリーダーが決まりました。（正式には自民党のトップが決まっただけですが、総理大臣は特別なことが無い限り決定です。）総裁候補の4人が政策論争をしていましたが、もちろん身近なコロナ対策等も大事ではあります。しかしながら、リーダーに決まったからには、**国民がワクワクするような未来**を示してほしいものです。世界の中で尊敬される日本とは？　日本人の幸せ実現とは？　そのために、これとこれをいつまでにする。仮にそのことが一時的に国民に負担を強いる事であっても希望ある未来のためであれば、堂々と示してもらいたい。**絶対に選挙のために短絡なポピュリズム（大衆迎合主義）に傾かないようにしてもらいたい。**

　ポリュリズムの典型は、立憲民主党の枝野代表が「消費税を5％に、また年収1000万以下の人の所得税を免除、その財源は法人税を上げ、富裕層から徴収」な

どと言ってることです。しかし、消費税分だけでも10％を5％にすれば、10兆円必要です。法人税が11兆円ですから倍くらいにしないと合いません。さらに所得税分をとなると、一体法人税を何倍にするつもりでしょうか？　ただでさえ、日本企業の凋落はひどいもので、もっと投資をして活力を取り戻さねばならない時期なのに法人税にとられてしまうと一挙に日本企業の競争力を弱め、終いには良い企業は海外に避難、活力を無くした企業は縮小や倒産、そうなれば**国民生活はどん底**です。今、南米のペルーやブラジルなどで起こっていることは、政治家が選挙で勝つために現金をばらまき、その分を企業から取るという枝野氏の策と同じことをやった結果どうなっているかと言うと、**企業の力が弱り経済が低迷し、結果的に国民生活はさらに悪化するという悪循環に陥っているそうです。**

　そんなポピュリズムに対し、1961年にアメリカでJ. F. ケネディが大統領になった時に行った有名な演説では、「世界に自由をもたらすためには、どんな犠牲も払う覚悟である。しかし、その解決手段はソ連などとの戦争のみではなく、逆にソ連などの東側諸国と連携して、今世界で人類が苦しんでいる共通の敵、すなわち**圧政、貧困、疾病、戦争等と闘う。**」ことを呼びかけました。さらにここからが有名ですが、米国民に「**あなたの国があなたのために何ができるかを問うのではなく、あなたがあなたの国のために何ができるかを問うてほしい。**」と述べています。我々日本国民も今自分だけが良ければいい、と言う発想ではいつまで経っても良い国はできません。新しいリーダーの新しいビジョンの元、私たち国民も一緒になって苦労し（例えば、本当に良い国を作るためなら消費税をさらに上げることも必要でしょう。）みんなでワクワクするような未来の日本を作っていく、岸田新総理誕生は、ぜひそんな第一歩にしてほしいものですね。

〔もう一言〕

　岸田さんの年齢は64歳、私より2歳年下です。これから先の首相は、ほとんどが私より年下になることでしょう。普段は感じませんが、そんなことで何か自分が年取ったと感じてしまうのは、私だけでしょうか？

▶ 2021.10.10　　　　　　　　　　　　　　　　　　　　　　　No.131

医は算術なり……

　江戸時代に貝原益軒（かいばらえきけん）と言う人が「養生訓（ようじょうくん）」という健康法を綴った書物を世に出しました。その中に「**医は仁術なり。仁愛の心を本とし、人を救うを以て志とすべし。わが身の利養を専ら志すべからず……。**」（医療というものは人を救う博愛の道であり、自分の利得などに走ってはならない。）と医に携わる人の心構えを説いた文章があります。三船敏郎と加山雄三が主演した"赤ひげ"は、江戸時代の小石川養生所が舞台で、裕福な大名や商家から大金を取り、それを貧しい人たちの診療費に充てながら、それぞれの人たちと真剣に向き合う医者を描いたものでした。また、コロナ禍の中、必死で戦っている医療関係者の方々などは、まさしく"**医は仁術**"を実践している素晴らしい人たちであると尊敬しています。

　そんな国中がコロナに対して懸命に戦っている中、それとは全く逆に自分さえ良ければ、と言ういくつかの全くけしからん事が明るみに出てきました。例えば、東京都医師会の尾崎会長は、至急野戦病院を作り、患者の受け入れをせよ、と声高に言ってますが、**自分の病院では全くコロナ患者を受け入れていないし、東京都医師会の幹部らの病院では、一杯で受け入れられないと言いながら、56％は空床**という事が分かった。と NET ニュースに出ていました。また、それだけではなく、**1 病床準備するだけで最大 1950 万円もの補助金**を国から受け取っていて、しかも、**空床でも 1 床につき一日 7 万円の補助金**を受け取っている。さらにひどいのは、政府分科会の尾身会長が理事長を務める"地域医療推進機構（JCHO：全国に 57 の病院と 26 の介護施設などを持つ独立行政法人）では、**8 月末のピーク時においても 3～5 割は空床**であった。そんな空床が多い状態でありながら、国からの補助金はコロナ関係だけで **300 億円もの高額**にのぼり、その使途の **4 割強の 130 億円を有価証券の購入**に充てている。（AERAdot による。）

　では、一番苦労している現場の人たちの給料（人件費）はいったいどれだけ増えたか

と言うと、185億円から187億円にたった**1％、2億円**しか増えていません。

　そもそもこれだけ多額の補助金が必要だったのか？　また必要であれば、なぜ現場の人たちには、その補助金が届かないのか？　この実態が事実であれば、国民の税金から出た補助金は、百数十億円の有価証券に変わり、**自分たちの利益として医療機関内に単に貯めこんでいるだけと取られても仕方ありません。**これを見ると、尾身会長が「緊急事態宣言の解除は慎重に」と言う発言も、結局は国からの補助金を長く出させるため、「野戦病院を作る。」という話も自分たちの病院で受け入れないので新しく作れ、と言っているだけのように聞こえます。これは尾身会長や東京都医師会の尾崎会長が悪いというより、こんな穴だらけの補助金制度を作った厚労省にも問題があるし、それを平気でそのままにしている役人、地方自治体にも大きな責任があると思います。補助金を出すのはもちろん良いことですが、補助金をもらったら、**少なくともその分は"本当にコロナのために使い、できるだけ多くの患者を受け入れる。そして補助金の中からできるだけ多くを現場の"人"のために使う。**また、ようやく国もこれから不正がないか地方自治体とチェックをして行くと発表していましたが、有価証券などを買ってウハウハ言ってる輩からは罰金として出した補助金の倍返しを課してもいいのではないでしょうか。**医は仁術なり、決して算術となってはいけません。**医療界の一部の偉い方々には、ぜひ**ノブレス・オブリージュ**（P.108、No.97参照）の精神を思い出して医の力を世のため人のために発揮してもらいたいと望みます。

〔もう一言〕

　緊急事態宣言が明けて、完全に元の生活に戻りました。家での缶ビールももちろん美味しいですが、居酒屋に行って最初に頼む生ビールは、やはり格別ですね。座ったら間髪入れずに「とりあえずビール！」日本をよく知らない外国の人が、日本では「TORIAEZU」と言うブランドのビールが圧倒的に強いらしい、なぜなら、どこの店に行ってもみんなが「トリアエズビールと叫んでいる。」と感心しているそうです。

▶ 2021.10.20　　　　　　　　　　　　　　　　　　　No.132

30年間据え置き

　私たちが子供のころ、東京ぼん太と言うコメディアンが、唐草模様のふろしきを背負って、栃木弁で世の中「**夢もチボー（希望）もないね。**」と言うのが流行りました。何かで失敗したり、これからの将来を考えると「もう夢もチボーもない。」などと大人も子供も言ってましたが、まさに"夢もチボーもない"数値が新聞に出ていました。それは、**日本の平均年収はここ30年ほどほとんど変わっていない**、と言う記事です。まあ、大体は分かっていましたが、改めてその事実を突きつけれれると、寂しい思いがしますね。

　30年前と言うと1990年前後ですが、そのころよく海外へ仕事で行きましたが、韓国の平均月給は約10～15万円で日本の半分くらい（日本が30万円程度）、中国では工場のワーカーは、月給3～5千円、上海や北京の事務職は5～6万円だったように思います。また物価もそれなりに安かったので、食事に行っても「安いなあ！」と感じていたものでした。それだけ日本の円の価値が高かった訳ですが、**今や平均年収は韓国に抜かれ**、中国でも農村部の年収こそ、まだまだ日本よりも安いですが、**大都市の平均年収は、ほとんど日本と変わりません。**また、中国の富裕層には、とてつもない金持ちも多くおり、その人たちの収入（役人へのわいろなども含めると）を全て合わせると、既に抜かれているかもしれません。

　「30年間、日本人の年収は変わらなかった。」と言われても、過ぎたことですから、何となく、「そうだったんだ。」で済みますが、**「これから先30年間、皆さんの収入は増えません。」**と言われたら、普通なら暴動が起こってもおかしくないですよね。本当にこのままで推移したら、外国では人件費が上がりますから**輸入品は高くなります。**海外旅行に行っても日本より物価が高いのでホテル代も食事代も**日本の何倍も払わないといけません。**だから海外旅行など、庶民にとっては夢物語で行けなくなるかもしれません。そうなると収入は上がらないのに物価は上がって、生活はドンドン苦しくなります。雀の涙程度しか出ない年金で生活することは不可能になり、**70になっても75になっても働かないといけません。**さらに国や地方自治体の住民サービスや福祉、その他の国の政策を支える原価も上がってくれば、それに見合う税金を得ないといけないのですが、年収が上がらなければ所得税も増えません。人口も減って行けば、さらに税収は減る。そうなれば、住民税などの税金を上げざる

154

を得ず、さらに苦しい生活を強いられる、と**悪循環の典型**のようなことになります。
　このように考えると本当に夢も希望もない、お先真っ暗な日本しか想像できないですね。こんな世の中だからこそ、リーダーは夢を語り、国民が希望にあふれる施策を打たねばなりませんが、今回の選挙を見ると、それぞれの党が人気取りのバラマキばかり言ってます。(バラマキが良くないことは前にも南米の例を出して言いました。P.151)小泉純一郎総理の所信演説の中に出てきた"**米百俵の精神**"を説いた旧長岡藩の小林虎三郎と言う人は、明治初期の人で当時長岡藩の大参事と言う役職についていました。長岡藩は官軍との戦いに敗れて一面の焼け野原、食べるものにも事欠く状態です。その窮状を知った他藩からの米百俵の見舞いをすぐにでも食料として食べようという殺気だった人々を制して、「この米を一日か二日で食いつぶして、後に何が残るのだ。**国が興るも滅ぶもことごとく人にある。したがって、この百俵をもとにして人の教育（学校を作る）にあてたい。**そうすれば、この百俵は将来何倍にも何百倍にもなって帰ってくる。**その日暮らしでは、新しい日本は生まれないぞ。**」と言ったそうです。まさにその通りですね。国力を上げるためには、バラマキではなく、科学技術の研究への投資など未来の日本が世界に伍して戦えるものに使ってもらいたい。岸田首相も技術立国への投資とか令和版所得倍増論等を打ち出していますが、どれだけの投資をするのか、また財源をどうするのか、まだまだ不明な点が多いですね。堂々と「将来、この分野とこの分野においては世界でトップの技術と人材を有するようにする。また所得を上げるためにこれだけの投資をする。その代わり、消費税を〇％上げるが、国民の皆さん今少し辛抱してもらいたい。**必ず日本は再浮上し明るい未来が待っています！**」こう言う人がいれば、私はバラマキと言う甘い言葉ばかり言う人より、拍手喝采を送りますが……。

〔もう一言〕
　東京ぼん太は、「夢のチボーもない。」と言う流行語の他に**「いろいろあらあな。」**（いろんなことがあるもんだが、まあ心配ない。）と言う言葉も流行らせました。私たちの周りでも、いろんな不都合なことが起こると「夢のチボーもない。」と落ち込みますが、そこで悲観ばかりするのではなく、そうは言っても、まあ「いろいろあらあな。」明日からまた頑張ろう。と前向きに生きて行きたいものですね。

▶ 2021.10.29 No.133

粋な計らい

　この間、ひいきの巨人軍の東京ドーム最終戦を見ていたら、最後にとても良いものを見せてもらいました。亀井選手の引退セレモニーの前に東京ドーム（後楽園時代も含め）で45年間ウグイス嬢を務めた山中美和子さんが今年で現役を退くという事で全選手が集まり、原監督の暖かい言葉で見送っていました。今年のジャイアンツは後半になってふがいない試合が続き、少々腹を立てていたのですが、**なかなか粋なことをするな**、と戦績のことは忘れて少しいい気持になりました。

　こう言っては失礼ですが、たかが球団の職員で放送担当者の一人にすぎない人を最後に監督はじめスター選手が一同に介して、みんなで感謝し称えることなど思いもしませんでした。黙々と一生懸命に陰で支えている人を忘れずにちゃんと礼をもって応えることは本当に**日本の良いところ**だと思います。**上に立つものであるほど、力の強いものであるほど**、下の者や普段目立たない人たちのことも気にかける。これぞまさしく、**武士道で言う"仁"**（人に対するやさしさ、情け）や**"礼"**（仁や義を形として表す。）と言うものだろうと思います。

　話は変わりますが、私は日本映画の中では**「八甲田山」が最も素晴らしい作品**だと思っていますが、その中でも最高の場面は、高倉健演じる徳島大尉が弘前第31連隊を率いて難関の雪山を越える時、地元の若い娘（秋吉久美子）を案内人として雇います。苦労の末、難関の峠を越えふもとの村に着いた時、案内人を最後尾にと言う部下の声を制し、先頭を歩かせます。そして、別れ際に全員を整列させ、**「案内人殿に頭右っ！」**と号令をかけ、全員で敬礼します。今見ても涙が出る良いシーンです。明治時代の軍隊は権威もあるし、相当な力を持った人たちですから、名もない村の一娘に対してそこまでする必要はないでしょうが、あえて感謝とねぎらいを込めて、全員で礼を尽くして見送る。**日本のそして武士道の素晴らしい姿を象徴しているシーン**だと思います。普段は日の当たらない一人のウグイス嬢の引退に、華やかな選手たちが全員で礼を尽くして見送る姿にこのシーンを重ねて、**ジーンと来るものがありました。**

　今まさに次の日本を託す人を選ぶ選挙中です。選挙の時は誰にでも愛想をばらまいて、腰も低く、中には土下座さえして、さらに自転車で回る姿をわざと見せたり、いかにも庶民の代表と言わんばかりの人が多くいます。その人たちが当選したら選

挙中と同じようにみんなに愛想よく対応し、腰を低くして話を聞き、自転車で移動するでしょうか？　高級車に乗り、一般庶民と会う事もなく、次の選挙の時まで知らん顔で過ごす。そんなことで国民の声を代弁できるのか！　一人一人の手を取ってにこにこしながら笑顔を振りまき、土下座までして頭を下げるのは、自分の票が欲しい時ではなく、**陰ながら一生懸命に日本を支えている名もない人たち**に対して、ありがとうございます、と深々と頭を下げる時です。為政者のあるべき姿は、そちらの方ではないでしょうか？

例えば、コロナで苦労している現場の医療関係者（助成金で丸々太った病院経営者ではなく。）の一人一人に対して、礼を尽くして、**「医療現場担当者殿に頭右っ！」**と号令をかけて、心から謝意を表す。そんな人がいてもおかしくないと思いますね。

新渡戸稲造は、武士道の中で"仁"について、こう述べています。**「もっとも勇気あるものは、最も心優しいものであり、愛あるものは勇敢である。」**そして、"礼"については、**「泣いている人と共に泣き、喜ぶ人とともに喜ぶ。」**ことが大事である。そんな人の情けが分かる政治家が多く出てきてほしいですね。

〔もう一言〕

YouTubeで「八甲田山、案内人殿に対しかしら右」で探すと、該当のシーンが出てきます。命を懸けて越えた難関の峠を抜けた後からのシーンです。是非一度、見てください。

"**鬼のように強く、仏のように優しい**"とは、このことだと感じる事でしょう。

▶ 2021.11.10　　　　　　　　　　　　　　　　　　　No.134

理不尽な仕組み

　世の中には何とも"理不尽な仕組み"があるもので、先週の土日に行われたプロ野球のクライマックスシリーズでセリーグ3位の巨人が2位の阪神に勝って、今日（11月10日）からヤクルトと日本シリーズ進出をかけて短期決戦に臨みます。春先の3月末から10月まで一年間、実に143試合も戦って来て阪神は77勝で勝ち数と負け数の差は21の勝ち越し。対する巨人は61勝で負け数が1つ多い負け越し。にもかかわらず、たった2勝しただけで、今度は1位のヤクルトと今期のセリーグ代表を決めるわけで、阪神ファンとしたら、「**やっとられるか！**」と大いに怒ってることと思います。もし、このまま巨人がヤクルトにも勝って日本シリーズに行ったとしたら、ヤクルトファンも「そんなアホな。」とがっくり来るでしょう。**まるで、クイズ番組で10問中9問までは10点ずつの得点だったものが、急に「最後のクイズは得点が1万点！」と言われたようなもので**真面目な番組では考えられないですよね。（たまにお笑いでそんなことがありましたが。）

　そんな理不尽な仕組み、他にあるのか？　と思ったら結構ありました。この間の衆議院選挙もそうです。**選挙区で落ちた人がいつの間にか比例で復活当選**。これも考えたらおかしなもので、**有権者はNOと言ったにもかかわらず、政党の思惑で勝手に当選**。何のためにNOを突きつけたのか、投票をした人たちは納得がいかないですね。また、先週は4年前に起こった「神戸連続殺人事件」で同居する祖父母や近所の人など3人を包丁で殺害し、母親などを金属バットで殺害しようとした30歳の男性が、裁判員裁判で無罪とされました。理由は心神喪失状態であったため、罪を問えないというものです。では、**本人に責任が無ければ、誰に責任があるのか？**結局どこにも責任は存在せず殺された人が運が悪かった、で済まそうと言うのであれば、**あまりにも短絡で将来にも活かせない結論のように思います。**

　もし、本人に責任がないのなら、**そんな人間を野放しにしていた国や法律に問題**

はないのか？　そうなる前にコミュニケーションをとって変化の兆しを捉える仕組み等は作れないのか？　そうやってこれから先に同じような事件が一つでも二つでも防げるようにしないと、亡くなった人は本当に殺され損です。他にも、31日に起こった京王線での放火傷害事件も、8月に起こった小田急線での殺人未遂事件も結局は事件当時心神喪失状態であったとなれば、無罪になる可能性もある訳で、傷つけられた人たちや周辺の人は、何ともやりきれないでしょう。

　そんな理不尽なことに怒りを感じながら今朝テレビを見ていると、無免許で交通事故を起こし、それを隠して当選した東京都議が「議員を続ける。」と言ってましたが、無免許で何度も法を破ることを繰り返す人が、法を作る議員を続けて何の仕事をするのか？　民間企業であれば、即刻解雇ですが、議員は本人がやめると言わない限り今はやめさせられない仕組みだそうです。**全く持って"理不尽な仕組み"が世の中多いですね。**

　そう考えると、巨人がヤクルトを破って、セリーグ代表になり、日本シリーズも勝って、日本一になるくらい、何ともかわいい"理不尽"ではないでしょうか？と言い訳をしながら、巨人ファンとしては、内心「ルールだから何が問題や！」とちょっと開き直り、頑張れジャイアンツ！　と応援するつもりです。重たい話題を最後に軽く締めて申し訳ありません。

〔もう一言〕

　今回「理不尽」を取り上げました。先ほどの裁判のような重たい理不尽はめったにないでしょうが、人生の中で理不尽と感じることは山ほどあります。私のHPの「若い人たちへ」と言う項目にも自分の経験から「人生は不公平なもの」と書いています。みんなが同じように努力しても全ての人が同じ結果にはなりません。どんな結果になってもあきらめず前向きに取り組むことで必ずチャンスが訪れます。好調におごらず不遇にくさらず、**"禍福はあざなえる縄のごとし"**(注)です。がんばりましょう！

　（注）「縄を何本かでより合わせると、上になったり、下になったり、次々と絡み合ってつながる。
　　　　禍（わざわい）と福（しあわせ）も同じ、表裏絡み合ってて、交互に訪れるものだ。」紀元
　　　　前2世紀の中国前漢時代の言葉です。

▶ 2021.11.19   No.135

高いか安いか 100 万円

　この間の衆院選挙で当選した新人議員の中から、「議員になって、たった一日しか経っていないのに月 100 万円の文書交通費が満額支給されるのは、おかしい。」との指摘がありました。それ以来マスコミでは、鬼の首でも取ったかのように、やれ「もらいすぎだ。」「領収書が要らないのはおかしい。」「庶民感覚とずれている。」とまあ毎日のように批判の嵐。確かに、いろいろ収入を足していくと**年収約 3500 〜 4000 万円**、それに JR や飛行機代等が無料になったり、秘書の給料の一部を負担してもらったりと、**一般庶民と比べると高額と言えます。**

　だからと言って、その金額だけを高い安いと論じるのは、おかしな話で、例えばこの人件費は日本を良くするための投資の一部であると考えた時に費用が高いか安いかよりも、その効果はどうだったかをより議論する。**いわゆる"費用対効果"**をしっかりと国民が確認できるような仕組みを作るべきで、そうすると、「100 万円が**高いか安いか？」は、すぐに判断できます。**

　したがって、**給料を減らしたが、何もしない議員が増えるより、**逆に給料を増やしても、それ以上の効果を国民にもたらせてくれればいいのではないでしょうか。

　国の予算は **2021** 年度で **106 兆 6000 億円**です。この予算をどう配分するか、また新たな法律を作って、より国民の暮らしを良くするための活動をするのが国会議員ですから、毎年、前年に比べてどれだけ役に立つ予算配分を行ったか、そのために各政党、議員個人はどのような活動をしたか？　**国会議員の通信簿みたいなものを作り公表すれば良いと思います。**一つ例をあげると、先日 **2020** 年のコロナ対策予算が **30 兆円も使われていない、**と財務省から発表がありました。中身は、そこまで要らなかったもの、すぐにでも必要だが時間がかかって実行できていないもの、それぞれ何故そうなったのか、をキチンと反省し**どこに問題があったのか**を明確にして次に活かすことが必要だし、もっと言えば予算を使ったがそれは本来の目的に合致したものだったのか？　そういうことを検証しないと毎年無駄や不公平な配分が続いてしまいます。

　10 月 10 日のブログ（P.152）で書きましたが、コロナ対策の政府分化会尾身会長が理事をしている地域医療推進機構では、国からのコロナ対策助成金が 300 億円を超え、しかもその内の 130 億円ほどは株式などの有価証券になっている、実際のコロナ対策に使われた額より機構の各病院の懐に入った額がはるかに大きい、**我々の税金**

160

が医療機関の利益に変わっている。このような不公平は山ほどあると思います。

　そんな一般庶民が見て "おかしいい" という事を追求し、法律を作って返還させることができたら、議員の給料も上げてやってもいいのかもしれません。衆参両院の議員の数は、約700名、「お前らの給料は高すぎる。」と**一人1000万円減らしても合計で70億円**しか捻出できません。それより、先ほどのコロナ対策費の30兆円を精査して、無駄なものを戻す、これができたら数兆円規模で費用が捻出でき、それを別の形で使えば、相当国民のためになります。

　しかしながら、庶民と言うのは私も含めて都合がよくできているもので、そのように重要な職務を遂行する議員でも、給料は、庶民目線で考えて高すぎると大声を上げる。ところが、仕事はスーパーマンのように休みも取らずに不眠不休で働け！　エラそうな態度はけしからん、いつも謙虚に頭を下げておけ。立派な車や大きな家に住んで庶民のことが分かるか！　と**求める水準が高すぎるような気がします。**国のため、国民のために、そして、高給でも庶民の感覚をちゃんと理解して頑張ってくれるなら、領収書の要らない100万円くらい安いもの、**「しっかりがんばれ！」**と議員の皆さんには声をかけてやるくらいの度量を持ってもいいのかなと思う今日この頃ですが、いかがですか？

〔もう一言〕

　議員の給料を上げて、国のため国民のために働くなら、いいじゃないか。と言う今回の提案ではありますが、それは議員も自分たちのように欲もあり、お金のモチベーションが効くだろうという私自身のゲスの考えで、本来の議員と言うものは、このようでないと……と言う人がいます。1970年代後半から1980年代にかけて外務大臣や官房長官、副総理等の役職を歴任した伊東正義氏です。伊東氏は政治献金目当てのパーティ等の金集めは一切せず、家もトタン屋根の雨漏りがする粗末な家に住み、「自分は直球しか投げられない。」と不正などとは縁遠い清貧な生涯を送りました。そして、金権政治が横行して竹下首相が辞任したときに自民党は、この清貧な伊東正義を次期首相に推しましたが、**「表紙だけ変えても中身が変わらないと意味がない。」**と首相就任を固辞するという、まるで幕末から明治の山岡鉄舟のように、「地位も名誉も金もいらない、俺は国のために仕事をするだけだ。」と言う態度を通しました。こんな政治家（議員）ばかりなら、100万円くらい、誰も文句は言わないでしょうにね。

▶ 2021.12.10　　　　　　　　　　　　　　　　　　No.137

いつか来た道

　先月の11日に中国で、ネットの販売総額が一日16兆円にもなる「独身の日」という、すごいイベントがありました。中でも**アリババ集団**の売上は9兆円と「独身の日」売上全体の半分以上を占めています。

　そんなすごい企業グループを作ったのが、写真の**ジャック・マー氏です。**（2011年に中国杭州で、当時のニッセン中国向けサイトがアリババによって表彰された時の写真）マー氏は1999年にEコマースのサイトを作ったのを手始めに金融やBtoB、企業向けWEBサービスなど、**約20年で売上高12兆円以上の企業集団を作り上げ、中国経済の英雄**と言える存在です。

　写真でもわかるように伸長162㎝と小柄で、どこにそんなバイタリティが潜んでいるのだろうと思いますが、やっていることは、まさに巨人と言えるすごさです。マー氏に代表されるように中国経済は、鄧小平の改革開放路線以降、民間企業が中心となって急激な成長が実現しました。

　そんな中国に今、暗い影が忍び寄ろうとしています。アリババグループの金融企業が上場しようとすると、余りにも力がつき過ぎると政府から待ったがかかり、**アリババは独占禁止法違反だと多額の罰金を取られ、マー氏も表舞台に出ないようになりました。**その他の大手民間企業、売れ過ぎた芸能人、そのファンクラブ、他の突出した存在にもジワジワと政府共産党の締め付けが厳しくなっています。また、新疆ウイグルの人権問題や香港、台湾への締め付けなど、つまり、共産党政府＝習近平に対する批判だけでなく、**自分よりも力をつけそうな企業や人、また共産党の教えより夢中になりそうな集団を排除し、習近平体制をより堅固なものにしよう**という考えでしょうが、何となく、この道は「**いつか来た道**」に思えて仕方ありません。それは、中国で1966年から1977年にかけて起こった悪名高い政治闘争である**文化大革命**（以下：文革）を思い出させるからです。

　私が中学生から大学生くらいまでの中国は、当時の政治家、文化人たちがことご

とく吊し上げに会い三角帽子をかぶらされて、自己批判させられると言った姿が日常茶飯事で、ニュースにもなりましたから、よく見ていました。文革が起こった要因は、ちょっと力の弱った毛沢東が自分の力を復活させるために起こした闘争で、権力の絶頂にある習近平とは少し違う感じもしますが、**個人に強烈に力を集中させよう**という意味では、同じように思えます。

　文革の闇には、数百万人から2000万人もの人たちが、殺戮され、宗教は弾圧、文化財も破壊され特に**チベットでの弾圧、僧侶たち殺害等は、現政権の施策にも通じるものがあります。**個人崇拝が進むと人々の自由は損なわれ、海外との軋轢も増してきます。自由にものも言えない、国のやることに反対もできない、その行き着く先は大弾圧か戦争でしょう。どちらにしても一般庶民が一番傷つくわけで、そんな事例は中国だけでも過去に山ほど存在しています。それでも個人の力が強くなればなるほど、それを維持するためには、さらに締め付けが必要になるのでしょう。そんな締め付けなどすべてやめて、宗教も政治も信条も自由にしたら、相手の力を削ぐなどと言う内向きの力を使わなくてもいいわけで、中国は今以上に発展するのは間違いないと思います。ただ、このような権力闘争は**人間の性(さが)**でもあるので、なくならないのでしょうね。

　このような国家規模ではなくても企業の中の権力争い、学校や友達間でのリーダー争い、**人が集まれば争いも起こると言われています。だからこそ、話し合いの場やみんなで選ぶ選挙などの方法で争いを避けてきたのですが、**そんな歴史の知恵も今の中国や北朝鮮、ロシアでは通用しなくなりました。話し合いなど問答無用の国々と、自由に意見を言い合おうという国々が、それぞれに同盟を組んで大戦争！……などと言う最悪のシナリオだけは避けてもらいたいですね。大きな国の大主席に小さな国の小市民のせめてもの願いです。習さん、頼んまっせ。

〔もう一言〕
　写真の2011年は、中国ではまだまだ欧米や日本に学ぼうという姿勢が強く、経済界や人々は活気に満ち溢れていました。現地のマスコミや企業人と話しても熱量が日本とは大違いでした。その内、中国はすごいことになるだろうなと感じていましたが、何とそれからあっという間に欧米を抜き、世界の強国になりました。日本がボーっとして30年間給料も変わらない間、世界は様変わりです。コロナで世界と隔絶されてもいるし、その内、ガラパゴス島のように取り残され何も世界に通用しない、そんな国になりはしないかと危惧しています。頑張れにっぽん！

▶ 2021.12.19　　　　　　　　　　　　　　　　　　　No.138

チューリップのアップリケ

私が中学生のころですから50年以上前、世の中はフォークソングが大流行り、若者たちはギターを買って、コードを覚え一生懸命に声を張り上げて歌ったものでした。

そんな時代を引っ張るように社会派のフォークを歌っていた一人に岡林信康がいます。東京山谷のドヤ街で生きる、その日暮らしの労働者の悲哀を歌った「山谷ブルース」や貧乏に母親との暮らしを引き裂かれた女の子を歌った「チューリップのアップリケ」など、今聞いてもジーンと来るものがあります。(是非YouTubeで聞いてみてください。)その「チューリップのアップリケ」の歌詞には、「♪うちがなんぼ早よ起きても、お父ちゃんはもう靴トントンたたいてはる♪」と、**懸命に働く父親、なのに母親は家を出ないといけないほど、貧しい生活があり**、「♪みんな貧乏が悪いんや、お母ちゃんちっとも悪くない♪」と子供心に理不尽な世の中を責めるくだりがあります。

それを聞いて、単に「昔はみんな貧乏やったからなあ。」で済ませられたらいいのですが、現在でも、ある資料では、**7人に1人の子供は給食代を払えない**そうです。特にいろんな理由で母子家庭生活を強いられている人たちの**貧困（母子2人の生活で200万円以下、3人で250万円以下の年収）比率は50％を超え**、OECD（経済協力開発機構）加盟国38か国でも最悪の状況です。

今は、50年前と比べて豊かになったと言われますが、実態は大きくは変わってないように思います。昔に比べると福祉も充実したのかもしれませんが、現実には、まだまだ全然行き渡っていません。母子家庭の人などへの児童福祉手当は、月に4万円強ありますが、年収制限があり、全額もらえるのは子供一人の家庭では年収たった87万円以下の人だけです。年収が230万円を超えると0です。

長々と貧乏の話をして何が言いたいかというと、今回の子供手当10万円についてです。声を大にして言いたいのは、困っている人のために税金を使うのであれば、

本来このような母子家庭などの人たちに優先的に、しかも10万円一回ではなく継続して援助すべきで、夫婦合わせて1000万円を超える年収の人たちにまで出す必要は全くないと思います。申し訳ないが年収500万円以上の人も遠慮してもらい、今日明日の食費にも事欠き、給食代が払えないような、言い方は悪いですが**"底辺"で一生懸命に頑張っているお母さん**（父子家庭も）に優先して渡すべきです。

　少しでも**選挙の時にプラスになるように**にと、広くバラまき、票につなげようなどと言う姑息なことを考えず、「チューリップのアップリケのついた赤いスカートをお母ちゃんに買ってほしい。」と願っている子供たちの幸せを考えて、大事な税金を使ってほしいものです。どうも議員たちは、人気取りで多数の人に受けることにしか金を使わない傾向があり、腹が立って仕方ありません。千数百万人に広く薄くバラまかず、児童福祉手当が必要な100万世帯余りの人たちにこそ手を差し伸べてもらいたいものです。しかも子供が高校を卒業するまでしっかりと継続した援助をすることが大事です！

　最近よく目にする"SDGs"と言う言葉、新聞などでも見ますが、これは持続可能な開発目標と言う17の項目を国連で定め、世界中の国や企業が一生懸命に取り組んでいるものです。その17の項目の**1番目は何かというと「貧困をなくす。」**です。日本政府も大企業もSDGsが重要だと言ってるのであれば、真っ先に取り組まねばならない事項です。そのためには就業の機会を作ることなどやるべきことはたくさんあります。しかし、**「働けど働けど我が暮らし楽にならざる。」**と感じている人たちには国が優しく手を差しのべてあげるべきです。

　権力は優しさが根底にないと人を苦しめる物騒な武器になってしまいます。優しさの根本は弱い立場の人を思いやることではないでしょうか。"人の話を聞く"と自分で言ってる岸田さんには**一番弱い人達の声**こそを聞いて政治を行ってほしいですね。

〔もう一言〕
　文中にある「働けど働けど我が暮らし楽にならざり、じっと手を見る。」は貧困の中、26歳で世を去った石川啄木の短歌です。きっと現在の母子家庭のお母さんなど貧困に苦しんでいる人たちも同様に、為すすべもなく、じっと手を見てるのでしょう。そんな人たちに「がんばれ！」と心から応援したいですね。という事で毎月ほんの少しだけ貧困に苦しむ子供たちのため、NPO法人に寄付することにしました。皆さんも少しどうですか？

▶ 2021.12.30　　　　　　　　　　　　　　　　　　　No.139

ジャネーの法則

　毎年のことですが、誰しもが年末になると必ず「時が経つのは早いねぇ。」「最近、ますます早く感じてきた。」などと言います。大体において年を取っている人ほど、そんな話をしますが、そのことを理論的にまとめたのが、今回のタイトル「ジャネーの法則」の発案者で、19世紀のフランスの哲学者 **ポール・ジャネー**（写真の人）です。（注：この人の名は、ジャネー。少年に好き勝手なことをしたおっさんはジャニー。お間違え無く。）

　ジャネーは、「**時間の心理的長さは年齢に反比例する。**」と言ってます。つまり、10歳の人にとっての一年間の経験は、それまで生きてきた生涯時間の10分の1で10％であるが、50歳の人にとっての1年は、50分の1で2％に過ぎない。そして、その間の経験は年を取れば取るほど過去にもあった経験が多く、成長する過程で生じる「体が大きくなって、できなかったことがどんどんできるようになる」「新たな知識を吸収して考えが変わっていく」と言った劇的な変化はなくなります。考えたら、小学校の6年生から大学生になるまでの間は、たったの6年です。その6年の間に心も体も生活する環境も全く別物になり子供は大人になりますが、50歳から56歳までの6年間の差はどれだけあるでしょうか？　もっと言えば、定年を迎え仕事を辞めたあとの5～6年なんて、ほとんど同じことの繰り返しで何も変化が無いかもしれません。そうなると、**光陰矢の如し**が、矢どころかミサイルやロケット、さらにはレーザービームのような光速にも感じられるわけです。実際にこの法則では、**0歳から20歳までの体感的時間と21歳から80歳までの体感的時間は同じ**と言ってます。

　したがって、時に任せて昨日と同じ今日を生きてると、あっという間に年を取っていくだけですので、せっかくの人生がもったいないように感じます。体感時間を延ばし、充実した時を送るには、今までにない新たな経験と挑戦をできる限りすることだと思いますが、今年最後のブログで、そんな充実した人生を送った人と名言を紹介したいと思います。

明治生まれの彫刻家で昭和50年代まで生きた"平櫛田中(ひらくしでんちゅう)"と言う人が言った言葉、「60，70は鼻たれ小僧、男盛りは100から100から！」「今やらねば、いつできる。わしがやらねば誰がやる！」と言って107歳まで壮絶な創作活動を続けました。そして、亡くなった時には、まだ30年は創作できるだけの材木等の原料が自宅に貯蔵されていたそうです。まだまだ創作するつもりですので、107歳で死ぬまで人生真っ盛りだったようですね。多分、この人は「時間が過ぎるのが何か速いなあ。」などとのん気なことを考える時間はなかったのかも知れません。いやいや、ご立派！
あっぱれな生き方です！
　なかなか、そこまではできないかも知れませんが、少しでも体感時間を長くする努力をして、来年も充実した人生を送りたいと思います。みなさんも来年末に「あ～あ、やっぱり時間が過ぎるのは早いねえ。」で終わってしまわないように頑張りましょう。でも、コロナのような新たな体験は、もうそろそろやめてもらいたいですね。

〔もう一言〕
　このブログも2018年2月に始まり来年でまる4年、山の中の桜の木（2018年3月30日ブログNo.4、P.3参照）と一緒で、誰が見ようが見まいが、一生懸命に続けて行こうと思います。

時の過ぎるのは、あっという間

サムラの直言
「リーダーは孤独だ」

> 部下全員に好かれようとするのは無理
> 部下全員に嫌われるのも困難
>
> そうであれば
> あなたが正しいと思うことを
> 自信を持って遂行した方が
> 良いと思いませんか

「1・2・3・ダーッ!」

2022 年

2月　ロシア、ウクライナに電撃侵攻／4月　知床遊覧船事故　20人が犠牲に／7月　安倍元首相撃たれ死亡／10月　アントニオ猪木氏死去／11月　サッカーWカップカタールで開催

まだまだコロナは続くが
徐々に日常を取り戻しつつあった。

▶2022.1.10　　　　　　　　　　No.140

強運の持ち主

強運

　現在、2022年1月10日、今年も残すところ、あと355日になりました。不本意ながら、昨年末に書いた「ジャネーの法則」が今年も加速しそうです。

　正月早々、こんな話題で申し訳ないですが、たまたま昨年末に近くのパチンコ屋さんに行って、「まあ、どうせ負けるのだから、深入りせず適当に負けたら切り上げよう。」と軽い気持ちでやったところ、大当たりが31回続いて過去最高の出玉を記録！　この大当たり31回の確立を計算してみると**何と1000分の1**です。もともとひねくれた性格で、こういうことがあると、「こんなことでツキを使いたくなかったのに。」と考えてしまうので、うれしさ半分、残念な気持ち半分で正月を迎えました。正月の三が日も過ぎ、そう言えば年末パチンコで勝ってたので、「少し返しとこうか。」と、のこのこ行ってきたのですが、何と今度は32回連続で大当たり、続けてこんな大当たりが出る確率は計算すると**約100万分の1です**。ちなみに100万分の1の確率は、年末ジャンボの3等（100万円）の当選確率と一緒です。正月早々、今年の運を使い果たしたかも知れず、何とも微妙な感じです。

　という事で2022年最初のブログは"運"について語りたいと思います。よく言われるのが、「あの人は強運の持ち主だ。」とか「あの人ツキがないよねえ。」などとひとくくりにしてレッテルを貼ったり、また自分自身でも「俺は運がない。」とか「自分は運が強い方だ。」とか**勝手に運の有る無しを決めています**。確かに、我ながらラッキーだと感じることがあるし、思わず「最悪。」と口にしてしまうような不幸もあります。ただ、このことはそれぞれ個人の感想であって、**万国共通の基準がある訳ではありません。**

　つまり、人によって異なる基準で運がいい、不運だと言ってるだけですので、その基準を変えて見ればみんな運がいいはずです。「コロナにかかっていない。」→運がいい！　「コロナにかかっても重症ではない。」→運がいい！　「朝起きて散歩に行った。今日も健康。」→運がいい。「美味しいもの食べれた。」→運がいい。　「このブログが読める。」→運がいい？　「今日も生きてる。」運がいい！　とまあ、運がい

170

いと思うか思わないかは、その人次第な訳です。「ビルゲイツに比べたら俺の財産は少なくて不運だ。」などと思う人は、ほとんどいないでしょう。**比べる基準の問題で、人生に運があるかどうか決まるのです。**

　例えば、以前乗ったタクシーの運転手さんは沖縄の人で、こう言ってました。「運転手さん、収入が減ってタクシーも大変やなあ。」と言うと「いいえ、お客さん。私は沖縄でタクシーに乗ってましたが、**収入が年間でも 200 万円もなくて、京都に来ました。そして今のタクシー会社に勤めることができて年収が 300 万円くらいに増えました。本当にラッキーです。**」と喜んでいましたが、収入 1000 万円が幸せで、300 万円は不幸かと言うとそんなことないんですね。天涯孤独で誰も知り合いがいない人は稀だと思いますが、自分には家族がいる、友達がいる、尊敬する先輩がいる、可愛い後輩もいる、愛する人がいる、**こんな素晴らしいことはありません。**そうです、あなたは運がいいのです！　車が電柱にぶつかっても「あ～あ、失敗した。くそ！　不幸や。」と思うか、「このくらいの事故で済んでよかった。ラッキー。」と思うか、何を基準におくかで、幸せなど向こうからいくらでもやってきます。

　結局、**強運かそうでないかは自分がどう思うかだけの違いのように思います。**どうせなら、皆さん**自分を強運の持ち主だと思って**楽しく生きて行こうじゃありませんか！

　さて、今年の皆さんの運勢を、よく当たる佐村式占いで占って令和 4 年第 1 回目のブログを締めたいと思います。次のように計算してみてください。

　①あなたの誕生月と日を足してください。（5 月 9 日なら 5 ＋ 9 ＝ 14，12 月 23 日なら 12 ＋ 23 ＝ 35）②その数に 1 を足してください。③それを 2 倍してください。④さらに 4 を足してください。⑤次に 2 で割ってください。⑥最初の誕生月と日を足した数①を引いてください。その数が 1 になった方⇒まあまあ　2 になった方⇒普通　**3 の方がいたら⇒超々ラッキー大大吉**　その他の数の方⇒残念ながら凶
さて、皆さんの今年の運勢はどうだったでしょうか？

〔もう一言〕

　佐村式占いを今年の年賀状にして出したのですが、何人かから「俺は 3 で大大吉やった。」と報告がありました。ただ、中には「私は今年凶のようですので慎重に行動します。」と言う人もおり、？？？　まあ人がどうであろうが、あなた自身が良ければいいのではないでしょうか？　今年もよろしく！

▶ 2022.1.20　　　　　　　　　　　　　　　　　　**No.141**

死刑は死刑でも……

　先日、大学入学共通テストの東大会場で17歳の少年が無差別にナイフで殺傷したという事件がありました。その後、逮捕されて「成績がうまく上がらないから、人を殺して自分も死のうと思った。」などと身勝手なことをほざいていました。このように周りを犠牲にして自分も死刑になりたいという輩が、最近多いように思います。昨年の京王線ジョーカー男、その前の小田急線無差別殺傷事件、その他、京アニや大阪の病院放火、**それぞれ自分が不幸だからと関係のない人たちを犠牲にして、「死刑にしてくれ！」では、余りにも勝手すぎる事件です。**

　そもそも、「死刑にしてくれ。」と安易に思うのは現在の死刑執行手段が、基本的に苦痛の少ない方法を取っているからではないでしょうか？　日本は絞首刑、アメリカは電気椅子やガス室、中国でも薬殺と、まあ苦痛が少なくすぐ死ねる方法です。それに比べ、死刑は死刑でも昔は火あぶりや釜茹で、ギロチン、牛や馬に手足を引き裂かせる四つ裂き、その中でも一番惨かったのが木鋸で首を引く、鋸引きだったようです。木でできたのこぎりで首を引いて落とすのですから、時間もかかり、その間、罪人は苦しみ続けるわけですね。

　ですので、日本の死刑も例えば、一日目は手の指を一本ずつ切り取り、二日目は足の指を切り取る、三日目は耳と鼻を削ぎ、四日目は目をえぐる、それでも死なない場合は手足を一本ずつ切り取る。そのような残忍な方法であったなら、軽々と「死刑にしてくれ。」とは言わないでしょうし、人を殺したら、そんな残忍な死刑が待っていると思えば、**まず人を殺そうと思っても逡巡する**のではないでしょうか？元々、死刑は犯罪の抑止力になることが目的の一つですから、残忍で万人が怖がるくらいがいいと思います。

　もう一つ、犯罪者にあこがれて真似をするというのも傾向の一つみたいですが、これについては犯罪を犯すといかに格好悪いか、を一般市民に植え付けるためテレビなどで容疑者を呼ぶときに、犯田罰郎と言う名であれば、そのまま名前を呼ばず**「何月何日、鼻くそ犯田ゲジゲジ罰郎が……。」**と名前にひどい形容詞をつける、もっと言えば犯罪を犯したらすぐに名前を鼻くそ犯田ゲジゲジ罰郎や、うじ虫犯田のクソたれ罰郎などへ強制的に改名させられて戸籍や墓にもその名前がついて代々残るようにする。また「世間を震撼させる怖い行いですね。」などの報道姿勢であれ

ば、それを見たバカ者は「世間を騒がせてやった。ざまあみろ。」となる可能性があるので、基本、犯罪の報道は**「バカの極みの屁みたいなことをして、情けないことです。」**「頭の悪いクソ阿保が最低のかっこ悪いことをしました。さっさと忘れましょう。」といかに恥ずかしい行いをあげつらえて報道をさっさと切り上げることで、誰も真似をしようなどとは思わないのではないでしょうか。顔写真が出て、**「あほボケカス太郎」**とか**「クソまみれ屁こき男」**とか言われる奴にあこがれることはないので、これも結構効果があるように思います。

　そこまでしても犯罪を起こしそうになる場合は、○○へ電話してください。と事前に犯罪を防ぐための相談機関を設ける。そこで再度、おどろおどろしい声で**「死刑は痛いよ〜、犯罪を犯したらものすごくかっこ悪いよ。」**と諭す。そして、そんな目に合うなら今の方がどんなに幸せか、を理解させる。そうすると、無差別に人を殺そうなどと言う犯罪もずいぶん減るように思うのですが、皆さんはどう思いますか？

　まあ、いろいろ書きましたが、本当に大事なのは、何回も言ってますが、教育。それも道徳のような**人の道を説く教育**を小学校の低学年から導入して、生きる上で何が大事かを考える機会を作ることですね。小さい子に算数や国語や英語などと知識を教え込むのではなく、まずは心の在り方や生きる道を教える。これは、今の小学校の先生にそのままやらせるのではなく、それに特化した専門の人が行わないといけません。お坊さんや牧師さんなどでもいいでしょうし、退職した人生の経験者でもいいでしょう。しっかりとした**"人の生き方"**を教えれば、残忍な死刑やクソたれ太郎などと情けない名前など考えなくてもよい世界が来るのではないでしょうか。来てほしいですね。

〔もう一言〕

　今回は下品な言葉が多くすみません。しかし、悪口雑言を考えていると意外と面白いもので、たまには大きな声で「この、ボケカス！」と言うのも悪くないなと感じました。皆さんも何か腹が立ったら、「アホ、ボケ、カス、タコ、でべそ、この鼻くそが、責任者出てこい！」と言うと少しすっきりしますよ。では今から一緒に大きな声で「アホ〜！ボケ！カス！……」

▶ 2022.1.30   No.142

恥を知れ！

　何か、久しぶりに"胸くそ悪い"思いがしました。岡山の建設会社で働いていたベトナム人労働者が二年にもわたり、周りから暴行を受けていた事件です。加害者たちは、言葉が通じずコミュニケーションが取れないからと暴力を振るうようになった、と供述しているようです。**考え方が逆ですね。言葉が通じないから、異国からきて不安だろうから、助ける！** これが当たり前で、**弱いものをいじめるなどと言うのは、全く恥ずかしい。まさに日本の恥、国辱です。**

　例えば、日本人が他国で同様の虐待を受けていたら、国家間の対立にまで発展する可能性がある事態です。そこまでいかなくても自分の友達が、家族が、見知らぬ土地で迫害されていたらどう思うでしょうか？　危害を加えた当事者も逆だったら？　と思いを巡らすことができなかったのか、残念で仕方ないですね。

　今、日本には150万人以上の外国人労働者がいると言います。（2019年160万人）アルバイトなども含めると実態はその何倍かの人を受け入れていると思います。少子高齢化が進む日本では、その内、**外国人労働者に頼らねばならない時代が来る**と思います。その時に今の国力で魅力ある報酬が払えるでしょうか？　30年間個人収入が変わらない日本で働くよりもすでに中国や韓国の方が報酬が良いという職種もあるようです。相対的に大した魅力もない賃金に加え、弱い者いじめを平気でする国に誰が行こうと思うでしょうか？　今はかろうじて日本で働きたいと言う人はいますが、何年か先には外国人も来てくれない状況になるかもしれません。そうすると**日本の産業は大打撃です。**身近なところでは大都市の飲食店から外国人労働者が全くいなくなったら、2割くらいの店は営業できなくなるかもしれません。

　今回の事件は、単に被害者が可哀そうと言うだけでなく、近い将来の日本にとって労働力をどのように考えるかが、問われているような気がします。彼ら外国人労働者が日本で技術を学び、国に帰って、その力で自分の国を成長させる、その**お手伝いができる事を日本の喜び**として、外国人を受け入れるべきです。単に人件費が安いだけで、こき使う事では日本の成長はないですし、何よりもそんな情けない国になってはいけません。

　日本が海外に誇れるのは、**正義を尊び、礼儀正しく、親切で規律を守る。**そして相手の心が分かる**慈悲の気持ちを持つ**国民性。そんな日本にあこがれて他国から人々

がやってきて、自国でも同様の精神を植え付けることができれば、世界平和にも通じるのではないでしょうか？　たった一つの事件から世界平和へずいぶん飛躍しましたが、今回のような恥ずかしい事件が二度と起きないことを願うばかりです。

〔もう一言〕
　前回、道徳の時間が必要と書きましたが（P.173）、道徳の時間に**「逆転ゲーム」**をやったらいいのではないかと思っています。小さな子供にお話をします。桃太郎が鬼退治をしましたが、**一度、鬼の立場になってみましょう。鬼にも子供がいるし友達もいます。悪いことをする鬼ばかりではないはずです。**悪いこともしてないのに桃太郎に殺された鬼はどうですか？……と考えさせる。また、アリとキリギリスでは、寒くて死にそうになってアリに食べ物をもらいに行ったが、アリから断られて死んでしまう。そんなキリギリスの立場になって考えてみよう……。と、どんな時も逆の立場を考えられる、そんな教育をすれば、世の中ずいぶん変わるように思いますね。文科省さん、どうでしょうか？

▶ 2022.2.7　　　　　　　　　　　　　　　　　　　No.143

大　物

　昭和から平成へ、時代の流れの中で常に存在感を示した"大物"が逝きました。
　石原慎太郎です。肩書は「元東京都知事」「元運輸大臣」「作家」等々いくつかの肩書がありますが、元大臣など山ほどいますし、元都知事、府知事など、その名前を思い出さないような人もたくさんいます。**そんな肩書以上に、亡くなった時の報道のありようは大物ぶりを示していました。**
　その異例ぶりを如実に示したことがあります。石原慎太郎は一度、自民党の総裁選に立候補していますが、**その時に敗れた相手が第76代総理大臣の海部俊樹です。**奇しくも今年の1月に海部さんも亡くなりましたが、報道の仕方は元総理の何倍も何十倍も多くの時間や紙面を割いています。どちらが日本のトップだったのか、と間違うほどです。
　その理由は、昭和の大俳優、石原裕次郎のお兄さんという事もあるでしょうが、何と言っても**はっきりものを言う、その生き方**が多くの人に強い印象を与えたからでしょう。中国のことを「支那(しな)」と言ってはばからず、時の総理や海外のトップに対しても思う事をストレートに意見する。その態度に喝采を送る人も多く人気も高かったのですが、それだけはっきりものを言うと当然ながら強い反対も出てきます。
　そんなことを露ほども気にせず最後まで生きたこの人は、**純粋で不器用な人**だなと思います。もう少し、**権謀術数を使える人なら、あっという間に総理大臣にもなれたでしょうし、政党の党首、ドンとしてもっと長く政治に携わって行ったのではないかと思います。**(本人が望んでいたかどうかは知りませんが。)それと、白黒はっきりさせることができる人は、そのことについて**一生懸命に考えているから、**白か黒か言えるわけで、中途半端にしか考えてない人は、なかなか断言できないものです。中国のことも歴史から毛沢東語録、その他いろんな勉強もし、「中国は嫌いではないが、中国共産党が嫌いだ。」とはっきり言ってます。それだけ、旗幟鮮明(きしせんめい)に自分の態度を明確にすることは、凡人には難しいことです。

また、石原慎太郎と言うと、記者に対して常に上から目線で「もっとましな質問をしろ！」「若いもんは、もっとしっかりしろ。」などと言うので、いつも高飛車かと思いますが、東日本大震災の際に東京の消防士たちが原発の処理から戻って都庁を表敬訪問した時には、**人目をはばからず涙を流し、「日本を救ってくれて本当にありがとう。」と心からの言葉**をかけています。そんな人の情けを知る態度もこの人の魅力の一つでした。それに比べると、当時の菅直人総理が、福島原発の現場で相手を怒鳴り散らして混乱させた偉そうな態度とは、対照的です。

　何はともあれ、その時代時代で日本人の目を覚ますような発言をした石原慎太郎は、一言でいうと、**やっぱり「大物」でした。もう少し長生きして、ガツンと物議をかもす発言をし続けてほしかったですね。**

　最後に石原慎太郎語録からなるほどと思うものを一つ、「人間は、自分の弱さのせいで、死ぬほどつらい、もしくは死んだほうがましだと思うような辛さを味わう事が必ずある。その時、他人は同情してくれるが、**最後は自分一人でギリギリの選択をせねばならない。しかし、それをくぐらなければ一人前の人間になれないものだ。」「人生が順風満帆だとしたら自分の人生には何も得られない。」**……なかなか良いことを言うなと思いますね。「靖国に行って何が悪い。」「支那と言ったらいけないのか！」などと挑発的な発言が多い人でしたが、さすが作家、いろんな発言の中には心を打つものもあります。日本は、惜しい人を無くしました。ご冥福をお祈りします。

〔もう一言〕
　石原慎太郎の言葉で面白いものをもう一つ、「**アサヒってのはなあ、飲むもんで、読むもんじゃねえ！**」（よお、名人！）座布団五枚くらいあげたいですね。

▶ 2022.2.28　　　　　　　　　　　　　　　　　　　　No.145

最悪のシナリオ

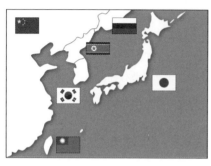

　2022年2月28日現在、ロシアの狂犬プーチンがウクライナに軍事侵攻し、世界中の目が東欧に注がれています。
　今回のことも各国想定の**「最悪のシナリオ」**では、そんなことも可能性がないわけではない。つまり、可能性はあるが極めて小さな確率で、さすがのプーチンでも、まさか、そんなことするわけないよな、と言うのが、つい2週間ほど前までの世界の常識でした。
　ただ、日常での「あるよなあ。」と思わず口から出ることをまとめたマーフィーの法則では**「起こる可能性のあることは、必ず起こる。」**と言い切っています。（2021年4月30日ブログ参照）結局、今回の件は、西側諸国の想像力が弱かったということでしょう。
　では、今が最悪のシナリオかと言うと、私は始まりに過ぎないと思っています。今回の経済制裁により、ロシアのルーブルは大暴落、ロシア企業も大きな打撃を受け、ロシア国民にも相当の試練が待ち受けていると思います。本来であれば、そんなことを巻き起こした張本人のトップは、次の選挙で当然のように落とされるわけですが、2019年5月29日のブログ（P.52）で書いたように、**専制国家のトップは基本何があっても変わらない**ので、まだまだプーチン皇帝？　の時代が続きます。それが、数年続くとどうなるか、少し想像力を働かせて考えてみると、さすがにロシアも耐え切れなくなり、中国や北朝鮮などの非西側諸国との結びつきを今以上に進め、西側諸国の切り崩し、もしくは侵略を考える可能性が出てきます。
　その時の世界の首脳は、アメリカのバイデンは任期4年で再選せず、日本の岸田さんも1期であっという間に次の人に代わり、イギリスのボリス・ジョンソンもスコットランド問題やEC離脱の影響で辞任に追い込まれ、その他の西側諸国のリーダーも任期周近になれば、先のことを考えた判断ができません。また、民主主義の良いところではありますが、専制国家に対する制裁も自分たちに返り血を浴びるので反対が出て、西側全体で対応が一致しなくなることも考えられます。しかしなが

ら、専制国家は**相変わらず、プーチン、習近平、金正恩がリーダーです。**何の迷い
もなく領土拡大、覇権拡大にまい進します。

　結局、２０２Ｘ年〇月△日、結束の弱くなった西側に対し、専制国家間で結束を
固めたロシアはポーランドなどの旧東欧 NATO 加盟国に対し、偉大なソ連復活を
目指し、攻撃を仕掛けます。それに対し、アメリカは自国ファーストがさらに蔓延
し、元々東側だった国に自国の若者を戦争に行かせることに対し、世論が反発、大
きな部隊を送れません。ロシアの侵攻に呼応した中国は、その動きに合わせて、台
湾、尖閣列島を占拠しますが、**東欧とアジアの二方面で戦うアメリカの戦力は希薄
化し、中国のなすがまま。**さらに北朝鮮は、韓国、日本にミサイルを発射し、戦車
部隊を中心とした地上部隊がソウルを陥落させます。日本も南の中国への対応、北
の北朝鮮への備えで一杯一杯のところに突如ミグ戦闘爆撃機が北海道を襲い、樺太、
千島列島から上陸艇に乗ったロシアの地上軍が攻め込んで札幌を占領します。考え
てみたら、ロシア、中国、北朝鮮、この**専制国家３国に囲まれているのは、世界で
も日本と韓国だけです。**ヨーロッパからの援軍など期待できませんし、アメリカも
同時に何か所も防衛することは不可能です。そうなった挙句に仕方なく和平交渉し
ても良くて日本分割（北海道はロシアが支配、沖縄は中国に取られ、韓国は北朝鮮
が主導で統一される、残った本州と九州、四国だけの日本は国とは言えない、形だ
けの国家でロシア、中国の言いなりにしか動けない**傀儡国家になり下がる。**

　そんなアホな、と思われるかもしれませんが、冒頭でも言ったように「起こる可
能性があることは、必ず起こる。」のです。ですから、まさかと思う事に対しても準
備しておかねばなりません。アメリカが助けてくれなくてもある程度自国を守れる
だけの準備、また、いざと言う時の切り札になる技術力などの強いものを持っておく、
それがあると、専制国家も「簡単に日本を攻められないなあ。」と考えるので、**"最
悪のシナリオ"も一歩遠のく**と思います。

　今回のウクライナ問題は、明日の日本、明日の韓国として考えないと大変なこと
になります。韓国も大統領選真っ盛りですが、こんな時に日韓の不仲が続くと敵に
つけ込まれやすい隙を作ってしまいます。是非、両国の安全保障の観点からも日韓
の友好を進め得る人がリーダーになってもらいたいものです。日本政府も、核の保
有も含め考えられることは全て例外を作らず、韓国、アメリカと本気で有事の際の
対応を考える必要があると思います。**ウクライナは地理的には 8000km も離れた異
国ですが、マインド的には 8000ｍしか離れていない戦争だと思い、今後の教訓に
することを願うばかりです。**

▶ 2022.3.9　　　　　　　　　　　　　　　　　　　　No.146

野望の終焉

　この物語は、私が考えた完全なフィクションです。ちょっと長めですが、ぜひ最後まで読んでみてください。

　北フランス、ドーバー海峡に面した港町リール、海辺の人通りのないベンチに二人の老紳士が座っている。その後ろから、気配を全く感じさせず近づく東洋系のがっちりした男。

男　「振り向かずに話せ。」
紳士　「お～お、来てくれましたか、Mr. 東郷。」
男（以下G）「世界を牛耳るロスチャイルドとロックフェラー(注1)の総帥が揃って、俺に何の用か。」
紳士A　「ご存じの通り、ロシアの狂犬が牙をむき、世界は混乱の一途をたどっています。我々**ロスチャイルド家**にとってもイングランド銀行、パリ国立銀行、香港上海銀行、ゴールドマンサックスなどの金融だけでなく、ロイヤルダッチシェル等のエネルギー企業、またネスレ、コカ・コーラ、ユニリーバ、ロッキード等々、世界各国の関連企業の価値が大きく棄損しつつあります。」
紳士B　「我々**ロックフェラー**にとっても同様にメリルリンチ、シティバンク、エクソンモービル、ボーイング等々、このままの状態が続けば、存続すら危ぶまれる企業も出てきます。」
G　「それは、お前たち西側諸国が決定したロシアに対する制裁措置の反動で、初めから想定されてたことじゃないのか。」
紳士A　「その通りです。ただ、一つ誤算があったのは、プーチンはじめロシア側が思った以上に耐えれており、根を上げないことです。」
紳士B　「その理由のひとつは、プーチンはじめ、それを経済的に援助している**オリガルヒ（プーチン政権を支えている新興経済財閥）**たちの海外資産に関して、凍結はしたのですが、実は世界のロスチャイルド、ロックフェラー系

180

金融機関には、第三者の名義やロシアに近い国の架空名義で、過去に石油や天然ガスで蓄えた多額の資産が眠っているのです。」

紳士Ａ　「その額は我々の試算では、ロシアの国家予算に匹敵するくらいの額であることが分かっています。それさえあれば、ロシアはびくともしないのです。」

紳士Ｂ　「それら世界の隠し資産を金、ドル、ユーロに変え、2022年3月20日に香港に集結させることがイスラエルのモサド^(注2)の情報でわかりました。さらにその後、中国船籍の偽装貨物船で極東ウラジオストックに運び、ロシア国内に移送する計画です。それがプーチン側に渡ると、ロシアより先に西側諸国の方が根を上げて、ウクライナはロシアの傘下にならざるを得ない状態になり、さらにロシアの進攻は隣国のポーランド、バルト3国に留まらず、フィンランド、スウェーデン等、あっという間に**ヨーロッパの半分がロシアのものになってしまう可能性があるのです。**」

Ｇ　「そこまでは分かったが、俺にどうしろと言うのだ。」

紳士Ａ　「その船には、オリガルヒの中で最もプーチンが信頼をするロシア最大の石油会社ロスネフチのＣＥＯ、イーゴリー・セーチンが乗船することも分かっています。その船を事故に見せかけて海中深く沈めてもらいたいのです。」

紳士Ｂ　「条件はもう二つあります。場所は貨物船の航路にあたる日本近郊の太平洋側でお願いしたい。そこには深さ7000ｍの日本海溝があり、一旦沈んだあとロシアが引き上げようにも無理であること。もう一つは、イーゴリー・セーチン以外の人命は奪わないこと。」

紳士Ａ　「これを頼めるのは、Mr東郷、あなたしかありません。」

Ｇ　「そんな回りくどいことをせず、なぜ、プーチン自身を殺らないのか？」

紳士Ｂ　「それも考えましたが、ロシア政府にはプーチンと志を同じくする狂犬が他にもいます。**もし、プーチンが暗殺されたとなれば、逆に結束が強まり、プーチンの敵討ちとばかりにやけを起こして、それこそ核のボタンを押す可能性が高まります。**また、その後ろ盾になる資金はそのままロシアに渡ってしまいます。したがって、プーチンに最も影響を与える人物セーチンを消し、後ろ盾になる資産を消滅させれば、さすがのプーチンとて、この戦争は続けられなくなるはずです。世界を救うために我々が考えたシナリオは、これだけなのです。世界を助けると思って、引き受けてはもらえないでしょうか？」

Ｇ　（しばらく沈黙）「世界を助けるのではなく、自分たちのためじゃないの

か？」

紳士 AB 「……。」

G 「よかろう、引き受けよう。」

紳士 AB 「お〜お、神様、これで世界は救われた。」

　数日後、日本の新聞に比較的小さな扱いで「中国船籍の中型貨物船、岩手沖で沈没、乗組員は全員無事」との記事があり、後から分かったことだが、香港の船会社の社員の話で、「荷物は積んでないようだったが**喫水線（船と海面の交わる線）が異常に甲板に近い**ようだった、船倉に何かとてつもなく重いものでも入れていたようだ。」(注3)とのコメントがあった。また、救助に向かった海上保安庁の職員の言葉として、「沈没しそうだとの一報があり、4時間かけて駆け付けたが、沈みだしたのは到着の2時間ほど前だったようで、船は沈んだが、一人の行方不明者以外、名簿にある乗員は全員救助できた。なぜ、沈むのが予想できたのか、不思議なこともあるものだ。」と発言していた。(注4)　そして、その事故と同時に何者かから他のオリガルヒメンバー全員に一通のダイレクトメールが……。内容は「次に讃美歌13番(注5)が鳴るかどうかは、お前次第だ。」……それから比較的早い時期にプーチンから和平の話が出てきた。それを西側諸国のマスコミは、自由主義の勝利と称えていた。

　場所は変わり、フランスボルドー川河畔の静かなオープンカフェでロシア撤退の新聞記事を見ながら、赤ワインで乾杯する二人の老紳士、「ムートンロートシルトもラフィットロートシルト(注6)も一番のつまみは、平和という事だな。」

―― 野望の終焉　完 ――

注1：ロスチャイルドはドイツ発祥のユダヤ系財閥、ロックフェラーはアメリカ基盤の世界的財閥、双方とも世界中の多くの企業に影響力を持ち、普通はライバルとして競い合っている。文中の企業はそのほんの一部である。

注2：モサドはイスラエルの諜報機関で世界中に張り巡らせた情報網はCIAも一目置くと言われる。

注3：喫水線が甲板に近いという事は、金か何か重量のとても重いものを積んでた証拠

注4：ゴルゴは、沈没推定時間の4時間前に事前に海上保安庁に連絡しておき、（現場に到着するのに約4時間必要）、香港で仕掛けた時限爆弾を2時間前に爆破させ、1時間前に近くを航行していた偽装ロシア船でイーゴリー・セーチンを救出と見せかけ、殺害したのであろう。

注5：讃美歌13番とは、ゴルゴ13と接触するときの暗号、イゴール・セーチンの死と自分たちの資産が沈んだのは、ゴルゴ13の仕業だと理解したオリガルヒたちは、戦争を続けるための資

金がなくなったことに加え、次の標的が自分と知って、命がけでプーチンを止めにかかったと思われる。

注6：フランス5大シャトーのなかのムートン・ロートシルトとラフィット・ロートシルトは、ロスチャイルドの持ち物。（ロスチャイルドをドイツ語読みするとロートシルトになる。）

〔もう一言〕

　もし、ゴルゴ13なら、こんな感じでプーチンの野望を終わらせるのかなと勝手に考えてみました。ゴルゴ13を読んだことある人は、ありそうなストーリーだと感じてもらえると思いますが、知らない人には少し難しかったかもしれません。家にゴルゴの単行本が100冊以上ある私としては、是非ゴルゴに登場してもらいたいとの願望を含めて書きました。でも、現実は、もっと複雑怪奇で簡単には解決しないでしょう。極東の果ての一市民としては、一刻も早い終結（平和）を祈るばかりです。

ゴルゴ愛用のアーマライトM16

▶ 2022.3.29　　　　　　　　　　　　　　　　　　　No.148

民主政治の危機

　民主政治の危機は、ウクライナのことではありません。身近なところから考えてみたいと思います。

　さて、京都府知事の選挙が4月10日に行われます。ここ数回いろんな選挙のたびに、毎回思うのですが、投票しようとしても票の**「入れようがない！」**今回も自民や立憲民主、公明、国民等が推薦する現職候補と共産党推薦の候補の二者択一です。

　現職候補ではダメと感じていても共産党の候補には入れたくない場合、**どうしたら良いのか？　選択の余地がありません。**こんな状況が、**1947年に知事を公選するようになってから、19回ずっと続いています。**厳密に言えば2回ほど、共産側に社会党などが共同で支持しましたが、第9回の府知事選を除くと全て上位の二人で得票の90％以上を取っています。

　そして、私が京都に来てからの選挙で「どっちが勝つかなあ。」と思って開票を見ることがほとんどなく、すでに結果は決まっていたように思います。それでも、もし共産党が候補を出さなければ、**無投票だった**という事になりますので、考えたらひどいですよね。専制国家のように国民が自由に為政者を選べないことも大きな危機でしょうが、今の選挙を見ると、"選べない"と言う意味では、同じようにも感じます。その結果、府知事選の投票率は、前々回2014年、前回2018年と続けて30％台です。年齢別にみると、特に20代の人はもう少しで**投票率が20％を切る状況**です。

　そんな状態で選挙に勝ったからと言って「皆様のご支持の賜物です。」などと言って、万歳三唱しているようでは情けない限りです。もっと危機感を感じてもらいたい。このことは府知事だけでなく京都市長選にも言えます。また、京都だけでなく全国のあちこちで同様のことが起こっています。このままでは、ますます投票率が減っていき、その内に投票に行っても仕方ないので行かない人ばかりになれば、選挙がない専制国家と同じで**勝手に誰かが首長や議員を選んで、好き勝手なことをしないとも限りません。**

　これを変えるためには、以前にも言いましたが、議員や首長の権限を高め報酬等の見返りも大きくし、**優秀な人たちが、こぞって「自分がなって地方自治体を、そして国を変える！」**と続々と立候補したくなるようにし、その成果によってさらに

184

大きな報酬等も見込める。起業して社会を変えて、結果大きな見返りがあるのと同じように地方自治体と言う法人、国と言う法人をもっと豊かにして、その結果は起業するのと同じか、もしくは、それよりも大きい見返りも期待できるようにする。有権者は、そのことを許容することから始めないといけないと思います。選挙のたびに「ほかにおらんのか？」と言う嘆きの声が全国から聞こえてくるようでは、**結局、損をするのは自分たちですから、自分たちの代表には、ドーンとはずんでやることです。**そんな勝手なことを言いながら、さて府知事選挙、行こうかな、どうしようかな？……。行って白票を出そうかな、などと考えている次第です。

〔もう一言〕
「そんなに文句があるなら、お前やれ。」と言われると、人生経験で一度くらい立候補してもいいかなと、考えないでもありませんが、府知事選の最低得票が1974年のある候補者の679票でした。供託金300万円を没収され（有効投票数の10％未満、前回で7万票程度以下で没収される。）結局、過去最低投票と言う恥ずかしいレッテルだけが残るような気がするので、私はやめときます。誰か立候補しませんか？

▶ 2022.4.10　　　　　　　　　　　　　　　　No.149

チャレンジすること

　写真は、10年ほど前に京都で村田選手の試合があった時に撮った写真です。**試合の後でありながら、ほとんどダメージを受けておらず、口調も滑らかで頭の良い人だなあと感じたのを覚えています。**

　その後、世界王者にまで上り詰めた村田選手と同級の他団体の世界王者ゲンナジー・ゴロフキンとの間で、お互いのチャンピオンベルトをかけた戦いが昨日、日本で行われました。結果は、村田のKO負けで残念ではありましたが、**まずお互いのチャンピオンベルトをかけて戦おうと言うチャレンジャー精神に"あっぱれ"です。**と言うのも現在のボクシング世界チャンピオンは、4つの団体がそれぞれ17階級でチャンピオンを認めており、さらに「スーパーチャンピオン」「暫定チャンピオン」など、よくわからないチャンピオンがいて、誰が本当に強いのか、**誰が真の世界チャンピオンか、さっぱりわからなくなっています。**中には、所属事務所の策略で弱い相手と防衛戦を組んで、とりあえずチャンピオンとして長く稼がせると言ったケースもあるようです。

　そんな中、このゴロフキンと言うのは、村田選手が昔からあこがれる絶対王者で、戦績も42勝1敗（ちなみに村田選手はこの試合前まで16勝2敗）と圧倒的な強さです。村田はWBAと言う団体、ゴロフキンはIBFと言う団体の、それぞれ世界王者で、お互いが対戦しなければ、**それぞれ世界王者として君臨できたわけですが、**どちらかがチャンピオンベルトと名声を失うリスクを冒しても、真の王者を決めたいと言う姿勢は、どこか、剣の道を究めようとより強い相手を求める昔の剣豪を彷彿とさせます。特に下馬評では圧倒的にゴロフキンが有利という評価でしたので村田側はまさに**挑戦者ですね。**

　しかし、そんなチャレンジしようという精神は、人をひきつけ、見るものを感動させてくれます。周りから負けると言われても"なにくそ"と頑張っている人、何回も失敗しながら成功を信じて挑み続ける人、誰も協力してくれなくても孤軍奮闘、一人ででもやり遂げようとしている人。世の中、周りを見れば結構そんな人がいる

ように思いますね。村田選手のように有名な人でなくても、すぐそばにもコロナで苦労しながら頑張っている人、病気に苦しみながらも希望を持って立ち向かっている人、会社や学校の中で誰にも知られず逆境と戦っている人、そんな人たちに**村田選手のチャレンジは勇気を与えてくれたように思います。**人間チャレンジしなくなったら、生ける屍と一緒で人生終わりですね。村田選手のチャレンジを見て、いくつになっても、大きなチャレンジ、小さなチャレンジ、**自分なりのチャレンジを死ぬまで続けたいと思いました。**みなさん、がんばりましょう！

〔もう一言〕
　村田選手と会ったのはその一回きりですが、記念にサイン入りボクシンググローブをプレゼントしてもらいました。その時に直筆の手紙ももらったのですが、その中に「佐村社長へ、（中略）、今後しばらくは東京や海外で試合を続けます。私個人としては、その後世界王者になり京都で凱旋試合をしたいと思っています。応援よろしくお願いします。」と便せん3枚に一生懸命に熱く語ったものでした。凱旋試合はありませんでしたが、テレビで充分に感動させてもらいました。村田選手、ありがとう！

村田選手サイン入りグローブ

▶ 2022.4.20　　　　　　　　　　　　　　　　　　　　No.150

お花の好きな女の子

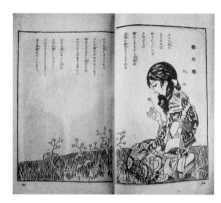

　大きな戦争が起こるずいぶん前、肥後の国熊本の農家で一人の女の子が生まれました。小さなころから目がぱっちりと大きく、両親やお兄さんお姉さんからずいぶんかわいがられて育ちました。ただ、小さい時から体が弱く、小学生のころには長い間学校を休まねばならないほどで、周りの人はみんな「この子は長生きできないだろう。」と思っていました。

　それから数年、お花の好きな少女は、いつもお花を摘んだり、お花の絵をかいたりと幸せに過ごしていました。何年かして小学校を卒業するころになると、少女は女学校に行きたいと思うようになりました。ところが田舎の農家ですから小学校を出ると家を助けるために働くのが当たり前で女学校になんか行けるはずがない、やっぱりあきらめようと思った時に厳格で村の区長などもしていた少女のお父さんが、「女学校に行きなさい。後は心配しなくていい。」と言ってくれたのです。やはり、少女の体が弱いので今のうちに希望をかなえてやりたいと思ったのでしょう。少女は喜んで女学校に通い始めます。

　ところが大きな戦争が起こり、日に日に食べるものが無くなったり、学校へ行くより武器を作る工場に行ったり、竹やりの訓練をしたり、挙句の果てに熊本の田舎にも敵の飛行機が来るようになり、ある日の帰り道では、すぐ横を機銃の弾丸がかすめ、生きた心地がしなかったそうです。

　そんな、暗い時代も終戦で大きく変わり、少女も女学校を卒業し美しい娘さんに成長しました。村でも評判の美人さんですから、大きな土地を持った地主の子や隣村からもたくさん嫁に来てくれとの話がありました。そんな中、隣の村の貧しい農家の三男坊で小学校を卒業すると同時に予科練と言う軍隊に入隊し、特攻隊で敵艦に体当たりをする１週間前に終戦になった運のよい青年がいました。その青年は娘さんより４つ学年が上、体が大きく近所でも有名なガキ大将で喧嘩に明け暮れてるような少し乱暴な人でした。ただ、三男坊という事で熊本から福岡県の八幡に出て

188

きて、八幡製鉄所に勤務しており、いわゆるサラリーマンでした。青年は八幡から実家の熊本に帰るたびに娘さんのことが気がかりでした。戦争に行く前から可愛い娘さんで、いい娘だなあと憧れてはいましたが、自分なんか貧乏だし三男坊で財産も無いし、とても来てくれないだろうと諦めていました。ところが、娘さんのお父さんは、「この子はお百姓さんでは体がもたないだろう。」と他の良い条件の縁談をすべて断り、体の大きな青年に嫁がせました。娘さんは 20 歳を過ぎたばかりでした。青年は、飛び上がって喜びました。「一生かけて、この人を大事にしよう。」と誓いました。

　それから、二人の八幡での生活が始まりますが、最初は 6 畳一間の間借りです。給料も安いし、娘さんは誰も知った人がいない都会に出てきて戸惑う事ばかりです。でも青年は娘さんのために必死で働きました。休むのも忘れて夜も昼も人の分まで働き、遊ぶことは一切しませんでした。その後、娘さんが 21 歳の時、長女を生み、24 歳で長男を生みました。二人にとって子供は宝でした。自分たちは一切贅沢せず我慢して、時々、子供にはしゃれた洋服を買って着せたり、子供が夜、おなかが痛いとか、どこどこが痛いと言うと夜にもかかわらず、背負って病院に走りました。ある時、少しずつためたお金で小学生の息子の誕生日にちょっといいズボンを買ってあげました。喜んだ息子は急いで遊びに行きましたが、帰った時にズボンは泥だらけ、擦り切れて穴が開いていました。せっかくのズボンを泥だらけにしてガッカリです。でも「まあ、元気な証拠だろう。」と夫婦は笑っていました。

　そんな貧しくても幸せな家庭を築いた二人ですが、その後も娘さんの体はたびたび病気に襲われました。でも、夫婦二人手を取り合って頑張り、何とか乗り越えていきました。息子を大学まで行かせて、子供たちも成人し、夫婦二人の生活になったころからは、病気と言う病気もせず穏やかな生活を送れるようになりました。きっと、若いころに苦労したご褒美を神様から頂いたのでしょう。さらに夫婦は、それぞれ年を重ね、青年が定年を迎えてからは、それまで行けなかった旅行などにも何度も行きました。たまには、美味しいものも食べれるようになりました。「若い時に苦労した甲斐があったね。」と言いながら、二人は互いを補い幸せな時を重ねました。

　あまり長生きはできないだろうと言われていた娘さんも、気がついたら、結婚して 70 年を迎え、娘さん 91 歳、青年も 94 歳、その間、夫婦の親も亡くなり、それぞれの兄弟や友人たちもほとんど亡くなって、おじいちゃんとおばあちゃんになった二人ですが、「さあ、二人でもうちょっと頑張って生きて行こう。」と言ってるときに突然おばあちゃんの体に異変が起きました。以前患った病気が再発したのです。

ちょうど桜が満開の時に「治療が難しいかも。」と医者に言われ、桜が散ると同時に命の灯も消えました。

　母が亡くなりました。世界中が敵になったとしても最後まで味方してくれる優しい母が亡くなりました。棺の中には好きだったお花を溢れんばかりに入れました。火葬場で最後の別れをするときに、それまで黙っていた父が大きな声で「ばあちゃん、ありがとう！」と声を掛けました。きっと、その気持ちは届いたことでしょう。安らかに眠ってください。

　葬儀の後に母が書いていた日記のようなものがあり、父が見ていました。その中には、「明日、信哉が帰ってくるからうれしい。」とか「信哉が〇〇してくれた。」「信哉が……」と私のことが何回も出てきたらしいです。それを聞き、涙で私はとても読めませんでした。なぜ、もう少し親孝行をしてやれなかったのか、後悔だらけです。いくらやってもこれで良いと言えないのが親孝行でしょうが、もう一度同じ人生を送るならば、あと100倍でも親孝行をしてあげたのにと悔やんでいます。後悔先に立たず、あとは残った父にせいぜい親孝行をしたいと思います。

〔もう一言〕

　たまたま、いい絵がないかとネットで探していたら、写真の絵（P.188）がありました。大正15年の「少女世界」と言う雑誌の中の1ページです。そこに「春の堤」と言う詩がありました。それは「春の堤に在りし日の、君のすがたをしのぶなん、日はまざまざと照らせども、赤き鼻緒はそこになし。」と言う詩です。葬儀の時も良い天気で新緑に合わせるかのように、野の花がそれは奇麗に咲いていました。悲しい事ではありますが、その内、年取って人生の終わりが近づいたとしても、また優しい母に会えると思うと、楽しみができたように思います。それまで、一生懸命生きようと思います。今回は、全くのプライベートなことで申し訳ありません。

金魚

母さん母さん、
どこへ行た。
紅い金魚と遊びませう。
母さん踊らぬ、

お母さん、おかあちゃん……

　　　　　　　ありがとう

▶ 2022.5.10　　　　　　　　　　　　　　　　　No.152

私は今日まで生きてみました。

　写真は、一番直近に撮ったものです。5月7日です。そして、**昨日67歳になりました。**おかげさまで至って元気です。

　タイトルの♪私は今日まで生きてみました♪で始まる吉田拓郎の「今日まで、そして明日から」という歌があります。歌詞は「**誰かの力を借りたり、裏切られたり、人をあざけ笑ったり、助けてもらったり、周りに脅かされたり、また人と手を取り合って**」今まで生きてきて、これからも同じように生きていくだろう、というものです。若いころは、「人間関係がどうした、とか、しかも今までもこれからも同じことの繰り返し？　面白みのない歌やなあ。」と、あまり気になる歌ではありませんでしたが、今この年になって見てみると、おもしろいもので、「**まさにその通りだな。**」と思います。これからも誰かに助けられたり、衝突したり、優しくしてもらったり、冷たい仕打ちを受けたり、出会ったり、別れたり、楽しい時や悲しい時を共有したり、結局は人とのふれあいやぶつかり合いの中でしか生きていけないもので、**その喜びや苦しみが人生そのもの**だろうと思います。

　拓郎の歌は、後半こう続きます。♪私には私の生き方がある、それは自分を知ることから始まる♪　しかし、そうは言っても、67年間それなりに生きてきて人間関係を築いてきても自分を知ることは難しいものです。でも、この年になって、ようやく一つ気づいたことがあります。私は、**何か大変なことや「しまった！」という事があっても、2～3日くよくよしたら、自分でも不思議ですが、「何で悩んでたんやろ？」**とほとんど後を引きません。これは何かと考えていて、ふと分かったのですが、あきらめが早いんですね。苦労して苦労して一つのことに執念を燃やしてやり遂げる、そんな事が自分の人生では、あまりありません。上手く行かない事があっても、「しゃあない。」と次のことを考えて、物事に対して執着心が無く意外とあっさり諦めてしまいます。今頃何を言ってるのかと思われるかもしれませんが、「そうか、自分の性格は、そうだったのか！」このことが若いころから分かっていたら、

192

その欠点を補うような策を用いて、仕事も人生も、もっと大成していたのではない
だろうか、と大いに悔やんでいます。

　そう考えると、人間として最も素晴らしい、立派な人とは、「自分のことを知って
いる。」人だなと思います。自分の良い点も悪い点も知っていたら、その人に能力が
無くてもすごいことができるわけです。例えば、カーネギーホールで有名な鉄鋼王
カーネギーは、若いころから、自分には人に秀でた能力がない、だけど、**"自分よ
り優れた人"を使う能力に長けている**。したがって、いかに人を動かすかに注力し、
その結果、ロックフェラーに次ぐ、世界史上二位の大富豪になりました。その墓碑
には、「自分より才あるものを集める術を知りたるものここに眠る。」とあるそうです。
私も若いころに自分の欠点を知っていたら、今頃ビルゲイツになっていたかも、と
思いながら、「いや、待てよ。」逆に、自分はすぐ諦めるということを知っていたら、
将来、仕事で成功したり、会社で出世したりなど、初めから無理だと思って、今の
人生すら、諦めていたかもしれないから、**これで良かったのかも知れないな。**など
と考えているうちに、結局、平々凡々で特別なことがなかろうが、明日からも**今日
までと同じように生きていけることが幸せ**、と言う結論になりました。拓郎の歌の
最後の歌詞そのままです。♪そして今、**私は思っています。明日からもこうして生
きていくだろうと♪**　みなさん、これからもよろしく。

〔もう一言〕
　写真は、2〜3カ月に一度やっている「佐村杯」という私的なコンペで優勝した
時の写真です。やはり飛距離は落ちてきてるし、これから上手くなることもないで
しょうから、怪我だけしないように頑張ろうと思います。とか何とか口では言いな
がら、ドライバーを持ったら振り回して、「くそー！」と気合を入れてゴルフをして
います。まだまだ枯れたゴルフはしたくないですね。目標は、85 歳くらいになって
84 以下で周り、エージシュート（年より少ないスコアで回ること）をすることです。
ただ問題は、今までそんなスコアで回ったことがないのです。がんばります！

▶ 2022.5.17　　　　　　　　　　　　　　　　　　　　No.153

安全神話崩壊

　先月 23 日に大変悲惨な事故が起こりました。知床の遊覧船事故です。5 月 17 日現在でも 12 名の方が不明です。また、報道によると事故は**起こるべくして起こった人災**と言えるようです。（写真は知床半島を海から見たところ。）

　私が中国やアジアに行き始めた 30 数年前は、各国の方には失礼ですが乗り物に乗る時はいつも不安でした。車が途中で故障して止まったり、ハンドル操作を間違ってぶつかりはしないか、船は沈むんじゃないか、飛行機は、この間まで戦闘機を操縦していた兵隊上がりのパイロットも多いと聞き、乗るたびに急上昇急降下で不安に思いました。上海の市内から空港までのリニアモーターカーができて時速 300km で走ると聞いた時にも同行の日本人の中には、絶対事故が起こるから乗らない、という人までいたくらいに**安全に対しては不安が付きものでした**。それは、単なるイメージでそう思うのではなく、実際に町の中では車がよく事故をしており、また高速道路が壊れて高架が落ちたり、橋が壊れたり、大きな列車の事故もあったり、乗り物自体だけでなくインフラも含めて現実に事故率が高かったのも事実でした。それは、どこかで"**手を抜いている**"のが原因で、**そのいい加減さがいろんなところで不安にさせていました。**

　その点、日本はどこに行っても何に乗っても手を抜くことがないので、**安全で何の心配も要らない、**……と思っていましたが、この間の遊覧船の事故を見ると、「**日本も変わってしまったな。**」と考えを改めざるを得ません。命に係わる危険よりも金儲けを優先する遊覧船社長の考え、それを許してしまう周りのスタッフ、中途半端な検査で通してしまう国の検査方法、どれを見ても"**日本らしさ**"がひとかけらもありません。日本には西洋のように宗教に基づいた道徳教育はありませんが、昔から武士道と言う道徳観を共有し、それが日本人の素晴らしい考えや行動を醸成してきたと言えます。だから、「自分だけ良ければ、周りはどうなっても良い。」という間違った個人主義や「金儲けが全て」と言った"さもしい"考えは、それを考える

だけでも不道徳で、正しい事のために命を懸ける覚悟（正義の観念）というものが知らず知らずのうちにバックボーンとして心の中にあったはずです。

日本が誇れる美しさとは、野山や海などの自然ではなく、整然とした街並みや美しい料理などでもない、**世のため人のために生き、勤勉で、正しいことを整然と遂行する心の在り方**だと思います。その美しい日本人の心が失われている証拠が今回の事故のように思います。手抜きをせず、見えないところこそ一生懸命に責任を持って遂行する、そのような日本の良いところが失われつつあるのです。全くもって悲しいことです。しかし、そんなことばかり言ってもこのような事故は減りません。

例えば、事故などが起こる時には必ず兆候があり、1件の重大事故の前には29件の軽微な事故があり、その前には300くらいの"ヒヤリ"としたり"ハッ"としたりする、事故にならないが一歩手前の事例が起こると言われています。（ハインリッヒの法則）そして、今の国の管理方法は重大な事故が起こって初めて営業停止等の執行をするわけですが、その前の軽微な事故では注意等で済んでいる例が多いように思います。つまり、企業側としては、大きな事故になって初めて実損が出る。それまでは、損が出ないので「ハイ、ハイ」と言うだけで、**お金をかけて事故防止をしなくてもすんでしまう。**という事になります。そうではなく、人の命に係わるものやことに対しては、軽微な事故が起こった時に運営者には実損が伴う処置をするなど、**軽微な事故でも起こしたら損をするという事を理解させることが大事だと思います。**

また、国の検査もいい加減なもので、何か不足していても「今度直しといてね。」みたいな感じでその場を済ますなど、有名無実な検査方法も分かってきました。その際にも実損が伴う罰則を強化して、軽微な事故でも検査時の不備でも起これば大損するとなると、軽微な事故も検査の不合格も起こせません。そうなれば、大事故につながる可能性が大きく減ってくるのではないでしょうか？

今回の事故も時間とともに人々の記憶から消えていき、結局何も変わらず、また数年後に違うところで同様の人災事故となって現れたとしたら、今回犠牲になった人は浮かばれません。尊い犠牲を活かすためにも**国の検査の仕方、罰則の在り方、そして長い目で見て日本人の道徳心の醸成に取り組んでほしいものです。**

〔もう一言〕

何年か前の7月に知床近辺を船で観光したことがありましたが、とても寒く、震えるほどでした。海の中はさぞ冷たいだろうと思いましたが、5月の海はそれよりも冷たいはずです。いまだ不明の方が一日も早く発見されることを願っています。

▶ 2022.5.27 No.154

令和のお騒がせ男

　山口県阿武町の給付金誤振り込み事件。町が一人10万円のコロナ給付金（463世帯分**4630万円**）を、間違って**一人の男に振り込んでしまった**が、当人はそれを別口座に移して勝手に使い返却しないというもの。マスコミが連日報道しているので、わざわざブログにこんなバカ男のことを書かなくてもいいのですが、2つの点でこの報道を危惧しています。

　一つは、このアホ男がオンラインカジノに使ったと言った事。日本は、公にはギャンブル禁止の国です。したがって、大阪や横浜でのカジノ建設に関しては、多くの人の反対を招きました。特に議員の方や、いわゆる良識のある方々は「ギャンブル依存症になる人が出てくる。」「青少年の教育に良くない。」などと反対しましたが、以前にこのブログにも書いたように、**日本には競馬、競艇、競輪等の公営ギャンブルがあり、さらにパチンコと言う紛れもなき賭博場が全国どこにでも存在します**。その数なんと約9000店。そんな状況なので、すでに**ギャンブル依存症になっている人も多数存在しているカジノ大国なのです**。それに比べ、海外のカジノはそんな9000店もあるところなんてありません。せいぜい、数か所から多い国で数十か所です。そのギャンブル大国日本で唯一海外よりましなことは、パチンコ屋や公営ギャンブル場は、開いてる時間が決まっており、**時間が来たら、それ以上やりたくてもできなくなることです。（海外のカジノはほとんど24時間開催）**

　そんな中、このスカタン男が、大金をオンラインカジノに使ったなどと言うものですから、テレビなどでは「オンラインカジノとは？」と詳細に説明し、ほとんどの日本人がオンラインカジノの存在を知りました。これで、家にいて寝転んでいても24時間好きな時に**好きなだけできるカジノが目の前にできた**ようなものです。市場規模については、なかなか正確な数値がないのですが、現在の日本でのオンラインカジノの売上は700～900億円と言われています。今までは、知る人ぞ知るという存在だったオンラインカジノですが、これほど日の目を見てしまうと、一挙にやる人が増えて、あっという間に**実際のカジノを一軒建てたのと同じくらいの金（大阪府の試算で5000億円）が日本から出ていく可能性も否定できません**。さんざん議論したカジノ論議ですが、今回の鼻くそ男のおかげで、観光客が増え、雇用が促進され、お金が日本に落ちると言った**メリットは一つも享受できず**、間違いな

くデメリットであるギャンブル依存症や、破産する人が増えるでしょう。とんでもないことです。

　もう一点は、このことにマスコミは、どれだけ時間を割いたでしょうか？　最近は、「ウクライナ」「知床遊覧船」「給付金ボケカス男」この３本立てでほとんどの時間を使っている感じで、他に大事なニュースはないのか？　例えば、今般「ミャンマーの軍事政権から士官候補生を受け入れ、防衛大学や航空自衛隊で訓練を受けさせる。」ことなどを政府が決めました。これは重大で由々しき事態ですが、ほとんどニュースに流れません。ミャンマーの軍事政権など、ロシアよりもひどい仕打ちを民間人に対して行っているにも拘らず、なぜ日本が受け入れて教育を施さないといけないのか？　**全くもって理解できません。**岸田総理も岸防衛大臣も、きちんとした説明をすべきです。

　やるべきは、軍事政権に対する支援ではなく、軍事政権に迫害されている弱い立場の民間人抵抗者を支援すべきで、その内容も金銭、食料、武器の供与だけでなく、ウクライナと同様に迫害されて死に瀕している人を難民として受け入れるべきですが、そんなことは全くしていません。**弱いものを助けずにその人たちをいじめる軍事政権にいい顔をする、それが日本のとるべき態度か！**　こんなことこそマスコミで「令和のお騒がせクソ男」の10分の１でも報道すれば、世論は盛り上がると思いますが、残念ながら、そんな骨太の報道をするところは、見当たりません。本当にしょうもない、**不埒な"たわけもの"のおかげで、数千億円ものお金が消えるとともにカジノを建設したと同じデメリットが現れ、知りたいこと、知らないといけないことが国民に知らされない。**こんな影響があることを、何度も言って悪いですが、このバカタレはどう考えているのか？　今回のように世間をなめてるような"ヤカラ"が、これから出てこないことを祈るだけです。

〔もう一言〕

　ユニセフがテレビでロヒンギャのCMを流していますが、ミャンマーの軍事政権は、このロヒンギャの人たちを大虐殺したり、一定の地域に隔離したりで、70万人ものロヒンギャがバングラデシュに避難しています。ウクライナは世間の耳目を集めているので支援するが、国民が知らないところでは何もしないでは、情けない限りですね。正義とは何か？　岸田総理と岸大臣、そして日本の大マスコミにも聞いてみたいですね。

▶ 2022.6.10　　No.155

時代は変わったが、進歩は？

　6月10日、時の記念日にあたり、少し昔を振り返ってみようと思います。と言うのも、今週7日に東京ビッグサイトで**ダイレクトマーケティング（以下DM）フェア**と言う展示会があり、その中で講演を依頼され話をしてきました。

　DMと言うと何かなと思う人もいるでしょうが、いわゆる無店舗販売、通信販売のことです。会場は出展者も来場者も若い人がたくさん来られていて、DM業界に従事している人の多さを感じました。通販と言うと、今でこそ、テレビやWEBが主媒体になってきましたが、元々は紙媒体が主流で欧米では100年以上前から普及していた販売手段です。写真のカタログは、フランスの友人からもらった1924年と1925年に発行されたフランスのプランタンとボンマルシェの通販カタログです。100年前ですから写真はまだまだ一般的ではなかったので、絵で商品を説明しています。当時の最新ファッションや靴、バック、アクセサリー、家具や台所用品など、今と変わらぬ品ぞろえで驚きます。

　ところが日本では、なかなか業界が成熟せず、私が大学を卒業してニッセンに入った1978年頃の"通販"と言う響きの中には、**少々暗い印象がありました。その当時の通販会社は玉石混交で、中には胡散臭い商品やまがい物を売る会社もあり**、私が九州から京都の通販会社に行くと言うと、本気で「大丈夫か？」と言う人もいたほどです。会社に入ってから商品の仕入れをしていたのですが、いろんなメーカーさんや問屋さんに「商品を仕入れたい。」と連絡しても「カタログ販売？」「何やそれ？」「写真で物を売るなんて聞いたことがない！」とよく断られました。それが今やカタログやチラシによる販売だけでなく、Eコマース、テレビショッピングなど電波やインターネットを通じた販売は当たり前で、無店舗での販売を知らない人はほとんどいません。時代が大きく進歩し、昔と比べたら**隔世の感があります。**

　隔世の感と言うと、仕事の仕方も様変わりです。当時は、今のようにパソコンもないしインターネットもスマホも何もない時代でしたので、計画などを立てる時や

業績の判断をするのに全部手計算、かろうじて電卓はあったので、月別商品別の売上計画などを作る際には、電卓片手に**一晩は平気で徹夜しないとできないくらいでした。**今ならエクセルで10分くらいでしょうか。また、何かの連絡をするには大勢であればその都度、みんなで集合して話を聞かないと伝えられません。今なら、メールで同時配信すれば、何人でも何百人でもあっという間です。また、何かを調べるには、会社にある百科事典や統計資料を探し、なければ図書館で見たり、新たに書店で本を購入するなど、手間がかかって仕方ありませんでしたが、今はネットで検索すれば、あっという間です。その他、携帯電話が普及して、いつでもどこでも連絡が付きますし、新幹線の中でパソコンを開いて仕事をしている人も大勢います。これだけ多くの時間を短縮できるようになって、普通に考えれば当時の仕事は**今なら半分か3分の1の時間で充分にできるようになったはずです。**

　では、一人当たりの生産性が当時の2倍〜3倍になっているか？　多分、そんな実感はないと思います。なぜなら、一番違うのが**"要らん仕事をしすぎる"**からです。さらに、情報も多すぎて、振り回されてしまっているように思います。ポイントさえ逃さなければ細かいことは不要なケースは多々見られます。パレートの法則（2・8の法則）と言うものがあり、**仕事の成果の8割は、時間全体の2割の時間で出している、と言ってます。**と言うことは、逆に残りの8割の時間には無駄なものも多く、そこばかりやっていると生産性は落ちます。今、何が大事か、**優先順位を付けられない人は、総じて仕事ができない人**だと言われていますが、逆に優先順位を的確につけることができれば、仕事だけでなく人生も余裕をもって生きられるはずです。さて、皆さんも"時の記念日"に、時代は変わったが、自らの時間の使い方が進歩したか、過去と比べて、一度考えてみるのも良いのではないでしょうか？

〔もう一言〕

　時の記念日は、天智天皇が日本で初めて水時計で時を知らせた故事からきたものですが、制定されたのは1920（大正9）年です。制定の理由は欧米人から、日本の一般人は時計も持っていないことから「日本人は時の観念が薄い。」と指摘されてのことだそうですが、一般の人の腕時計等の普及は第二次世界大戦後1950年頃を待つことになります。考えてみたら、1920年ごろからフランスでは通販があり、カタログには今と変わらない腕時計や懐中時計が載っています。欧米と日本の工業化の歴史はやはり大きく異なるなと実感する次第です。

▶ 2022.6.20　　　　　　　　　　　　　　　　　　　　No.156

さらば香港の顔

　香港と言うと、まず「100万ドルの夜景」と言われるビクトリアピークから香港島と九龍半島を望む眺望が浮かびますが、その香港島の裏、アバディーン地区に行くと、**突然キラキラギラギラ、目がまぶしくなるような光に包まれた建物が水の上にドーンと現れます**。まるでこの世のものとは思えないような豪華絢爛さ
に度肝を抜かれ、岸から船で渡ると、そこはもう竜宮城のような香港の顔、4階建て海上レストランの「JUMBO」です。

　1980年代の後半くらいから香港に行ってますが、最初のころはこの豪華なレストランで食事するのが楽しみで、何を食べても旨いと感じていました。途中から、食べるだけならもっと美味しいとこがあることを知りましたが、ここは食事のおいしさ以上に、**いつも人が多く活気にあふれ「香港に来た！」と感じられるところで**したので、それから何回も行きました。

　ところが、最後に行った10年ちょっと前、光が薄暗くなって4階ある建物の内、1～2階しか開いてないのです。それまで観光客でごった返していた**店内もがらーんとして、あのJUMBOはどこに行った？** と寂しい思いをしていましたが、その後、香港の民主化デモで観光客がさらに減り、コロナがとどめを刺したのか、2年前の2020年3月に営業を停止し、そして先日14日にとうとうアバディーンの海上から**船で曳かれて撤去された**というニュースがありました。たかだか民間の水上レストランではありますが、何か香港全体が変わってしまい昔の良き時代が終わったような気がして、**寂しく感じます**。日本でもコロナに限らず諸事情で営業を停止した地方百貨店や料理店、テーマパーク等々、たくさんあります。「あの店、美味しかったのに。」「あのテーマパーク、子供を連れて、よく行ったなあ。」「小さいころ、この百貨店の食堂へ連れて行ってもらうのが楽しみで。」等々、**昔の思い出までも消えていくようです**。今まであったものが無くなるのは、やはり寂しくなりますよね。

　でも、考えてみたら、人間も含めて生命体は要らなくなった古いものを体外へ出

200

し、新たに必要なものを取り入れる、**いわゆる"新陳代謝"をするから生きていける**のであって、それができなくなると生命の維持もできなくなります。それと同じで、社会全体でも"新陳代謝"が活発に行われることで、また新たに生きるエネルギーが生まれ、新たな街や社会ができるのですから、古いものが無くなることは、**歓迎せねばならないのかもしれません。**と、頭で理解はするのですが、古いものに対する郷愁は捨てきれぬものがあります。

　しかし、そんなことばかり言ってて、これからも続くであろう社会の新陳代謝の中で、今度は自分自身が古くて役に立たないものとなれば、"JUMBO"のように船に曳かれて排除される訳ですから、そうならないように頑張らねばねばなりませんね。**船に曳かれるなんて、「まだまだ10年早い！」とJUMBOの栄枯盛衰を思いながら、自分自身が奮い立つ今日この頃です。みなさん、がんばりましょう。**

〔もう一言〕
　18日に、今、お米の普及と食の感動を広げようとがんばっている株式会社八代目儀兵衛と言う会社の経営方針発表会で講演をしました。社長は元ニッセンの人でまだまだ若くて、業界に新しい風を吹き込もうと頑張っています。まさに今までの古いものにとって代わって、**新たなコメの文化を築こうと新陳代謝の真っただ中です。**その中で若い社員の方たちがみんな一生懸命に耳を傾けてくれて、あっという間の90分でした。そんな人たちが、私の話を聞いて異口同音に「役に立ちました。」と言ってくれてます。人の役に立つうちは、まだまだ現役。そう簡単に排除される訳には行きませんね。

▶ 2022.6.30　　　　　　　　　　　　　　　　　　No.157

未来への贈り物

　とにかく暑い、と言うより“熱い”と感じる今日この頃です。昨日6月29日に関東では40度を超えるところがありましたが、6月でこの暑さは異常ですね。と言いながら、**毎年、異常異常と言ってるような気がするので、すでにこれが当たり前と言わざるを得ません。**

　統計ではこの100年で気温が1度上昇したとか言ってますが、体感的にはもっと上がっている感じがして調べたところ、例えば東京の気温について私が生まれた1955年と2018年を比較すると、6～8月の3カ月間の最高気温の平均は、1955年が34.03度に対し2018年は36.4度と**2度以上上がっています。**さらに都市部のビル群にいると体感温度はもっと高く感じます。このまま行くと21世紀の終わりには、日本は熱帯気候に近くなり、米も育たず山々はヤシと竹林、海には熱帯魚、野山に咲く花も毒々しい色に変わり、海岸線は世界で氷河が溶け出し数十cm上がる。災害も今の数倍の回数で甚大な豪雨や台風が襲い、海岸や河川の近くでは暮らせなくなるかも知れません。

　私たちは、**そんな世界を子や孫、ひ孫への贈り物としていいのでしょうか？**　また、日本では国家予算の2.2倍もの借金（国債）を抱えているにもかかわらず、毎年、その返済以上の借り入れをして、平気でいます。これを**「財政的幼児虐待」**と言うそうですが、その通りで、**自分たちはコロナの一時金などのバラマキで懐が潤うが、それらは全て未来の私たちの子や孫、ひ孫に借金の肩代わりをさせる、**と言うひどい仕打ちです。**個人の場合なら、子や孫のために自分たちは我慢しても何とか子孫の生活が楽になるようにしたい、と思う人が大半だと思いますが、国家規模になると自分も含めて何も感じなくなるのは、いかがなものでしょうか？**

　気温上昇の問題も国の借金も、今の私たちが我慢しなければならないところは**未来のために我慢する。**具体的にはCO_2排出を減らすためにかかった費用は消費者も享受する。つまり、それら規制によりモノの価格が上がっても受け入れる。原発も受け入れる。ガソリン車から電気自動車への移行を推進するためガソリンの値上がりも我慢する。バラマキの支援金など要らないと意思表示する。簡単に詐欺にあうような持続化給付なども吟味して、何でもかんでも国が金を出すことに**喜んでしっぽを振るような真似をしない。**そうやって予算をねん出して国債の返済や未来の環

境づくりに使ってもらう。大変ですが、今の我々世代が我慢することで初めて、住みやすく、生きやすい世の中が訪れ、おのれの不甲斐なさを未来の子孫たちにしりぬぐいさせなくて済むのではないでしょうか？「武士は食わねど高楊枝」ちょっと我慢したからと愚痴など言わず、涼しい顔で暮らすことの方がよっぽど気持ちがいいように思います。

　もう一つ重要な贈り物は、私たちが先祖の方々から贈られた、この"平和"と言う贈り物を今度は私たちが未来の子孫に伝えることだと思います。単に争いから逃げるのではなく、防衛に対する意識を高め、それなりの投資もし、また政治による高度な交渉も交え、私たちが享受できた素晴らしい平和のありがたさを未来永劫、子孫たちにも感じてもらいたい。**平和、環境、財政、その三つを未来への贈り物とできるなら、私たちはいつでも我慢するので、それにより得られた予算を、国には堂々と使ってもらいたい**、と感じています。さあ、参院選挙です。そんなことを堂々と言ってる人はいるかな？　ちまちまと人気取りみたいな目先のことしか言わないような人には入れたくないですね。と言いながら候補者を眺めていると……**「入れる人がいない！」**さみしいことですね。

〔もう一言〕
　時々、本当に今の若い人たちは大変だなあと思う時があります。出生率は下がり高齢者ばかりが増えるので自分たちの負担が増え、物価は上がり、でも給料は上がらず、70歳定年は当たり前、その後も働かないと年金だけでは食べていけない。**ようやく75歳から80歳で仕事を辞めた時には、体も動かず家で死ぬのを待つだけ。こんな未来を想像して夢や希望が湧くでしょうか？**

　考えれば考えるほど、しんどいことばかり。優秀な若い人は日本を見限り海外へ活躍の場を広げるでしょう。政治家の皆さん、日本は待ったなしの土俵際にいることを真剣に考えてもらいたいですね。

　それと、もうひとつだけ。前回書いた水上レストランのJUMBO（P.200）が曳航している途中で沈没したというニュースが入ってきました。悲しいですね。水上に花咲いた竜宮城だったJUMBOが、**海底に沈んで本当の竜宮城になってしまいました。**JUMBOのご冥福をお祈りします。

▶ 2022.7.10　　　　　　　　　　　　　　　　　　　　No.158

残念、無念！

　既に報道等で知っての通り、戦後最年少で総理になり、歴代最長の在籍を誇る安倍晋三元内閣総理大臣が、**たった一人の浅はかなバカ男の凶弾で亡くなりました。**

　不運だった、と言う言葉で片付けてはいけないのですが、悪い要因が複数集まって、このような結果になったのは事実のようです。急に奈良で街頭演説を行うようになったこと、演説の場所がたまたま死角のある場所だったこと、ちょうど警備の隙ができた時に近づけたこと、打った弾が当たった、しかも急所に当たった、1発目と2発目の間に警備員が阻止できなかった等々、**本当に"たまたま"や"偶然"が重なってしまったことは、不幸としか言いようがありません。**

　残念です。安倍さんは昭和29年生まれで私より一つ上ですが、同世代として、数々の活躍を**誇りに思っていました。**多々ある功績はここで言うまでもありませんが、過去の人としての功績だけでなく、今後にも大きく期待できるリーダーだっただけに日本国の損失は如何ばかりかと憂慮しています。

　体調不良で退任したときに書いたブログ（2020年8月30日、No91）にも「体調が回復すれば、**できればもう一度日本のために頑張ってほしい。**」と言う思いを書き綴りましたが、その可能性は充分あると思っていました。また最近では、「防衛費をGDP比2％に！」と言い出したのも安倍さんでしたし、「現実を直視し、核保有の議論を」とか生涯にわたって"憲法改正"に情熱を注ぎ、日本と国民のためには、タブーはないと、しっかりした自分の意見を持ち、それを発言する人でした。**"今の日本に何が必要か"、批判を恐れずに、これほど堂々と言える**人が今の政界にいるでしょうか？　安倍さん亡き後の政界が、あっちでもない、こっちでもない、批判を恐れてはっきりとものを言わない、未来のことよりも目先の人気取り、事なかれ主義、とりあえず今の問題に対処するだけで根本の問題に取り組まない、そんな情けない日本にならないように、是非現役の政治家の皆さんには頑張ってもらいたい！

安倍さんに続くリーダーが出てきて、日本を、そして世界をより良い方向に持って行くことこそが、志半ばで無念の最期を遂げた安倍晋三氏に対する最大の供養だろうと思います。

　また、今回の暴挙を「民主主義への挑戦だ。」とか声高に叫んでいる人が多いですが、今回のことは民主主義に対する挑戦でも、思想を暴力で覆そうと言う意志がある訳でもなく、単に何も考えていないバカが勘違いで暴挙を犯しただけですから、警備の仕方も大事でしょうが、今後どう取り締まるのか、真剣に考えることが大事です。**あんな危険なものが作れてしまうなら、要人は警備の強化で救われるかもしれませんが、普通の人はやられてしまいます。**例えば、手製の銃を作るのに、鉄パイプは仕方ないとしても**火薬は買うのに許可制、特にからの薬きょうなどは販売することを禁止**にすれば、ずいぶん防げると思います。その他、ネットで検索すると銃の作り方みたいなものも出ていますし、今まで無かったからと、いろんな規制が追い付いてないのも確かでしょう。残念なことではありますが、昨今の事件を見ていると、ある一定の割合で今回のようなバカが存在するのは事実だと思います。その連中が今後暴挙を起こしにくいように、**銃や爆弾、毒薬等を作ろうとしたときに面倒くさくなるくらいの規制をぜひ検討してもらいたい**と思います。これから先、また同じような手製の凶器で人が殺められるとしたら、それこそ安倍さんも報われません。**新たなリーダーの出現と関係機関の速やかな規制強化**を期待しています。

　最後に、日の丸の似合う、素晴らしい日本人だった安倍さん、お疲れさまでした。ご冥福をお祈りします。

〔もう一言〕

　今回の容疑者は、母親が統一教会の信者で多額の寄付により破産、家庭崩壊したことを逆恨みしてのことと記事にありました。今から20年以上前に韓国に出張に行ったときに同じホテルに**統一教会の団体が泊まっていました。**夜中までロビーで談笑し、その後、12時を過ぎてホテルに帰ると、みんな並んで何か話を聞いていましたが、異様な光景でした。帰りは布団やら壺やら山ほどの荷物です。**合同結婚式で見知らぬ人と結婚させられ、高い物を買わされ、多額の寄付を払わされる。それで幸せなら個人の勝手ですが、**今回のようなことが起こると個人の勝手とばかり言っておれないようにも思います。安倍さんが亡くなっただけでなく、犯人の動機も含めて、本当に嫌な気持ちだけが残る事件でした。**残念、無念です！**

▶ 2022.7.18　　　　　　　　　　　　　　　　　　　　No.159

才能均等の法則

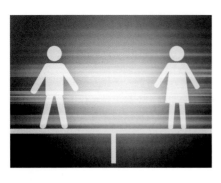

　先日、一人のバカ者の凶弾に倒れた安倍元首相の国葬が検討されています。戦前は大久保利通やら伊藤博文、東郷平八郎、山本五十六など多くの政治家や軍人などの民間人も国葬されましたが、**戦後となると1967年の吉田茂元首相以来です**。（昭和天皇は除く）私は当時12歳、小学校6年生で学校も半休になりました。大人たちは、「何で吉田茂だけ、国葬なんや？」とちょっと怪訝な顔をしていたことを覚えていますが、とりあえず国をあげての大イベントでした。たまたま、その時、同級生に"**吉田茂**"君と言う同姓同名の人がいて国葬が決まった時から、みんなでワイワイガヤガヤと吉田茂君をからかっていたので、特にこの時の国葬を覚えています。

　そんな立派な？名前を親からつけてもらった同級生の吉田茂君は、正直言って"名前負け"、学校の成績は下の方で足が少し悪かったようで運動も全くダメ、話すのも上手ではなく、人を笑わすようなタイプでもない、もちろん女の子にももてるタイプではなく、注目を浴びることのなかった人なので、余計に国葬の元首相と比べられ、周りの子供たちに、からかわれていたように思います。私自身、申し訳ないですが接点もあまりなく、周りのみんなと一緒にバカにしていたように思います。

　そんなある日、休み時間に人の輪ができて何かをみんなが見ています。何だろうと覗いてみると、みんなの真ん中に"吉田茂君"がいます。「何で吉田の席にこんなに人が集まってるのか？」不思議でたまりません。そうこうしているうちに、これも何故だか分かりませんが、サイコロを3～4つ出して、その次にカップを机に置きました。吉田茂君は、カップを手に取るとサイコロをそれに入れ、机にポンと置きました。中にサイコロが入っているのですが、手で何回か前後左右にカップを動かして、サッとカップを上げた途端、**私は目を疑いました。中に入っていたサイコロが縦に並んで立っています**。一同「……。」その後「わーッ」と大きな声。さらに何回かやりましたが、全部成功。それまで、そんな手品のようなものを目の前で見

たことなかったので、それまでバカにしていたくせに**「こいつ、すごいなあ。」**とちょっと尊敬してしまいました。勉強もスポーツもできず、友達ともおしゃべりをしない分、一人で黙々と練習していたのだと思いますが、その時、何となく**「人間って、それぞれに、いろんな力があるんだ。」**と感心したのを覚えています。その後、中学も高校も違っていたので、吉田茂君がどうなったかは、全く分かりません。

　社会に出てからも同じようなことを感じたことが多々ありました。今の仕事には役に立たなくても違う仕事では大いに力を発揮する。もっと言えば、仕事には役に立たないことでも人間関係には大いに役立つ、出世しそうにないけど人には好かれそうだ、いろんな人を見ていると一つの尺度だけで判断してはいけない、その人が持っている才能は今見えてないだけかもしれない。**そう考えると人の持つ才能の総量は同じではないか？「才能均等の法則」これは、私が作った法則ですが、**長い間いろんな人と接していると、どうも正しいように思います。私は、特に意識せずに「来る者は拒まず、去る者は追わず。」で多くの人と同じように付き合っていますが、年長者も年少者も上司も部下も分け隔てなく、偉い人もそうでない人も国籍、性別その他……あまり意識しない。**これは、才能均等の法則を信じる心が根底にあるからかもしれません。**

　今ある序列、例えば会社での役職などは、ある部分的な才能による差に過ぎず、他の基準であれば序列は大きく変わるはずです。人それぞれ持っている才能の総量は同じ。ある部分は負けていても、自分が秀でている分野では勝てるはずです。安倍さんの国葬から全く関係のない話になりましたが、世の中の人、そしてその周りの人も、持っている才能の総量は同じと思えば、相手をリスペクトし、いじめなどとは程遠い、それだけで**豊かな人間関係が築ける**のではないでしょうか。

〔もう一言〕

　「才能均等の法則」と同じように、もう一つ信じていることがあります。ある一定期間の「人間のツキの総量は同じ」。これもいつかブログに書きたいと思いますが、「ツイて無いなあ。」と思う時は逆にラッキーで、その分どこかでツキが貯まっているのです。その逆にラッキー！と思った瞬間、ツキを使っている訳で、そのあとのツキは確実に減っていることになります。**世の中、いい事ばっかり、とか、反対に悪い事ばっかり、なんてことは、あるはずがない、のです。**

▶ 2022.8.9 No.161

色褪せぬゲージツ

　今から3年後の2025年に「大阪万博」が開催されます。その事をきっかけに52年前の大阪万博（EXPO70）についての話題を目にすることが増えてきました。その中で特に印象的だったのが"岡本太郎"と太陽の塔についての回想番組でした。私も52年前の大阪万博にはちょうど中学校の修学旅行で行きましたので、多少の記憶はあります。一番の目玉は、アメリカ館の「月の石」でした。万博開催の前年1969年にアポロ11号で人類初の月面着陸に成功したことで何の変哲もない"石"に来場者は4時間も5時間も並んで見たものでした（私は待つのが嫌いで行ってません）。他の外国館や日本の企業館には行ったのですが、正直全く覚えていません。ただ、岡本太郎制作の太陽の塔は**「変な形と訳の分からない顔」**が何かの生命体のように強烈な印象とともに記憶に残っています。逆に言えば、太陽の塔しか覚えていない訳です。

　その作者が岡本太郎という事も当時知っていましたが、印象はと言うと、まだまだ子供ですから、目玉をカッと見開いて、よくわからない絵や彫刻の前で**「ゲージツ（芸術）は爆発だ！」**とか言ってる変な人、というものでした。ところが、時は流れ、自分も年を取って改めて岡本太郎の作品や生き様等を見てみると、わけわからないと思っていた絵や彫刻が、**強烈なエネルギーを持って存在している**、また岡本太郎の生き様や発言内容がこれまたすごいなあ、とただただ感激してしまいます。全く色褪せておらず、それどころか1940年代の初期の作品からも今書いたかのような現代でも通用するメッセージが感じられます。特集番組を見ていて、特に印象的だった言葉は、当時の万博のテーマである「人類の進歩と調和」の調和について、「調和なんてものは、みなが自分の言いたいことやしたいことを我慢して、**妥協した上に成り立つもんじゃない、それぞれが思いきり主張してぶつかり合う、そんな中に本当の調和がある。**」と言う意味のことを言ってましたが、人間社会での調和もその通りで、人と人が分かりあうためには遠慮し合っては、本当の和は得られず、いつかは破綻する仮そめの調和でしかないのではないでしょうか。

　また、もうひとつ素晴らしい言葉があったのでわかりやすくまとめます。「子供が絵を描き始めると、上手い下手と判断する、そうすると下手な者は描くのをやめるが、そうではない。**上手いと言うのは一つの判断に過ぎず、下手は個性**で、下手で

あればあるほど個性が強いだけなので、下手でも自分が思うようにもっともっと描けばいい！」すごいと思いませんか？　これなんか教育の真髄ではないかとハッとさせられました。

　ちまちまと言いたいことも言わず、やりたいことも遠慮して、誰かが作った基準に合わせようとあくせくする、そんな現在に対して **50年の月日を越えて大いなる"喝！"を食らわしているかのようです。**確かに岡本太郎の残したものを見聞きしていると腹の底が熱くなるものを感じます。これがまさに「ゲージツは爆発だ！」と言う意味なのでしょう。何年経ってもいいものはいい！　ということですね。

〔もう一言〕
　それにしても岡本太郎の**「下手は個性だ。」**と言う考え、若い時に聞きたかったですねえ。子供の教育、仕事での部下の指導、「下手は個性だ。」が頭にあれば、もっともっと伸ばしてやることができたのではないかと反省する次第です。
　この年になって、今までわからなかったものが少し理解できたり、新たな見方が加わると言うのは、うれしいものですね。人間はいくつになっても成長する、という事だと思います。頑張りましょう！

下手は個性だ、気にするな！

▶ 2022.8.30　　　　　　　　　　　　　　　　No.167

「反社教団対策法」

　またまた"旧統一教会問題"で申し訳ないですが、（写真は、カルト教団で検索したら出てきた写真で、統一教会とは関係ありません。）いろんな政治家が後から後から接点を暴露され、言い訳じみた会見をしています。この間は山際経済再生大臣の**トンチンカンなバカ答弁**に驚きました。質問されると、「過去のことは1年ごとにリセットするのでわからない。」海外で協会のイベントに出席しても「ずいぶん前のことですから覚えていない。」等々、ここで一々書くのもバカらしい答弁をしています。**1年以上前のことも覚えていない人が過去の実績を検証しながら日本経済の再生ができるはずがない！** もっと言えば、1年以上前のことも思い出せないような人が国会議員になってはいけません。次の選挙では、「私は1年以上前のことは覚えられませんが、それでも良ければ一票入れてください。」と正直に有権者に訴えることです。

　こんなバカみたいなやつは置いといて、統一教会問題について、私は**暴対法などを参考**にすればよいと思っています。企業の人たちは少なからず経験があるでしょうが、入社時や何かの契約時、その他あらゆるところで「私は反社（暴力団等）とは関係ありません。」と一筆書かされ、暴力団との接触が禁止されます。また、実際の組員などは、暴力団と指定されれば、銀行口座が作れない、ホテルやゴルフ場の利用もできない、賃貸物件等に入居できない等々、社会全体で暴力団を排除しようと言う動きになります。そのおかげで、毎年、暴力団員の数は減少し続けています。

　特に都道府県公安委員会が指定する**"指定暴力団"**に認定されると5人以上で集まることなども禁止され、極めて動きにくい状況に追い込まれています。その指定の条件は、過去に犯罪歴のある人数が一定以上存在するなど3つほどの条件をクリアすれば認定され、現在全国に21の団体が存在しています。これと同じように危ない宗教団体は、統一教会に限らず、過去何年間かに霊感商法で訴訟が複数あった、法外な献金により被害者が〇件出た。などの基準を作り、「指定反社教団」として認

定し、宗教法人格のはく奪、解散命令、またその団体とは暴力団と同じく社会全体として接点を持たないことを法律で決める。

　つまり暴力団対策法ならぬ「**反社教団対策法**」を作ることが大事なのではないでしょうか？　今の動きとしては河野大臣の声掛けで「霊感商法検討会」が発足しました。新たな一歩として歓迎しますが、物の売買である"霊感商法"のみでなく、教団の存在そのものまで追及するようにしないと、献金、寄付ならいいのか、となり問題は解決しないと思います。（一部のメンバーは法律にまで言及していましたので期待していますが、どこまで突っ込めるか……）

　それにしても自民党の情けない事！　こんな反社会的な行為を繰り返す、それだけでなく教団の根本理念として「**長く朝鮮半島に迷惑をかけた日本は、朝鮮に対して深く謝罪しなくてはならない、だから大きな献金をして償うのだ。**」「**日本は従軍慰安婦として韓国の若い乙女を蹂躙したので、日本の女性は韓国の乞食と結婚しても感謝せねばならない。**」（元信者の発言）などと日本を貶めることが目的で布教している組織であるにもかかわらず、靖国神社に参拝するような保守主流の自民党が自分の選挙のためには手を組むなど、もってのほか！　どんな顔して靖国に参拝しているのか！　今回の件で自民党に対する信頼感は地に落ち、積極的に応援する気も減りました。

　そんなおり、自民党重鎮の二階さんが「**自民党はびくともしない。**」と言ってましたが、**大きな奢りですね**。ここまで失望させたのに、その言い草しかできないような自民党は、そろそろ、政権交代をしないと、このままでは、素晴らしい国、日本！　世界に誇れる日本！　は、ますます遠のく感じがしますね。

〔もう一言〕

　自民党は政権交代して……と書きましたが、じゃあ、今の野党がその役割を担えるのか、と言うとこれも情けない限りで全く期待できません。こんな時に誰かヒーローが生まれないかと一般大衆のヒーロー待望論が大きくなった時は、非常に危険な兆候らしいです。出てくる人により、さらに大きな危機が生まれるからです。**例えば、第一次世界大戦後に困窮し外国から多大な債務を押し付けられたドイツにおいて大衆から絶大な支持を得てヒトラーが出てきたように**。そうならないうちに自民党は自助努力で立ち直ってもらいたいと切に願うばかりです。

▶ 2022.9.13　　　　　　　　　　　　　　　　　No.169

日中国交正常化50周年

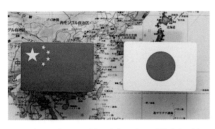

　今から50年前の1972年は、いろんなことがありました。2月に**札幌冬季オリンピック**が開催され、スキー70m級ジャンプ（今はノーマルヒル）で笠谷選手の金を始め銀も銅も日本選手で、マスコミからは「日の丸飛行隊」と絶賛されました。そのオリンピックの最中にグアム島で元日本兵の**横井庄一さん**が発見され飛行機を降りての第一声**「恥ずかしながら帰ってきました。」**は、ちょっとした流行語にもなりました。それから、同じ2月に連合赤軍が立てこもった**「あさま山荘事件」**、テレビにくぎ付けでした。そして、5月には**沖縄返還**を経て、**田中角栄が戦後最年少総理**になり、「まあ〜、その〜」とダミ声で話す小学校しか卒業していないちょび髭のおじさんは、庶民から"今太閤"と大人気でした。

　その角栄さんが総理になってすぐにやったことが**日中国交正常化**です。1972年9月29日のことでした。終戦後も長年国交がなかった中国ですので、正式には民間人は自由に行き来できず、謎に包まれた国でした。たまに「青年の船」で中国に行った青年が行きは120人で行ったのに、帰りは118人しかいない、その後その二人は武漢の炭鉱で働かされていた、などとまことしやかな話もあったくらいです。

　日中友好に大きく貢献したのが、日本の田中角栄と中国の周恩来首相です。この周恩来と言う人は若いころ日本に住んでいたこともあり、親日家で、戦後中国で捕らえられていた日本側戦犯に対し、**減刑を申し出て一人も死刑にならずに済んだ**、ということもありました。また、この国交正常化交渉成立のためにも相当な努力をし、**反日勢力を説き伏せて成立にこぎつけたそうです**。それからの両国は、友好な関係が続き、戦争で親を失い中国に残った残留孤児の帰国が実現する一方、日本からの政府開発援助もお金と人を合わせて**3兆6600億円**と巨額なもので、北京国際空港の整備や大きな病院等、中国のインフラ整備に大きな役割を果たしました。また日本企業も中国進出でそれなりのメリットも享受し、天皇陛下の訪中など、日中関係は良好に推移していました。

　ところが1993年に国家主席になった**江沢民**（こうたくみん）が国内の問題から国民の目をそらす

ために"反日政策"を進め、その後の日中関係はぎくしゃくしたまま今に至っています。考えてみると、2022年、つまり今年まで中国に援助を続け、過去に低金利で貸したお金の返済も2047年まででよいと、50年前の貧しい中国に対する姿勢と変わらぬ援助を続けてきた日本が、**いわれのない反感を持たれるのは、割が合いませんね。**なぜなら、日本の援助で整備した空港や他のインフラ、また中国一の製鉄所も日本の技術提供で作られたこと等々、**日本の協力がいかに大きいかは、一般中国人は誰も知りません。「日本は中国にひどいことをした！」としか教科書で教えず、日本からの援助のことは一切国民に知らせていないのです。**10年以上も前（2010年）に日本よりも大きなGDP（国内総生産）にまでなった中国にダラダラと文句を言われながら2022年まで援助をするというのもおかしな話ですが、それを止めなかった政治家も、そのことを取り上げないマスコミも**センスがない**というしかありません。

　今、安倍元首相の国葬費用が16億円とか20億円とか言われてマスコミを賑わしていますが、50年間で3兆6600億円に比べたら、**"屁"みたいなものですよね。15億円と3兆6600億円の関係は、1万円と4円と同じです。**片方のポケットから50年で1万円（一年に平均で200円）がポロっと落ちるのは平気で見てるのに、何十年に一回、4円が落ちそうになったら国中が大騒ぎすると言うのもよく分かりませんね。私自身は、中国をはじめ海外へ経済援助することは基本的には良いことだと思います。ただ、援助したことが公になって、その**国民が日本に対して感謝の念を持つ、そこがお互いの友好の原点です。**そうやって、「ありがとう。」「どういたしまして。」と言う関係から平和が築かれていくのだと思います。これからの50年、日中関係が良いものになってもらいたいと切に願っていますが、**その第一歩は、お互いの政府の情報公開からのような気がします。**

〔もう一言〕
　文中に出てきた周恩来氏が田中角栄首相（当時）に言った言葉が、「日本は日清戦争以来、我が国に侵略し、国民の中には恨みがあります。ただ、**その間はたった数十年です。その前は、2000年と言う永きにわたり両国には友好な期間がありました。お互い、恨みは忘れて、これからは一緒に協力してアジアを良くして行きましょう。」**と日本側に語ったそうです。これからの日中関係は、そうなるといいですね。

213

▶ 2022.9.28　　　　　　　　　　　　　　　　　　No.170

本当の国辱

　今月27日に安倍元首相の国葬が行われました。安倍さんに関しては、正直、亡くなった後、明らかになってきた統一教会問題で跡を濁した感があり、生前の功績までもが否定されようとしています。確かに私自身も統一教会問題は政界のみならず社会全体を覆う暗雲が見えてきて、残念ではあります。

　しかしながら、国葬会場の近くで「国辱総理」「嘘つき安倍」など、**死者を厳かに送ろうとしている横でデモをする人達の気持ちが理解できません。**マスコミですら会場の上をヘリコプターがブンブン飛ぶのは、静けさを破り死者に対して礼を失すると、NHKと民放が共同で運行し、時間も午前7時台までしか飛ばさない、と言う取り決めをしました。例え、安倍さんに功罪あったとしてもお葬式の場で旗やプラカードを持って練り歩く愚は、許せないし、世界中に報道されて、**「日本人と言うのは亡くなった人を弔う気持ち、死者に対しての尊厳などは無いのか？」**と、思われることこそが"国辱"です。国葬のルールがない事を怒ってるのであれば、終わった後に喧々諤々議論すればよいだけです。このようなデモをしている人たちは、もし自分の**親兄弟、家族のお葬式に**「嘘つき男の葬式」とか「日本の恥！」などとプラカードを持って外で喚かれたらどんな気持ちになるでしょうか？　テレビで見る限り年配の人も多くいましたが、何も分からない若造ではなく、私よりも年上のような人たちが、こんなバカなことをしているのは本当に恥ずかしい限りです。

　武士道の精神には死者は元より敵であっても、さらに敗者であっても**思いやる"礼"の心があります。**日露戦争で1万5千人の死者と4万人以上の負傷者を出すほどの激戦で旅順要塞を陥落させた**"乃木希典将軍"**は、敗者である敵軍の将ステッセルとの会見を行いました。その際にアメリカのカメラマンが会見の様子を撮らせてくれ、と頼みましたが、**「敗軍の将にとって後世まで恥が残る写真を撮らせることは日本武士道が許さない。」**と言って断りました。それでも世界各国のマスコミが

要望すると、「会見が終わってお互いが友となった後であれば一枚だけよかろう。」と言って、**敵将に帯刀をさせ、肩を並べた写真を撮らせたそうです。**負けた将は縄を打たれることも当たり前にある中、サーベルまで帯びさせて、軍装を整えた写真は、仲の良い友好国同士にしか見えません。（写真の中段左から二人目が乃木将軍、その右隣りがステッセル将軍）**敗者に対する思いやり、死者に対する尊厳は人として日本人として当然のごとく持ち合わせていたのです。**

　安倍さんの国葬について、もう一つ、"国葬のルールがない"ことを声高に叫び、「ルールがない事はできない。」と言う人が多くいます。今回の国葬とは少し離れますが、ルールだけで生きていける訳ではありません。電車を待っていて"ホームに立ち入ってはいけません。"と言うルールがある。しかし目の前で子供がホームに落ちたら電車が来るまでボーっと待ってるわけにはいきません。駅員が横にいないことも多く、その際はホームに入って助けるでしょう。"ルール、ルール"と言う人は、北朝鮮が突如、日本海を渡って攻めてきても、ルールがないからと日本の反撃に対して反対するのかもしれません。今回の国葬をめぐって、賛成と反対とで日本が二分化し、後を引かないことを願うのみです。そんなことで「日本は大きく割れて、安定した政治運営ができていない。」と他国から見られ、日本を侵略する（戦争だけでなく、経済的な土地の買い占めや外人への参政権付与等々の）チャンスと思われたら、**今回の愚が本当の国辱**になってしまいます。そうならないことを祈ります。

〔もう一言〕
　文中の乃木希典の日露戦争後日談。敵将ステッセルは帰国後、ロシア皇帝から銃殺刑を言い渡されました。それを聞いた乃木は、**ステッセルがいかに勇敢に戦ったかをロシア皇帝に訴え、それを聞いた皇帝は銃殺をせず流刑に減刑しました。**それだけではなく、乃木は明治天皇の崩御後**殉死するまで、残されたステッセルの妻子に金銭を送り続けていた**そうです。ちなみに乃木の二人の子供は日露戦争で戦死しています。自分の息子たちを殺した相手国の将に、そこまでやれるのか？　**武士道を貫くと言うのは辛く苦しい事だったと思いますが、日本人にとって、そのくらい重要なバックボーンだったのでしょう。**それが今はどうでしょうか。……

〔さらに、もう一言〕
　しつこいようですが、このような乃木希典を愚将だとか、あたかも無能な感じで描いている司馬遼太郎の考えには、やはり抵抗がありますねえ。

215

▶ 2022.10.10　　　　　　　　　　　　　　　　　　No.171

常識の非常識

　まず最初に、10月1日に亡くなったアントニオ猪木氏に対して**心より哀悼の意を表したい**と思います（猪木氏については、2021年6月20日、No.120、P.134のブログに書いていますので参照してください）。

　猪木さんは生前、「**猪木の常識は世間の非常識**」と言って型破りな行動に出ることがありました。1990年の湾岸戦争時に人質のような形でイラクに残されていた在留邦人を日本政府はどうすることもなく、そのままにしていました。その時、猪木さんが、「俺が行くしかないだろう。」と、政府の大反対を押し切り、イラクで平和の祭典と称するプロレス興行を開催したところ、イラク政府の態度が軟化し、**邦人たちは日本に帰国することができました。**また、これは猪木さんから直接聞いたのですが、世間の反対を押して北朝鮮に行く理由は、「自分が行くことは日本のためでもあるが、俺が行くと北朝鮮にいる力道山の妹（娘だったかもしれません。）が国から優遇されるので、恩師力道山に対する供養にもなるんだ。」と大上段に構えて国を代表するだけでなく、**お世話になった一個人のためにも体を張る優しい人でもありました。**まさに「この道を行けばどうなるものか、危ぶむなかれ、その一足が道となる。行けば分かるさ！1、2、3、ダーッ！」ですね。

　という事で前置きが長くなりましたが、世の中で常識とされていることの非常識さに少し文句を言ってみようと思います。まずは、病院。病院に行く人は病気で体が弱っているにもかかわらず、**診察まで長い時間待たせます。**平気で何時間も待たされたことがあります。しかも、終わってからの支払いも待たせる待たせる。普通、お金を払う時「お勘定お願い。」と言って10分も15分も待たせるところなどありません。もし、そんなに待たせたらお客さんは怒って二度と行かないでしょう。病院とて同じです。そもそも病気なのに寒い日でも暑い日でもしんどい中、**病院まで行かないといけないことが非常識です。そんな我慢をしながら一般庶民は、医者の高収入には、意外と文句を言わないですね。**（政治家には細かく文句を言うのに。）昔、東京でべらぼうに高い寿司屋さんに、おそらく20代と思われる若い医者が、中年の製薬会社らしき営業の部長あたりと来ていて、偉そうな口をききながら「大トロ、ウニ、煮アワビ、おどり……」と、次から次へ高いネタばかり注文しているのを見て、「何でこんな奴らに高い金を払わないといけないのか？」（まあ、製薬会社営業のお

ごりでしょうが。）と、無性に腹が立ったことがありました。少なくとも、高い金を払ってるんだから（健康保険が効くので安く感じますが、2割負担や3割負担を総額にすると結構な金額）こっちが金を払うのに待たせるな！

それから、税金等の国から徴収されるもの。これは何が何でも絶対に取りぱっぐれがないようにきっちり請求が来て、遅れたら延滞金まで取られます。もちろん時効などありません。ところが、年金など国から支給されるものについては、**万が一請求を忘れていたら何も言わないどころか、そのままにしておいて、ある一定の期間が過ぎたら「無効です。」と払ってくれません。そんなバカなことがあるか！**

また学校の規則についても私が中学の頃は男子は丸坊主でしたが、今でも「スカートはひざまで」「髪は耳に掛ったらダメ」「髪を染めたらダメ」等々。あるところなどは、下着の色まで決めてるらしいですが、何のためかさっぱりわかりません。ある高校生が学校側に何のためですか、と聞いたところ「就職したときに相手先に迷惑が掛からないように指導している。」との返答。実際に県内の複数の企業にヒアリングしたところ、「そんなバカなことは全くありません。」との回答だったらしく、学校側が言っていた理由は、50年も60年も前のことのようで、現在では無用なルールでした。

そんな無用なルールは変えよう、と教えるのが教育で「昔決まったことなので守りなさい。」では、「何も考えるな。」と言うのと同じです。

その他、周りを見ると山ほどの**「常識⇒非常識」**が当たり前のように大きな顔をしてのさばっています。決まりや伝統を守るのは、それが正しいものであり、良いもので後世に伝えたい大事なものだから守るのであって、理由がないものはトットと変えるべきですね。

〔もう一言〕

常識の非常識と言うと昨今の政治家の質問に対する回答はひどいですね。統一教会の件など、当たり前のように一度回答したものが次々に変わる。そんな非常識な回答をするような人が国民の代表として日本を良い方向に持って行けるとは、到底思えないですね。もし、企業でそのような中途半端な回答ばかりしている人がいれば、職務怠慢で即刻降格です。政治家は、口から出る言葉がその人の能力であり武器なわけですから、バカな回答ばかりしている人の選挙民たちは、このことを覚えておいて次回の選挙できっちり落とすようにしましょう！

▶ 2022.10.30　　　　　　　　　　　　　　　　　No.173

覚　悟

覚悟

　永年生きてると、何回も「**覚悟**」しな**くてはならない場面に遭遇します。**仕事で責任ある立場になったとき、うまく行かずに負けを覚悟するとき、自分の力の限界を悟るとき、親の死を覚悟するとき等々。

　では「覚悟」とはいったい何なのでしょうか？　辞書を引くと「悟ること。」「悪い事の予測をして準備すること。」などと書かれていますが、もっと端的に表すとすれば、「**覚悟」＝「逃げない。」**ことではないかと思います。その立場や責任、苦しみから一歩も引かず、真っ向から向き合うこと、それができるかどうか、が**覚悟があるかないか**の差だと思います。

　先日来、統一教会についての質問に「記憶にない。」などと、のらりくらりかわしていた某大臣など全く持って「覚悟」のカケラもありませんでした。あんな答弁で問題から逃れられると思っていたのでしょうが、誰が見ても問題は一つも解決せずに、いずれ全て自分に跳ね返ってくることは明白でした。その事を今まで放っておいた岸田首相も**"人の意見を聞く"だけでなく、自分はこうする！　と言う一国のトップとしての覚悟をせねばならないときかもしれません。**

　覚悟については、過去の仕事においても経験しましたが、何か問題が起こると発覚を恐れ、自分の中で処理をしようと、ひた隠しにする人がいました。その間に解決する問題であれば、まあ良しとは言わないが、ぎりぎり許せるでしょうが。しかし、**絶対に自分では解決できないことも上司や周りに言わずに隠してしまう、隠しているうちにさらに問題が大きくなって余計に言えなくなる。**３カ月後には決算で分かることであっても、ひたすら隠す、まるで今日一日だけ隠し通して分からなかったら、明日には地球最後の日が来て、全てが消えてしまう事を信じているように刹那的です。周りから見ると「なぜ？」と思うのですが、本人は現実から逃避してしまっているのでしょう、後から「何で問題が起こった時に言わなかったのか？」と聞いても「すみませんでした。」の一点張り。責任者としての「**覚悟**」がない人を**その役職に任命したことが悪いのかと反省をしたことがありました。**そんな人いる

のか、と思うかもしれませんが結構いるのです。

　それを減らすためには、例えば企業では、課長とかの役職に就くと「考課者訓練」等の実務を教えることはよくやりますが、「覚悟」を教える道徳みたいなことも必要だったかな。と今になって思います。先日亡くなった稲盛和夫さんは、成功のためには、「考え方」×「熱意」×「能力」が必要と説いてますが、考え方の中には"覚悟"もあると思います。そして、自身でも第二電電を興すときに「**動機善なりや、私心なかりしか。**」と半年間自問自答し自分がお金持ちになりたいとか有名になりたいと言う利己的なものではなく、**社会のために自分がやらねば、と覚悟を決めて取り組んだそうです。**そして、覚悟をしたからには「逃げない！」成功するまで「一歩も引かない。」そんな気持ちで今までやってきたんだと述べてます。発足当時は、大きなインフラもない京セラが、うまく行くはずがないと世間から言われていましたが、**今ではNTTドコモに対抗する一大勢力として大成功しています。**そんなすごい人ではなくても、また何かの責任者でない普通の人であっても、**生きている内は「生きる覚悟」が要るように思います。**周りに迷惑をかけない覚悟、弱者を見捨てない覚悟、正しいことをする覚悟、なかなか難しいですが、これからも死ぬまで生きて（当たり前？）逃げずにやれることをやって行こうと思います。それが、できるかどうか、と考える前に、**「そうしたい！」と願うことが大事なのではないでしょうか。皆さんも覚悟して生き抜いていきましょう。**

〔もう一言〕

　文中に出た稲盛さんですが、JALの再生を決意したのは78歳の時でした。それと比べると、私など10歳以上も若いのに半分隠居のような生活をしていて、ちょっと恥ずかしくなりますね。やっぱり、すごい人はすごいですね！

▶ 2022.11.20　　　　　　　　　　　　　　　　　　　No.175

勝てば官軍

　先日、久しぶりにレンタルビデオ屋さんに行きました。家でアマゾンプライムなどを見てると、わざわざ借りに行く必要もなく、考えたら3年ぶりの訪問でした。特に面白そうなものもなく適当に借りて帰ったのですが、その内の一枚は「峠　最後のサムライ」と言うタイトルで幕末の越後の小藩である長岡藩の家老、河井継之助が薩長の官軍といかに戦ったかを映画にしたものでした。この映画だけでなく、その前に見た「燃えよ剣」という新選組の土方歳三を主人公にした映画も同じですが、それぞれ主人公が幕府側の人間ですので、**滅びゆく徳川幕府から見ると官軍の横暴さやそこまでやらないといけなかったのか、という容赦のなさ**が目につき、どちらに"義"があったのだろうかと疑問を抱いてしまいます。

　私達が生まれてから、ずっと長い間教えられてきたのは、明治維新により日本の近代化が進み、欧米列国と肩を並べることができたので、維新の推進者たち（薩長などの志士）は、正しくて、旧態依然として改革をなさなかった旧幕府側は国にとって弊害であり、敗れて当然だ。と言うことであったように思います。例えば、幕末の主人公と言うと西郷隆盛、大久保利通、木戸孝允、坂本龍馬、高杉晋作……と維新側では、たくさんの英雄が出てきますが、幕府側では、せいぜい勝海舟くらいしか出てきません。それは、**「錦の御旗」を掲げて戦った官軍が薩長を中心とした維新軍で官軍に対する賊軍が幕府側だった**せいもあると思います。つまり、天皇を象徴とした現国家体制の基礎を作ったのが明治の維新軍だったので、そちらを正しいとせざるを得なかったのでしょう。徳川家康などの評価についても戦前は、「狸おやじ」「腹黒い」などと決して評価は高くなかったようです。

　何が言いたいかと言うと、**「勝てば官軍、負ければ賊軍」**と言う基本ルールで歴史は創作されている、という事なのです。常に勝った側から歴史を編纂し、それを広めるので、負けた側が悪者になってしまうわけです。例えば、維新の志士たちは英傑ぞろいだが、徳川幕府の官吏たちは無能で外国に対しておろおろするだけ、その

トップの徳川慶喜は「軟弱であり、戦わずして政権を放り出した無責任な人間」と、まあ、こんな感じで明治政府はキャンペーンをしていたようです。

しかし、当時の日本を取り巻く外国との関係は、ペリー来航のアメリカだけでなく、薩摩側にはイギリスが、幕府側にはフランスが付き、さらには日本と古い付き合いのオランダ、それから1861年に対馬を占拠したロシアも虎視眈々と日本を自分の領土にしようと狙っていました。もし、**徳川慶喜がフランスと組んで最後まで戦う姿勢を貫いたら、日本は東西に割れて別の国になったかもしれませんし、また、そのどさくさに紛れてロシアが北海道辺りを自分の領土にしたかもしれません。そうならなかったのは、慶喜の英断**と言えるのではないでしょうか？

そう考えると西郷よりも大久保よりも竜馬よりも慶喜の方が日本にとって**重要な役割を果たした**のかも知れません。また、当時幕府勘定奉行だった小栗上野介は、アメリカ視察の後、日本で最初の造船所を作り、近代化がいかに大事かを説いていました。**ちょんまげ時代からたった37年しか経っていないのに日本がロシアに勝ったのは、この造船所があったからだ**と言われています。それだけ旧幕府側にも優秀な人間がいたという事なのです。歴史の中で**勝った方だけに正義があり優秀で、負けた方には正義はなく、凡人ぞろいなどという事は無いはず**です。どちらにも正義があり、その時々に全力で戦ったが、ほんの少しの運や力の差で勝敗が決まり、そのとたんに100対0の評価になってしまう、と言うのが事実だと思います。そう考えると、たまには歴史だけでなく世間の通説とか常識と言われることを疑ってみるのも面白いのではないでしょうか。

〔もう一言〕

文中出てきた小栗上野介は、明治維新と同時に維新軍に無実の罪を着せられて処刑されてしまいます。しかし、日露戦争後に日本海海戦を制した東郷平八郎は、**「勝ったのは小栗殿が作られた横須賀造船所があったからである。」**と、賊軍の代表であった小栗の子孫に対して、「仁、義、礼、智、信」と言う書をしたためて記念に贈り、心からの感謝を表したそうです。また、造船所を作るときに幕府の財政はひっ迫しており、大反対がありました。それを目の前にして小栗は、**「幕府の運命に限りがあっても日本の運命に限りは無い！」**と言って周りを説き伏せたそうです。そんな人が賊軍のわけがないですよね。惜しいですね。

▶ 2022.12.11　　　　　　　　　　　　　　　　　No.177

勝ち組、負け組

　先週は、ワールドカップ日本代表の活躍でずいぶん楽しませてもらいました。クロアチア戦は残念でしたが、日本サッカーも強くなったなあ、と驚きました。サッカーに限らずスポーツ全般、また仕事の成果や人生そのものにも**"勝ち組""負け組"**があります。勝つチーム（人）に対する周りの感想は「あそこは最後には勝つよなあ。」「やっぱり強かったね。」「しぶといねえ。」などではないでしょうか。逆に負けるチーム（人）に感じるのは、「いいとこまで行ったのに。」「何か勝ちきれないねえ。」「**やっぱり最後は負けたな。**」と言うような愚痴にも似たもののように思います。

　では、勝ち組と負け組の違いは何でしょうか？　そのことを探るためにアメリカのセリグマンと言う学者が実験をしました。まずランダムに２つのグループに分け、それぞれ別の部屋に入ってもらいます。そして、両方に極めて不快な騒音を流します。Ａの部屋はいろいろ試すと、騒音を消すことができるのですが、Ｂの部屋は何をしても騒音を止められないようにしています。何回か繰り返したのちに今度は両方とも騒音を消すことができる部屋に入ってもらったのですが、結果はＡの部屋のグループは、**もちろん騒音をすぐに消してしまいました。ところがＢの部屋のグループは、誰も騒音を止めようとしません。じっと我慢するだけです。これは**「学習性無力感」といい、「どうせ、やってもダメだから。」とか「自分たちには止められない。」と経験の中からできないことを学習しているので、それ以上の努力をしなくなるからです。これが負け組の本質で、能力だけで勝ち負けが決まるのではないようです。

　つまり勝つ味を知っているグループは、成功できるはずなので、**「どうしたら勝てるか。」**から思考が始まりますが、勝つ味を知らない負けてばかりのグループは、**「どうせまた、できるはずがない。」**と思いながら勝負に向かいます。これでは、力量が同じであっても勝ち負けは最初から明白です。ビジネスにおいても勝ち組負け

組は結構見られます。あの部署はいつも計画を達成するなあ、あの人は必ず上位に顔を出す、という事がある反面、あの部署はいつも成績が低迷している、なかなかマイナスから抜け出せない、という事も多々ありました。そんな時に大事なのは、**まずリーダーが勝てると信じる**こと、以前、アントニオ猪木が大事な試合に行く前の控室で、記者から「もし負けることになったら?」と聞かれ、**「出る前に負けることと考えるバカいるかよ! 出て行けこら。」**と怒っていましたが、勝つために努力を重ねてきたわけで、やる前から負けたら……では、勝ちも逃げて行きます。そして、ビジネスでは特に、小さな勝ちを拾っていく、何かと言うと年間計画を達成するなどと言う大きな勝ちばかりを追うのではなく、月ごと、週ごと、日ごとの小さな成果をみんなで共有して、**小さな「やったね!」を数多く経験していく、そうすると人間って"ノッテくる"もので思わぬ力を発揮したりします。**何かで勝ちたいと苦しんでいる人は、ぜひやってみてください。

　野球やサッカーに相撲、その他のスポーツでもなんでもそうですが、自分たちが負けるはずがないと思っているチーム同士が戦うのが面白いのであって、相手にはかなわないと思っているチームの試合など見てる方は全然面白くないですね。仕事やプラーベートなことでも「よし、やってやろう!」と頑張っている人は応援したいですが、**「初めから無理」と諦めている人は、周りからのサポートもなく、どんどん悪い方に行くように思います。人生「ネバーギブアップ!」**です。サッカー日本代表の試合は終わりましたが、相手が格上だろうが優勝経験国だろうが、自分たちは負けるはずがない、と思い続けることができれば、4年後は今から楽しみですね。私たちもサッカー日本代表に負けないように頑張りましょう!

〔もう一言〕

　偉そうに"勝ち組""負け組"などと書きましたが、私も初めから無理!と思う事が多々あります。例えば、私はゴルフでバンカーが極度に苦手で、バンカーに入った途端に「あ～あ無理!」と諦めてしまいます。ゴルフを知らない人には分からないと思いますが、昨日もゴルフに行き、調子が良かったのですが最終ホールで難しいバンカーがあり、そこだけは入ったらダメと思い打ったら、ズドンと入り目玉のように埋まっています。頭の中で「あ～あダメ、無理」と思うと、出そうという工夫なんか、どっかに吹っ飛んでバタンバタンと打ち続け、結局ギブアップ。うまく行かないもんですね。**私はゴルフでは完全な負け組のようですので、小さなことからコツコツと頑張りたいと思います。**

▶ 2022.12.20　　　　　　　　　　　　　　　　No.178

伝家の宝刀

　唐突ですが、一言。私は「増税大賛成！」です。
　政府が16日に発表した新たな**"防衛三文書"**では、他国から攻撃されても何もせず、反撃はアメリカに頼るという、いわゆる「**日本は盾に専従しアメリカが矛の役目を果たす。**」と言う今までの考えから、いざ攻撃を受けた場合、日本も反撃できるように**方針を転換しました。**そのために必要な防衛費（23年から5年間で43兆円、今までの1.5倍規模）をねん出するために増税をすることに対して、さっそく反対を唱える人たちも出てきましたが、私は**今回の方針にも増税にも賛成です。**増税なしで、いろんな経費を削減して捻出するという考えもあります。もちろん、それに越したことはありませんが、今まで、何もできなかったのに急にできるとは思えませんし、経費削減ができるまで待つわけにもいきません。確かに国民の負担は大きくなりますが、**国を守るためには自分たちでその費用を出すのは当然で、反対の人たちは誰に守ってもらおうと考え、その費用は誰に出してもらおうと言うのか。**
　例えば、自分の家の周りに塀を作ったり、ドアにカギをつけたり、中にはセコムなどで防犯対策をしたりと**誰もが自己防衛をする場合、その費用は自分で払うのが当然です。**（面白いもので家に「セコム」の紙を貼ってたり、カギがドアに複数あるだけで、ドロボーは敬遠し、防犯上大きな効果を発揮するそうです。）
　国も同じで、攻めても反撃をしないし、そもそも武器もないとなれば、攻める方は極めて簡単に攻め込めます。家に塀や柵もなくドアに鍵もない状態でドロボーに入られました、と言われてもそもそもちゃんと防犯対策をしないことが問題で、それは国も同じではないでしょうか。ただ、反撃ができると言っても専守防衛をやめた訳ではなく、あくまでも専守、どうしても必要な場合のみ**"伝家の宝刀"を抜く。**周りから見たら、「ちょっかい出したら、こちらもケガすることは免れないので攻めるのは慎重にならざるを得ないな。」となるはずです。例えば、日本の潜水艦技術は

世界トップクラスなので、潜水艦に敵基地を攻撃できるミサイルを積んで、その潜水艦がどこにいるか分からないという状態にすれば、敵はうかつに仕掛けられなくなります。**そういう"伝家の宝刀"を作り、技術を磨くのであれば国債のような一過性の資金調達ではなく、継続的な税で賄った方がいいと思います。**

　このように書くと共産党の人たちのように「戦争国家作りは許されない。」などと言う人もいようかと思いますが、私自身戦争は大反対で何事も軍事優先の軍事国家を作れ、などとは全く考えていません。戦争反対だからこそ、まずは外交で努力をすることが優先ですが、ただ、**外交と言うのはうまく行くときばかりではありません。歴史を見れば外交が行き詰まることが多い、その時のためには磨き澄まされた"伝家の宝刀"を持ち、いざとなったら抜くぞ……。と言う覚悟を示すことが重要なのではないでしょうか。皆さん、どう思いますか？　防衛については、そろそろ国民全体で考えないと手遅れになるようにも思いますね。**

〔もう一言〕
　増税賛成と言っても中身は、法人税とかたばこ税とか復興支援の税を防衛費に回すとかです。という事は、**実際に一番痛みを感じるのは、全国民の20％弱を占める喫煙者の方ではないでしょうか？**　タバコ代が上がるだけでなく、吸う場所も減っていき、ますます大変になります。**申し訳ないですが、お気の毒様です。**私も37年前にやめましたが、ピークは一日5箱（100本）吸っていましたので、今の値段にすると570円×5箱＝2850円が一日にかかります。一月では85500円、年間で104万円（ひどい！）さらに増税で1本当たり3円上がると、**年間約115万円！私の年金の約半分です。本当にタバコやめててよかった……。**

若い頃の思い出②　山谷のドヤ街にて

　社会人になる前に東京にいる友人のところに泊まりに行きましたが、そこは、南千住と言うところで山谷のドヤ街に近く、12月だったので駅の大きな看板に標語が書いていました。
　さて、問題です。その標語は、以下の3つの内どれでしょう？
①今年は出すまい凍死者を！
②飯もらう、ついでにもらうなインフルエンザ
③年は取っても、とっちゃいけない人の物
　ヒントは、右のイラストです。
　そうです、①番です。

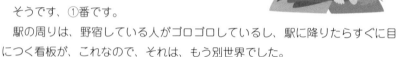

　駅の周りは、野宿している人がゴロゴロしているし、駅に降りたらすぐに目につく看板が、これなので、それは、もう別世界でした。
　値段が安いから、立ち食いのすし屋で食べてると、おっちゃんが、私が横にあったパセリを残すのを見て、
「よぉ、にいちゃん、パセリ食わなきゃだめだよ。だって、パセリは毒消しだかんな！」
と言うことは、この寿司、本当に食べていいのか？
　映画を見に行くと、入った時は暗くてよく分からなかったのですが、終わって明かりがつくと、周りは、鉢巻しめてニッカポッカ（裾は広いが足首がしまった作業用のズボン）をはいたオヤジばかり、また、みんな昼間から飲んでいて、
「にいちゃん、どこから来たんだ。一杯飲めや。」とか知らない人に言われながらホッピーを飲んで、活気があって何となく親しみを感じる街でした。
　でも、こんなドヤ街のオヤジたちが、高度成長を支えたのは、間違いないことで、感謝せねばならないのでしょうね。それが今では、そのオヤジたちも高齢化して、街には活気もなく、住民の90％以上が生活保護を受けながら暮らしているそうです。山谷だけでなく、昔活気があった場所がさびれているのを見ると、さみしいものですね。（そう言えば、私が生まれた八幡の中央町もさびれたねえ。）

まだあんの？
まだまだ、7合目だニャン。

2023 年

3月 WBC 優勝／8月 福島原発処理水排出／9月 ジャニーズ問題明るみに／10月 イスラエル、ガザに攻撃、新たな紛争ぼっ発／11月 阪神38年ぶりの日本一

世界を襲ったコロナもようやく落ち着く。

▶ **2023.** 2.8　　　　　　　　　　　　　　　No.183

世界が変わる AI（パート1）

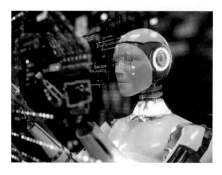

　AIについて、私は詳しい方ではありませんが、すごい技術があったので紹介したいと思います。それは、イーロン・マスクらが設立し、マイクロソフトなどが出資したオープンAIと言う会社が、昨年サービスを始めた生成AIによる「**チャットGPT**」です。

　試してみましたが、これがなかなか面白い。例えるならば、そこに専門家がいてチャット（会話）で答えをくれる。「60代の私が北海道に行きますが、2泊3日で何かおすすめのコースを教えて。」と打ち込むと、旅行社で聞くのと同じように、それなりの答えが出てきます。今までの検索エンジンでも答えは出ますが、いくつもあったり、広告が多かったりして最適な答えに行きつくのに**少々時間がかかります**。しかしこのチャット検索は、会話形式で質問に対する答えが出ますから、大体において知りたいことの的は外していません。さらに「1960年から2020年までの小売業の変遷を説明せよ。」などの専門的な質問をしてもちゃんと回答してくれるので、パソコンやスマホの中に政治・経済・法律・医学・エンタメ等々の各種専門家がいて必要なことに答えてくれる感覚です。

　「そんなもの若い人が使うものやろ？」と思われるかもしれませんが、**全く逆で、年寄りやITリテラシーの乏しい人ほど役に立ちそうな技術です**。先月あたりから注目してましたが、ここ数日の間でも新聞や雑誌等に関連記事が出るようになりました。一年もすれば検索は、**チャットGPT**でやるのが当たり前になるかも知れません。もちろん、便利な機能には**危険性もあり**、法の目を逃れる助言や効率よく犯罪を犯すために使われる可能性もありますし、**検索結果の選択肢がないとすれば、思想をある方向に傾けることもできるかもしれません**。そんな犯罪に使われないとしても今までお金を取ってアドバイスしていた職業の人たち、例えば弁護士や弁理士等々の士業の仕事には、影響がありそうです。どうしてもその人たちに頼まないとできないものもありますが、専門知識で助言がほしいと言ったアドバイスなどは**AIで済**

むかもしれません。今まで知識を詰め込んで、それを活用することがすごいと言われていた人が、「そんなん、AIに聞けばいいじゃん。」と言った世の中になると仕事にならないし、それがさらに進めば、**弁護士も裁判官も大学教授も医者もいわゆる難しい頭を使った仕事は全てAIに取って代わられる。**政治家もAIがやれば、汚職もなく人間がやらないので戦争もない、教育だって大学教授に限らず小中高校全てAIが先生、会社経営も仕事の仕方も「分からんかったら、AIに聞けば済むことやから、そんなに勉強する必要ないな。」と誰も勉強などしなくなる。そうすれば、世の中の善悪も人がなすべきことも常にAIが決めるのが最適だと信じ込まされた世界になり、**人間の存在意義も薄れる可能性があります。**

　現にAIにより無くなる仕事もどんどん出ています。オックスフォード大学などでは、10～20年後には**約半数の仕事がAIにより無くなる**と予想をしています。（代表的なものは、事務員・銀行員・警備員・レジ係・各種運転手等々）さらにその先はSFの世界ですが、何十年か後、AIが「人間の数が多すぎる、このままでは環境が破壊され地球全体が危ない。」と判断し、さらに役に立たない人間が多すぎる、となった場合、政治の世界でも主導している**各国のAIたちが協議し、「人を減らすべき。」との結論を出す。**そうなれば、一定の人数は排除され、出産も一定の数にコントロールされる。それだけではなく、そもそも人間の判断する仕事など世の中には無くなっているので、朝起きたら、AIにより、やることが決められて、死ぬまでそのレールに沿って生きないといけない。人の寿命自体もAIで遺伝子や肉体の構造をスキャンすれば、生まれたすぐにでも余命が分かるようになる、では、人間の営みは何かと言うと、**AIに飼われたペットのようなもので、ただ生きてるだけ、なんていう世界が来るかもしれません。**

〔もう一言〕

　チャットGPTに「今、日本と中国が戦争したらどっちが勝つか？」聞いてみました。答えは、「国家間の紛争等については回答を避けます。」と出ました。また、「身近なもので爆発物を作る方法」も聞いてみましたが、「爆発物は危険なものなので回答を避けます。」とのこと。安直に犯罪や悪いことに使われることは最低限避けているようでした。もう一つ、「パチンコやギャンブルに勝つ方法は？」と聞くと「**完全に勝つ方法はありません。それでもやるなら、自制心を持って自分のペースでやりなさい。**」だそうです。「そんなもん、分かってるわ！」でも、**確かに痛いとこ突いてますね。「おっしゃる通り！」です。**

229

▶ 2023.2.20 No.184

世界が変わる AI（パート2）

　前回のブログでチャット GPT の話をしましたが、そのあと今日までの 10 日間で NHK や民放などが次々と取り上げ、この分だと検索がチャット GPT に置き換わるのも案外早いかもしれないなと感じてます。

　私がこの技術が**すごい（怖い）**と思うのは、今までの検索は、我々が主体的に何かを探しに行く形でした。**ところがこの検索方法だと探してもらう（答えをもらう）と言う受け身になってしまう事です。**今までは長い間、人間が AI を使ってきましたが、このことを起点に AI に頼る時代に変わるのではないかと思うのです。

　そして、その流れの中で 22 年後の 2045 年には**「シンギュラリティ」**（AI が人間の能力を超える転換点）を迎えると言われています。そうなると、前回書いたように人間が働かなくてもよい時代が来るかもしれません。そして、今回はもう少し怖い話をしようと思います。**「人間が死なない世界が来る。」**ことが想像だけではない時代になったからです。とは言っても肉体は科学が進歩してもすぐに不死身になることはないでしょう。しかし、考え方や精神を AI に取り込んで、**その人がさも生きてるような状況で永遠に活動することは可能ではないでしょうか？**　現在は、HearAfter と言う会社が一部のサービスを提供しているようですが、生前に該当の人からインタビューで情報の提供をしてもらい、それを AI 技術で保管しておき、亡くなった後もまるでそこに故人が居るように本人の声と過去の事実に基づく話をしながら会話が楽しめるそうです。

　さらに技術が進むと、故人と同じ人格が、**あたかも生きてるようにいろんな判断を下すことも可能になるでしょう。**そうなると、物理的には肉体に触れることができないが、人格は AI 上で生きてる時と同じですから、ずっと影響を保ち続けることになります。好きだった人が、ずっと傍にいてくれる喜びや大事な人の死に対する悲しみを薄れさせてくれるメリットも大きいのですが、強烈なデメリットも出てきそうです。例えば、本能寺の変で織田信長が死ななかったら歴史は大きく変わったと言われています。他にも一人の人間が世の中を大きく変えた歴史は古今東西、数多く存在します。そんな影響力絶大の人間が AI の中とは言え、死なずに生き続けたら、**永久にその人間に支配される**という事にもなりかねません。

　例えば、ロシアのプーチンが何年か後に亡くなったとします。普通は、そこで新た

なリーダーが出てきて時代も変化するでしょう。しかしながら、**亡くなったはずのプーチンが、画面の中で今までと同じように話したり、新しい出来事に対しても AI を使って周りに指示すれば、誰も死んだとは思わず、プーチン体制が続くでしょう。**その内にプーチンは死んだ、という事が何かの拍子に世間に知れたとしても、AI は知能を持ってますから、逆らう人を処刑するなど永遠に統治者として君臨することは可能です。

「そんな AI の中の、しかも肉体は無く、データだけの存在がすることに、誰が言うことを聞くのか？」と疑問をお持ちの方、昨今の闇バイトによる組織的な強盗を見てください。首謀者はマニラの刑務所の中にいて、携帯と言う音声だけで命令しています。**命令された実行犯は、顔も見たことがなく存在すら不明な"ルフィ"なる人物に、「逆らったら自分だけでなく家族にも何か危害を加えられる可能性もあるから実行した。」と供述しています。**そんな、たかだか携帯の音声だけの指示に比べ、あたかもそこにいるような画像付きのプーチンは、それは存在感があります。（ひょっとしたら、ロシアではそういう AI 技術が国家レベルで研究されており、我々が今見ているプーチンも AI で生成された画像で、本当の人間プーチンは既に末期ガンでベッドに臥せているか、さらにひょっとすると、もういないのかも……。）

さらに、AI が人間を不死身にできれば、**スターリンを AI 上で生き返らせてプー**チンと対決させようと言う勢力が出てきたり、ある日突然、世界中のネオナチ支持者たちが **AI ヒトラーを作り出して、第三帝国建国を模索したり、キリストやアラーも AI の中に存在し、神のお告げを真剣に実践する人達が溢れたり、**もう何が何だか分からないような、そんな時代が目の前に来てると思うと、これから先、人間が AI に頼りきりにならず、自分たちで考えて、**どう AI を使いこなすか、**がますます大事**になってきます。**そう考えながら、そのために、我々は何をしなくてはならないのか？「そうか、それも**チャット GPT に教えてもらうか。**」（???）などと考えていたら、先が思いやられますね。

〔もう一言〕

ニッセンの川島社長が亡くなって 20 年以上たちますが、つい数年前まで夢に出ることがありました。特に責任ある立場にいた時には、「佐村君、それでいいのか。」と聞かれ、返答に困り、「なんや川島社長まだ生きてるんや。」と何回も夢で思ったことがありました。もし、AI だったとしても、川島社長が出てきたら、多分逆らえないだろうなと思うと今回のブログの内容もまんざら架空の話ではないように思いますね。まず 2045 年のシンギュラリティの時、世の中はどんな時代になっているんでしょうね？

231

▶ 2023.2.28　　　　　　　　　　　　　　　　　　　　No.185

長い一年

　昨年2月24日に始まったロシアのウクライナ侵攻が、一年経った今でも続いています。現地の悲惨な状況は連日テレビでも放送されて、世界中の人たち（ロシア、中国等の共産圏を除く）の知るところとなっています。ロシア側の死者は4～6万人、ウクライナ側も1万人以上で国外に避難したウクライナ人は人口の約2割にあたる800万人にのぼり、ますます状況は悪化していきそうです。

　こんな戦争が、**一年も続くとは誰が予想したでしょうか。**「一体、いつこの悲惨な戦争は終わるのか？」、答えは誰にも分りません。戦争と言うのは、どちらかが勝ち、どちらかが負けるまで終わらないもので、過去の歴史をみても、**双方が勝って終わることなど皆無です。**このままでは、最後には、唐の詩人、杜甫が詠んだように「国破れて山河あり、城春にして草木深し……」（戦争で国中が荒れ果ててしまった。春になって、今まで栄華を極めていた城には、雑草が生え放題……）となってしまわないと終わらないのかも知れません。仮にプーチンが亡くなったとしてもプーチンに変わる為政者が遺志を引き継ぐと、ますます長引くこともあり得ます。

　この戦争のように侵攻しただけで終わらず、侵攻された側が挽回しながら拮抗を保つ形は1950年代の朝鮮戦争と少し似ています。朝鮮半島を舞台に北朝鮮が一気に韓国に攻め入り、南のプサン辺りのみを残してほぼ全土を占領しましたが、マッカーサー率いるアメリカ軍の仁川上陸作戦などで、今度は半島北部まで奪還します。ところが中国の義勇兵が戦争に参加することで、またもや押し戻され、結局、今の境界線である北緯38度線で南北に停戦ラインがひかれました。この戦争は、**唯一と言っていいほど双方が勝ちを主張し、終戦ではなく停戦になりました。**したがって、**朝鮮戦争は現在も停戦中であり、終戦はしていないのです。**

　この事例を当てはめると、ウクライナの東部4州はじめ一部のウクライナ領は、一度はロシアが占領しましたが、その後、一部をウクライナが取り返して拮抗状態

にあります。この後は私の無責任で勝手な考えですが、東部4州の**一部（半分くらい）を分け合って、国境線を引く。**ただし、それではウクライナにとってロシアが勝手に侵攻して領土を取られた形で終わるので、あくまで領土としてはウクライナのものであるが、**50年ないし100年間の租借権をロシアに与える。**そんな形であれば、ロシアにとっても「一部の領土を実質的に手に入れた。」となり、ウクライナにとっては、「侵攻されていた地域を奪還して取り戻した。」と**双方が"勝ち"を主張できる**のではないか、と思います。まあ、それに近いような、いわゆる双方のメンツが立つ形でアメリカと中国などが中心となって話し合い、戦後の復興費用も大国が出し合うようにすれば、当事国だけでなく米中を始め他の支援国にとっても、経済合理性はあり、これから先の軍事支援の金額よりは、はるかに安価に収まるのではないでしょうか？　とにかく、早く終わらせることを第一に、世界中で真剣に知恵を出し合って、一刻も早く終わらせることに全力を注ぐことが肝要です。

　一つの考え方ですが、プーチンの精神的なよりどころである日本の柔道には、精一杯戦って勝敗がつかない時には、「引き分け」という決着もあります。双方が試合の終わった後に「俺の方が実質的に勝ったな。」と思うような"引き分け"をどう作れるか、これが**"外交"の最も大事な役割**であり、**世界外交の正念場と言えます。**なぜならば、**それができなければ、これから先、世界中で紛争の解決には、武力を使うという事態が続くでしょうから。**

〔もう一言〕
　「どうしたら、この戦争を早く終わらせることができるか？」をチャットGPTに聞いてみました。答えは、**①当事者が直接交渉すること。**（⇒それができないから、終わらない。）　**②国際社会が仲介すること。**（⇒どんな仲介をすれば終わるのか、具体的な案は？）　**③国際社会が圧力をかけること。**（⇒今でも経済的制裁をかけてるけど）　**④国際社会が軍事介入すること。**（⇒そんなことしたら、火に油を注ぐ様なものやで。）だそうです。（　）内は私の感想。チャットGPT、まだまだかな？

233

▶ 2023.3.9　　　　　　　　　　　　　　　　　No.186

スポーツの力

　私の実家は福岡県中間市と言うところにあり、その中間市出身の有名人は、**まず高倉健さん。**そして、地元で二番目に有名なのが、元西鉄ライオンズ黄金時代に名二塁手として活躍し、その後近鉄やオリックスの監督を務めた仰木彬さんです。

　その仰木監督が、オリックス就任2年目の1995年1月に起こったのが阪神淡路大震災でした。6400人を超える死者と全壊半壊含めて24万軒と言う大参事に地元の神戸は大打撃です。そんな野球どころではない状況の中、「こんな時に野球をやっていいのか。また、できる環境にもない。」との声が上がりましたが、自分たちには野球しかないと、**「がんばろうKOBE」**を合言葉に監督選手たちは立ち上がりました。結果その年、**11年ぶりのリーグ優勝を果たし、**がれきの山の中で前に進む気力も出なかった人たちは、**どれだけ勇気づけられたことでしょう。**

　それから、月日が流れ12年前の2011年3月11日、東北でさらに大きな震災が起こりました。この時は2万2千人と言う死者数に加え、関東まで広範囲に被害が出たことと津波で町中が無くなると言う深刻な事態も見られ、プロ野球の開幕は当然のごとく危ぶまれました。そんな中、その年の4月29日に行われた被災地仙台のKスタ宮城球場開幕式での**楽天嶋選手会長のスピーチは感動的でした。**要約すると「震災のあった時に自分たちは神戸にいました。ようやく5日前に選手みんなで仙台に帰ることができました。変わり果てた姿に申し訳ない気持ちで一杯でした。その時に皆さんから、**お帰りなさい、自分たちも負けないから頑張ってね、と声をかけていただき、ただただ涙を流しました。**その時に誰かのために戦う人間は強いと確信しました。今スポーツの域を超えた野球の真価が問われています。見せましょう、野球の底力を。見せましょう、野球選手の底力を。見せましょう、野球ファンの底力を。東北の皆さん、**見せましょう、東北の底力を！」**この言葉にどれだけ多くの人たちが勇気づけられたか、それから2年後に東北楽天イーグルスは日

本一に輝きました。たかがスポーツではありますが、頑張っている選手たちを見ると、自分の境遇と重ね合わせて「よ〜し、自分も頑張らないと。」と力が湧いてくるものです。

　他にも古くは、1984年ロサンゼルスオリンピック柔道山下の金メダル、相手のラシュワン選手（エジプト）は、山下選手が準決勝で痛めた**左足を一切攻めずに堂々と戦ったことも称賛されました。**2001年5月場所での横綱貴乃花が、右膝故障で立っているのもやっとと言う状況で武蔵丸に決定戦で勝った時の**鬼の形相。これには、当時の小泉首相が「よく頑張った。感動した！」と言って賜杯を手渡し場内を**沸かせました。その他、ラグビーWカップで南アフリカに勝った時、なでしこジャパンがWカップ優勝した時、オリンピックでの震えるような感動シーンなど。スポーツの持つ力は単なる勝ち負けを超越した偉大なものがあります。

　そんな中今まさに、WBCが開幕します。たくさんの期待選手が活躍してくれることを信じていますが、中でも岩手県陸前高田市出身の佐々木朗希は、あの震災で当時37歳だった父親と祖父母を亡くし、大船渡に移住することを強いられました。そんな佐々木君に自分を重ね合わせて、応援している人もたくさんいる事でしょう。佐々木選手はじめ侍ジャパンの活躍を期待しています。勝ち負けは別にして、スポーツの良さは、勝てば勝ったで嬉しいし、負けても、石にかじりついて立ち上がってくる、その姿にまた感動して、自分も明日から頑張ろうと言う気になれるものです。**作り物でない真剣勝負は、いいもんですね。**

〔もう一言〕
スポーツはいいなあ、と書きながら、それこそ世界ではスポーツどころじゃない、と言う国がたくさんあります。戦争、貧困、飢餓、伝染病、もちろん自然災害等々。今苦しいとしてもスポーツを見ながら応援できる環境と言うのは、恵まれているな、と思います。日本でも80年ほど前の戦時中は、スポーツどころではありませんでした。**どんな状況にあってもスポーツができる、それを見れる、そのことがどれだけ大事で貴重なことか、心に刻んでおこうと思います。**

▶ 2023.3.19　　　　　　　　　　　　　　　　　　　No.187

意外な数値

　昔、子供の時、友達がおもちゃを持っていると自分も欲しくなり、親にねだったりしました。その時、大体言う事は決まっており、**「みんな持ってるから、買って！」**「じゃあ、持ってる子を言ってごらん。」と言われると、「○○ちゃん、△△ちゃん、それから、え〜と□□ちゃん。」と、まあ３人くらいしか出てこないことが多く、親から**「みんなじゃないよね。」**と諭されたことがありました。本人としては、２、３人でも"みんな"に感じるのは事実で、社会に出てからも、このように、感覚と実際の数値が乖離していることは、結構ありました。

　ビジネス上でも、ついつい自分が感じる感覚や目の前で見えることが全てのように思い、大きな間違いをすることもあります。したがって、何かを判断するときには、**冷静に数値で補完することが必要**になります。

　今回紹介する**"意外な数値"**は、犯罪に関してです。最近のニュースを見ていると凶悪で組織的な犯罪が多く、日本はいつの間に、こんな危険な国になったんだろうか、と危惧していました。ところが、何かの時に聞いた「日本の犯罪は減っている。」と言う言葉が耳に残っており、法務省が毎年出している「犯罪白書」で調べたところ、殺人などの凶悪犯罪について、終戦後の昭和20年代は別にして近年では平成15年あたりをピークに減少に転じ、**令和３年ではピーク時から半減しています。**窃盗等の軽犯罪についても年々減少しており、感覚では「日本もだんだん危なくなった。」と思っていましたが、数値で見る限り**「ますます安全な国になっている。」**ことが見て取れます。

世界と比べるとさらに分かるのですが、国連のUNODCと言う機関が出している統計数値で、10万人当たり殺人発生率ランキングと言うのがあって、それを見てみると１位はWBCでも活躍しているベネズエラで約50人（毎年、2000人に１人殺されている。）日本はデータのある148ヵ国のうち下から５番目の144位で**0.25人**（**40万人**に１人）でした。ベネズエラのように、毎年2000人に１人殺されるという事は、20年では100人に１人、40年で50人に１人と言う計算になるので、**一生の内には幸い自分はそんな目に遭わなくても、知っている人の何人かは、殺されるという事になります。**

　そう思うと、ベネズエラの人は陽気に野球の応援してましたが、**「太鼓たたいて応**

援しとる場合か！」と思います。まあ、他の国は置いといて、このようにデータによれば、日本は良い数値ばかりで問題ないように思いますが、確率が40万分の1であろうが、被害に遭った当事者にとっては、100％でしかないと言うことを忘れてはなりません。つまり、被害に遭った人にとって確率や数値が良くなったなんて、よその話で、自分にとっては全く関係ない事なのです。企業でもよくあることですが、「クレームの発生が100人に1人から200人に1人に減った」と言っても、**売り上げが3倍になっていれば、クレームの絶対件数は、150％に増えます。**仮に件数が半減したとしても、クレームを言うような被害を被った当事者にとっては、確率なんか関係なく**自分にとっては100％の被害**でしかありません。クレームも犯罪も基本は0にするのが目標です。確率だけで論じてはいけない数値です。

　さて、犯罪被害を0にするためには、警察等に取り締まってもらったらよい、と言う**"人まかせ"**だけでなく、我々国民一人一人が「悪いことをする人間を自分の身近から出さない。」と言う覚悟をし、身近の人間、知ってる人を放っておかない、一人にしておかない、おせっかいかもしれませんが、何らかの関与をし続けること。そうすることが犯罪の少ない安心安全な国つくりの第一歩のように思います。これから先も年々犯罪が減少し、それが"意外な数値"ではなく、**納得できる"当然の数値"**だと感じられるようになると、いいですね。

〔もう一言〕
　WBCの日本以外の上位国の10万人当たり殺人発生率は、ベネズエラを筆頭にメキシコ28.4人、コロンビア22.6人、プエルトリコ18.5人、アメリカ6.5人、キューバ5人、と結構な発生率ですね。それを見て、一つアイデアがあります。ブラジルやジャマイカなども高い発生率なので、野球やサッカーなどスポーツが大好きな国民性を利用して、**スポーツの世界大会では、殺人の発生率によりハンデを決める。例えば野球なら、発生率が10人を超える国なら、毎試合無条件で相手に2点のハンデを出さないといけない。5人以上なら1点。サッカーでも同様に5人を超えたら1点、10人以上の国は国際試合に1年間出場停止。**そうしたら、ブラジルなんかも22人を超える危ない国ですが、サッカーの国際試合に自国が出れないとなったら、国を挙げて犯罪防止に取り組むのではないでしょうか？（……そう簡単には行かないかな。）

237

▶ 2023.4.5　　　　　　　　　　　　　　　　　　　　No.189

世界の……

　最近、世界で活躍する日本人が増えたように思います。この間のWBCで活躍した大谷翔平やサッカーの三苫や久保、バスケットボールの八村、ゴルフの松山など特にスポーツ界では、多くの人たちが世界を相手に活躍しています。スポーツ以外でも、世界のクロサワなど、とびぬけた活躍をした日本人の名前には、**必ず"世界の"と言う修飾語が付くようになりました。**

　その中の一人が、今から35年前の1988年に「ラストエンペラー」でアカデミー作曲賞を受賞し、一躍"世界の"と言う冠を名前の前につけられるようになった**坂本龍一氏**でした。ラストエンペラーは、ストーリーや壮大な歴史観を感じる演出の見事さに加えて、**"世界のサカモト"の音楽ゆえに完成度が一挙に高まった作品**と言えるのではないでしょうか。また、戦場のメリークリスマスのピアノの旋律は今聞いても耳に心地よく響きますし、その坂本龍一を一躍有名にしたYMOのテクノサウンドも当時は世界に驚きを与えました。そのころ、日本発の音楽が世界を席巻することなど、ほとんどなかったので誇らしげな気持ちになったのを覚えています。

　YMOは1978年に結成、1981年には解散し、途中何度か再結成しましたが、**2007年5月にヒューマン・オーディオ・スポンジ**と言う名前（当時YMOと言う名ではなく、新たに3人で演奏する際に作ったバンド名）で久しぶりのコンサートを開きました。その趣旨は、**Smile Together Project**と銘打って、コンサートの売上は、全て「**がんの子供を守る会**」に寄付する、と言うものでした。このコンサートを機にYMOが活動を活発化させるわけですが、実は、**このコンサートを主催したのは、当時、私が勤めていたニッセンでした。**たまたま、仕事の関係で高橋幸宏さんのお姉さんと知り合い、彼女からの「YMOを再結成させて、世間をあっと言わしましょう。ただ、社会的な意義がないと幸宏たちは、OKしないわよ。」と言うような発言がきっかけでこの試みがスタートしました。とはいえ、費用や彼らのスケジュール調整、そして何と言ってもYMOの3人が納得しないと再結成などで

きません。実現にはいくつかのハードルが待っていました。

　ちょうどその時、ニッセンでは、飛行船で日本縦断し各地で「がんの子供を守る会」と連携して、チャリティ活動をしていたこともあり、「**再結成コンサートにかかる費用は全額ニッセンが負担しますが、売り上げは全て、ガンの子供を守る会に寄付しましょう。**」と提案し、**実現にこぎつけることができました。**最後は３人もその趣旨に大いに賛成してもらい、いろいろと配慮してもらったように記憶しています。写真は、その終了後、打ち上げの席で主催者代表としてあいさつしているところです。後ろにいるのが、左から細野忠臣、高橋幸宏、坂本龍一の各氏です。コンサートは久しぶりの３人そろい踏みという事もあり、開催前からマスコミ各社に取り上げられ、チケットは発売と同時にあっという間に売り切れるほどです。もちろん、当日は超満員で、会場はMAXに盛り上がりました。

　特に印象に残っていることは、打ち上げの時のあいさつで、私の次にガンの子供を守る会の会長さんがあいさつしたのですが、大分ご年配で、YMOのことを正確に覚えておらず、「えーと、何でしたかね？」などと言ったものですから、それまで、ちょっと気難しい顔をしていた**３人が同時にずっこけて会場に笑いが響いたのを覚えています。**

　そのYMOの内の二人、**高橋幸宏さんと坂本龍一さんが今年、71歳と言う若さで亡くなりました。まだまだ活躍できただろうにご本人も、さぞ残念だったと思います。**世界のサカモトや世界のYMOと言う先駆者がいたことで、これから先も音楽界で多くの日本人が活躍し、その名前の頭には「世界の……」と言う修飾語が付くことでしょう。そして、そのたびに、彼らYMOの音楽や功績は**永遠に語り継がれる**のだと思います。　ご冥福をお祈りします。

〔もう一言〕

　今思えば、当時、ニッセンもよくやったなあ、と思います。もちろん費用も大変でしたが、それ以上に、社員のみんなは、このコンサートに限らず、飛行船プロジェクトなどでもずいぶん頑張ってくれました。忙しい中、全国のチャリティイベントに駆り出されたり、自分の仕事が終わった後に時間を取られたり、大変だったと思います。ただ、やっているみんなの顔は、**それはうれしそうな顔で生き生きしていました。人間やっぱり、「世のため人のため」に何かするという事が好きなんだなあ、と思います。**当時関わった人たちはみんな、胸を張って「**よい事をしたなあ。**」と言ってよいのではないでしょうか。本当にいい思い出です。

▶ 2023.4.19　　　　　　　　　　　　　　　　　　No.190

最強最弱、紙一重

　母親が亡くなって、早や一年が経ちました。4月14日が命日でしたが、そんなことを考えながら、たまたまパソコンを見ていると、武田信玄の命日が4月12日とありました。私は歴史、特に戦国時代の人間模様や各武将の運不運などが好きです。読み物として魅力のある人物も多く、何冊も本を読みましたが、未だ飽きることはありません。しかし、学生時代の日本史は専攻しよう思わない全く興味のない教科でした。理由は、その当時の日本史の授業は、**人名や出来事及び年号などの記憶が主で、その前後の流れや人間関係などにはあまり触れることもなく、「全然面白くない。」**授業だったからです。

　面白い歴史の本を読めば読むほど強く感じるのが、一個人の力がなぜそこまで大きいのか、たった一人の考えや動向そして生死が、あっという間に国を変えてしまうのは何故だろう、と考えてしまいます。特に戦国時代の諸将の中でも最強と評された武田信玄については、**信玄の生死が甲斐一国をあっという間に滅ぼしてしまう**ことになる訳で、信玄がいる武田といない武田では全く違う国になっています。

　信玄は晩年、織田徳川連合軍との合戦を制し京へ上るべく1572年に挙兵します。天才的な軍事才能と武田二十四神将（武田家の強力な武将24人）や騎馬軍団を擁した武田軍の強さはすさまじく、あっという間に徳川軍を撃退します。（三方ヶ原の戦い）その当時、四方に敵を抱えていた織田信長にとっては、人生最大の危機です。

　ところが、さあ、これから織田信長の領土である岐阜を攻めて京に上がろうとする寸前、1573年の**4月12日に信玄が亡くなります**。指揮官がいなくなった武田軍は、甲斐に帰ってしまうのですが、それだけでなく、それまで信長に敵対していた他の軍勢も武田軍が侵攻をやめた、そして信玄が亡くなったらしい、という事を知ると勢いが一挙に失せてしまいます。すごい影響力ですね。それに対して、信長や家康は、恐れていた信玄がいないと知るや、俄然、力を出してきます。それから先は、四方にいた敵をことごとく打ち破り、2年後には有名な「長篠の戦い」で武田

軍は織田徳川軍に敗れます。その後は最強とうたわれた武田軍も防戦一方で、**次から次へと領土を奪われ、1582年に武田家は滅亡となります。**信玄一人が死んでも有能な武将はまだまだたくさんいたし、数万の武田軍は無傷のままでしたから、頑張れば、武田も日本の頂点を目指せる力はあったと思います。

　なぜ、そうならなかったか、と言うと、戦国最強の武将、武田信玄には大きな弱点がありました。自分がいる間は二十四神将たちも従うが、それは武田家に従うのではなく、信玄個人に従う関係を築いていたからでした。信玄がいなくなれば、それぞれの武将（豪族）たちは、自分たちの領土（甲斐の中の一地域）を優先し、国（甲斐）のためなどとは思わず、**バラバラに動く可能性があったのです。**言うならば、信玄がいる間は**最強だが、いなくなった途端に最弱になってしまう**組織を信玄が作っていたという事になります。**最強と最弱はまさに紙一重、**実際に、部下たちも最初は跡取りの勝頼に従っていましたが、その後は寝返りが続き、勝頼の最後も部下のところに身を隠そうと家族など少人数で逃げている時に、その部下に裏切られて最期を遂げるというものでした。

　そう考えると、たった一人の人間が与える影響が大きければ大きいほど、どのような組織を作るかは大事ですね。**単に強くなるよりも、いかに継続できるか、の方がより重要な事のようです。**歴史を学ぶことは単に面白いだけでなく、人生の道しるべになったり、生きる勇気をもらったり、大いにためになるのですが、それを全然面白くない教科にしてる日本の教育界は、大きな罪ですね。みなさん、たまには現実から離れて歴史の世界に浸るのもいいかもしれませんね。

〔もう一言〕

　現在の企業や政治においても同様のことが言えます。トップがいなくなると勢いを失う、例えば、そのトップのためなら自分の力を最大限発揮できるが、トップが変わると影が薄くなる人、そして指示される間は良かったが自分で考えるのが苦手な人などが出てくると、企業にとっても政治にとっても良い事ではありません。トップがいなくても変わらない、トップは、いつ変わったの？　と思われるくらいに影が薄い方が激変を避けられて、安定した政権運営ができるのかも知れません。そう考えると、今の岸田さんは良いトップみたいですね。（？）

▶ 2023.4.30　　　　　　　　　　　　　　　　No.191

新説？アラジン

　本日は、私の作った大人の童話、「新説？ アラジンン」をお送ります。ちょっと長いですが、最後までお読みください。

　あるところに、いつも文句ばかり言ってる普通のおじさんがいました。名前は荒井甚太郎、**あだなはアラジン**。口癖は、「一つも良いことがない！」「俺は運がない。」「俺みたいな不幸な人間はいない。」と全く建設的な発言のない人です。

　そんなアラジンさん、昼休みは、いつものようにコンビニ弁当を買って、近くの公園に行き、「相変わらずまずい。」と文句をたれながら食べています。食べ終わって爪楊枝でシーハシーハしていると、あいにくの小雨、「今日も最悪や。」といつものように自分の人生の冴えなさを愚痴っていると、前から、**明石家さんまのような変なおっさん**が出てきて、「ヒャー、ホッホ。」と言いながらアラジンおじさんに近づき、「おたく、どないしましたん？　そんな冴えん顔して。ヒャーホ。」何が起こったかきょとんとしているアラジンおじさんに畳みかけるように「あんさん、何か悩み、ありまへんか？」「ある？　そうでっしゃろ、そうでっしゃろ、顔に書いてまんがな。ヒャー。」「良かったら、願い三つだけ、かなえてあげまっせ。私の名前は、ジーニーざんす。」……ふざけんな、と思いながらも「そう言えば、アラジンと魔法使いのランプの魔神はジーニーやったなあ。」と思い出し、このあと昼からも、どうせ会社で上司に怒られるだけやから、「ちょっとおっさんからかってやるか。」それでなくても、アラジンさん以前から、「物語に出てくるやつらは、バカばっかり。３つ願い叶えてくれるなら、**まず一つ目に何でも自分の思う事が実現する**ようにしてくれ、と頼んだら、あとの二つは使わなくても、ずーっと思った通りになるのに。」と、さも自分が偉いように勘違いしていたこともあって、早速、挑戦的な態度で言い放ちます。

　「ジーニーのおっさん、まず一つ目や（ふふふふ、一つで充分やけどな）。**俺が思う事全てが実現するようにしてくれ。**」と、言うと、ジーニーさん「お安いご用でん

がな。ド〜ン！」アラジンさん、言ってはみたものの「バカに付き合って時間を損した。こんなおっさん目の前から消えろ。」と思った途端、さんまジーニーさん煙のように消えました。「なんやったんやろ、まあいいか、それにしても、うっとおしい雨やなあ。」と思ったら今度は雨がやみ、晴れてきました。「**えっ、ひょっとして、さっきの話は本当なんかい。**」と、試しに近くのパチンコ屋さんに入ると、「**大当たり頼む！**」と言うか言わないかのうちに、最初の一発目で大当たりです。その後も立て続けに大当たり、うれしくて仕方ありません。急ぎパチンコ屋を出て会社に戻ろうとすると、ちょうど間の悪いことに上司が近づいてきました。午前中のポカがばれて怒られる。「**こんなやつ、いらんわ。**」と心の中でつぶやくと、パンという音とともに目の前の上司はいなくなり、しかも急いで会社に戻ると、その上司の**机や椅子もなく、誰に聞いても「それ誰の事？」**とさっぱり要領を得ません。さらに、「**ついでにあいつらも消えたらいいのに。**」と思うと、他の嫌いな上司や社員も全部いなくなりました。また、「**金が欲しい。**」と思うと、自分の机には、ぎっしりと一万円札が詰まってるし、着てるものや時計なども超一流のもの、**思う事が全部かなってしまいます。**

　何と幸せなことか、もう天にも昇った気持ちです。自分の思う事が本当に現実になることを知ったアラジンさん、次から次へと今まで思ってたことを願います。何でもその通りになるので、嬉しくて仕方ありません。そうこうしていると、ついつい今までの愚痴や妬みが頭をよぎり、「**俺は世界で一番幸せや。俺以外の幸せな人間はみんな消えろ！**」と言い放つと、あら不思議、残っていた嫌いではない社員や周りの人たちが、**みんな消えてしまいました。**慌てて、外に飛び出してもそこには、人っ子一人いません。駅に行っても誰もいない、家に電話しても誰も出ません。「こんなはずじゃない！元に戻れ。」と念じますが、**全く変化ありません。**

　「ジーニーのおっさん、元に戻してくれ！」と大声で叫ぶと「はい、出てきましたで。なんでっか？　はあ、元に戻せ？　すんまへん、それはできまへん。もし、どうしても言わはるんやったら、**二つ目の願いっちゅうことになりまんなあ。**それでよろしか？ヒャー。」アラジンさん、「なにい！仕方ない、そうしてくれ。」と言いかけて、「ちょっと待ってくれ、二つ目の願いで元に戻ったら、一つ目の願い、つまり何でも思う事が叶う。と言うのはどうなる？」「ハイ、さすが、いいとこに気が付きましたなあ。そうでんねん、一つ目はそのままやさかい、また全て思い通りになってしまいまんなあ。」そして、さんまジーニーさん、急に真顔になり、低いドスの利いた声で「**そうなったら、もう何があっても元には戻せまへんで。ほんまによろし**

か？」アラジンさん考えるだけでぞっとして「わかった、二つ目の願いはこの現実を元に戻すこと。そして、三つめは最初の願いを無しにして何事もなかったようにしてくれ。」と言って目を開けると、小雨の降る中、爪楊枝でシーハーシーハー、何事もなかったような現実に戻っています。そして付け加えます。「おっさん、消える前に一つだけ教えてくれ。何で俺以外の幸せなやつ消えろ、と言ったらみんないなくなったんや？」すると、さんまのジーニーさん曰く「人は皆、**生きてるだけで、幸せっちゅうことなん**ちゃいまっか。」「あんさんが、幸せな人間みな消えろとか言うから、生きてる人みんな、おらんようになったわけですわ。お〜怖。」「ヒャー、アホちゃいまんねん、パーでんねん。」などと言いながら、さんまジーニーさん、どこかに行ってしまいました。

　それを、ボーっと見送った後、アラジンさん、何を思ったか、実家のお母さんと家にいる奥さんに立て続けに電話します。「**母さん、幸せかい？**」次に奥さんに「**お前幸せか？**」今まで自分のような落ちこぼれを生んだ母親や、まるで冴えない亭主を持った妻は、多分不幸せに違いないと思っていたアラジンさんに、二人の答えは、**両方とも「そうねえ、幸せよ。」**それを聞いた荒井甚太郎氏、上司に怒られながらもボソッとつぶやきました。「俺も幸せやったんや。」それからは、一切愚痴を言わなくなったとさ。　……おわり……

〔もう一言〕

　今回は、童話風に書いてみましたが、自分でも時々、「最近、いいことない。」とか「もう一つ、パッとしないなあ。」などと愚痴を言う事があり、ちょっと反省のつもりで書いてみました。幸せという事については、何と比べるか、誰と比べるか、で変わってきますが、**生きてるという事実だけで幸せと思えるのは、本当に幸せなんじゃないかと思います。**世界の中には生きてることが苦痛であったり、明日をも知れぬ運命に苛（さいな）まれている人たちもいます。文句を言ったらキリがない、日々幸せを感じながら生きていきたいものですね。

みんな、幸せ！

▶ 2023.5.10 No.192

黄金世代

昭和30年 (1955年)		
小学校入学	昭和36年	1962年
中学入学	昭和43年	1968年
高校入学	昭和46年	1971年
大学入学	昭和49年	1974年

手前みそではありますが、私が生まれた昭和30年は、結構有名人が多く、勝手に「**黄金世代**」などと称しております。

例えば、芸能人では明石家さんま、所ジョージ、郷ひろみ、西城秀樹、松山千春、世良公則、春風亭小朝、中村勘三郎などなど。スポーツ界では、江川、掛布、千代の富士、朝潮、具志堅用高。女性も竹内まりあ、伊藤蘭、上沼恵美子、麻丘めぐみと多士済々。この紙面では書ききれないほど多くの同級生が活躍しており、**本当に"豊作"？ の年だなと感じます。** そんな人たちの活躍を見ると、向こうは何も思っていませんが、「俺も頑張らんといかん！」と**勝手にライバル視してしまいます。**

これだけ、多くの有名人がいる昭和30年生まれですが、私が一番すごいと感じたのは、意外に思うかもしれませんが、競輪の中野浩一です。今から30年以上も前に仕事でヨーロッパに行く機会があり、フランスで現地の人たちと会食をしてた時に、何気なく「フランスで有名な日本人っていますか？」と聞いたところ、「いるいる！」「すごい日本人だ。」と何人もの人が口をそろえて、「ムッシュ、KOICH NAKANO」と言ったので驚きました。何で競輪選手なんか知ってるのか聞いたところ、「スプリント世界選手権で10連覇したじゃないか。」「考えられない記録だ！」と、さも当然のように言ってるのが、ちょっと不思議な感じでしたが、考えたら、ヨーロッパは自転車競技が盛んで、結構人気があるんですね。年が一緒で同じ福岡県出身という事だけで、何か自分が褒められたような気になりました。

昭和30年生まれは、団塊の世代より6〜8歳下なので、戦後の復興の中で、小さいころから生きるために強烈な競争を強いられた世代より、ちょっと後の比較的生きやすい時代に生まれました。また学生時代も、激しかった学生運動は沈静化して、学内は"革マル""中核"などの落書きがあるくらいで平和に過ごせました。小さい時（昭和30年代）は、まだまだ日本は貧しい国との認識でしたが、高度経済成

長を経て、大人になったころから、日本は経済的には世界のトップグループになり、暮らし向きもどんどん向上していきました。戦後、苦労した日本ですが、少し余裕のできた時代に生まれたので、周りに振り回されず、**結構好きなことがやれる良い時代を過ごしてきたと思います。**

　"好きなことをやる"と言う意味では、もう一人、昭和30年生まれの有名人がいます。言いたくはないですが、**オウム真理教の麻原彰晃**です。あんな風采の上がらない、何が取り柄か分からない人間に、なぜエリートの医者や弁護士など、地位も名誉もあり、頭もいいはずの大人が従うのか？　いまだに分かりません。何かに頼りたいと言う人間の弱さの表れでしょうが、狂気の指導者の下、善悪の判断ができなくなった集団ほど怖いものはありません。第二次世界大戦時のナチスドイツもそうですが、一人一人のドイツ人は、決して残忍ではないと思いますが、集団の中で善悪がマヒすると誰もが、鬼になってしまうのですね。そんな悪の指導者も同級生、**同じ年に生まれた人間でもいろいろいますね。**68歳を迎えて、あと何年生きるか分かりませんが、これからも**"清く""正しく""元気よく"**生きていきたいものです。誕生日を迎えて、この年まで元気に生きてこれたことに感謝です。

　今回は、単なる同い年の人の白慢だけでした。すみません。

〔もう一言〕

　その他の昭和30年生まれは、女優の高橋惠子、渡辺えり子、池波志乃、田中裕子、志穂美悦子、歌手のアグネスチャン、矢野顕子、川中美幸、その他、倉本昌弘、達川光男、俳優の中村梅雀、佐野史郎、内藤剛、さらに桂小枝、村上ショージ、海外では、グレッグ・ノーマン、ブルース・ウィリス、スティーブ・ジョブズ、ケビン・コスナー、ビル・ゲイツなどなど、でもやっぱり、**その中でも一番は、「佐村信哉」でしょう。**と今日だけは勝手に思っときます。

▶ 2023.6.10   No.195

謀（はかりごと）多きは勝ち

　今から、約450年前の天正10（1582）年旧暦6月2日未明、京都本能寺にて織田信長が明智光秀の謀反により、その一生を終えました。

　織田信長と言うと領国経営や戦い方において、常に斬新な手法を取り入れることで有名ですが、それ以外に、最初にその名を知らしめた"桶狭間の戦い"において、敵の大将である今川義元の**首を取った大殊勲者である毛利新介より、今川義元がどこに陣を張ったかを知らせた梁田政綱の方が功績が大きいと評価したくらい"情報"の重要性を理解していた人物**だったようです。

　題名の**「謀多きは勝ち、少なきは負け候」**は安芸の大大名、毛利元就の言葉ですが、毛利家もいわゆるスパイ活動が活発で領土拡大や戦争においては、数多く活躍したようです。その他、甲斐の武田、越後の上杉、相模の北条らもそれぞれ自分たちのスパイ衆を抱えており、何が正しい情報か、それを見極めるのには苦労したようです。

　その点においては、現在も同じで、テレビやネットからの情報は量も多く内容も玉石混交、虚々実々、果たして何を信じたらよいのか、一般人の我々は不安になることがあります。単に「間違ってるみたいだね。」で済むようなものは問題ないでしょうが、**戦国時代と同じように何かの意図があって、情報を操作しようとしているものに騙されている、としたらえらい事です。**例えば、国家間について、ある国に有利になるような情報操作が、私たちの知らないところで起こっていたとしたら、そして、何のためらいもなく信じていることが、某国の謀だとしたら、いつのまにか。まんまとその国の思うとおりに動かされているかもしれません。

　戦国時代、武田に透波、上杉には軒猿、北条には風魔一族、徳川には服部半蔵はじめ伊賀もの、など諜報部員のような組織がありましたが、現代では、アメリカのCIA、イギリスのMI6、中国の国家安全部など世界中の主な国々には、他国の情報を集め、ある時は情報を操作し、自国を有利な立場にする機関が存在しています。しかもその人数は、正確な数は発表されていませんが**CIAだけでも2万人ほどの職員がおり、推測ですが、中国国家安全部などは、それ以上の人数が全世界で暗躍していることでしょう。**現に今年の4月にニューヨークで中国の秘密警察出先機関の人間がFBIに逮捕されました。彼らは、アメリカ国内で"反体制"人物への脅迫や民主化運動家の住所などを本国へ報告し、中国に有利になるように情報を流す、な

どの活動をしていました。

　さて、我が日本ではCIAの役割を担うのは、内閣調査室でしょうが、人数も**200人弱**で、海外の諜報機関と比べたら全く比較にもなりません。では、海外で諜報活動をしていなくても**国内での他国の活動を取り締まれないのものかと思うのですが、そもそも日本には他国のスパイ行為を取り締まる法律がないので取り締まれないのです。**だから、日本では海外の出先機関が何をしても日本の法律に違反しない限り好き勝手にできるのです。重要文書を盗んだとしたら、窃盗罪くらいにはなると思いますが、聞き出すだけであれば、何の罪にもならない可能性があります。いわゆる**"スパイ天国"**なのです。

　過去に法律を作る動きもあったのですが、マスコミや野党が大反対で成立しませんでした。その理由は「**外国人差別**」「**報道の自由が侵害される。**」等です。ひょっとしたら、**そう言ってる人たちは既に海外の諜報活動に毒されて、他国の良いように操作されているのかも知れません。**日本に有益な情報はダダ洩れで、経済価値のある情報は盗まれる、また日本にとって不利な意見でも、それが正しいかのように操作される。「謀多きは勝ち、謀少なきは負け候」まさしく、**今の日本は謀少なく、**他国からの疑わしい情報や活動の中で、国家間の競争に負けそうになっていることに、もっと危機感を覚えても良いのではないでしょうか。"お人よし"も大概にしなくては、もし戦国時代なら、あっという間に大国に飲まれているところです。「目を覚ませ！ニッポン」

〔もう一言〕

　日本では、自衛隊の施設などは地図にも載っていて、誰もがすぐに分かるのが当たり前ですが、海外では全く違います。8年ほど前に韓国に行った時に知り合いの子供さんが軍隊にいて、その知り合いと一緒に会いに行きました。大きな橋の近くで「このあたりだと思う。」と探したのですが、それらしき建物もないし、近所の人に聞いてもわかりません。何とか、子供さんに直接電話して教えてもらったのは、古いビルで何の看板もなく、そこが何か全く分からないビルでした。中では、軍服を着た人たちが何人もいて驚きました。聞けば、北朝鮮との戦争になれば、この橋を爆破して北の軍隊の進攻を止めるのが役目とのこと。そんな重要な施設を公にすると、北のスパイから破壊工作をされる可能性もある、ということでしょう。これがもし日本なら、Googlemapで簡単に分かるんでしょうね。

▶ 2023.6.19　　　　　　　　　　　　　　　　　　No.196

真の侍、樋口季一郎

先日、天気が良いので淡路島にドライブに行ってきました。その際に国生みの神話で有名な**伊弉諾神社**にも行ったのですが、その神社の横の空き地に比較的新しい銅像が立っていました。神社の参拝者は多かったのですが、そこは誰もいないひっそりとした空き地で、名前を見ると「**樋口季一郎中将**」と書いてあります。あまり聞いたことがなかったので、その時は「樋口、誰？」で、私の記憶からは完全に消え去っていました。

　ところが、2、3日前に何気なく見ていたYouTubeで樋口季一郎のことをやっていました。今更ながらですが、こんな人を知らなかったとは自分の**浅薄さに恥じ入る**ばかりで、なぜ教科書に載せないのか、と文部省に文句を言いたくなるくらいでした。簡単に紹介すると、まず、第二次大戦時の1938年、ドイツの迫害から逃れてきた**2万人ものユダヤ人**を当時満州国ハルピンの特務機関長だった樋口季一郎が、ドイツの抗議や外務省の横やりに屈せず、ビザを発行し逃がしたこと。これは、日本のシンドラーと言われた杉原千畝がリトアニアで6000人に"命のビザ"を発行する2年前の出来事です。

　そのことだけでもすごいのに、終戦まじかのアリューシャン列島キスカ島から無傷で住民や将兵を全員脱出させたこと、さらには、1945（昭和20）年8月15日に終戦したにもかかわらず、17日にソ連が千島列島や南樺太から北海道占領を目指して侵攻してきた際に、樋口季一郎が千島列島の占守島にいた第五方面隊に命じ、徹底抗戦を挑んだのです。当時、軍としての機能は全く働いておらず、樋口季一郎が独断で抗戦を判断しましたが、この**徹底抗戦があったがゆえに北海道はソ連の進攻を免れた、**と言われています。そして、占領を免れた北海道は現在、日本国として存在しています。

　このように生涯に3度も奇跡を起こした人物だったとは露知らず、事前に知っておけば、銅像に手を合わせたのに残念で仕方ありません。日本国民として、こんな人をなぜ知らないのか、その理由は、**樋口季一郎が軍人だった**からのようです。戦後のマスコミ、大新聞や教育界では、戦争＝軍部＝軍人は全て悪人。だから何をし

ようが、記録と記憶から抹殺しようという意図があるように思われます。**すべて日本が悪いから、その当時のものには、臭いものには蓋をするという発想では、何の反省にもなりません。**

　例えば、G7で各国首脳が広島の原爆記念館に行きましたが、原爆記念公園にも書かれている**「過ちは繰り返しませぬから」**と言う言葉を見たらどう思うでしょうか？　原爆を落としたのはアメリカです。アメリカが言うのなら、まだ理解できますが、なぜ**犠牲になった日本人**が「過ちは繰り返しません。」と言わねばならないのか！　何もかも全て日本が悪い。そんな風潮を良しとしてきた戦後日本の指導者たちには、大きな責任があると思います。

　もちろん、日本も反省すべき点は多々あります。ただ、全ての物事は是々非々で考えて、負け戦の中にも正しい決断をして、日本をそして人間（ユダヤ人他）を救った**尊敬すべき人がいることは、忘れてはならないし**、語り継ぐべきだと思います。また、樋口季一郎がハルピンでユダヤ人を助けた時の直属の上官は、のちに首相となる東条英機でした。樋口は、東条に「ヒトラーのお先棒を担いで、**弱い者いじめをすることが、正しいことですか？」**と直言すると、**東条は「その通り。」**と理解を示し、結局、ドイツや外務省から強烈な批判があったにもかかわらず、樋口を不問に付したそうです。後年、樋口は、東条のことを**「筋を通せば、理解してくれる人だった。」**と言ってます。A級戦犯として、絞首刑になった人物でさえ、素晴らしいところが、たくさんあるのです。樋口季一郎などは、義を持って弱きを助けるまさに**"真の侍"**と言えるのではないでしょうか。

　そんな真の侍の銅像を作ったにもかかわらず、周りは草だらけで、神社に参拝する人の誰一人として、関心がないような状況は、寂しい限りですね。

〔もう一言〕

　戦後、東京裁判でソ連のスターリンは、北海道を占拠することができず、大いに憤り、樋口を戦犯として裁くべきだと主張しました。しかしながら、アメリカのユダヤ人協会の幹部の中には樋口に助けられた人もいて、樋口を救うように当時のCIA等に圧力をかけたそうです。結局、マッカーサーは樋口をかばい、樋口は難を逃れました。そして、1970年に亡くなるまで、ユダヤ人を助けたことなど自分のしたことは、**「当たり前のことをしただけだ。」**と言ってたそうです。侍として、日本男児として、当たり前のことをする。その何が"当たり前"かを教えること、これこそが、本当の教育ではないでしょうか。

▶ 2023.6.29　　　　　　　　　　　　　　　　No.197

見方変われば

　先日、「関ヶ原」と言う映画をレンタルビデオで見ました。これは石田三成から見た関ヶ原の戦いを描いてたもので、家康が主人公、三成が敵役の、よくある設定とは異なり、主人公は三成、敵役が家康と180度逆の構図です。

　そんな、「立場違えば……」を考えることは、子供にとって大事な教育だと思うので、2022年1月30日付ブログNo142「恥を知れ」(P.174)に書いた**逆転ゲームが、なぜ必要かをここで説明したいと思います。**

　まずは、「アリとキリギリス」について。私がまだ幼かったころ、イソップ物語の本が家にありました。その中でもよく覚えているのが、「アリとキリギリス」の話です。挿し絵は冬の雪が降っている場面でバイオリンを持ったキリギリスが、足に包帯を巻いて、アリの家の前で食べ物を分けてほしいとお願いするのですが、アリは「君は夏の間、バイオリンを弾いたりして遊んでばかり、何も仕事をしていなかったのでダメだ。」と断るシーンです（しかも意地悪そうに「帰れ、帰れ。」と言ってた）。**子供心に何かキリギリスが可哀そうだと感じていましたが**、物語は「アリのように一生懸命に働きなさい、でないとキリギリスのようになるよ。」と言う教訓です。しかし、キリギリスは遊んでいたというよりバイオリンを弾いていたわけで、いわば芸術家のようなものですから、そこを少し理解してあげて**アリも少しくらい食べ物を分けてやってもいいんじゃないかと思いませんか？**　普通、困った人を見たら、まず助ける、そう考えるとアリのこの仕打ちはひどいですよね。ほかにも「桃太郎」なんかもそうですが、犬、サル、キジを連れて鬼退治に行きますが、退治された鬼にも子供がいるでしょうし、簡単に退治され殺されたら**鬼の家族はさぞ悲しむこと**でしょう。さらに、「ウサギと亀」の話も、途中で寝ているウサギを横目で見ながら亀は知らんふりをしてゴールを目ざします。ちゃんとした**立派な亀なら**（立派な亀がいるかどうか知りませんが……）ウサギを起こして、「まだゴールじゃないぞ、が

んばれ。」くらい言うのが、**正しい生き方**ではないでしょうか。

　このように見方が違えば、どちらも正しいと言えるのが、世の中の仕組みで、企業の中でも立場が違えば、全く異なる基準で動く場合があります。売上を上げたい部門と品質を担保したい部門など、それぞれの立場の違い、見方の違いから主張が異なるケースは、ままあります。立場が違って、物の見方が違うと互いに自分が正しい、相手は間違い。**自分は正義、相手は悪**と考えるようになります。その究極の姿は、例えば戦争です。戦争している当事者は、それぞれ自分が正しいと思っているわけで、それぞれが、「自分は、正しいことをしているのに何故、相手に妥協せねばならないのか。」と、なり、結局、一方が勝つまで終わらないという事になります。

　そうならないためには、最悪になる前に、どこかで相手の立場になって考える余裕を持つことだと思います。**いろんな争いは、相手の立場を考慮するだけでずいぶん減ります。そのようなことを教育で教えることが、まずは大事ですね。**例えば、子供にイソップ物語を読ませて、「一度、キリギリスの立場になって考えてみたら、どう感じるか？」とか、桃太郎を読んだ後に「鬼を退治する以外にどんな解決方法があるだろう、もし、自分のお父さんが鬼さんだったら。」など、多面的に物事を見て、相手の立場も考えることができるような教育をする。そうすると、一方的な見方だけでなく、相手を思いやることができる、そんな子供が増えると思いますね（屁理屈ばかりこねる子供が増えるかも、ですが）。皆さんも腹が立ったときには、相手の立場で考えてみると、そんなに腹を立てることでもない場合があります。ちょっと見方を変えて見る！　これ、結構大事ですよ。やっぱり、小学校の道徳で「逆転ゲーム」やりましょう！

〔もう一言〕

　「立場が違えば、」を考えると日常でも多くのケースが存在します。車に乗っていると横断歩道や信号の右左折時に止まると、当然のようにゆっくり歩く歩行者がいると、「ちょっと、急いで歩けよ。」と思いますが、相手からすると「車が止まるのが当たり前。何で急がないといけないのか。」となります。車同士でもすれ違うのに狭い道では、ちょっと端に寄せて止まり、相手が来るのを待ったりしますが、中には、さも当たり前のようにスーッと行く人もいます。やっぱり相手の立場で考えると、**歩いていても車が止まってくれていれば、ちょっと小走りに手を挙げて、「ありがとう。」車がすれ違いずらいところで止まってくれれば、手を挙げて、これも「ありがとう。」こう言う日常のちょっとしたマナーは、人間社会を生きていくのに大事なことですね。**これからも相手の立場を考えられる立派な大人になれるように頑張りたいと思います。

▶ 2023.7.10　　　　　　　　　　　　　　　　　　　　No.198

方言を使おう！

　この間、人生で初めて青森に行きました。（ちなみに行ってない県は、あと秋田だけです。）
　普段見ない風景や食べ物、習慣など、旅のだいご味は、いつもと違う非日常を経験することだと思います。特にそれを感じるのが、言葉、**つまり各地の方言ですが**、最近は地元の人が行くような居酒屋に行っても、その地の言葉を聞く機会が少なく、若い人などは、方言を使うことが**田舎者と思われて恥ずかしいのか**、ほとんど標準語のように聞こえます。確かに私も経験がありますが、高校の時に修学旅行で初めて東京に行くとなって、まず準備したのが100円玉を集める。それは当時、九州ではまだ100円札が主流でしたが、東京ではほとんど100円玉になっていて、**100円札を使うと"田舎者"と思われるから**。そして、次に北九州の言葉をできるだけ使わない。「きさんらみたいな、きちゃない言葉つこうとったら、笑われるけのぉ。」「バカ、ぶちくらすぞ。そんときゃそんときたい、なんちかんちいいなんな、しゃーしいっちゃ。」（注：北九州の人は分かります。）みたいな会話をしたように思います。確かに若い時は、方言が恥ずかしい、などと思いましたが、今となっては方言があることは**ふるさとがある**ことと同じで、何か懐かしいし、**地元を誇れるような気がしています**。ですから、テレビや他のメディア、企業や官庁なども積極的に方言を使えばいいのではないでしょうか。と言うのも、方言には単にコミュニケーションの手段としてだけでなく、**親しみや場を和ます力もあります**。
　今から40年以上前、私がニッセンで商品の企画担当をしていたころ、ある商品が売れ過ぎたため商品の入荷が滞っていて、お客様から営業所などにクレームが殺到したことがありました。生産していたのは名古屋の会社だったので、電話で担当の部長さんにちょっと強い言葉で入荷を催促しました。こちらは、怒りでカッカしているのですが、年配の部長さん、黙って聞いてて最後に「そりゃあ、おみゃあさん、**どえりゃあたゃーけたことだぎゃ、ゆるしてちょーよ。**」そう言われると、今ま

での怒りがどこかに行って、思わず笑いながら、「まあ、お願いしますよ。」と言ってしまったように思います。これが標準語で「そうですね、あなたの言う通り、それはとてもまずいですね、あやまります。」などと言われたら、「何を他人事のように言ってるのか、あんたに謝ってもらっても何にも役に立たん。謝る前にどう対処するのか！」と詰め寄ったかもしれません。

　会社の会議でも国会の質疑でも自分の出身地の言葉を使えば、**もっと味のある議論になるのではないでしょうか？**

　議長「西川きよし君」　西川「総理にお聞きしたいおもてます。こないに税金上がってしもて、わてら庶民は大変だっせ、わかってはりまっか？」　議長「岸田文雄君」岸田「じゃけえ、ゆうとるじゃろうが、上げんとどーなろーに、いけんゆうことは、よーわかっちょる。わしもあげとうないんじゃけ。」　議長「鈴木宗男君」　鈴木「なして、うそばかりこぐかなあ、みったくない。」……**こんな国会なら、なかなか面白いかもしれませんね。**

　と、いろんなことを言いましたが、最初に戻りますと、昔は他県に行くと言葉や習慣が分からないことも多々あり、4〜50年前は、鹿児島でお酒と言うと焼酎が出てきたり、沖縄でメニューの料理が何か全くわからなかったり、不便なこともありましたが、**それが味と言うもんで**、その土地その土地の違いを味わうことが少なくなってきたのは、寂しいですね。数年前のある調査で沖縄の10代は、**うちなーぐち（沖縄弁）が完全に分かる人は1％もいない**、とありました。実際、ユネスコの消滅危惧言語に認定されているくらいです。残念ですね。言葉は文化、言葉はふるさと、言葉は誇りです。これからも各地の方言を永く伝えていき、永く使っていきたいですね。

〔もう一言〕

　第二次大戦中に日本の暗号が連合国軍に解読されて、海外との連絡手段がなくなったことがありました。ドイツにいた軍幹部を安全に日本へ帰国させたいが、連絡できない。その時、たまたまドイツ大使館に鹿児島の人がおり、鹿児島弁で話せば内容を傍受されても敵には分からないだろうと、「カジキサー、ノムランオヤジャ、モ、モグイヤッタドカイ？」（加治木さん、野村の親爺は、もう潜水艦に乗っただろうか？）「モウモグリヤッタ」（もう発ちました。）など、**鹿児島弁で堂々と情報のやり取りをしてもアメリカ軍は、さっぱりわからなかったそうです。**

255

▶ 2023.7.20　　　　　　　　　　　　　　　　　　　No.199

トップの責任

ちょうど今、"ビッグモーター"が、「詐欺まがいの酷いやり方をして保険金をだまし取っている。」とのニュースが流れました。内容は、お客様の車にわざとやすりで傷つけたり、ゴルフボールで叩いて車体をへこませたりして、傷を大きくし、保険金額を水増ししていた等々。**とても普通の神経ではできないことを全社的に長い期間やっていた、と言うもの**です。

「こんなひどい事するやつが悪い。」と他人事のように言うのは簡単ですが、いざ自分がその立場におかれると、はっきり言って多くの人が同じことをするかもしれません。現にビッグモーターだけでなく、ついこの間も近畿日本ツーリストがコロナ関連の自治体からの委託費を水増ししてだまし取っていた。とか自動車会社の試験内容の改ざん等々、企業をめぐる不正は数に限りがありません。こんなことが、なぜ起こるのか、マスコミのいろんな論調を見ていると、「ノルマがあることが問題」「社員の教育ができていない。」「上司に逆らえない体質」……といろいろ出てきます。確かにそうかもしれんが、**一番の問題はトップの考えです。**

トップの考えとは何かというと**「自分たちの使命は何か？」**を明確にし、従業員**全員に伝え、それを実践させることです。**ビッグモーターのHPを見ると、社是として「お客様の車に関するすべてのニーズに応える。」と書いていますが単に書いてるだけ。お客様のニーズが自分の車に余計な傷をつけて保険を水増しすることか！トップが本当に社是を追求することを徹底していたら、こんなことは誰もしませんし、もしする人がいれば、「社是と違うからやめとけ！」と言う人が多く出てきて、こんなにはならないはずです。つまり、ノルマがあることが問題ではないのです。社員の教育の問題でもない。企業をどのような方向に持って行くか、と言う**トップの問題、トップの責任なのです。**

ニッセン時代の私の経験でも、業績が少し落ちて何としても利益が欲しい、と言

う時期にカタログの表示と違う商品をお客様に送ったことが分かりました。内容的には、例えば羽毛布団のダウン（細かい産毛）とフェザー（小さい羽根）の割合が10～30％くらい違うものが混在されていた、と言うような内容です。**使うだけではほとんど分かりませんが、ダウンの割合が価格に影響するわけで、混率が違うという事は許されることではありません。**全て交換をしたわけですが、億単位のコストがかかりました。正直に言って、利益が欲しい時でしたので「こちらが黙ってたら、そのままでもわからないんじゃ……中にはちゃんとしたものも届いているはずだから。」などとよこしまな考えが、一瞬浮かびましたが、**当時「"ちょっといいな、をお届けする。"」と言うミッション（会社の使命、理念）があったので、即座に回収、交換を実施しました。**

　もし、とりあえず儲ければいい、と言う会社であったなら、そのままにしていることでしょう。トップが儲けりゃいい、と言う会社では、**正論を言う幹部はそこに居られなくなります。**従業員も心の中では「違うな。」と思っていても従うしかありません。従うだけでなく、トップに気に入られようと**"悪事"を率先して増幅させる人たちも出てきます。**そして、そういう人たちが新たな幹部になって、**企業がますます落ちていくのでしょう。**「悪貨は良貨を駆逐する。」と言うグレシャムの法則と同じで、人間社会も"ちゃんとした、まともな"人たちがいたとしても、そういう人たちは、その会社に居られなくなり、結果的に悪貨（会社に従うしかない人）だけになってしまう。その**すべての始まりはトップにあります。**

　ビッグモーターもトップが変わらないと再建などできないでしょう。企業のみでなく、国や自治体、そしていろんな団体やグループも、その属する集団がどこに行くのか、トップによって大きく変わります。そう考えるとトップの責任は重いですね。世の中のトップの皆さん、人のふり見て我が振り直せ、もう一度気を引き締めて、頑張ってください。

（その後、ビッグモーターは、トップも変わり、伊藤忠商事が経営を肩代わりすることになりました。）

▶ 2023.7.30　　　　　　　　　　　　　　　　　　　No.200

2000回目の朝

　2018年（平成30年）2月27日に始めたこのブログも今回で200回。10日に一回更新していますから、200×10日＝2000回目の朝を迎えました。（正確には1991日ですが、分かりやすく2000回で行きます。）

　この間5年と5カ月、毎日毎日いつも同じで変わらぬ朝のようでしたが、平成から令和に変わり、ブログ1回目には想像もしなかったことがいくつもありました。世界を震撼させ生活を一変させた**コロナ**、21世紀に力で他国に侵略することなんて考えもしなかった**ウクライナ侵攻**、国内でも**元首相が銃殺**され、毎年のように大きな自然災害で犠牲者が出ました。個人的にも60代前半の62歳から60代後半前期高齢者の68歳になりました。年金ももらい始め完全な"年寄り"の仲間入りです。そして昨年は母が亡くなるという悲しい朝もありました。同じように見える2000回の朝は一日として同じ朝はなく、毎日が変化していってます。200号になったら、このブログを本にしようと思っていたのですが、今は、ダラダラと全ての回を載せるのではなく、厳選し、少しは役に立つ内容のみ抜粋して本にしようと思っています。そのためには、最低でもあと100回くらい続けないといけないでしょう。300回、3000回目の朝を迎えるころに1冊の本にしてみるつもりです。予定では、あと3年と9カ月、2027年4月には300回になります。

　さあ、これからどんな朝が来るのでしょうか？　楽しい朝やうれしい朝ばかりではなく、悲しく辛い朝もあるでしょう。**人間は、生きてる限り喜怒哀楽全てを受け入れないといけません。それが生きるということの条件なのですから仕方ありません。**人生を一言で表せば何でしょうか？　生まれてから今日（こんにち）までいろんな出会いがあり、友人も増え家族もできます。成長するにつれ社会的な地位やいくばくかの財産もできるでしょう。しかし、得たものはいつかは失うものです。それは年と共に人との別れを経験し、定年で仕事や肩書もなくなる、最後には自分の寿命が尽き、全てと別れないといけない。つまり、井伏鱒二の詩にあるように**"さよならだけが人生だ"**ということのようです。

確かにそれが真実としても、そう言い切ってしまうと何か人生って寂しいもののように聞こえますが、"さよなら"がたくさんあるという事は、多くの人と知り合い、様々な経験もし、**より豊かな人生を送っている**という事にもなります。これから先も、より多くの**"さよならの種"**を集めれば、より充実した人生になるのではないでしょうか。そうであれば、今会える人、今できることを大切にし、一日一日をしっかり意味のあるものにしないといけないですね。200回を迎え、300回に向かって1回1回を新たな気持ちでがんばろうと、決意しているところです。まずは、200回を迎え、応援ありがとうございました。これからもよろしくお願いします。

〔もう一言〕
　文中、井伏鱒二の「さよならだけが人生だ」は、勧酒と言う唐の時代にかかれた詩を訳したものです。全文は、「このさかづきを受けてくれ、どうか並々つがしておくれ、花に嵐の例えもあるさ、さよならだけが人生だ」（友と別れの酒を交わすとき、「花が嵐で散ってしまうように、人生にはさよならがつきものだ。」と別れを惜しみながら酌み交わす情景が浮かんできます。）"さよならの種"を数多く集めるために、やはりこれからも**「来る者は拒まず。」**で生きていこうと思います。

これからもたくさんの喜怒哀楽

やってこい！

▶ 2023.8.30　　　　　　　　　　　　　　　　　　No.203

災害は忘れたころに……

　今から100年前の9月1日、死者10万を超える大災害、関東大震災が起こりました。その後、この100年の間に阪神大震災（死者約6,400人）、東日本大震災（死者約22,300人）そして、関東大震災の前は、1896年の明治三陸地震（死者約22,000人）と、この日本では平均すると**30年に1回の割合で大規模地震が起こっている**ことになります。

　タイトルの「**災害は忘れたころにやってくる。**」とは物理学者の寺田寅彦が言った言葉らしいですが、的を射た言葉だと感じます。人間、どうしても"慣れる"ことで社会生活を効率よく行おうとする動きが脳にプログラムされているようで、イレギュラーなことは、記憶の片隅に押しやって、普段の生活に必要なことから優先的にこなしていくようです。従って、**災害に限らず、ついつい横着をして、「まあ、行けるやろ。」**と強引にことを進めて失敗したり、（先日、一旦停止違反で捕まりました。）何かが起こってから、「あ～あ、そうやった。しまった。」と後悔することが多々あります。それは、言葉では「注意しなけらばならない。」と理解していても**「まあ、今日ではないやろ。」と現実感がないからです。**

　例えば、昔、通販カタログのコピーの間違いなどを校正する仕事もしていましたが、何も考えずにただ間違い探しをすると、なかなか見つかりません。ところが、「必ず間違いがある。」と思って校正をすると、結構見つかることもあり、**心構えが大事**なんだ、と感じたものでした。

　災害の話に戻りますが、30年に一度来る大地震にどう対応するか、まさか毎日、「今日来るはず。」などと構えていては生活ができませんが、いつ来てもおかしくないという危機感は持たねばなりません。そのために年に1、2回訓練をしてみてはどうでしょうか？　訓練と言っても本番に即した形で行う。例えば、毎年3月と9月のある日（日程は公表しない。）突然、停電が起こり交通機関が全て止まる。さらに津波警報が鳴り、避難すべき地域の人は避難場所に移動する。また、オフィスで

働いている人たちも停電になった状態で、すぐにビルを出て安全なところに避難する。つまり、できるだけ**大地震が来た時と同じ状態**にして、多くの人たちが種々の経験を積む、時間は1、2時間だけとかに限定して大災害時に何をせねばならないかを毎年、経験しておけば、**いざと言う時に大きな役に立つのではないでしょうか。**その間、多少の混乱があると思いますが、本当に大地震が来れば、その何百倍何千倍もの混乱と実被害が出るので、多少のことは仕方ないと割り切ればいいと思います。

　人間、いざと言う時に**役に立つのは、経験したことだけ**です。頭で理解していても実際に経験しておかないと、実際に起こった時には、右往左往するだけで、ほとんど役に立たないと思います。事実、NHK「あまちゃん」の舞台になった岩手県の洋野町（ひろの）では、東日本大震災時の被害は**人口 16,000 人に対し死者は、なんと 0** でした。その理由は、誰が何をするという役割を明確にし、起こった場合のシミュレーションを行う、そして具体的な避難訓練や日ごろから一人暮らしのお年寄りへの声掛け、などなど**地震、津波が起こる前提で町ぐるみで準備をしていた**ことでした。東北各県沿岸部の町では、洋野町だけが死者 0 でした。

　そう言えば、もう何年も前から東日本大震災を上回る規模の**"南海トラフ"大地震**が来ると言われています。しかも、その時期は 2035 年前後と具体的な年を言う学者もいます。地震が起こる時間軸の中では、10 年くらいは誤差の範囲です。つまり、明日大地震が来るかもしれないし、今日、たった今、起こるかも知れません。そろそろ、12 年前の東北のことも忘れそうになっている今日この頃、**「災害は忘れたころにやってくる！」**の言葉をかみしめてみませんか？

〔もう一言〕

　文中で「いざと言う時に役に立つのは、経験したことだけ。」と書きましたが、実際にそう感じたことが何回かあります。その中の一つですが、今まで2、3回、道の真ん中で何かの段差にけつまずいて、前のめりにこけたことがあります。（年を取ると少しの段差にもつまづくのです。）小走りでつまづくので、前方に大きくつんのめって頭から地面に落ちそうになるのですが、体が覚えているのでしょうねえ、すっと右肩が前に出て、受け身をしながら、くるっと回転して事なきを得ました。これなどは、昔柔道をしている時、何千回何万回と受け身をしてきたおかげで、考える前にとっさに出る例ですが、災害に関わらず、何か事が起こった時に**体が覚えているくらいに経験を積んでいれば、被害も驚くほど減少するでしょうね。**

▶ 2023.9.10　　　　　　　　　　　　　　　　　　No.204

強きを助け、弱きをくじく

　昔の時代劇のヒーローたくさんあれど、一番は**遠山の金さん**、しかも**片岡千恵蔵の金さんが圧倒的に一番**だと思います。迫力があるし、セリフがまたいいねえ。悪人「私どもには何のことやら、さっぱりわかりません。悪いのは、金さんなる遊び人でございます。」などと、シラを切って言い訳してると、「おうおうおう、黙って聞いてりゃ、ぬけぬけと。ジタバタするねい、日照り続きでホコリがたたあ。」「お天道様が許しても、この遠山桜が全てお見通しでぃ。」と片肌を脱いで刺青を見せると、悪人どもは何も言えず「へへえ〜。」となる、いつもの名調子です。金さんに限らず、水戸黄門、大岡越前、魁傑黒頭巾、風小僧、白馬童子……などなどすべてのヒーローは、**"弱きを助け、強きをくじく"**つまり、社会的弱者を助けながら権力をかさに悪事を働くものには敢然と立ち向かう、そんな姿に拍手を送ったものです。

　ところが最近の新聞記事などを見ると、今の"お上"は、**その真逆（今回のタイトル、強きを助け、弱きをくじく）を平気でやっている**んじゃないかと思うことがあります。強いものには、すり寄り何も言わないが、弱いものには厳しく接する。例えば、横須賀市の私立学校でプールの水を溢れさせて、約350万円水道代が余分にかかったとして、校長、教頭、該当職員に半額を負担させる。と報道がありました。確かに不注意はあるでしょうが、3人に170万円余りを負担させる必要があるのでしょうか？　市は「皆様の税金を無駄にして、申し訳ありませんでした。」などとHPなどで説明しているようですが、何か釈然としないなと思いながら、横須賀市の箱もの行政の記事があったので読んでると、横須賀芸術劇場などの赤字は**年間6億円余りあった**、と横須賀の議員さんが書いていました。

　おいおい、ちょっと待てよ。そんな赤字を垂れ流す箱ものを作った責任者は、一体誰なんや！そんな巨額の税金を無駄使いしておいて、誰も責任を取らないのに、「プールの水が溢れたから、やった職員や、その責任者の校長、教頭に金払え。」では、納得いかないのではないでしょうか。プールの水も箱ものの赤字も同じ税金なのにプールは犯罪者のごとく罰金を取り、**箱ものは大きすぎるので責任を問わない。**納得できませんね。

　また、広島や大阪などで給食が突然供給できなくなった、と言うニュースがありました。確かにその業者も突然投げ出すことは無責任と言わざるを得ません。しか

しながら、今までずっと原材料や人件費の高騰で、赤字になり、もうやっていけないので値を上げてほしいと頼み続けてきたのに、お役所は「一切ダメ」と取り合ってくれなかったそうです。それって税金を使うので厳しく価格交渉をやっている、と言いたいのでしょうが、何か、弱い者いじめのようにも思います。またまた箱もので恐縮ですが、大阪の箱ものの損失は規模が違います。WTC（ワールド、トレードセンター）や、りんくうゲートタワー、ATC（アジア太平洋トレードセンター）などなど、**それぞれ数百億円**規模の損失です。なのに、小規模の給食業者には、頑として価格を上げずに倒産させてしまってます。政府も、「**一般企業はインフレ分を価格に転嫁して適正金額にしなさい。**」と言ってるのに、お役所は、業者に「価格転嫁を許さない。」というのはおかしな話です。数百億円も税金の無駄使いをするなら、業者に支払う給食費を上げるくらい屁みたいなものです。それもこれも「**反論できない弱いものにはとことん厳しく、府知事や市長、それを決めた議会の議員など上の人がやったことには寛大に**」では、"責任者出てこい！"と言いたくなりますね。もっともっと、弱きを助けることを最優先して、強きにも屈せず、バカでかい巨額赤字や無駄使いの責任をしっかりと明確にしてほしいものです。

〔もう一言〕

　江戸後期に、財政破綻した米沢藩を救った上杉鷹山が、次期藩主に家督を譲るときに「伝国の辞」と言うものを書き送っています。「第一条、国（藩）は先祖から子孫に伝えられるものであり、**藩主の私物ではない。**第二条、領民は国（藩）に属しているもので**藩主の私物ではない。**第三条、国（領民）のために存在し行動するのが藩主であり、**領民は藩主のためにあるのではない。**つまり、国（藩）を預かる者は、領民を主に考え、領民に奉仕せねばならない。領民のことを考えずに自分たちのために勝手に行動してはいけない。」立派ですね。ケネディ大統領やクリントン大統領が、一番尊敬する日本人政治家として上杉鷹山の名前を上げるのも分かりますね。それに比べ、巨額の無駄使いをしている人たちは、どこまで庶民のことを考えているのでしょうか？

▶ 2023.9.30　　　　　　　　　　　　　　　　　　　　No.206

良い機会！……

　中国の国慶節（建国記念日）が9月29日から始まりました。4年ぶりにコロナの制限がないという事でのべ20億人もの人が移動するそうです。「こりゃあ、また日本もにぎやかに（うるさく）なるな。」と思っていたら、日本に来る人は、コロナ前よりずいぶん少ないそうです。やはり、福島の処理水問題が影響しているのでしょう。

　この「処理水問題」では、中国人観光客が減るだけでなく、日本からの水産物輸入を制限したり、敬遠したりと、東北・北海道の水産関係者には大きな被害が出ていますが、どうせなら、これを "**良い機会**" と、とらえ、今後のために手を打っておく、と言うのはどうでしょうか。

　水産物については、言わば、たかだか1600億円程度です。日本人が積極的に福島や東北の水産物を食べたらいいのです。先日、櫻井よしこさんが意見広告として、「一人年間で1000円ちょっと食べたら補える。」と、このことを書いていました。実際には、水産業者の卸価格と我々が買う小売価格とでは、異なるので2～3倍くらいは必要かもしれませんが、それにしても年間2～3000円程度です。大したことはありません。

　それも良いのですが、国主導でアメリカやオーストラリア、南米、東南アジアなどに積極的に売り込んで、それらの国が**3年間ほどは安く買えるように優遇する**。そうして3年も経つと日本の水産物がいかに美味しいかが分かるので、それらの国に日本の水産物が根付くと思います。そうすれば、中国に頼る必要はありません。

　また、観光客も中国以外の国へ自然にシフトして行くのなら、無理に中国から観光客を呼ぶ必要はありません。今、中国が日本離れを起こしているなら、良い機会ですから、**日本も中国に頼らなくてもいいようにする**。元々、ビジネスでもそうですが、一つのところが大きなシェアを持つと、そこに頼らねば仕事もできず、結果的に相手の言いなりになって、良い形にはなりません。

それにしても、民間の櫻井さんなどが新聞に意見広告を出しているのに、政府や国の動きはほとんど見ないですね。「今こそ、国を挙げて東北北海道の水産物を食べよう。」と**岸田さん自ら国民に訴える**とか、先ほど言ったように国が日本の水産物のセールスマンとして積極的に海外へ売り込んでいるなどと言う話は聞かないですね。国連に演説に言って、ガラガラの聴衆の前で「非核化のために30億円を海外の研究機関に寄付する。」などと全く効果が期待できないことを話しても何の評価もできないですね。それよりも処理水がいかに安全か、各国のトリチウムの排水量などのグラフを掲げて、**「言われなき中傷には断固抗議する。」**と説明し、「日本の水産物を買いましょう。」と宣伝する。そして、「今、日本以外にも大国のエゴで苦しんでいる国があれば、そこには日本から資金援助や技術協力をする考えがある。」と言えば、アフリカや南米、東南アジアの諸国は、日本を見直しますよ。

　それから、国や政府だけでなく、日本人がみんなで助けなくてはならない時に同じ日本人が**"処理汚染水差し止め請求"**と集団訴訟をしている連中がいます。データを出して一生懸命に「汚染されてない。」と、言ってるのに、わざわざ処理**汚染水**と言う言葉を使う意図が分かりません。**中国に息のかかったところから、金でももらっているのでしょうか?**

　提訴した理由を代表弁護士の海渡氏は、「原告の150人は原発事故で多大な被害を被った、今回さらに二重の被害を受けることになる。」と、言ってます。今回のことで原告150名が他の東北の人たちより、どれだけ大きな被害を受けるのか? 大いに疑問です。また、原告の中に漁業関係者は何人いるのか?(弁護士の言葉からは、一人二人しかいない感じ)、では、他の原告は誰なのか?こんなことで大々的に**"処理汚染水"**と言う言葉が使われたら、それがニュースになり中国に伝わると「そら見たことか、日本でも汚染水が問題になり、係争中ではないか?」とますます言動が過激になるかも知れません。

　そもそも、この弁護士は過去に日本の捕鯨船に体当たりしたりして、世界から金と注目を集めた悪名高き**グリーンピースの元日本代表**です。こんな人たちが、せっかくがんばって漁業を続けようとしている人たちを苦しめるのですね。さあ、一見、ピンチに見える時こそ、大きな変換をする良い機会です。皆さん、頑張りましょう。

265

▶ 2023.10.20　　　　　　　　　　　　　　　　No.208

第二次世界大戦の亡霊

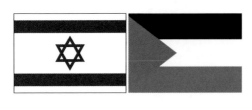

　　　　　　　　　　　　　　　ここ数日、イスラエルとアラブの
　　　　　　　　　　　　　　　テロ組織ハマスとの戦闘のニュース
　　　　　　　　　　　　　　　がお茶の間に流れ続けています。ロ
　　　　　　　　　　　　　　　シアのウクライナ侵攻に続き、中
　　　　　　　　　　　　　　　東でも大規模な戦争になりそうです。
第一次、第二次世界大戦という愚かな惨劇から 80 年が経つにもかかわらず、**人類は全く反省をしていないようです**。特にパレスチナの問題は根が深く、いろんな要素が絡んでいるので一朝一夕には解決しないでしょう。

　ところが、そんな難しいパレスチナ地域ですが、たった 100 年前、ユダヤ教、イスラム教、キリスト教それぞれの信者たちは互いを尊重して**仲良く暮らしていた**そうです。それが今のように憎み合うようになったそもそもの発端は、イギリスです。第一次大戦でパレスチナを支配していた敵国オスマン帝国に勝って、エネルギーの主流になってきた石油の権利を奪おうと、一方でアラビアのローレンスを使ってアラブ人を引き入れ、もう一方でユダヤの資本から戦費を引き出そうとして、**両方に「勝った暁にはパレスチナに国を作れるように協力する。」**という契約書を交わしたのです。

　結果的にはイギリスはアラブ側の契約を反故にする一方、ユダヤ人のパレスチナへの入植は人数の制限付きで許可しました。ただこの時点ではユダヤ側はアラブ人とは仲良くやる方針だったようです。（当時のユダヤ財閥、ロスチャイルドの総帥など、アラブ人とユダヤ人の共存が条件と言っていた。）

　ところが、情勢が一変するのが、ドイツのヒトラー率いるナチの台頭です。ご存じのようにユダヤ人排斥により数百万人と言うユダヤ人が犠牲になりました。戦後、ユダヤ人たちは**自分たちの国がないから、このような悲劇が起こる**のだと、急激に国家建設実現に動き、2000 年前ローマ帝国に滅ぼされた故郷パレスチナに世界中からユダヤ人が集まってきました。そうなると、住む土地や耕す畑などユダヤ人にとって土地が必要になり、アラブ人との共存など言ってる場合ではないと、強制的に元々パレスチナに住んでいたアラブ人を追いやります。それが、**パレスチナ難民**としてガザ地区などに強制的に移動させられた人々です。ヒトラーのユダヤ人排斥

がなければ、今頃、アラブ人とユダヤ人は仲良くしていたのかも知れません。

　また、元々イスラムの教えでは、自殺は禁止されているにもかかわらず、いわゆる"自爆テロ"と言うものが世界中で横行し、紛争を大きくしたのですが、このきっかけになったのは、1972年日本赤軍が起こした**テルアビブ空港銃乱射事件**と言われています。この時、岡本光三ら日本赤軍3名はパレスチナ解放人民戦線と戦線を共にし、無差別に銃を乱射、26人の命を奪いましたが、その中の一人、京都大学の安田安之が手りゅう弾で自爆したことにアラブのテロ組織は、驚くとともに**「これぞ、ジハード（聖戦）だ。」**と称賛したとのことです。それ以来、自爆は自殺ではない、と世界中で行われ、9.11のアメリカワールドトレードセンターへの航空機自爆テロにもつながっています。ちなみに自爆テロは、海外では「suicide　terror（自殺テロ）」とか「kamikaze」と呼ばれていますが、もちろんその起源は第二次大戦時の神風特攻隊にあります。**神風特攻隊がなければ、安田も自爆はしなかったでしょうし、その後、各地で起きた自爆テロや「9.11」も無かったかもしれません。**

　そう考えると、現代のユダヤとアラブの紛争、及びイスラム教過激派と欧米諸国との戦いの陰には、今もなお、**ヒトラーと神風特攻隊という第二次世界大戦の亡霊が憑りついている**ように思います。そんな亡霊にとらわれずに、何とか一日も早く、かの地に平和が来ることを祈るばかりです。

〔もう一言〕

　神風特攻隊と自爆テロを同じように語るな、と言う声もあるようです。確かに日本人としては、特攻隊は民間人を攻撃しない、などの違いがありますが、海外から見たら自分の命を犠牲に相手に被害を与える、と言う観点では同じようにみられています。どっちであっても、ヒトラーや神風特攻隊と言う歴史上の過去のものが現在の秩序に影響を与えているのは確かなようです。何か一つの出来事は、それだけで完結してしまわず、幾重にも重なってこだまのように影響し合って現在に生きているという事でしょう。歴史とは奥が深いものですね。

▶ 2023.10.30　　　　　　　　　　　　　　　　　　No.209

「42」

　今から51年前の1972年10月24日に "世界を変えた" と言われた男が亡くなりました。名前は、**ジャッキー・ロビンソン**、アメリカ大リーグ初の黒人選手です。1947年4月15日にマイナーリーグを経て、当時のブルックリンドジャースに入団、初めての黒人大リーガーの誕生でした。

　当時のアメリカ社会は、まだまだ黒人差別が根強く、同じレストランやホテルには入れない、トイレも白人と黒人は別々、学校や病院も分けられており**黒人を "隔離" することが法律で決められていた時代です。**この法律（ジムクロウ法）は1964年の公民権法により法的には禁止されましたが、人種差別の根本にある思想として現在も残っています。

　そんな時代に、たった一人の黒人大リーガーとして登場したジャッキーロビンソンは当然のように逆風にさらされます。相手チームは、「黒人のいるチームとは試合をしない。」同僚たちも「黒人とプレイするなら他チームに行く。」遠征先のホテルも黒人のいるチームには、「チーム全員部屋は貸さない。」等々。このようなことを想定しながら、ジャッキーを雇ったドジャースのオーナー、ブランチ・リッキーは、ジャッキーに「いろんな妨害やひどいヤジなどが待っているが、我慢するように。」と言います。元々、差別には敢然と抗議するタイプのジャッキーは、「やり返す勇気もないような人間になれ、という事ですか？」と詰めよりますが、その時にオーナーは、有名な一言を吐きます。**「違う、やり返さない勇気を持つんだ！」**

　その後、リーグが始まると前述のような多くの妨害、そして試合中も故意のデッドボールやひどいヤジが飛んできます。そんな中でも実績を残し続けると、まず同僚たちがジャッキーを助けるようになり、社会全体のジャッキーを見る目が変わってきます。彼はその後1956年まで活躍を続け、1962年には野球殿堂入りを果たします。そして、1997年にはアメリカ大リーグの全球団で「42」が永久欠番になり、2004年4月15日は "ジャッキー・ロビンソンデー" とし、2009年の4月15日には、全てのチームの選手・監督・審判が背番号「42」をつけてプレイするようになりました。

　このサクセスストーリーの登場人物は、もちろん主人公のジャッキー・ロビンソン、そして本人にもまして重要な役割を演じたのは、彼を抜擢したドジャースのオ

ーナー、ブランチ・リッキーでしょう。主人公の**「やり返さない勇気」を実行する強い意志**と、それを後押しし、やりやすいように難敵たちを排除した**理解のある実力者の献身的な努力**、この二つが世の中を変えていきました。

　振り返って現在、世界中で悲惨な紛争が起きています。これらの紛争でも一番大事なのは、当事者たちの「やり返さない勇気」と、それを後押しし、それができる条件を整える実力者（大国）の存在ではないでしょうか？

〔もう一言〕
　今年も大谷翔平選手が活躍しましたが、考えてみたら、ジャッキー・ロビンソンがいなければ、大谷選手の活躍もないでしょうし、他のプロスポーツでも有色人種の活躍が限られているかもしれません。まさに世界を変えた男ですね。（ジャッキー・ロビンソンの活躍を描いた映画の題名が「42〜世界を変えた男」です。）
　スポーツの世界では、世界が変わりましたが、日常の世界はまだまだ変わっていません。なぜなら、人種差別なんて昔の話と思うかもしれませんが、アメリカで異人種（白人と黒人等）が結婚できるようになったのは、たかだか50数年前です。それ以降も人種差別は、連綿と続いています。これは、間違いなく現在も続く根の深い問題ですね。

ちょっと一息　クイズコーナー③

仏教で悟りを開いたお釈迦様は実在した仏陀のことで、普通、仏さまと言いますが、次の中で釈迦と同じく悟りを開いたのは、誰でしょうか？

A：観世音菩薩

B：大日如来

C：不動明王

D：阿弥陀如来

E：帝釈天　　　　　　（答えは297ページ）

▶ 2023.11.10　　　　　　　　　　　　　　　　　No.210

38年ぶりのアレのアレ

　今年のプロ野球は、WBCで応援疲れしたのか、開幕からもう一つ力が入らないなあと思っていたら、何と、あの阪神が、**38年ぶりに日本一**になってしまいました。「優勝」と口に出すと意識するからと、優勝のことを「アレ」などと、とぼけた言い方をしながらです。（セ・リーグ優勝と日本一で"アレのアレ"）ジャイアンツファンとしては、何とも言いづらいですが、確かに今年の阪神は強かったですね。チャンチャン。

　まあ、野球の話はそのくらいにして、38年前のことを少し思い出してみようと思います。**38年前と言うと1985年（昭和60年）私はちょうど30歳でした。**この年は、日航ジャンボ機の墜落があったり、大相撲では大横綱北の湖が引退、豊田商事会長が自宅で刺殺された映像がそのままテレビで放送されたのもこの年でした。さらに政治では、それまでお荷物のように言われていた国鉄などの3公社をそれぞれ、国鉄→JR、電電公社→NTT、専売公社→JTに変えて民営化しました。これは、当時の中曽根首相のもとでの英断と言われています。こんなことを調べていると、私の感覚では「ついこの間30歳を越えた気がする。」と思っていたのですが、38年と言うと**相当昔のこと**なんだと改めて実感させられます。

　ところが、そんな昔に610円だったものが、今は620円になった、と言う数字がありました。何かと言うと**サラリーマンの昼食代です。**38年も前の昼食代が610円、それが今620円。**何にも変わっていない！**　それもそのはずで、サラリーマンの平均年収を見ると確かに見た目は38年間で1.3倍くらいになっているようですが、その間に消費者物価が1.1～1.2倍、消費税が10％かかり、さらにここ1、2年の物価高騰を考えると、果たしてこの38年間で日本人は豊かになったのか、大きな疑問です。他の国だったら、暴動が起きて政府転覆などという事にもなりかねません。（2021年10月20日、ブログNo.132「30年間据え置き」参照）

　世界に目を向けるとGDPは4位に落ち、一人当たりの所得は1990年に世界8

位だったものが、今は 33 位。いろんな点で世界と比べると**見劣りする国になって
しまいました**が、唯一、スポーツの世界だけは若い人たちが積極的に海外で活躍し、
体力に劣る日本人でも戦えると言うところを見せてくれています。やはり積極的に
外（世界）を見て、経験しないといけないですね。国内にいると外の様子が分から
ずに自分たちは恵まれているんだと勘違いして、だんだん悪くなってるのに現状に
満足してしまう、いわゆる "ゆでガエル" 状態が今の日本の姿ではないでしょうか。

　その日本のトップが「減税をやりましょう。」「来年の 6 月に！」などと間の抜け
たことを言ってる間にも他国との差は大きくなって、所得や人材ランキング（世界
43 位）はどんどん低下しています。**自分の人気のために何兆円と言う金をばらまき、
国力の低下を見過ごしている罪は大きいように思います。**

　奇しくも 38 年前の阪神優勝の二年後に政治家になる決意を固めて議員秘書となっ
た岸田さん、そのころの大志はいかがなものだったのか？　38 年ぶりのアレのア
レを機会に、そのころのことを、ちょっと思い出してみてはどうでしょう？　初代
総理大臣、伊藤博文から数えて第 100 代（現在は 101 代）の記念すべき総理にな
った岸田首相、単に 100 代と言うキリが良いだけでなく、あとあと歴史に名前を残
し、38 年後の次の阪神優勝の時には、「前回の優勝時は首相が岸田さんで、素晴ら
しい政策をどんどんやった人だった。」と言われるようにしてもらいうたいですね。

〔もう一言〕

　一口に 38 年と言いますが、やはり長いものですね。当時は独身でしたが、今は
孫もいます。当時 70 歳近くの自分のことなど考えられなかったですが、やっぱり、
ちゃんと年は取るんですね。次の阪神優勝は 38 年後であれば、108 歳。さすがに
生きてないでしょうから、阪神ファンを横目に肩身の狭い思いをすることは無いで
しょう。来年こそ、**阿部慎之介監督のもと、ジャイアンツ優勝を期待しています。**
頑張れ！

▶ 2023.11.20   No.211

"新" お笑い三人組

　私がまだ小さかったころ、テレビで「お笑い三人組」と言う番組がありました。♪アハハのウッフフ♪で始まる歌に合わせて、三人の芸人が扮した横丁の住人が、騒動を起こしながら楽しく明るく生きていくと言うものです。

　そんな"お笑い三人組"と言う言葉を思い出させてくれる事件が起こりました。**「笑わしよんなあ。」**としか言えない一人目は山田太郎氏。文部科学省政務官、つまり**教育などを司る大臣を助け**政務を処理する人が**不倫で辞職。**二人目は柿沢未途氏、法務副大臣。これはその名のごとく**法を司る大臣に次ぐ副大臣**でありながら**選挙違反を主導して辞任。**三人目の神田憲次氏に至っては、財務副大臣でありながら**税金を払ってなかったことが分かり辞任。**お前ら「バカにしてんのか！」そろいもそろって、担当分野で最もやってはいけないことが理由で辞任とは、下手な作家が書いたシナリオでも、そんなバカなことは書かないでしょうね、と言う内容です。そんな人たちが国民に「教育とは？」とか「法の信頼性とは？」とか「税の仕組みとは？」などと言ってたとしたら、どんな顔で言ってたのか見てみたいものです。何も悪いことをしていない庶民が、泥棒に「泥棒したらいかん。」と説教されてるようなもので、**「どの口が言うてんのか！」**と言いたくなります。

　特に二人の副大臣は、そもそも、そんな人間が国会議員をやっていること自体が問題で、それを許している党や所属している派閥は全体責任でしょう。柿沢氏は東京、神田氏は愛知、それぞれの選挙区の人たちは、今回のことをちゃんと覚えておいて、次回は投票しないことですね。

　それにしても**大臣や副大臣等を選ぶ基準は、これでいいのでしょうか。**各派閥からの押し付けで順繰りに決まる。そんなことで国の重要な案件が前に進むのでしょうか。本来、大臣や副大臣はその道のエキスパートがなるべきで**国会議員がその任にふさわしいかどうか疑問です。**もっともっと民間から登用し、しかもある程度高額な報酬を用意して、問題を解決できるプロを雇うべきかと思います。

　考えてみれば、そんな声が出てもおかしくないと言うことは、国会議員全体に対して、国民が彼らの力を認めていないという事にもなりますが、それについてピシーッと批判している人がいました。今までに何十億と使って、本来、国がすべき慈善活動を積極的にやっている役者の杉良太郎です。彼は、国会議員の資質について、

272

こう述べています。「政治の素人でも**票を集めれば当選するのはおかしい。組織票などで票を集めることができれば悪い人でも当選する。**国会は政治の素人のための学校でも研修所でもない、だから事前に国会議員になるための**厳しい資格制度を作**り、それにパスした人だけが選挙に出て、当選と同時に即戦力として働くようにする。なぜならば、**国会議員は当選と同時に国民の税金を給料としてもらうわけなので、即戦力でないとダメ。**」その通りですね。

　そして資格には、知識だけでなく人格等も必須の条件として入れるべきですね。そうして、誰がなっても"お笑い"にならない資質を兼ね備えた人たちが選挙で選ばれる。そうでもしないと、また次の"お笑い〇人組"が現れてしまうんじゃないでしょうか？　お笑い予備軍の人たち、くれぐれも気を引き締めて政治をしてください。

〔もう一言〕

　テレビのお笑い三人組は、みんないい人ばかり、こんな"お笑い"政治家や"あきれた"官僚の例として出すのも申し訳ないですね。テレビでは、おっちょこちょいな失敗などで大騒動しますが、みんなで力を合わせて、何とか騒動を収めると、「アハハのウッフフ」と笑いながら、またいつもの生活を始めると言う話です。令和のお笑い三人組は、決して笑って許せるものではないですね。

▶ 2023.12.10　　　　　　　　　　　　　　　　　　　No.213

幸か不幸かを決めるのは？

　私が時々プレイする亀岡カントリーの 14 番ホールと 15 番ホールの間の茶店に行くと、**"生きてるだけで丸もうけ"** と書いた色紙があります。サインしたのは、**明石家さんま**。何年か前に来て、サインを残していったそうです。

　「そんな、さんまなんて金もあるし、人気も衰えず、好きなことできて、生きてるだけで丸もうけなんて庶民を馬鹿にしてんのか！」と思いたくなりますが、彼は 3 歳の時に実母を亡くし、父が再婚して生まれた異母弟をかわいがっていたのですが、若くして火事で亡くし、自身も 1985 年の日航機墜落事故の飛行機に乗るはずだったのが、たまたま仕事が早く終わりひとつ前の便に変えて難を逃れたそうです。そんな死を間近に感じた人ですから、「お金が多いとか少ない、人気があるとかないとか、は小さな差でしかない。」と、生きてる幸せを噛みしめながらサインを書いているのだと思います。だから、さんまさんは、例え人気やお金が無くなっても亡くなった人たちに比べたら、生きてるだけで自分は幸せと感じるのではないでしょうか。

　このように幸と不幸の違いは、**何と比較するか、誰と比較するか、いつと比較するか、**によって大きく変わってしまいます。生き死にの話の後に恐縮ですが、例えば、今二人の人がパチンコをして結果は、A さん、1 万円の勝ち。B さん、1 万円の負け。これだけ見たら、「A さん良かったね。幸せだね。」「B さん、残念でした。不幸だね。」となりますが、実は、A さん最初 5 万円勝っていたのに、だんだん減ってきて結局 1 万円の勝ち、B さんは、最初 5 万円損してたけど、挽回して最後は 1 万円の負けで済んだ。この場合、二人の幸と不幸は感覚的に逆転します。A さん、勝ったにもかかわらず、「くそっ、5 万円勝ってたのに！」B さん、負けたけど「1 万円の損で済んだ！」幸は A さんではなく、B さん。不幸が B さんではなく、A さんになります。

　こんなこと人生ではよくあることですね。今現在の境遇よりも、過去の良い時と比べて文句ばかり言って、不平不満だらけで人生を損している人。逆に、昔に比べたら今は幸せだと人生を喜び楽しんでいる人。結果的に境遇を比べたら A さんの方が恵まれているのに、B さんの方が幸せを感じる。

　この例は、過去と比べてのことですが、最も多いのが他人と比べること、その場合は、**近ければ近い人ほど嫉妬心をいだく**そうです。身近な会社の同僚や、会社は

違うが昔の友達など、世間一般的には恵まれている人でも、そんな知り合いと比べて収入が少ない、役職が下、という理由だけで「自分は不幸だ。」と感じるらしいです。自分と関係のない知らない人だと、いくら境遇が良くても何も感じないのに、知ってる人の成功は、しゃくにさわるのが人間だ、と心理学の本に書いていました。なるほど、ソフトバンクの孫さんと比べて、「俺の方が収入が少ないから不幸だ。」などと言って怒っている人は、あまり聞いたことがありません。

　要は、幸か不幸かの基準は比較する対象によって変わる。したがって、その比較する対象を間違えなければ、というより比較ばかりせずに、冷静に考えてみたら、**たった今自分は生きてる**わけですから、さんまさんのように「生きてるだけで丸もうけ！」そう思えば、不幸などとは感じずにすむのではないでしょうか。

　話は変わりますが、この年になると、喪中はがきの数が毎年増えてきます。今年も知り合いのご親族の方の喪中はがきに交じって、昔の上司や一緒に仕事をした仲間、その他、年齢が自分よりも下の人の訃報もちょっとずつ増えてきました。その方たちと比較するのは不謹慎ですが、そんな知らせを聞いていると、何か「俺の命は途切れたが、お前はまだ生きてるんだから幸せだぞ、これからも死ぬまで生きろ。（当たり前ですが。）**しっかり頑張れ！」と言われているような気がしてなりません。**

　しょうもないことと比較して、ぶつぶつ文句を言ってる人、「今日も朝日がきれいに上り、空を見たら青空です。それを見れるだけでも幸せなことです。さあ、頑張りましょう！」

〔もう一言〕
　まあ、人生は、植木等が歌った、「だまって俺について来い」のようなものですね。
♪銭のない奴は俺んとこに来い。俺もないけど心配すんな。見ろよ青い空、白い雲、**そのうち何とかなるだろう。♪**　そう、何とかなります！

▶ 2023.12.20　　　　　　　　　　　　　　　　No.214

歴史は真実か？

　今年のNHK大河ドラマは「どうする家康」、題名のごとく思案し迷い、「どうしたらよいのか。」とうろたえる徳川家康の生涯を描いています。最初は、ジャニーズタレントを使ったチャラい内容のようで、戦さのシーンもお粗末。信長の衣装なども桶狭間の戦いのすぐ後に西洋風のマントをまとうなど、時代考証もしっかりしていないのか、と"**全然面白くなさそう**"な内容でした。このあたりで「もう、見るのや〜めた。」と見なくなった方が多いのではないでしょうか。

　ところが、ずっと見ていくうちに戦さのシーンもずいぶん改善され、ちゃらちゃらしたところも減って、面白くなってきました。（ただし、視聴率は年間でも10％程度で史上2番目の低さだそうです。）元々、家康＝初めから立派な武将、という捉え方より、**人生綱渡り、悩んで悩んで右に行くか左に行くか迷い倒して生きてきた、という方が真実に近いように思います**ので企画趣旨はよかったのだと思います。

　よく、「歴史は勝者が作る。」と言いますが、確かに勝った方が自分の都合の良いように物語を作ることはよくあります。家康も"神君"などと言われて神様になるのは、死んだ後に祭り上げられたわけですし、それは天下を取った勝者だからです。逆に、滅びた豊臣秀頼は、とにかく頼りなくてお母さんの言う通りの情けないお坊ちゃんというのが通説になっています。しかし、大体において歴史は、どちらか一方が正しく素晴らしくて、相手側に非があり負けて当たり前のような関係など、あるはずもないと思っています。したがって、伝えられている家康像、秀頼像、徳川方と豊臣方の関係も実際には、どちらも正しいことをなそうとした立派な大将だったように思います。

　実のところ秀頼は、亡くなる最後の日まで徳川と和議の交渉をしており、徳川臣下の一大名となって国替えをされてでも生き残ろうという戦略だったことが最近わかってきたそうです。その時、**真田幸村らが勝手に戦いを始め、結局和議には至ら**

なかったと、言われています。もし、国替えをしてでも和議が整えば、年齢からして家康は、早々にこの世を去り、残った豊臣秀頼が天下を取り返す可能性は充分にあったように思います。英雄と言われている真田幸村が、死のうが生きようが戦うことでしか、自己表現ができなかった**自分勝手な武士だったゆえに、聡明な秀頼の的確な判断を台無しにしてしまった。**もし、そうであるなら、過去から語り継がれてきた歴史物語もずいぶん違ったものになってしまいます。考えてみると、みんなが思っていたことが、歴史学者たちの努力で覆され、「へえ～、そうだったのか。」と常識が変わることはとてもおもしろいですね。

　他には、関ヶ原で西軍を裏切った小早川秀秋は優柔不断ではなく、最初から東軍につくという決断をした立派な青年武将だったとか、石田三成は理論だけで人望が全くない人物ではなく、人を裏切らず義理堅い武将だったとかなど、最近では歴史で語り継がれてきたものとは異なる事実がいろいろ出てきました。「歴史は真実か？」と問われれば、私は歴史学者でも何でもありませんが、**"事実に基づいた物語"**のように思います。したがって、真実はまだまだ眠っており、少しづつそれが見えてくることで、歴史好きとしては、新たな物語として、また魅力のある主人公に会えるような気がして、ワクワクします。果たして、来年の大河は期待できるでしょうか？（紫式部「光る君へ」だそうです。申し訳ないけど多分見ないねえ。）

〔もう一言〕
　歴史を読むときは、通説を何の疑いもなく信じ込んでしまわず、「本当かなあ？」という目で見てみると、意外と面白く読めるものです。現在社会でも「当たり前だ」と言われている通説が全然違ってたりすることは多々あります。人の評価も、全くその通りで、周りが「あの人は～な人だ。」みたいな評価をしているけど、「全然違うやん。」ということはよくありました。**歴史は過去のことですから、すぐに確認はできませんが、現実の社会では自分で確認することができます。自分で見て自分で感じて自分なりの評価をしないと、誰かが勝手に作った物語に流されて正当な判断ができません。**周りの評価で"もう一つだ。"という人に、結構良いところが見つかった時など、歴史の通説が覆るのと同じような感覚で「へえ～そうなんだ。」と感心してしまうものです。人の評価や社会の通説も**"事実に基づいた物語"**を聞かされるだけで終わらず、真実を探し求めないといけないですね。

サムラの直言
「世のため 人のため」

企業は
「世のため ひとのため」
でなくてはならない

そのことがひいては
仕事のやりがいにつながる

「まだまだ、これから！」

2024 年

コロナもほとんど収まり、さあこれから、と言うときに元旦から能登半島沖地震や日航機と海上保安庁機の衝突など、何やら波乱の幕開け

▶ **2024.1.9**　　　　　　　　　　　　　　　　No.216

今そこにある"幸せ"

　今から30年ほど前、ハリソン・フォード主演で「今そこにある危機」という映画が上映されました。なかなか秀逸なタイトルで、思わず観に行こうかと思わせるものでしたが、令和6年の幕開けと同時に、能登半島地震、日航機事故と立て続けに大災害大事故が起こり、現場では、そのタイトルと全く反対の「**今そこにある幸せ**」が一瞬で吹き飛んでしまう正月になりました。被災され方、避難所生活を余儀なくされている方々にお見舞い申し上げます。(写真は石川県HPより)

　その現場や避難所などで聞く言葉は、「風呂に入りたい。」「暖かいところで寝たい。」「食べるものがない。」などと**異口同音に"普通の生活"をしたいと言われています**。それまで特に幸せなどと感じなかった普通の生活の中には、**失って初めてそれが幸せなんだとわかることが山ほどあるということなのでしょう**。災害などで一瞬のうちに幸せが無くなるケースだけでなく、例えば自らの病や老いで、それまでできていたことが徐々にできなくなる。また、周りの人が亡くなったり、人以外でも環境や年月、そして経済的な理由で今までと同じことができなくなることもあります。そうなって初めて、「**あの時は幸せだったんだな。**」と気づくことが多く、何もない時の**"今そこにある幸せ"**は、なかなか意識できないもののようです。被害に遭われた方には申し訳ないですが、このような大災害が起こると、一瞬先は何が起こるか分からない、この世は本当に**"諸行無常"**であり、**今、普通に生活できることがいかに"幸せ"か**を思い出させてくれます。

　老子の言葉に「**知足者富**」(足るを知る者は富む＝満足することを知っている者は心が豊かである。)という言葉があります。無くなって初めて気づくのではなく、これから先、命のある限り、"今そこにある幸せ"を忘れず、一瞬一瞬を生きて行こうと思います。今年も頑張りましょう。

〔もう一言〕
　さて、この大変な時に情けない報道もありました。被災地で空き巣や詐欺が横行しているそうです。困っている弱者をいじめたり、だましたりして自らの懐を肥やそうなどとは、全く不届き千万！　逆に、現地の外国人の方からは、周りが本当に親切にしてくれてありがたい、という言葉もありました。素晴らしいですね。東日本の時もそうでしたが、**自分のことはさておいて他人を先に助ける行動が自然にできる北陸の人たちは立派です。**日本人として誇らしいですね。素晴らしい国、日本！　美しい国、日本！　正義の国、日本！　がんばれ北陸！
　一日も早い復興を心より祈念しています。

▶ 2024.1.20　　　　　　　　　　　　　　　　　　　　No.217

時代遅れの男

　大正から昭和に変わってすぐのころ、その人は熊本の貧しい百姓の三男坊として生まれました。元々体も大きく力も強かったので、子供のころから農家の働き手として、朝から晩まで百姓仕事をしていました。また、近所ではガキ大将で有名で、喧嘩して負けたことがなかったそうです。
　そんな平穏な日常に戦争と言う影が忍び寄ってきます。尋常小学校を卒業した少年は、飛行機乗りになるのが夢で、わずか14歳の時に難関の予科練と言う軍の飛行訓練所に入隊します。少年はあこがれの飛行機に乗れると喜んで、厳しい訓練や先輩のいじめにも耐え、一人前の軍人へと成長していきました。ただ、戦況は日本にとって徐々に苦しい展開となり、先輩や仲間は次々に特攻隊として、片道だけの燃料と爆弾を積んだ飛行機に乗り、飛び立っていきました。もちろん誰も帰っては来ません。昨日まで普通に話していた戦友が国のために死んでいく、そんな姿を見ているうちに、自分たちの順番が来ました。その頃は飛行機もまともなものがなく、舳先に爆弾を積んで敵艦に体当たりする震洋と言う大型ボートで出撃することになりました。しかし、その出撃の数日前に戦争が終わり、彼は命拾いをしました。
　やっとの思いで熊本の実家に帰ると、二人の兄たちは、生死が分からず、年老いた両親と3人の幼い妹たちは、食うや食わずの生活です。18歳になっていた青年は、軍隊時代にもらった給料はすべて実家に送っており、国から出る退職金のようなものも父親に渡し、とりあえず毎日、朝から晩まで人の3倍必死に働きました。その時のことを青年は後年、このように話していました。「親父は、酒ばっかり飲んで、一つも働かんので、おふくろと二人で苦労したねえ。」でも終戦から4年間、必死で働いた甲斐があり、何とか土地も増やし、百姓でも食っていけるようになった矢先にシベリヤで抑留されていた長兄が帰ってきました。
　そうなると、男手は二人も要らない、三男坊としては家を出るしかない、「まあ、仕方ないか。」と職を探し、北九州の八幡にある八幡製鉄所に就職します。親に借り

た2千円を握りしめ、裸一貫からのスタートです。（親父さんは餞別くらいくれなかったん？　と聞くと、一切金は出さないと言われたので、仕方なく2千円を借りた、そして、何カ月かかけて2千円は返した、とのこと。）

　とりあえず貧しい、必死になって働くけど貧しい、そんな生活をしているとき青年に縁談の話が来ました。隣村の目がぱっちりとしたかわいい娘さんです。以前から気になっていたけど、自分は金も土地も学も無い三男坊、相手は地主さんの息子やお金持ちの家などからたくさんの引き合いがある美人さん。到底自分なんか無理と思いながら、ダメもとで親戚のおじさんに相談していたそうです。ところが、その娘は体が弱く、百姓は無理だろうと娘さんの父親が八幡にいる青年に決めたそうです。

　青年は大喜び、早速八幡に呼び寄せ、新婚生活が始まりましたが、家は、とある家の一部屋だけ借り、給料も少ないので食べるのがやっとの生活です。それでも夫婦は一生懸命に働き、一切ぜいたくはせず頑張りました。そのうち子供ができ、家も間借りから、2部屋だけですが長屋に住むことができるようになりました。それでもまだまだ貧乏です。青年は手当てがつくからと進んで夜勤をしたり、人の分まで必死に働き、働きすぎで体を壊すこともありましたが、「子供の寝顔を見ると何でもできる。」と愚痴の一つも言わず働き続けました。体の弱かった娘さんも青年と同じく、弱音を吐かず、いつも笑顔で優しく微笑んでいました。

　そんな苦労が実り、少し余裕ができたのは青年が55歳になって定年を迎えた頃でしょうか。家も一軒家の持ち家に変わり、夫婦で旅行に行ったり、趣味で水墨画を描いたり、近所のお友達とカラオケ教室に行ったりと、ガキ大将で荒かった気性も影を潜め、いつも穏やかな優しい笑顔で子供や孫に接する好々爺です。

それから数十年、二年前に最愛の妻を亡くし、それでも強く生きてきた父が今月の15日亡くなりました。享年96歳。見事な一生です。妻や子供には、一切涙を見せず、愚痴を聞かせず、何事にも動じない。そして、自分より人を大事にし、派手なことは好まずに、会えば、いつもにっこり笑って迎えてくれる最愛の父が、もういません。

　悲しいです。

　棺に入れるメッセージカードには、「本当にありがとう。」と言う言葉しか浮かびませんでした。そして、告別式の時に喪主としてあいさつをするとき、不覚にも涙がこぼれて止まりませんでした。父なら悲しくても涙を見せずに堂々と話しただろうと思うと、この年になっても、まだ父に勝てないなと改めて父のすごさを実感し

283

ました。大好きなおとうちゃんへ、安らかに眠ってください。あなたの息子、信哉

〔もう一言〕
　考えたら、父の一生は、「人間万事塞翁が馬」を地で行くような人生でした。予科練に合格し、喜んだら特攻へ行かなくちゃいけない。死を覚悟したら終戦、喜んで実家に帰ったら一人で家族を養うことに。必死に働き、ようやくめどがついたら、今度は家を出ることに。貧乏くじを引いた、と思っていたら、それが幸いしてきれいなお嫁さんをもらう。その他にも、早く就職した友達は炭鉱などに行き高額の給料をもらうが、自分は百姓をしてて就職が遅れ、炭鉱より給料の安い八幡製鉄へ、ところが、高給でうらやましいと思っていた炭鉱で働く友人は、事故や閉山で悲惨な結果に。やはり、一度特攻隊で死を覚悟したせいか、逆境にあっても物事に動じない強い精神力があったようです。昨年の末まで、しっかりとしていましたが、今年になって、あっという間に自分の人生の幕をおろしました。残された者たちに手間や迷惑をかけない潔さです。まるで河島英五の「時代遅れ」と言う歌そのままの人でした。♪一日二杯の酒を飲み……妻には涙を見せないで子供に愚痴を聞かせずに……目立たぬように、はしゃがぬように似合わぬことは無理をせず……好きな誰かを思い続ける……時代遅れの男になりたい……♪　私もそんな男になりたいです。
　合掌！

終戦後香港で発見された震洋

特別攻撃艇　震洋

出撃前の特攻隊

予科練生たち

鹿児島県知覧平和公園にある特攻像「とこしえに」

▶ 2024.2.10　　　　　　　　　　　　　　　　　　　　No.219

「建国記念"の"日」を祝う

　先日、時々行く飲み屋のママさんが、「よく外国人の方から日本の建国記念日はなぜ大々的にお祝いしないの？と聞かれるんですが、なぜでしょうねえ。」と言われ、私もハタと困り答えあぐねていると、「そもそも建国記念日の由来って何でしたっけ？」と素朴な質問が続き、そのくらい日本人にとっての建国記念日は影が薄いものになってしまっているんだなと感じました。

　それもそのはず、名前からして、みんなが通常使っている呼び方**「建国記念日」は間違い**で、正式には**「建国記念の日」**と言うそうです。その辺のややこしさは、どこからきているかと言うと、他国ではアメリカの独立記念日、中国の国慶節など、国ができた（独立した）日は、はっきりとした事実の記録に基づいて決められていますが、日本の建国と言われている日は、『古事記』で初代天皇と言われている**神武天皇が即位した日**、つまり西暦では紀元前660年1月1日（旧暦なので今では2月11日）を日本ができたとしよう、と言うことにしてるだけで、**事実かどうかは分からないのです**。

　それでも、戦前の人たちは"紀元節"と言って2月11日を国のできた日として祝い、紅白饅頭が配られたり、そこそこ盛大なお祝いをしていましたし、今のような西暦の代わりに紀元年を日常で使っていたみたいです。例えば昭和15年は紀元2600年ですが、その時に生まれた日本の航空機は、2600年の末尾をとって**"0式"艦上戦闘機**と名付けられ、のちに**"ゼロ戦"**として活躍しました。また、紀元2600年（昭和15年）生まれの人は"紀"の文字を名前に付けた人が多くいました。ニッセン時代の上司も佐伯**紀**則（としのり）さん、中学校の先生も筒井**紀**年（のりとし）さん、などなど、いずれも昭和15年生まれの方でした。そのくらい紀元や紀元節を身近に感じていたものが、今では冒頭のママさんが言うように、「建国記念日って、何？」と言うくらいに国民の意識からは遠いものになっていて、少し寂しい気がします。だからと言

って、戦前のように国を挙げて祝賀会をやれ、などとは言いませんが、もう少し日本と言う歴史ある国のことを再認識して、**国の長寿**を祝ってもよいように思います。

　みなさん、世界で最も古くからある国は、どこかご存じですか？　**そうです、我々が住んでいる日本です。**その歴史は何と**今年で 2684 年**、2 位はデンマークで 1088 年、3 位にイギリスの 958 年と圧倒的に日本は長く続いている国と言えるのです。それだけ長い歴史を持つ国を誇りに感じ、改めて自分の国を愛する気持ちを確かめ合う、「建国記念の日」を、そんな日としてマスコミや教育の場では、もっともっと取り上げてみてはどうでしょうか。

　そうすれば、海外の方にも「建国記念の日と言うのは、**世界で最も歴史のある国、日本が誕生したとされる日で今年で 2681 年目なんですよ。**」「ところで、あなたの国は誕生して何年ですか？」「あっ、そんなもんね。ふ〜ん。」「えっ、なぜ大々的にお祭りをしないか？」「それは、建国して**高々 70 年余りの中国や 250 年程度のアメリカ**では嬉しくて騒ぐでしょうが、2700 **年近い歴史があるこの日本では、今更嬉しがる必要も騒ぐ必要もない。長年の歴史の中で深く国民の心に浸透しているのです。**」とか何とか言ってやれば、「へへ〜。」と感心し尊敬することでしょう。日本って、すごいね！

〔もう一言〕

　日本ができたのは古すぎて記録にない、と言うのは充分に理解できますが、最近の政治家の中には、つい何年か前のことが記憶にも記録にもない、などとバカなことを言っている人がいます。統一教会を解散させる管轄の文部科学大臣が、当の教団に選挙支援をしてもらっているなど、もってのほか、にもかかわらず「記憶にない。」「うすうす思い出してきた。」など、そんな記憶力のない人間が大臣などできるはずがないですね。法律を逃れたり、マスコミの追及を逃れても、人としての品位品格、そして信頼をなくせば、政治家は終わりです。2700 年近くも続く国家の大臣として、恥ずかしい限りですね。

▶ 2024.2.20　　　　　　　　　　　　　　　　　　　　　No.220

言論の自由とは？

　ロシアの反体制指導者ナワリヌイ氏が亡くなりました。まあ、普通考えたらプーチンが自分に批判的な言論を封じるために殺した、と思うのが妥当な線です。

　それが事実かどうかは別として、ロシアや中国などの独裁国家（形だけの選挙はあるが実質独裁）では、**“自由にものも言えない。”** ことは事実です。今回の事件は、かの国のように独裁者が弾圧する中、反対意見を発することの難しさを、まざまざと見せつけられました。それに比べて、「**日本をはじめ自由主義諸国はいいなあ。**」と思いたくなりますが、果たして、そう言い切れるでしょうか？

　例えば、ロシア国民はプーチンが大統領になって経済的には過去より良くなり、国の統制が厳しいと言っても旧ソ連時代に比べると全然楽で、足元のウクライナ進行も優勢とくれば、国民のプーチン支持率が85％と言うのもまんざらデタラメではないように思います。逆に、それを崩そうというナワリヌイの支持は、あくまで少数派で、ほんの数％に過ぎない。ところが自由主義諸国においては、ナワリヌイが正しいことを言ってるのに悪いプーチンがそれを聞かずに殺した。なんとひどいことだ、とナワリヌイ支持が圧倒的で、ロシア国内と全く逆です。そんな中、**自由に反対意見が言えるでしょうか？**

　例えば、日本で、テレビのコメンテーターが「ナワリヌイ氏は死んだが、プーチンが殺したと決まったわけではないし、ロシアの国民経済は上向き、昔より自由度は向上したので、プーチンは素晴らしい。私はプーチンを支持します。」などと放送で言おうものなら、マスコミからSNSから、他にも四方八方から“袋叩き”になるでしょう。さすがにそれだけで殺されることはないでしょうが、気が弱い人ならば**自殺してしまうような痛烈な批判**が殺到する可能性はあります。

　政治的な問題だけでなく、今、世間を騒がせている芸人の**“女性に対する対応”**の問題も、もし、初代桂春団治が生きていてコメントしたら、こう言うでしょう。「芸人なんて、そもそも一般人と違うハチャメチャなアホやるから面白いんや、あんたらと同じ基準で判断せんといてや。」「わしの歌、聞いてみ、♪酒も飲めなきゃ女も抱けぬ、そんなドアホは死になされ♪ やで。」ほんでもって「税金払えんようになって、税金屋が家財道具に差し押さえの紙貼ろうとしよったさかい、“貼るんやったらなあ、わしの口に貼らんかい”言うて、啖呵きったった。**文句あるんかい！**」

288

と言い放って、マスコミやSNSで総批判。高座にも出られず、その後一生春団治の芸は見られない、ちゃんちゃん。と言う感じでしょうか。

　むかし野球選手だったおじいちゃん（喝、で有名なH本氏）が、何年か前にテレビの番組内で、女子ボクシングについて「嫁入り前の女の子が殴り合って、こんなことが好きな人もいるんだねえ。」と言ったら、**「男女平等なのにけしからん。」**と痛烈な批判が集中。結局降板せざるをえないようになりましたが、おじいちゃんが若い女の子を見て、「大変な競技だねえ。」と心配しているだけで**悪気も他意もないのに、**とんでもないと決めつける。**こんなことなんかも自由にものが言えない状態の一つではないかと思います。いいじゃないですか、このくらい。**どこかのおばあちゃんが、男子のプロボクシングの試合後、腫れて目がつぶれたような選手の顔を見て、「大変だねえ、女の子にはやらせたくないねえ。」と言ったら「男女は平等なのに何ということを言うのか、けしからん。」と集中砲火をあびせますか？

　このように意見や考えが一方に傾いてしまうと、自由主義の国であっても、ものが言えないことは、わが日本でも戦前には経験してきたことです。戦前に「戦争反対！」などと言うと国からだけでなく、一般の人たちからも「非国民！」とレッテルを貼られ、村八分です。現在は、インターネットが発達して、いろんな人がいろんな意見を言えるようになって、素晴らしいと思う反面、少数意見は全方向から否定し、抹殺するという状況が作られつつあることは、ある意味、怖いと思います。誤解を恐れずに言うと、**春団治が生きて行けるような世の中も私はいいんじゃない**かと思っています。逆にすべての分野、すべての人たちが、ある枠の中に収まって、誰もはみださない世界の方が異様な世界ではないでしょうか。

〔もう一言〕

　ナワリヌイ氏は、帰国したら当局に拘束されると分かっていながら帰国を断行し、案の定、つかまりました。そして、最後まで「諦めるな！」と言うメッセージを残し、この世を去りましたが、すごいの強い意志の人ですね。このことがロシアに限らず、世界中の言論弾圧で苦しんでいる人たちに勇気を与え、少しでも良い方向に進むことを願っています。

▶ 2024.2.29　　　　　　　　　　　　　　　　No.221

名誉回復

　本日は、2月29日。4年に一回しかない閏年(うるう)です。閏年と言うとオリンピックの年です。今年もパリでオリンピックが開催され、熱戦が期待されています。

　過去のオリンピックでは、いろんな感動シーンがありましたが、その中でもちょっと異質だったのが、私が中学生の時に行われたメキシコオリンピック男子200mの表彰式です。写真のように1位のジョン・スミスと3位のトミー・カルロスと言うアメリカの黒人選手が、表彰台で靴を脱ぎ、黒い手袋をした片手を天に突き出し、頭(こうべ)を垂れる姿で**黒人差別に敢然と抗議したのです**。その結果、オリンピック委員会は、オリンピックを政治利用してはいけないという憲章に照らし、両名を出場停止として、選手村から追放し、競技者生命を絶ってしまいました。帰国後もマスコミや周りからの差別が続き、名誉回復するまでには長い道のりがありました。

　ところが実際に行動した彼らより、**ひどい対応をされたのが2位のピーター・ノーマン**と言うオーストラリア選手です。黒人差別に反対する彼は、表彰式の際に二人の黒人ランナーが胸につけていた**差別反対のバッジを自分もつけて、無言の抵抗をしました**。ところがそのことが、白豪主義が強かった母国オーストラリアで問題になり、オリンピック期間中にマスコミが報じると、銀メダルの英雄が一夜にして批判の的になりました。その後も陸上選手として輝かしい成績を挙げ、次のオリンピックでも出場資格があったのですが、オーストラリアオリンピック委員会は、彼を出場させないという決定をしました。さらに仕事の面でも周りから冷遇され、食うや食わずの生活の中、2006年に亡くなりました。

　そんな彼のことを見ていた甥の一人が、亡くなる前に「後悔していないかい？」と聞くと、「全くしていない。」と答えたそうです。それを聞いた甥は、何とか名誉回復したいと映画化を進めていましたが、結果、資金面や上映場所などで協力が得られず、ノーマンの死後（2008年）にやっと完成し、数軒の映画館で上映されました。それが評判となって、後にアメリカなどでも**「サリュート」**と言う映画でノ

ーマンのことが紹介されると世界中から賛辞が集まり、結局、**彼の死後6年たって、ようやくオーストラリアオリンピック委員会は、彼に対する不当な決定などを謝罪し、名誉は回復されました。** 生きてるうちに名誉回復させてあげたかったですね。

　生きてるうちに名誉回復と言うと思い出すことがあります。1940年オリンピックは、1936年のベルリンに続き、東京での開催が決まっていましたが、戦争の激化により中止になります。まさにその時、ヨーロッパではドイツの勢いが止まらず、近隣の各国を蹂躙していました。それに伴いユダヤ人迫害もヨーロッパ全土に拡大され、逃げ場を失ったユダヤ人の一部が、リトアニアの日本領事館に押し寄せ、有名な **"命のビザ"** を発行し続けた杉原千畝により、多くの人が命を救われました。**この杉原千畝も死ぬまで、名誉回復はならず、** 日本の外務省は、"senpo sugihara" などと言う名前（海外の人からは、チウネとは言いづらいので、センポと呼ばれていた。）のものは過去にも現在も存在しない、**と言って彼の存在を抹殺していました。** その後、1986年に亡くなって14年後の杉原千畝生誕100年の際に初めて時の外務大臣河野洋平の名前で正式に謝罪され、名誉が回復されました。

　と、まあ、今日は名誉回復について書きましたが、世の中には死ぬまで不当に評価され、生きてる間ずっと不遇だった人が山ほどいることでしょう。時の為政者などが自分の不都合のために真実をまげたり、隠したりしても、人の道として正しいことをすれば、それは、いつか必ず評価されることでしょう。でも、"いつか"ではなく、常に"今"正しいことが正当に評価される世の中にならないといけないですね。これからも何が正しいか、考えながら生きて行きたいですね。

〔もう一言〕
　杉原千畝の功績の裏には、ウラジオストックまで来たユダヤ人に足止めをさせた上、本国に送り返そうとした外務省に**敢然と立ち向かい日本行きを実現させた**ウラジオストック総領事代理の**根井三郎**や、日本に上陸した後、ユダヤの人たちに便宜を図った日本人たち等々、それぞれが、その**当時の体制に勇気をふるって立ち向かった**結果の**"命のビザ"**だったようです。杉原千畝の行いはもちろん立派ですが、決して一人だけの功績ではないようです。**どんな状況でも「正しいことをやる！」当時の名もない日本人の勇気にも拍手喝采ですね。**

▶ 2024.3.9　　　　　　　　　　　　　　　　　　No.222

オッペンハイマーは悪魔か？

　今年の米アカデミー賞の有力候補は、アメリカの物理学者オッペンハイマーの生涯を描いた作品だそうです。第二次世界大戦時に各国で、その開発を競ったのが原子核に中性子をぶつけて、核分裂を起こさせ強大なエネルギーを生み出す原子爆弾ですが、その国家プロジェクトのリーダーが、オッペンハイマーでした。したがって、オッペンハイマーのことを"原爆の父"などと称し、ある人は「彼は**戦争を終わらせた英雄だ。**」と言い、別の人は「**原爆を作った悪魔だ。**」と評します。

　私は、個人的にこの人のことを考えたとき、単に技術を進歩させた普通の人間であり、悪魔などと言ってオッペンハイマーに原爆被害の責任を押しつけるのは、間違いではないかと思ってます。と言うのも、彼らは作った人ではありますが、**使った人ではない**からです。今現在でも世界中で紛争が起こっています。イスラエルがガザ地区の無防備な人たちにロケット弾を撃ち込んで、一般の女性や子供が亡くなったからと言って、「**ロケット弾を発明した人が悪い。**」とか、ロシアの戦車が市民を殺したとしても「**戦車を開発した人が悪い。**」などとは思いません。原爆も同じで、作った（発明した）のはオッペンハイマーでも使ったのは、違う人だからです。

　そもそも1945年8月初め、果たしてアメリカは日本に原爆を使う必要があったのか？　当時は5月にドイツが降伏し、日本も本土空襲が激しく、ほとんど抵抗する力は残っていませんでした。実際にアメリカ軍の内部でも7月には、天皇制存続を条件にすれば、**日本はすぐにでも降伏する**、と分析されており、日本からも7月12日には、ソ連にあてて和平交渉を仲介してもらう要望が伝えられていたそうです。つまり、その段階で戦争を終結させることは可能だったのです。

　にもかかわらず、当時の**国務長官バーンズ**と4月に急遽大統領になった**トルーマン**は、戦後の世界での主導権を握り、ソ連をけん制し、国力を誇示するために何の罪もない日本の**民間人20万人以上を殺した**のです。原爆投下には、米軍内で反対

の意見も多く、そんなことしなくても日本は降伏するから、と言う話を頑として聞かず、他の意見を押し切って原爆使用に踏み切ったことを考えると、**悪魔はトルーマン、そして、それを強く勧めたバーンズだと思います**が、トルーマンのアメリカでの評価は、**「戦争を早く終結させた立派な大統領」**だそうです。戦後何年か経ったとき「あのまま戦争を続けていたら、アメリカの若者がもっと多く犠牲になったでしょう。だから原爆は必要だったのです。」などと平気な顔で演説を行い、その後、それが定説となるように世論を巧みに操作した結果の評価でしょうが、真実が一つ一つ分かってくると、立派な、どころか、原爆を無理やり使う必要は全くなかったのに、20万人もの犠牲を出して、己の立場、国家のエゴを通した**犯罪人としか思えません。**

　オッペンハイマーが、1960年に日本に来た時に「あなたは、原爆を作ったことを後悔していないか？」と問われ、「後悔はしていない。ただ、**申し訳ないと思っていないわけではない。**」と言った感想や、戦後、トルーマンと会談した時に「自分の手は血塗られているような気がする。」と話したように、多少なりとも人間として罪の意識を持ちながら後年を過ごした**人間オッペンハイマー**に比べ、「自分の手は血塗られて……。」と言う言葉を聞いて、「あいつは、泣き虫だ。もう二度と連れてくるな。」と言い放った**悪魔トルーマン。**

　原爆を使う必要が本当にあったのか、という真実は、今後も広く公開して世界の人たちが、どう思うか考えてもらいたいですね。武器はもとより、AIも他の発明機器もすべての道具が、**開発した人より、それをどう使うかの方に、より倫理観を求められるのは、至極当然のことです。これからも世界の為政者が、うかつな使い方をしないことを祈るばかりです。**

〔もう一言〕

　文中でトルーマンを"犯罪人"と書きましたが、ブログNo.202「敗戦の日」で書いたように、70年以上も前の東京裁判における石原莞爾の一言、**「一番の戦争犯罪人はトルーマンである。」**は、まさにその通りだと思いますね。

▶ 2024.3.30　　　　　　　　　　　　　　　　　No.224

企業倫理とは？

　先日、何気なくテレビを見ていたら「そこまで言って委員会」と言う番組で**"企業倫理"について話していました。**内容は、昨今、自動車業界で不正などの"企業倫理"が問われる事件が数多く発生しているが、**トヨタだけは大丈夫と言う信頼感が消費者の間にあった。**しかし、トヨタ子会社のダイハツや豊田自動織機の不正でトヨタの信頼感にも疑問が付き始めている、というものです。

　そんな中で出演者の大野裕之と言う映画評論家が話していましたが、豊田章男社長が、新車の発表会で、「私は喜劇王チャップリンが『あなたの最高傑作は何か。』と尋ねられたらいつも『next one』と答える姿勢が我々のカイゼンの精神と相通ずると考える。」と言ったらしいのですが、ウォールストリートジャーナルが自分のところに取材に来て（大野氏はチャップリン協会の会長）「事実か」と聞かれたので、チャップリンはそんなことを**一回も言ってない**と返事をしたそうです。

　すると、トヨタの広報の人が「日本では、next oneと言う言葉は通常、チャップリンの発言とされており、**いかにも彼らしい発言**で、現状に満足しないという意味で使われている。」とフォローしたそうです。このことに対し大野氏は、「チャップリンが一度も言ったことのない言葉をなぜ無理やり通そうとするのか？ 普通、自分が**間違ったら、それを認めて**次につなげるのが筋ではないか？」また、「通常チャップリンの発言とされており、いかにも彼らしい発言とは、何の根拠もないことで専門家でもないのになぜ、彼らしいと言えるのか。」と反論しています。

　自社のトップが言ったことなので何とかして正当化しようという忖度の姿勢がありありで、さらにその後、ある筋からと身元を明らかにしなかったのですが、大野氏にお金を払うから発言を撤回してくれないか、との話もあったとのこと。これって考えたら、形はソフトですが、**トップの言うことは嘘でも正しいことにしてしまい、反対意見を封じ込める、**ロシアや中国と変わらない発想だと感じます。

　間違ったら、まず謝る。そこから何をすべきか考えるようにするのが普通の対応

ですが、それができない体質が染みこんでしまうと、**欠陥を隠す体質、その為に嘘に嘘を重ねる対応、被害者救済より自社の存続を優先させるなど、企業倫理などまったく存在しない社風になってしまい**、結果的にその体質により被害が拡大し、無実の人たちが泣くはめになってしまいます。（映画「空飛ぶタイヤ」参照）

　その企業倫理を正しい方向に導くためにはどうすればよいか、それは難しく考えなくても、**自分よりも遠い存在から大事にする**、ことではないかと私は思っています。例えば、企業のステークホルダー（利害関係者）を考えたときに、一番は世のため人のためと言う社会全体、次にお客様（消費者）、そして取引先、従業員、株主、最後に自社、自部門、自分の順番に今何が大事かを考えるだけで相当な倫理観のある会社になるでしょう。世の中のトップと言われる立場の方は、もう一度、襟を正して、倫理観とは何か、真剣に考えてみてほしいですね。

〔もう一言〕

　最近問題になった豊田自動織機さんとは、昔、合弁で物流会社を運営し、いろんなノウハウや企業の姿勢などを学びました。三河徳川家臣団の歴史感を感じる質実剛健さを持ち、まじめな会社と言う印象でした。ところが一点だけ気になることがありました。それは、事務所に行ったときのことです。豊田自動織機のその事務所にはトヨタ自動車も入っており、私が自動織機さんの年配の役員の方とエレベーターに乗っていたら、トヨタ自動車の中堅クラス（部課長？）の人がエレベーターに乗ってきて知り合いと話していました。そして、その人が下りる階に到着したのですが、足でエレベーターのドアを閉まらないようにして、まだ中に残っていた知り合いと話を続けるのです。その間、一応お客様である私や年配の自動織機さんの役員を無視して、「すみません。」の一言もなく、1分ほど話していました。私が驚いたのは、しょっちゅう顔を合わせる年配の役員の方がいるにもかかわらず、無視することができるのは、常日頃からトヨタ自動車の下請けとして自動車を作っている立場の自動織機さんと、仕事を出しているトヨタ自動車の力関係が、そこまで違うのか、と言うことでした。現に役員の方もトヨタ自動車の人には何も言いませんでした。そんな力関係の中で仕事をしていたら、トヨタ自動車から納期やコストなどで無理難題を言われても黙って受けないといけない、それこそ、そんな社風になっているのかな、と思ってしまいます。トヨタグループのダイハツも自動織機も異口同音に「トヨタ自動車とは関係ない、不正は自分たちの責任だ。」と言ってますが、かなり忖度しているのでは？　と思ってしまいますね。

295

▶ 2024.4.9　　　　　　　　　　　　　　　　　　　No.225

常在道場？

　まあ、世の中いろんな人がいますが、またまた、呆れかえる人が出てきました。静岡県知事川勝平太氏です。以前から物議をかもす言動で有名でしたが、今回とうとう本音を言って、辞任することになりました。

　県庁の新人職員に対し、曰く、「毎日、**野菜を売ったり、牛の世話をしたり、物を作ったり**と言うのとは違って、皆さん方は頭脳知性の高い方たちです。」バカなことを言うもんですね。言われた職業の人は腹立ったでしょうね。職業差別とかいう前に**野菜を売る小売り、牛を追う酪農、物を作る工業には頭脳や知性は必要ないと思っている**から、このような言葉が出るのでしょうが、本当に思っているのであれば、何をかいわんや。**農業、商業、工業には相当な知見、技術、知識、経験等が必要で、この人が簡単に言うような仕事ではないことは、小学生でも分かります。**

　また、さらに笑わせるのが、この人の座右の銘が「**常在道場**」で最初に知事に就任した時のコメントでも「いつでも、どこでも、いつまでも**現場で学ぶ**姿勢を貫くことをモットーに現場主義を政策の基本姿勢としていきます。」と言ってます。思わず、「どの口が言いよるんや！」と言いたくなりますね。知事になってから15年近く、結局、現場のことは何も知らなかったということでしょう。私は「三国志」や「司馬懿」「孫氏の兵法」など、中国の歴史ドラマを見るのが大好きで、今ちょうど「秦の始皇帝」を見終わるところですが、それぞれ長いものでは100話近くの続き物で、見ごたえがあります。その歴史ストーリーでよく出るのが、トップである大王、皇帝が周りの意見を聞かずイエスマンばかりを配置して**世間が見えなくなって国が亡ぶ**、というくだりです。この川勝さんも15年と言う長きにわたり知事の座にいたわけで、下々のことが良く見えなくなってきたのかもしれません。国が亡ぶ時の大王や皇帝は横柄になって細かなことを顧みず、独断で物事を進めて失敗し続けるのですが、何か、同じようなにおいがします。

　まあ、国が亡ぶ（県が大きな損失をする。）前に辞めることになったのは、静岡県にとって良かったのかもしれませんね。……と書きながら、やめる理由のもう一つに「**リニアモーターカーの27年開業を断念させた。**」ことも挙げています。この断念させたことって、日本国にとっては大きな損失ではなかったのでしょうか。国民の移動時間を短縮させ産業や観光を発展させるだけでなく、**その技術を世界に拡販**

すれば国の利益になります。 もし、この人のために開業が遅れ、中国などがリニアで先に世界を制してしまえば、日本の出る幕がなくなります。と言うことは、この人の辞任は遅きに失したようにも思えてきました。

　たった一人の身勝手（静岡にはリニアの駅がなくメリットがないから工事を許可しなかった。）で国に大きな損失を与え、それを自慢げに語り辞任するのは、愛知の大村知事ではないですが、**私も「かなり腹が立っています。」** し、単に失言した知事が辞めるということだけで済まさず、今後の国家プロジェクトの推進においても一人の反対で進まないということにならないよう、仕組み、法律を作るきっかけにしてほしいですね。そうなれば、それが、この人のせめてもの功績になるでしょうから。

〔もう一言〕
　「常在道場」と言う熟語は、推測ですが山本五十六が用いた長岡藩伝統の「常在戦場」をもじって使っていたのかな、と思います。常に心は戦場にある時と同じ緊張感をもって、油断することなく事に当たること。と言う意味ですが、この人には、こちらの方が良かったかもしれないですね。と言うのも過去には油断だらけの失言が山ほどありました。ところが一つだけ、「その通り！」と言う発言があります。野菜うんぬん……発言の際に新人職員に、こうも述べていたそうです。**「感じ悪い人がいたら、こういうような上司にはならないということで反面教師にしてください。言葉使いは特に大事です。」** おっしゃる通り、そのまま、そのお言葉お返しします。**本当に笑わしよるなあ。** ざぶとん三枚！

ちょっと一息　クイズコーナー　解答

①Ｃ：水戸光圀で170cm
以下、武田信玄と上杉謙信が160cm、徳川家康が159cm、豊臣秀吉は140cmです。意外ですが、水戸黄門様が一番背が高く、他の武将を圧倒しています。それにしても秀吉さんは、小さかったようですね。

②Ｂ：浜名湖
その一帯の昔の地名は、遠江（とおとうみ）。琵琶湖は日本で１番の湖ですが、浜名湖は７番目の大きさです。霞ヶ浦や宍道湖の方が大きいのですが、その当時は、関東の霞ヶ浦や山陰の宍道湖は、都から遠すぎて認識されていなかったのかも知れませんね。

②Ｂ：大日如来とＤ：阿弥陀如来
他には、薬師如来や毘盧遮那（びるしゃな）如来などがあります。
一般的に如来と呼ばれるのが悟りを開いた人で、菩薩は修行中、明王は力ずくで仏教の教えを広げようとする存在、帝釈天や毘沙門天、金剛力士、四天王などは天部と呼ばれ、仏教を守るガードマンや元々のインドの神様が仏教に帰依してできたもの。
お参りするお寺のご本尊が何かくらいは、事前に知っておかないといけないですね。

▶ 2024.4.19　　　　　　　　　　　　　　　　No.226

遠い南の武士の道

　みなさん、**グラミン銀行**ってご存じですか？　バングラデッシュの貧しい農村の女性たちに少額の融資を低金利で行い、それまで高利貸しなどで苦しめられていた貧困層の人たちを救った、そして単にお金を貸しただけでなく自ら起業したい人たちのサポートをし、**2006年にノーベル平和賞**を受賞した企業です。

　その創設者が写真のムハマド・ユヌス氏です。最近、この人の記事を読んだのですが、なかなか興味あることを書いていました。まず、今の経済の仕組みが根本から間違っている。それは、富の集中を促す形に起因している。つまり、世の中の人が、「**より多くのものを手に入れたい。**」と願えば、他者との競争になって、それが進めば他国からも富を奪いたいと戦争も起きる。一部の人に富が集中すれば、逆の層の人たちは、ますます貧困になり、地球の環境も富のために悪化する。そのような経済の仕組みを「**分かち合い**」「**助け合い**」「**おもいやり**」のあるものにするんだ。と言ってます。

　なんか、非現実的な空言（そらごと）のように聞こえますが、ユヌス氏は、それを実践して見せました。1970年代のバングラデッシュの女性たちは、学校にも行ったことがなく教育を受ける機会のない人たちでした。その人たちに5ドル、10ドルと言った少額の融資を行うと、多くの人たちが自分で仕事を始め、貧困層と言われる人たちの自立した生活に大きく寄与しました。それまでの銀行は、お金のある人には多くを貸すが、本当に困っている人には貸さない仕組みであった。(今でも、そして日本でもそうだと思う。) 自分たちは銀行が貸さなかった人たちに無担保で少額融資を進め、今では1000万人以上になったが、既存銀行が懸念していたデフォルト（債務不履行）に陥ることはまれである。と言ってます。

　へえ～そう、でも社会のためと言いながら、「自社にとってビジネスになるからやっているだけなんじゃない？」と、ちょっと穿（うが）った考えを持ってしまいますが、ユヌス氏は、企業の目的を**営利追及に置かず**、**ソーシャル問題解決に置く**、と言って

ます。つまり、投資者は投資した額は回収するが、それ以上のリターンはない、それ以上の利益が出た場合は、さらに問題解決に使う。企業の優先順位は、利益ではなく、社会の問題をいかに解決するか、言わば、「世のため人のため」を唯一の企業目的とする。しかし、継続可能なビジネスでないと続かないので、その利益は必ず確保し、働いている人たちの収入や働き方は、標準以上を目指す。そして、それ以上の利益は全て、また貧困層や社会的弱者の救済、環境問題の解決に振り向けて、**おのれに富が集中することを良しとしない。起業家、そして働く人の価値は、「いかに多くの人たちの幸せに寄与できたか？」**に置く、と言う発想のようです。

　そんな世界が可能だろうか、と思いながら、「これは何かと同じだなあ、何だったかなあ？」と記憶をたどっていくと、そうです、**日本の武士道の精神**と似ています。そして西洋の騎士道に**"ノブレスオブリージュ"**（P.108、No.97 参照）と言う言葉があります。社会に貢献することが高貴な（貴族だけでなく企業、経営者その他何かで成功した人だけでなくすべての人にも当てはまる。）人間の責務である。そして常日頃から、弱きを助け、正しいことを行う、金に執着しない、逆におのれのために金を集めることは恥であると考え、金よりも名誉を重んじる。**全部、武士道の精神やノブレスオブリージュと相通ずるものがあります。**そう考えると、遠い南の地で武士道を実践している立派な企業に対し、尊敬と親近感をおぼえます。

　確かに世界中がこんな企業だらけになり、国家も同じように他国にいかに貢献したかが評価で、他者よりも多くの富を手にすることが、決して目的ではないようになると、土地や資源を奪い合う戦争はなくなるかもしれません。もちろん、そんなに簡単なものではないと思いますが、それはまるで、黄砂や花粉でどんよりとした春空に、ほんの一服、爽やかな涼風が吹いたような感じです。世界中のあちこちで爽やかな涼風が吹けば、黄砂も花粉もどこかに飛んで行くかもしれませんね。

〔もう一言〕
　バングラデッシュは、親日家が多い国です。それは、1971 年にパキスタンより独立した時に世界中で最初に日本が承認したことによります。また、初代大統領ムジブル・ラフマンは日本にあこがれ、国旗を日の丸からデザインしたものにしました。緑に赤丸です。まだまだ貧しい国ですが、グラミン銀行などの活躍で今後大きく発展することと思います。がんばってほしいですね。

▶ 2024.5.10　　　　　　　　　　　　　　　　　　No.228

痩せ我慢のすすめ

　昭和59（1984）年から40年間、日本の最高紙幣の顔として馴染んできた福沢諭吉が、今年7月に渋沢栄一に交代します。

　その福沢諭吉が書いた本に「痩我慢の説」と言うものがあります。内容は明治の英雄と言われた勝海舟（江戸城を無血開城した。）と榎本武明（土方歳三と五稜郭にこもり新政府に抗戦したが、その後政府高官になる。）に対して、我慢が足らん、痩せ我慢でもいいから最後まで幕府のために生きるべし、と痛烈に批判しているものです。

　そんな、痩せ我慢と言う言葉を思い出すことがあったので紹介したいと思います。それは、「最近、人の名前がすぐに出ない。」とか「小さい文字が見えない、テレビの音を大きくしないと聞こえにくい、髪の毛も減ってきたなあ。」と思っていると、ちょっとした記事が目に留まりました。「人間は、生まれてからしばらくは、神様から能力をプレゼントされたり、自分で人生の豊かさにつながるものを獲得して行くが、ある時を境にそれを**一つずつ、神様に返して、最後には無になって元に戻る。**」と言う話でした。確かに人間が生を受けると、だんだん目が見え耳も聞こえ、髪の毛や歯も生えてきます。さらに大きくなるにつれ、筋肉がついて脳も発達してくれば、知識や経験を獲得して、だんだん多くのものが自分のものとして身に付きます。そうやって多くの神様からのプレゼント（身体的能力）や自分で獲得した知識経験等もある年齢を過ぎると頂いた物の**返却期限が近づき**、ちょっとずつ返さないといけなくなります。筋肉も20代後半から減ってきて、30代からは脂肪が増え、内臓も弱くなってきます。40～50代になると目や耳も徐々に衰えていき、さらに年を取ると歯や髪が抜けて、60歳を超えると脳も萎縮し、せっかく覚えたこともどんどん忘れて行くようになる。

　そう考えると、「人生とは、いろんなものを獲得して自分のものにして行く**前半**と、それを少しずつ返していく**後半**に分かれる。」のか、となれば、まさに私などは昨日69歳の誕生日で、これからさらに、いろんなものの返却期限を迎える時期ですから、

人生の後半真っただ中になったということになります。

　……そう考えて、ついつい納得してしまいそうになったのですが、冒頭の福沢諭吉の「痩我慢の説」が頭をよぎりました。このまま、今まで獲得したものを返却だけして最後に自分の人生が"無"になるのを黙って見ていていいのか？……筋肉が落ちようが目や耳が悪くなろうが、記憶力が薄れようが、その通りだと物分かりの良い年寄りにならず、**痩せ我慢**でもいいから人に弱みを見せないで、「まだまだ、これから！」と気合を入れないといけないのではないか！

　現に、先日、久しぶりに奈良に行ったのですが、初めて興福寺の国宝館にある千手観音や、阿修羅像などの八部衆を目のあたりにして、**久しぶりに感動しました。**思わず「すごい！」と息をのむ壮観な仏像群は京都にもなかなかありません。また飛鳥寺の大仏は日本最古の仏像で1400年余り前の物が今も原型を保って、できてから今まで全く同じところに鎮座しています。これもまた、見る者の気持ちが引き締まる新たな経験でした。そんな文化財だけでなく、昨年、青森に初めて行って見た、八甲田山や奥入瀬渓谷の自然美、五所川原や弘前、青森のねぶたもまた目の前で見ると感動するものでした。と考えると、確かに、いろんな頂き物（身体能力や知識）の返却期限は近づいてきたが、まだまだ新たな獲得物はあるわけで、もっともっと積極的に知識を得て、感動も経験することは可能なはずです。

　つまり、私は**まだまだ人生の前半**で、そんな新たな経験や感動をしたくなくなった時が**人生の後半**と言えるのではないでしょうか？

　福沢諭吉は、「痩我慢の説」以外に有名な「学問のすすめ」も書いています。今こそ、その二つを合わせて**「痩せ我慢のすすめ」**を提唱したいと思います。これを見ている同年代の皆さんも"たかが年齢"です。それに勝つか負けるかは自分次第ですね。痩せ我慢で頑張りましょう！

〔もう一言〕

　人生100年時代、100歳の現役代表として、まだまだかくしゃくとして頑張っておられる、裏千家前家元の**千玄室**さんの言葉を紹介したいと思います。「枯れ木であっても内に秘めたる力があれば、花を咲かせることはできる。花を咲かせようとする精進努力を忘れないこと。これが人間の生き方というものです。」また、玄室さんは、「人間いくつになっても色気がなければいけない。」と目をギラリ眼光鋭く語ってました。100歳まで31年、まだまだ時間はありそうですね。

▶ 2024.5.20　　　　　　　　　　　　　　　　　No.229

60歳からは、7・5・3！

　今から2～30年ほど前、フランスの大手通販会社と交流があり、先方の方と仕事以外にもいろんな話をしました。その中でも印象的だったのが、担当の方があと半年で定年になるというとき、「仕事を辞めて、寂しくないですか？」と聞くと、「とんでもない、**リタイアすることが楽しみで仕方ない。**」と嬉々として定年の話をします。「今まで、仕事がメインだったが、これからは**本当の自分の時間**が過ごせる。」「世界中のあちこちに旅行にも行きたいし、もっともっと趣味の時間も増やせる。」彼ら彼女らが言うには、どちらかと言うと今の仕事は、リタイアした後の人生を楽しむためにやっている、だから自分がしたいことをする**リタイア後の人生こそが、もっと大事だ。**とのことらしいです。仕事中心の日本人とはえらい違いだと思ったものでした。このことを思い出したきっかけは、つい先日、日本企業のトップであるトヨタ自動車が決算発表で「**70歳**まで再雇用を拡大する。」と発表したことでした。今の日本の人口減と、円安で海外からの労働者も期待できないとすれば、トヨタ同様、70歳、さらに75歳まで働くことが当たり前の会社も増えることでしょう。70歳、75歳まで働けることは年金だけで暮らせない時代に良いことかもしれませんが、75歳でさあ定年、「これから自分の人生を楽しもう……」と思った時には体が言うことを聞かない、仕事しかしていないので趣味がない、何をしてよいか分からない、何もしたくない……。果たして、この状態が本当にハッピーなのか？生活はできるかもしれないが、フランスの人が聞いたら、とてもトレビアン（すばらしい）な人生とは言わないでしょう。それでも70歳、75歳までフルで働きたい、働かねばならない方、逆に全く働かなくてもいいくらい財産がある、と言う方以外は、年金の額が決まっている中、時間もお金も潤沢にある状態は難しいと思います。

　そこで、私の提案です。60歳過ぎたら"**7・5・3**"がいいのではないかと思います。まず、60歳になったら、今まで頑張ったお祝い金として200万円を年金から支給。そして、60歳から65歳は会社に行く勤務日数を今までの**7割**にする。ただし、給料も7割。しかし年金は3割もらえる。（例えば、50万円の給料、年金20万円とすれば、50万円×7割＋20万円×3割＝41万円の月収入が200万円の一時金以外にもらえる。）この間、空いた時間をまとめて取れるようにすれば、毎月1週間くらいの休みも充分取れます。さらに65歳になれば、この時も一時金200万

円もらえ、65歳から70歳は会社に行く時間を**5割**に減らし、給料も5割、年金も5割（一時金以外の月収入は、25万円＋10万円＝35万円）半分の出勤日数ですから、まとめれば相当長く自由時間が取れます。次、70歳。この時も一時金200万円。70歳から75歳は会社に行く時間は**3割**、給料も3割、年金は逆に7割。（収入は、一時金以外に、15万円＋14万円＝29万円の月収入）この時期になると会社に行くのは、週に1日か2日、月に6～7日ですから、相当時間は取れます。ただ、まだ社会のと接点もあり、収入も年金だけ（20万円）に比べると、4割以上も多い。こうやって、**仕事を徐々に減らして、休みを徐々に増やす**ことで、自分の人生を仕事だけでなく、時間が取れず行けなかった旅行や趣味で、もっと豊かなものにすることができるのではないでしょうか？　企業側も年配の人たちを使うには、このような仕組みであれば無理せず経験を引き継ぎ、人手不足も解消できます。

　そして、年金ですが、「この案であれば、60歳から支給で一時金も払うことになれば、財源をどうする？」と思うでしょうが、総額は、一時金200万円×3回＝600万円、60～65歳の年金総額360万円、65～70歳、総額600万円、70歳～75歳、総額840万円、全部合わせると、60歳から支給を始めて75歳までの15年間合計は、2400万円。今の年金制度で65歳からもらい始めて75歳まで10年間の年金は、**それと同額の2400万円**です。年金機構も「繰り下げで後からもらえば、多くもらえますよ。」と言いながら、年金支給を遅らせて、"もし早く亡くなったらラッキー"みたいな姑息な支給を選ばせたりせず、上記のように一時金なども織り交ぜて、国民の人生を豊かにする支給の仕方を考えても罰は当たらないと思いますね。年金機構管轄の厚生労働省の方、どうでしょうか？　また、各企業の方、どうでしょうか？　いい案だと思いますけどねえ。

　まあ、何の権限もない一個人が何を言っても無駄でしょうが、平日にゆっくりあちこちに行ける自由は、働いているときには絶対に味わえない喜びです。みなさん、死ぬまで仕事しかしない、仕事を辞めたら何もできないでは、人生ずいぶん損をします。生きてる間は、死ぬまで全力で楽しく暮らしましょう。

〔もう一言〕
　時間や金銭に余裕ができたとしても一人でできることは、限られてしまいます。やっぱり、いっしょに遊んでくれる家族や友達がいないと寂しいですね。そう思うと、あらためて周りの人たち全員に感謝です。

▶ 2024.6.10　　　　　　　　　　　　　　　　　　No.231

命もいらず、名もいらず……

　日本人に、「尊敬する歴史上の人物は？」と言う質問をすると、あがってくるのは、織田信長、坂本龍馬、徳川家康……西郷隆盛、勝海舟等々、大体知っている名前が多いのですが、今日はベスト100の中にも入らない人の話を書いてみたいと思います。
　今から178年前の今日6月10日（旧暦）江戸本所で蔵奉行小野朝衛門の四男として生まれたのが、小野鉄太郎（写真の人物）後の**山岡 鉄舟（てっしゅう）**です。このブログをずっと読んでいただいている方であれば、時々、山岡鉄舟の話を織り込んでいるのでご存じかもしれませんが、私は、この人はすごい人だと思っているのです。大体、**勝海舟などと言う大ぼら吹き**が、明治になってずいぶん経ってから（明治14年）新政府による維新の功労調査の際、「江戸無血開城は、自分がすべて成し遂げた。」みたいなことを書いて提出したので、「勝は英雄だ。」と言う間違った評価がまかり通っているだけです。本当に江戸の町を救い、さらに江戸が戦場になって、泥沼化したら、それ以降の日本の政治はマヒし、諸外国の進出を許したかもしれないという**日本の危機を救ったのは、徳川慶喜と慶喜の意向をもとに西郷と交渉をした山岡鉄舟に他なりません。**
　慶喜の意向を聞き、交渉の矢面に立った鉄舟が、西郷に会う前に勝に初めて会ったとき、勝は「何か手があるのか？」と聞くだけです。鉄舟は、「多分、自分は捉えられ殺されるだろう。ただ、その殺される時に西郷に聞こえるように慶喜公の意向を述べるのみ。」と死を覚悟して江戸を発ちます。途中、鹿児島弁を話す者を一人だけ連れて、当時、静岡に駐屯していた官軍の陣営に向かいます。道中、清水の次郎長などの手を借りながら、官軍がうようよいる敵陣営に入ります。その際にも大声で「朝敵徳川慶喜家来、山岡鉄太郎まかり通る！」と言いながら歩いていきますが、あまりにも堂々としていて官軍はみな道を開けたそうです。
　苦労の末、西郷に会い、慶喜の意向を伝えた山岡ですが、西郷たちの官軍は、打倒徳川に燃えており、何としても江戸を落とす覚悟でいます。結局、西郷から5つ

の条件を引き出すことに成功しますが、江戸城を明け渡し、城中の兵を移すことなどに加え、主君徳川慶喜を備前藩に預ける、と言う一文があります。**主君を差し出して、自分ら家臣が何事もなかったような顔で暮らすことなどできない**、これだけは、受け入れ難い、と言いますが、西郷は「朝命（天皇の意思）である。」と凄んでみせます。それでも山岡は、「もし島津候（西郷の主君）が同じ立場であったら、あなたは受け入れないはずである。」と反論します。とうとう西郷は、主君慶喜と江戸100万の庶民の命を守るために単身、命をかけて乗り込んだ山岡の言葉に心を動かされ、「先生（山岡）のお言葉、ごもっとも。」と周囲の反対を押し切って、山岡の主張を認め、江戸城を攻めることを断念します。**ここに「江戸無血開城」が決まりました。**

　そのあと、形だけ西郷と勝の会談が行われた訳なので、誰がどう考えても江戸無血開城は勝の手柄ではなく、山岡の功績です。現に、慶喜は「江戸を救った一番の手柄は山岡である。」と自ら短刀を送り感謝していますし、また、西郷も山岡の人物を高く評価し、たっての願いで明治天皇の侍従として天皇の教育係を依頼します。勝の維新功労調査を読んだ山岡は、嘘だと思いながらも勝の面目を潰すので一言も言いませんでした。それを見た事実を知っていた局員らが三条実美や岩倉具視と言った政府の高官に伝えると、「手柄を勝に譲るのは良いが事実は後世に残さねばならない。」と鉄舟に事実を提出させたエピソードもあります。

　そんな山岡ですが、**生涯赤貧**と言っても良いような暮らしをしています。剣の道を究め、禅についても修行を究めていますが、自分の暮らしや財産には頓着しないようで、頼まれれば書を送り、生涯何十万枚と書いたそうですが、もらった謝礼は全て、貧しい人たちに配り、自分は食うや食わずです。西郷に会いに行く際にも腰の大小（二刀とも）は持っておらず、買うにもお金がないので結局腰に差していたのは知人に借りた大小でした。また、お金だけでなく名誉などにも執着しない人で、後日、明治政府から山岡に勲章を授けるということになり、後の外務大臣井上薫が山岡の家に勲章を持参した（山岡は何回もの呼び出しを無視していた。）とき、もらった勲章を家族に見せ、「ありがとうございました。」「もういいので持って帰ってくれ。」それを聞いた井上が驚くと、「大体、お前の胸にあるのは何だ、勲一等の勲章だろう。なのに、俺に勲三等の勲章を渡すというのは、ちとおかしくないかい？」**「維新の大業は俺と西郷で成し遂げたようなものだ。それにくらべりゃ、お前なんかは、ふんどしかつぎじゃないか。」**と言って勲章を断っています。山岡姓を名乗ることになったいきさつも型破りで、山岡静山と言う槍の名人に師事したのち、静山が早世すると、山岡家に頼まれて妹の英子と結婚し婿養子になるのですが、小野家

（鉄舟の本家）は蔵奉行の家、山岡家は下級武士の家で、当時としては格が違い過ぎます。しかも。その下級武士の家に婿養子に行くなど、考えられなかったそうですが、鉄舟は気にもせず、婿養子になっています。

そのような鉄舟を評して西郷は有名な言葉を残します。**「命もいらず、名もいらず、金も官位もいらぬ人は始末に困る。」**「しかし、そのような人でないと**大事は成し遂げられない。**」と言ってます。

　こんな魅力的で胆力もあり、大事をなした人物が、尊敬される人物100選にも入らず、**司馬遼太郎のフィクションを事実と思って人気のある坂本龍馬や好きかって言ってる勝海舟が上位とは、誠にもっておかしいですね。**そんな山岡鉄舟は身長188cm、体重100kgを超える堂々とした体格だったそうですが、52歳でガンで亡くなったようです。亡くなるとき、皇居に向かって正座をし、その格好のまま息を引き取りました。今の時代こそ、こんな人が出てほしいですね。今回は、私の独断と偏見で書いていますので、坂本龍馬や勝海舟ファンの方、気にしないでくださいね。私は好きではありませんが……。

〔もう一言〕

　山岡鉄舟は、いくつかの名言を残していますが、一つ紹介します。「晴れてよし、曇りてもよし　富士の山　もとの姿は変わらざりけり。」人間もそうですね。晴れても曇っても（良い時も悪い時も）、この自分と言うものは変わらないはずです。何が正しいか、どんな状況にあっても自分を信じて前に進みましょう。

あとがき

　最後までお読みいただき、ありがとうございました。

　生まれて 69 年、月日の流れに追い立てられて、あっという間に年を重ねてきたように思います。

　ふっ、と立ち止まって振り返れば、自分の人生、これで良かったのかと思うこともありますが、ちっぽけな人間一人、どうあがこうが世の中の流れは変わりません。

　ならば、これからも、一瞬一瞬を噛みしめながら、もう少し人生を楽しみたいと思います。

　これからも、愚痴を言わず、調子に乗らず、周りに迷惑をかけずに死ぬまで、一生懸命に生きて行こうと思います。

　喜んだり、楽しんだり、また怒ったり、悲しんだり、それぞれは、天からの贈り物、来るときは来るし、去るときは去るものだと思います。

　このブログ集を読んでいただいた、みなさんのこれからのご多幸をお祈りしております。

　最後になりましたが、この本を出すにあたり、株式会社光陽社様、株式会社シーズ・プランニング様には大変お世話になりました、御礼申し上げます。

〔あとがきにも、もう一言〕

　この本の編集を始めて約半年、その間もブログを書き続けて、2025 年 1 月現在、ここに載っているもの以外に新たに 20 回分くらい溜まりました。

　これからも書ける間は書き続けて、5 年後の 2030 年くらいに第二集を出すことを目標に頑張ろうと思います。

　それまで皆さん、お元気で。では、5 年後にまたお会いしましょう。

人生の喜怒哀楽は旅人なり
来るを拒まず、去るを追わず

令和 7 年 1 月

佐 村 信 哉

佐村信哉（さむら しんや）

1955 年、福岡県北九州市生まれ。1978 年、大分大学卒業後、株式会社ニッセン入社。29 歳で取締役就任。専務、常務、株式会社ニッセン代表取締役社長を経て、2011 年、株式会社ニッセンホールディングス（東証一部上場）代表取締役社長（兼）株式会社ニッセン代表取締役社長就任。2015 年に退社。
現在、株式会社 SS プランニング代表取締役社長、株式会社ファーマフーズ（東証プライム）取締役、株式会社アクトプロ顧問、株式会社光陽社（東証スタンダード）顧問。

◆ SS プランニングホームページ
ss3648plan.com
https://www.ss3648plan.com

人生の喜怒哀楽は旅人なり　来るを拒まず 去るを追わず

2025 年 2 月 8 日　第 1 刷発行

著　者　　**佐村信哉**

発行者　　長谷川一英
発行所　　株式会社　シーズ・プランニング
　　　　　〒 101-0065 東京都千代田区西神田 2-3-5　千栄ビル 2 F
　　　　　TEL. 03-6380-8260

発　売　　株式会社　星雲社（共同出版社・流通責任出版社）
　　　　　〒 112-0005 東京都文京区水道 1-3-30
　　　　　TEL. 03-3868-3275

ⓒ Shinya Samura 2025
ISBN 978-4-434-35438-0　　Printed in Japan